RUTH RENDELL

NOCES DE FEU

roman

Traduit de l'anglais
par Pierre Guglielmina

CALMANN-LÉVY

Un grand nombre de superstitions évoquées dans ce roman sont tirées du *Dictionary of Superstitions* de Iona Opie et Monia Tatem; leur expérience et leurs connaissances m'ont énormément aidée.

R. R.

Titre original anglais :
THE BRIMSTONE WEDDING
(Première publication : Viking, Londres, 1996)

ISBN 2-7021-2692-8

Pour Donna, ma belle-fille

I

1

LES VÊTEMENTS des morts ne font pas long feu. L'inquiétude pour ceux qui les ont possédés les consument. Stella a ri quand j'ai dit ça. Elle a renversé la tête en arrière et ri de ce rire de jeune fille si surprenant chez elle. Je venais de lui dire qu'Edith Webster était morte la nuit dernière et avait laissé des placards remplis de vêtements. Elle a ri et dit qu'elle n'avait jamais rencontré une personne plus superstitieuse que moi.

« Sa petite-fille vient d'arriver, ai-je continué, et distribue ses affaires à qui veut. Vous savez ce que les gens disent, que les vêtements pourrissent aussi vite que les morts.

— Les gens disent vraiment des choses pareilles, Genevieve ? Quels gens ? »

Je n'ai pas répondu. Elle se moquait de moi et n'attendait pas de réponse. Mais j'aime bien quand Stella m'appelle Genevieve, alors que tout le monde me gratifie de Jenny depuis ma naissance, depuis qu'on m'a baptisée Genevieve. Mon père m'a donné ce nom en souvenir d'une voiture de collection vue dans un film célèbre — si ça vous dit quelque chose —, et la plupart des gens ont du mal à le prononcer, sauf Stella qui le fait bien sonner. Naturellement, Stella a une jolie voix, et même une belle voix, compte tenu de son âge. Et même si rien ne peut plus être qualifié de joli chez elle.

Je lui ai encore un peu parlé d'Edith, comment Sharon l'avait trouvée à sept heures en lui apportant son thé et comment sa petite-fille était arrivée dans l'heure qui avait suivi, alors qu'elle n'avait jamais montré beaucoup d'empressement quand sa grand-mère était vivante. Je ne suis pas particulièrement insensible ou dénuée de tact et je me serais certainement interrompue si j'avais pensé troubler Stella avec mon récit de la mort d'une autre vieille dame. Mais je sentais bien que je l'intéressais. En fait, je crois que Stella se considère beaucoup plus jeune qu'Edith qui avait quatre-vingt-quatorze ans. Elle pense pouvoir durer encore longtemps, être l'une de ces malades atteintes de cancer qui survivent pendant des années.

Elle est à Middleton Hall depuis six mois. Nous nous occupons de tout le monde, mais chacun d'entre nous est plus particulièrement chargé de trois résidants, dont il doit prendre soin. Pour moi, ce sont Stella, Edith et Arthur Harrison. Maintenant qu'Edith est partie, j'imagine que je vais avoir quelqu'un d'autre, mais pas quelqu'un de trop exigeant, j'espère. Non que je sois paresseuse, je m'active huit heures par jour — à trois livres et demie de l'heure, ce qui n'est pas la gloire — et Arthur ne cesse de me sonner. Mais je n'aimerais pas être obligée de passer moins de temps avec Stella. Je l'aime, vous savez. Je l'aime vraiment et je ne pourrais pas en dire autant d'Arthur ou de Maud Vernon, ou de n'importe quel autre. J'en suis désolée, j'aimerais leur rendre la vie aussi agréable que possible, mais pour ce qui est de les aimer, ils peuvent tous repasser. C'est comme s'ils vivaient dans la quatrième dimension, ayant tout oublié, ne sachant plus où ils sont la plupart du temps et vous donnant le nom de toutes leurs relations avant de se souvenir que vous êtes Jenny. Stella, elle, est différente. Elle est encore dans le pays des vivants. L'autre jour, elle m'a dit : « Je ne vous considère pas comme une infirmière, Genevieve. Je vous considère comme mon amie. »

J'étais ravie. J'imagine que c'est parce qu'elle est une « dame », comme dirait ma grand-mère, d'un monde différent du mien en tout cas. Mais tout ce que j'ai répondu, c'est qu'elle avait raison de ne pas me considérer comme une infirmière et que je n'étais qu'une garde-malade, avec de l'expérience mais sans qualifications. Elle a souri. Elle a un joli sourire, elle a encore toutes ses dents à elle et bien blanches avec ça.

« Je suis venue ici à cause de vous, vous savez. »

Elle dit toujours ça. C'est idiot bien sûr, ce n'est pas vrai mais ça l'amuse de le dire. Son fils lui a fait visiter pas mal de résidences dans le Suffolk et le Norfolk pour qu'elle puisse choisir l'endroit qu'elle préférait. J'étais dans le salon avec

Edith quand ils sont arrivés et la plaisanterie favorite de Stella est de dire que je lui ai plu immédiatement et que c'est ce qui l'a décidée à rester à Middleton Hall. Ce n'était ni la maison ni le parc, ni la cuisine ou les salles de bains individuelles, mais moi.

« Et j'avais raison, dit-elle. Vous avoir ici a tout changé. »

Elle aime que je lui parle du village et de ma famille, et Dieu sait qu'elle est nombreuse. Je lui ai donc parlé de maman et de Len, son amant, et de sa mère qui a hérité d'un manteau de fourrure de sa sœur, lequel s'est décomposé la première fois qu'elle a voulu le porter. J'étais en train de lui raconter comment des trous étaient apparus dans les vêtements d'une morte, comme si les mites les dévoraient, quand elle a tendu la main et pris la mienne, me faisant sursauter. Elle a commencé par la presser et puis elle l'a tenue délicatement. Elle a dû la tenir pendant cinq minutes avant de la presser de nouveau, puis de la relâcher. Lena a passé la tête par la porte à ce moment-là et m'a fait une grimace comme à son habitude, aussi me suis-je levée — j'ai pris mon temps, je ne lui aurais pas fait ce plaisir — et quand j'ai regardé Stella, elle m'a fait un clin d'œil.

Un clin d'œil et un sourire, et pendant un moment j'ai pu voir à quoi elle ressemblait quand elle avait mon âge. J'espère qu'elle me montrera des photos d'elle jeune, je suis très curieuse de les voir. J'ai dit qu'il ne lui restait rien de joli, à l'exception de ses dents, mais c'est aller un peu vite, ce n'est pas tout à fait juste. En fait, elle est merveilleuse pour quelqu'un de soixante et onze ans. Sa peau n'est pas ridée, si ce n'est autour des yeux et ceux-ci sont encore d'un bleu intense. Ses cheveux sont blancs bien entendu mais épais et ondulés, et elle ne porte jamais de perruque comme certaines. Hélas, elle ne vivra pas suffisamment longtemps pour avoir à le faire. Elle s'habille bien, en robe, bas et chaussures et je ne sais pas pourquoi, mais ça énerve Lena. Dans son dos, et pas seulement dans son dos, elle l'appelle « Lady » Newland ou la « duchesse » et prend un air innocent. J'imagine qu'elle préférerait la voir en survêtement et cardigan comme la plupart des autres. Je ne sais pas, mais je trouve que les gens devraient prendre plus soin d'eux-mêmes en vieillissant, faire du mieux qu'ils peuvent. Stella aime se faire manucurer et coiffer, et je suis heureuse de le faire pour elle.

Vous voyez, elle est assez spéciale. Si je suis son amie, elle est aussi la mienne, même si je ne sais pas grand-chose à son sujet et qu'elle en sait long sur moi : depuis combien de temps je suis mariée, j'ai vécu à Stoke Tharby toute ma vie, mon mari s'appelle Mike, il est entrepreneur en bâtiments, ma mère s'occupe du pub et mon père vit à Diss, et plein d'autres choses encore. Et s'il y a une chose qu'elle ne sait pas, la chose la plus importante de ma vie, vraiment, même si ça ne devrait pas, peut-être qu'un jour je lui en parlerai. Mais tout ce que je sais de Stella, c'est qu'il lui a fallu vendre sa maison de Bury St. Edmunds pour pouvoir payer sa pension ici. Et bien sûr, je connais ses enfants puisqu'ils viennent la voir. Enfin, enfants — l'un d'eux a mon âge et la fille a elle-même des enfants adolescents.

Bury est à une trentaine de kilomètres d'ici, au sud du Breckland et du coin qu'on appelle le « labour ». Elle a vendu quand elle a été trop fatiguée et trop malade pour pouvoir continuer à vivre seule. Et l'idée d'avoir quelqu'un qui s'occuperait d'elle était séduisante. J'ai lu quelque part que c'était devenu un phénomène de société, le nombre de résidences pour vieillards et le nombre de gens qui les remplissaient. Et la plupart d'entre eux doivent vendre leur maison pour pouvoir payer, dérobant ainsi à leurs descendants leur héritage — si on peut voir les choses comme ça.

Ça finit dans les poches de gens comme Lena. Et encore, Middleton Hall est une des meilleures résidences, un manoir avec un parc magnifique autrefois, des parterres de fleurs en forme de cœur et de diamant au milieu des pelouses, des haies de cyprès et d'ifs, un étang à nénuphars et de grandes allées de vieux marronniers. Je dirais en faveur de Lena qu'elle aime les animaux et que nous avons deux labradors et trois chats, qui sont censés faire du bien aux vieillards. Paraît-il. Avec ce qu'ils paient par semaine, ils devraient avoir tout le confort, les chiens, les chats, la bonne cuisine. Au moins. J'ai été étonnée de voir Sharon servir des cocktails aux résidants, le jour où je suis venue pour la première fois, des martinis, comme dans les livres américains, avec ces petits gâteaux salés japonais et des noix de cajou dans des soucoupes. Pourquoi pas ? Je déteste voir les vieux traités comme des gamins.

Stella occupe l'une des plus jolies chambres, avec vue sur la prairie qui descend jusqu'à la rivière et sur les bois de l'autre côté. Elle a des portes-fenêtres qui lui permettent de sortir directement sur la terrasse et la pelouse, si elle le souhaite. Mais elle le fait rarement. Naturellement, elle va au salon avec les autres et prend toujours un verre avant de dîner, du gin et quelque chose dedans, un de ces trucs à la mode quand elle était jeune. Elle dîne d'habitude dans la salle à manger, mais seule : elle ne partagerait pas sa table. Elle est assez réservée et elle passe pas mal de temps dans sa chambre à lire, à regarder la télévision. Chaque jour, elle fait des mots croisés, tellement compliqués que je n'arriverais même pas à les commencer.

Toutes les chambres ont un grand lit et un placard, une table basse et une paire de fauteuils. Certains résidants apportent leur propre mobilier. Stella a apporté son bureau. Il est en noyer, avec des veines compliquées, et parfaitement ciré. Elle doit le faire elle-même parce que je suis sûre que Mary ne s'en occupe pas. Elle a des livres et des photos, dont quelques-unes sont accrochées aux murs. Elles n'ont rien de très mystérieux : celle de Marianne qui a l'air de celles qu'un agent enverrait à des producteurs de télévision, celle de Richard en toge noire et chapeau, comme ceux qu'ils portent dans les universités. Il y en a une autre des enfants de Marianne quand ils étaient petits, avant le blouson de cuir noir et assez de boucles dans les oreilles pour y suspendre un rideau. La photo du défunt mari de Stella brille, pourrait-on dire, par son absence.

Je ne sais pas quel était son nom, ni ce qu'il faisait, ni quand il est mort. Rien, et c'est ce que je veux dire par mystérieux. Stella *est* un mystère. Elle ne parle jamais de son mari, ne mentionne même jamais qu'elle en a eu un. J'ajouterais qu'elle ne parle jamais de son passé et c'est plutôt étonnant dans un endroit comme ici, où le passé est la seule chose dont on parle. C'est le seul sujet de conversation. Et pour certains, comme Maud Vernon par exemple, c'est un passé lointain, comme si le monde s'était figé en 1955. L'autre jour, elle m'a demandé si le chocolat était toujours rationné.

Mais Stella vit au présent et c'est ce dont nous parlons. Des nouvelles et des programmes à la télévision, des nouveaux films, bien que ni elle ni moi ne les voyions avant qu'ils ne soient en vidéo, des jupes pour savoir si elles seront portées à mi-cuisse ou à mi-mollet, de ce qui se passe dans le village et à Middleton Hall. Et nous parlons de ce que j'ai fait — ou de ce que je lui laisse savoir de ce que j'ai fait. Elle me dit que je lui manque pendant mes jours de congé et je dois reconnaître qu'elle me manque aussi. En fait, elle parle très peu d'elle-même et je me demande pourquoi j'ai l'impression qu'elle voudrait parler beaucoup plus. À cause de sa façon de me regarder de temps en temps et de me jauger? À cause de ses brusques changements de sujet de conversation, comme si elle allait se livrer à une soudaine confession? Sans doute est-ce en raison des phrases qu'elle commence et interrompt brutalement en souriant ou en secouant la tête.

Je commence mon travail à huit heures, ce qui me convient parfaitement dans la mesure où je suis une lève-tôt. Et quand Mike n'est pas là, comme c'est le cas toute cette semaine avec ce nouveau chantier, il n'y a pas grand-chose à faire dans la maison. La résidence n'est qu'à trois kilomètres environ du village. La première chose que je fais en arrivant, c'est prendre le courrier. Les journaux et les lettres sont déposés dans une boîte métallique dont le couvercle est attaché au dos de la pancarte à l'entrée : MIDDLETON HALL, RÉSIDENCE POUR PERSONNES ÂGÉES, ornée d'un blaireau et d'une jacinthe. Allez savoir pourquoi. La boîte est toujours remplie de journaux, mais les lettres et les cartes postales se font plutôt rares. Certains résidants ne reçoivent jamais une lettre et il est exceptionnel d'en recevoir plus d'une par semaine.

Le matin des funérailles d'Edith Webster — qui ont eu lieu le 13 du mois, soit dit en passant — il n'y avait que trois enveloppes dans la boîte, deux pour Mme Eileen Keepe, qui est le véritable nom de Lena, et une pour Mme S.M. Newland. Naturellement, il y avait l'habituel paquet de journaux, *The Economist* pour Arthur et *Woman's Own* pour Lois Freeman. L'enveloppe destinée à Stella était d'un grand format en papier kraft. Elle était épaisse, comme si quelque chose avait été plié à l'intérieur. J'ai eu l'impression d'en deviner le contenu et ça ne m'a pas beaucoup plu.

Les chiens sont arrivés en courant à ma rencontre, comme ils le font toujours, en me faisant la fête, et Ben qui est arrivé le premier a essayé de me lécher le visage. Les gardes-malades n'ont pas d'uniforme comme les infirmières, juste une blouse blanche en nylon passée par-dessus nos vêtements ordinaires. Mais je m'étais habillée pour les funérailles d'Edith, aussi ai-je repoussé les chiens assez brutalement. Après avoir enfilé ma blouse et mes chaussures de sport, disposé les journaux sur la table du salon et inscrit les noms de leur destinataire, je suis allée chez Stella lui porter sa lettre.

Elle était debout mais pas encore habillée. Sharon ou Carolyn avait sans doute apporté son petit déjeuner et elle était assise à sa table, en robe de chambre. Stella en avait une matelassée en satin noir, bordée de rouge aux manches et à l'encolure. Ce que maman appelait une robe d'hôtesse. Elle avait pris son bain et s'était coiffée, mais elle avait l'air un peu défait qu'ont les gens de cet âge le matin. Elle ne s'était pas encore maquillée, mais ses ongles étaient vernis d'un rouge sombre. J'aimerais mieux qu'elle ne les fasse pas et qu'elle ne me demande pas de les faire, comme c'est parfois le cas. C'est laid sur des mains de vieille femme, avec ces veines violettes, et cependant je ne peux pas le lui dire. Même une amie ne pourrait pas vous dire ce genre de choses.

La voix de Stella n'est pas rauque, elle n'a pas la tonalité de celle d'une vieille femme mais plutôt celle d'une jeune fille intelligente de ces écoles privées chics où l'on est à l'abri des épreuves de l'existence. Elle a l'air d'être préservée, si je puis dire. Elle dit « Bonjour, Genevieve » comme d'habitude, me sourit et me demande comment je vais, et je lui réponds comme d'habitude, lui demande comment elle a passé la nuit et comment elle se sent. Bien que je sois censée le laisser dans le salon, je lui ai apporté son *Times* et je le lui tends avec la grosse enveloppe beige.

C'est drôle de voir comment, lorsque les gens sont pressés de voir quelque chose, leurs visages s'assombrissent ou leurs yeux se font plus petits, comme on le voit à la télé. Leurs visages perdent toute expression. Ce qui était tout à fait le cas de Stella quand je lui ai passé l'enveloppe. J'ai eu l'impression qu'elle voulait la déchirer pour l'ouvrir, mais ma présence l'a obligée à suivre une procédure plus lente et méthodique. Plus indifférente, à vrai dire. Stella fait souvent son lit. Ce n'était pas le cas ce matin-là et je m'en suis donc occupée. Je me suis retournée pour tendre le drap et au moment où je suis passée de l'autre côté, j'ai aperçu qu'elle avait posé le contenu de l'enveloppe sur ses genoux.

Je dis le « contenu », mais bien entendu je croyais savoir ce que c'était. Je le savais depuis que j'avais pris l'enveloppe dans la boîte. La seule chose qui arrive dans une enveloppe pareille et qui soit un peu raide comme du parchemin, c'est un testament.

Stella s'était assurée que tout était là, que c'était bien ce qu'elle attendait, et elle pouvait à présent remettre à plus tard un examen plus attentif. Elle a posé la main sur les papiers et m'a demandé si j'allais aux funérailles d'Edith. J'ai répondu que j'y allais toujours quand il s'agissait d'un de mes résidants, mais je n'ai pas voulu insister et j'aurais aimé avoir un peu plus de tact. Stella s'est contentée d'approuver de la tête.

« Pourquoi n'êtes-vous pas en noir, Genevieve ? Vous êtes plutôt stricte dans votre genre et j'aurais pensé que vous seriez en noir. »

J'aurais pu lui dire la vérité, que je n'ai pas de vêtements de cette couleur, mais ça n'aurait fait que l'embarrasser, et j'ai donc enlevé ma blouse pour lui montrer ma veste et ma jupe en jean. Je lui ai dit ce qui était aussi la vérité. « Le bleu est une couleur qui protège. C'est une couleur de chance.

— J'aurais dû me douter qu'il s'agissait de superstition. Alors vous avez besoin d'être protégée à un enterrement ? »

Vous avez besoin d'être protégé en toutes circonstances, à mon avis. Je n'ai pourtant pas répondu ça. Je lui ai raconté que ma grand-mère portait un collier de perles bleues pour prévenir l'arthrose.

« Et ça marche ?

— Elle n'a jamais ressenti la moindre douleur, de toute sa vie », ai-je dit sachant que ça la ferait rire, dans la mesure où, même sans les perles, la situation aurait pu être la même.

Stella a ri sans méchanceté. Dans ma famille, nous respectons les puissances qui nous protègent, ma grand-mère et maman et ma sœur, Janis, et mon frère, Nick, ainsi que mon père, même s'il refuse de l'admettre. Mais si refuser de remettre à l'endroit une chaussette enfilée à l'envers et imputer vos ennuis à la couleur verte de votre voiture n'est pas de la superstition, je ne m'y connais vraiment pas. En tout cas, ce n'est pas un mot que nous aimons. Nous préférons parler de puissances surnaturelles ou de l'étrange. Stella n'a sûrement pas remarqué la date, j'imagine, et n'en aurait pas pensé grand-chose si elle l'avait fait. Moi, ça m'a fait éprouver le besoin d'une protection spéciale. J'avais besoin de chance pour cette journée parce qu'il fallait qu'une bonne chose se produise le soir même. Et si je ne prenais pas les mesures nécessaires, quelles seraient mes chances un 13 du mois ?

Quand j'ai fini de faire le lit, j'ai ramassé les vêtements sales de Stella. Elle les plie tous et les range toujours dans le sac de linge, pour simplifier les choses. Ce qui n'était pas normal ce matin-là, c'était son regard inquisiteur, au point que je m'en rendais compte sans même la voir. J'ai cru qu'elle allait rompre la glace et commencer une conversation très sérieuse avec moi. Je me sentais de plus en plus mal à l'aise. Je suis allée dans la salle de bains et j'ai remplacé les serviettes sales par des propres, en touchant du bois, le dessous de la coiffeuse, le rouleau de suspension du papier hygiénique et même le manche de sa brosse à cheveux. Quand je suis ressortie, elle avait retourné le testament et commencé à le feuilleter. Elle m'a regardée et souri.

Je ne voulais pas que ça arrive, ce que je *savais* qu'il arriverait. Regardons les choses en face, dans ce genre d'endroit, on suggère constamment aux résidants — il faudrait dire « on les manipule », je crois — de se souvenir dans leur testament de l'infirmière ou du garde-malade. Depuis que je suis à Middleton Hall, je l'ai vu bien des fois, j'ai même vu Lena le faire à deux reprises. Peut-être a-t-elle réussi avec Edith ? Nous verrons. Toujours est-il qu'elle ne cessait de lui parler de la façon d'utiliser son argent pour le plus grand bien de ceux qui l'avaient vraiment assistée « au soir de sa vie » et se souviendraient d'elle. Ça, et aussi qu'elle pouvait faire venir son notaire à Middleton Hall, si elle le souhaitait, qu'il suffisait de le dire. J'en ai vu assez pour décider de ne rien avoir à faire avec ce genre de choses. Je tremblais à l'idée que certains pourraient dire que je n'avais passé tant de temps avec Stella que pour son argent. Ça me rendait malade de penser que j'aurais à l'envisager... si j'étais dans son testament.

Aussi devais-je m'assurer que je n'y serais pas. Il faudrait que je sois brutale et impolie et, bien évidemment, je ne le voulais pas, je le redoutais même. Mais pour quelle autre raison aurait-elle demandé à son notaire de lui envoyer son testament ? Et qui d'autre pourrait être son, je ne sais quoi, bénéficiaire à part moi, qu'elle avait appelée, la veille, son amie ? Aussi n'ai-je pas répondu à son sourire. Je lui ai demandé si elle voulait que j'ouvre les portes-fenêtres, la journée allait être chaude, et elle s'est contentée de hocher la tête en disant oui.

En ouvrant les fenêtres, j'ai appuyé les doigts sur le bois, redoutant de les retirer, et j'ai remercié ma bonne étoile, mon ange gardien. Et je me suis félicitée d'avoir mis du bleu. Stella a dit : « Genevieve ?

— Oui, ai-je répondu sèchement.

— Savez-vous à quel point vous êtes jolie ? »

Quel choc ! Vous voyez que ça marche le fait de toucher du bois. Quelque chose avait distrait Stella de son testament et de ce qu'elle avait l'intention de me dire. Le pouvoir du bois avait modifié son projet et mes vêtements bleus m'avaient protégée. Bien sûr, je n'ai pas répondu, je ne savais pas quoi répondre.

« Pas jolie, a-t-elle ajouté, non, ce n'est pas le mot exact. Belle. Vous êtes une très belle fille, Genevieve.

— Je ne suis pas une fille, ai-je dit. J'ai trente-deux ans. »

Elle a ri. Sa voix était aussi douce que le miel et d'une innocence enfantine. « C'est très jeune, bien que vous ne le sachiez pas encore. C'est dommage que vous ne le sachiez pas. » Elle a soupiré, je ne sais pourquoi. « Venez vous asseoir, Genevieve.

— Je ne peux pas rester très longtemps », ai-je dit, ce qui n'est pas ma réponse habituelle lorsqu'elle me demande de rester. Mais j'avais le testament à l'œil. Il avait l'air de devenir de plus en plus gros. J'avais l'impression de pouvoir lire : *Ceci est le testament de...* « Nous avons une matinée chargée, ai-je dit. Sharon, Lena et moi allons toutes les trois aux funérailles à deux heures, cet après-midi.

— Votre mari est à Londres cette semaine ?

— Il rentre vendredi.

— Quel est le travail d'un entrepreneur exactement ? »

Je lui ai parlé des trois maisons sur Regent's Park qui étaient en cours de rénovation et de transformation en appartements de luxe. Elle a voulu savoir où dormaient les hommes, si c'était dans un hôtel ou une pension de famille, et je lui ai répondu que c'était dans un « bed and breakfast » d'un endroit appelé Killburn. Ça durait depuis quatre semaines et ils n'espéraient pas finir avant Noël.

« Il doit vous manquer. »

Ce qui est drôle, c'est que c'est vrai d'une certaine façon. Vous ne pouvez pas comprendre comment je fais dans ma situation pour aimer un homme et en regretter un autre quand il n'est pas là. Mais le fait est que je suis assez contente que Mike me manque. D'un autre côté, je déteste être hypocrite. Je ne pouvais pas être là, assise devant Stella, à lui raconter que je me morfonds en attendant le retour de mon mari vendredi. Elle me dévisageait et je me disais : comment puis-je le lui dire ? C'est fou de penser que je pourrais le lui dire, même si elle est la seule personne à qui je pourrais me confier. Mais que peut-elle connaître ? Mariée, divorcée, deux enfants et tellement vieille. Elle a probablement oublié ce que c'était que le sexe, à supposer qu'elle ait jamais aimé ça, ce qui n'était pas rare pour les femmes de sa génération.

Et puis elle m'a choquée de nouveau.

« Vous m'avez dit une fois que vous vouliez des enfants, a-t-elle dit. Y a-t-il une raison qui vous empêche d'en avoir ? Je ne devrais pas vous le demander, sans doute. Si vous trouvez ma question impertinente, ne me répondez pas. »

Personne ne m'a jamais, au grand jamais, demandé si je jugeais sa question impertinente. Ça m'a fait rire, je n'ai pas pu m'en empêcher. Elle a haussé les sourcils et fait un petit sourire hésitant. Il fallait que je réponde quelque chose et j'ai dit : « Vous savez ce que c'est, vous laissez traîner, je veux dire, depuis treize ans qu'on est ensemble, nous repoussons sans cesse le moment. Peur de perdre notre liberté, je suppose. Vous vous dites, bon, un de ces jours, nous avons tout le temps, mais en fait pas vraiment, n'est-ce pas ?

— Non. »

Pratiquement pas un mot de ce que je venais de dire n'était vrai. Il m'aurait fallu une demi-heure pour dire la vérité et je ne sais pas très bien quelle réaction j'aurais obtenue. Je me suis levée et au même moment elle a glissé ce testament dans l'enveloppe. Je peux dire que j'étais soulagée. J'ai dit : « J'imagine que vous ne souhaitez pas venir cet après-midi, n'est-ce pas ?

— Aux funérailles d'Edith ? » Elle avait l'air surprise, autant qu'elle pouvait l'être. Je n'avais posé la question que pour m'en débarrasser.

« Il y a encore une place dans la voiture. Vous n'avez pas besoin d'aller au "crém". Il va faire très beau et il y a de très jolis jardins.

— Au "crém" ? » a-t-elle dit.

Il m'a fallu deux secondes pour comprendre qu'elle ne savait pas de quoi il s'agissait. « Le crématorium », ai-je précisé en faisant l'effort de prononciation nécessaire.

Elle a frissonné. Vous savez, parfois vous avez froid et vous haussez les épaules, vous vous secouez et ça vous réchauffe. Stella n'avait pas frissonné comme ça, mais comme si quelque chose de l'extérieur l'avait atteinte et fait sursauter, puis trembler.

« Pourquoi n'a-t-elle pas choisi de se faire enterrer ?

— Je ne sais pas », ai-je dit. Je ne savais pas si elle avait choisi ou si c'était Lena qui avait pris la décision. « La crémation est plus hygiénique. »

Stella a dit avec une violence à peine contenue : « C'est horrible !

— Je suppose que c'est une affaire d'opinion. Nous n'avons pas tous les mêmes réactions. Alors vous ne viendrez pas ? Vous pourriez vous asseoir à l'ombre, dehors.

— Je ne crois pas, Genevieve. Le jardin, ici, est assez beau comme ça. »

Elle ne l'avait pas dit, mais je savais que c'était à cause du trajet en voiture, qu'elle détestait. Elle ne montait en voiture qu'en cas d'extrême nécessité. Quand elle était venue s'installer à la résidence, par exemple. La gare la plus proche est à Diss, c'est-à-dire à une quinzaine de kilomètres, et elle n'avait donc pas eu le choix. Mais elle ne monterait jamais dans une voiture pour son plaisir, je ne sais pas pourquoi. Elle est peut-être malade. Je n'irais pas lui demander. Comme si ça me regardait.

Ma grand-mère dit qu'il faut toujours répandre du sang à des funérailles. Sinon le fantôme du défunt se mettra à errer. Bon, je sais que tout ça est chargé de significations, je sais qu'il faut se protéger soi-même et les autres au cours de cette vie, mais il y a tout de même des limites. Ça m'a retourné l'estomac, le jour des funérailles de mon grand-père, de voir cette profonde entaille sanguinolente que ma grand-mère s'était faite à la main pour empêcher le fantôme de son mari d'errer.

Et pourtant, une fois que j'ai dit ça, le doute m'a repris au moment où nous avons vu le cercueil d'Edith s'éloigner et disparaître derrière les rideaux de la chapelle. C'est une toute petite chose de rien du tout, mais si vous ne le faites pas, cela peut prendre d'autres proportions. Et ensuite quelque chose de mauvais peut arriver. Aussi, pendant que Lena et Sharon s'étaient inclinées et couvert le visage pour dire une prière, j'ai retiré la broche du revers de ma veste, pris une longue inspiration et planté l'aiguille dans le gras de mon pouce. Ça m'a fait mal pendant une seconde. Une grosse goutte de sang est vite apparue.

Nous sommes toutes remontées dans la voiture où il faisait une chaleur infernale après trois quarts d'heure passés en plein soleil sur le parking. Sharon était assise devant à côté de Lena et j'étais à l'arrière, ce qui ne me gênait pas le moins du monde, dans la mesure où Lena conduit comme une folle. Mike appelle la place de Sharon la place du mort et mon père, lui, la place du flirt avec la mort. Quel que soit son nom, c'est la place la plus dangereuse, même si les gens qui sont malades en voiture se sentent beaucoup plus mal à l'arrière. Peut-être que Stella a eu un accident de voiture autrefois et qu'elle était assise à la place du mort.

Pour aller au crématorium, nous avions pris le raccourci, mais au retour Lena est passée par le village. Par Stoke Tharby, je veux dire, par mon village. Elle a pris la route qui rejoint High Street à hauteur du pub et quand je me suis rendu compte de la route qu'elle prenait, j'ai compris que nous allions passer devant *la* maison. Elle s'appelle Rowans mais, pour une raison ou pour une autre — je sais bien pour quelle raison —, je l'appelle *la* maison.

Lena a passé le sommet de la colline et dévalé l'autre côté à environ cent kilomètres à l'heure. C'est complètement dingue parce qu'il n'y a pas la place pour que deux voitures se croisent. Il n'y avait pas le moindre morceau de bois à toucher dans la voiture de Lena. Du plastique seulement, partout. Lena a dit que conduire vite était exaltant et qu'elle était impatiente d'avoir sa nouvelle voiture qui roulerait sans problème à plus de cent. J'ai compris qu'elle voulait dire dès qu'elle aurait touché ce que lui avait laissé Edith.

Nous sommes arrivées en bas sans dommage. Nous avons eu de la chance de ne rien croiser. Sharon n'habite pas dans le coin. Elle vient tous les jours de Norwich et Lena a commencé à lui montrer différents endroits. Jenny habite ici, a-t-elle dit, dans les maisons de la mairie. En fait, le conseil municipal a vendu toutes les maisons, y compris la nôtre, et tout le monde appelle cet endroit Chandler Gardens. Tout le monde, sauf Lena.

Elle a montré à Sharon l'église Saint Bartholomew, le presbytère et la salle des fêtes. Elle avançait à présent à la vitesse d'une tortue. On était en train de refaire le toit de chaume d'une maison et elle voulait que Sharon voie ça. J'avais entendu dire que les gens — en fait, les amants — sont dans un état particulier à proximité de la maison ou de l'endroit où vit la personne qu'ils aiment. Je trouvais ça complètement fou de se mettre dans cet état pour des briques et du ciment. Comment se pouvait-il qu'une maison pareille pût devenir plus brillante et plus attirante que toutes les autres ? Je n'y croyais pas, je trouvais ça ridicule. Je sais maintenant que ça ne l'est pas.

En plus, il ne vit même pas ici. C'est une maison de week-end. Lui et sa femme aiment partir en week-end et ils ne viennent même pas ici toutes les semaines. Bien sûr, il vient me voir pendant la semaine et nous nous sommes retrouvés dans cette maison, une fois. Mais pourquoi mon cœur bat-il si fort quand nous passons devant *la* maison ? Pourquoi ai-je la bouche sèche ? Je dois serrer les mains pour m'empêcher de trembler. Si vous prenez un oiseau dans vos mains et qu'il meurt, vous tremblerez toute votre vie. Stella ne me croirait pas, mais c'est vrai. C'est ce que je ressens quand je regarde *la* maison, la maison de Ned : je tremblerai toujours.

Ce n'est pas une très jolie maison, pas vraiment ancienne et le toit n'est pas en chaume. Elle est presque entièrement en bois et accolée à sa voisine en brique. Lena n'y accorderait pas la moindre attention et elle ne l'a pas fait. Alors pourquoi me fait-elle plus d'effet que ne le ferait un palais ? Pourquoi me suis-je retournée et presque agenouillée sur le siège arrière pour la voir disparaître ? Lena se tordrait de rire et Stella aussi, si elles me voyaient. Mon pouce a cicatrisé à l'endroit où j'ai planté l'épingle, mais le sang a été versé. Ce soir, si j'ai de la chance, oh, il faut que j'aie de la chance, il m'appellera pour me dire que nous pouvons nous voir.

J'étais en train de contempler la maison derrière moi quand Lena a pris un virage qui a failli me projeter sur le plancher. Rien ne laissait penser qu'elle savait que nous étions de nouveau sur la route principale. High Street était bordée de voitures garées, comme d'habitude, mais je crois que Lena ne la voyait que les yeux mi-clos.

« Pittoresque, non ? a-t-elle dit. Un petit peu bonbonnière, mais ce n'est pas grave. Il a gagné le concours du village le mieux soigné du Norfolk, l'année dernière. N'est-ce pas, Jenny ?

— L'année d'avant, ai-je répondu.

— Et voici le pub au nom étrange de *Thundering Legion*. Je me demande quelle en est l'origine. »

Je ne l'ai pas éclairée. En fait, je ne sais même pas si maman pourrait le faire. Pendant des années, elle a cru que le soldat romain sur la pancarte était une femme, à cause de sa jupe en cuir. C'est Ned qui m'a expliqué — qui d'autre aurait pu ? Maman n'ouvre pas avant six heures et ne se préoccupe pas de la nouvelle législation. Elle fait la loi. Lena a pointé le doigt vers les maisons des tisserands et Sharon a tordu le cou pour voir. J'ai fermé les yeux et j'ai serré dans mes doigts les fougères porte-bonheur que j'ai cueillies en sortant de la chapelle.

2

QUAND VOUS TROMPEZ QUELQU'UN, vous le rendez ridicule. Vous le faites agir de manière stupide, comme si les choses n'étaient pas ce qu'elles sont ou étaient ce qu'elles ne sont pas. Et c'est ce qui se passe pour les fous ou les gens qui souffrent d'une légère déficience mentale. Nous les observons avec condescendance ou, si nous sommes méchants, nous rions d'eux.

Il y a un film sur le naufrage du *Titanic* que mon amie Philippa a enregistré en vidéo. Ça s'est passé il y a longtemps, quatre-vingts ou quatre-vingts dix ans, et à l'époque les hommes avaient l'habitude de traiter les femmes en créatures fragiles qu'il fallait préserver de tout ce qui pouvait être horrible ou simplement déplaisant. Dans le film, les hommes ne disent à aucun moment aux femmes que le bateau aura coulé dans moins d'une heure et qu'il n'y a pas assez de canots de sauvetage. Ils continuent à raconter qu'ils n'arriveront pas à l'heure prévue à New York et les femmes ignorant la vérité ont l'air de folles complètes. Elles passent leur temps à dire qu'il est mauvais de réveiller les enfants en pleine nuit et qu'elles devraient annuler leur rendez-vous chez le coiffeur.

Tromper quelqu'un, c'est pareil. La personne trompée vous demande si vous êtes malade ou fatiguée quand vous ne voulez pas faire l'amour avec elle. Vous n'avez pas entendu le téléphone quand il vous a appelée pendant la nuit parce que vous n'étiez pas là. Mais vous le trompez et il dit qu'il serait peut-être bon d'avoir un téléphone près du lit, parce vous ne pouvez pas toujours l'entendre sonner quand vous êtes en haut. À moins d'être une salope absolue, vous ne pouvez pas vous dire qu'il est en train de se ridiculiser, mais la pensée s'insinue en vous. C'est le début du mépris. Je déteste dire ces choses et je déteste faire ce que je dois faire, mais il le faut. Un certain temps. Jusqu'à ce que quelque chose change.

Globalement, je ne mens pas à Mike. C'est-à-dire que je ne dis rien qui ne soit pas vrai. Je ne lui dis simplement pas toute la vérité. Quand il rentre à la maison et me demande ce que j'ai fait, je lui dis tout sauf cette chose-là. Mais je n'ai pas perdu mon âme au point de ne pas savoir que c'est un mensonge, une tromperie délibérée. Le fait est que j'ai décidé de ne jamais faire venir Ned dans notre maison, qui appartient pour moitié à Mike. Je suis allée chez lui une fois. Il faisait sombre et j'ai été prudente mais, le lendemain, quand je suis allée au *Thundering Legion* pour déposer des courses, maman était seule derrière le bar, ils venaient d'ouvrir, et elle m'a dit : « Shirley Foster t'a vue entrer dans Rowans, la nuit dernière. » Elle m'a regardée par en dessous. « Je lui ai dit que tu avais apporté des œufs. »

Maman a quelques poules, alors c'est plausible. « D'accord, je m'en souviendrai, ai-je dit.

— Tu vas faire bien attention. » Sa voix était glaciale. Elle a eu deux maris depuis mon père et le deuxième l'a surprise au lit avec Len, avec qui elle vit à présent. Elle ne va pas me faire la morale. « Garde-toi bien d'inviter ton Prince Charmant chez toi. Myra Fletcher le fera savoir dans tout le Norfolk dès le lendemain. »

Je ne savais pas quoi dire. Maman est bien, elle ne dirait jamais un mot de trop ou ne ferait pas la moindre allusion, mais je ne pourrais pas me confier à elle. Je ne pourrais pas lui dire : je l'aime, il faut que je le voie, que nous nous retrouvions, parce que c'est comme boire et manger et que sans lui je mourrais de faim. Elle se mettrait à rire. Elle me gratifierait d'un de ses rires profonds et me dirait qu'il ne s'ennuie pas, pas vrai ? Une femme et un enfant à Norwich et une petite amie à la campagne qui doit rester discrète parce qu'elle aussi, elle est mariée. Pas de frais, à part l'essence, pas même un verre à payer dans un bar. Oh, je sais très bien ce qu'elle me dirait et elle ne me croirait pas si je lui racontais que ce n'est pas comme ça : il ressent les mêmes choses que moi, je suis tout pour lui et sans moi il mourrait. J'imagine ses commentaires. Quel âge as-tu, Jenny ? Trente-deux ans ou quinze ?

Depuis, nous nous voyons toujours mais plus chez lui. Ni chez moi, bien sûr. Il vient au milieu de la semaine et comme c'est l'été, et un très bel été, je trouve des endroits où aller connus de moi seule, cachés dans les bois ou dans le marais. Nous ne rencontrons pas une âme. Les ouvriers agricoles ne sont plus dans les champs comme autrefois, quand j'étais petite, tout est fait à la machine à présent, et les gens ne se promènent plus. La campagne est vide et pendant les longues soirées d'été nous nous couchons dans l'herbe haute ou dans une clairière au milieu des arbres et nous faisons l'amour. Plus personne ne construit de meules de foin. Aujourd'hui, le foin, ce sont ces formes cylindriques qui ressemblent à des gâteaux roulés. Mais ceux qui font les toits de chaume élèvent encore des meules traditionnelles. La semaine dernière, j'en ai trouvé une avec une ouverture qui formait comme une pièce à l'intérieur. Les nuits sont longues et douces, et j'essaie de ne pas penser à ce qui se passera quand l'hiver viendra.

Je n'ai rien dit de tout ça à maman, bien entendu. J'ai changé de sujet. Mais au moment où j'allais partir elle est venue vers moi et m'a obligée à prendre son aubépine porte-bonheur. C'est censé vous porter chance parce qu'on dit que Jésus est né sous un buisson d'aubépines. J'ai beau avoir toujours vécu à la campagne, je n'ai jamais vu d'aubépine pousser à l'intérieur d'une étable. Le porte-bonheur de maman est un petit morceau de bois sculpté, passé dans une lanière de cuir que l'on attache autour du cou. Ce n'est pas très joli mais je l'ai gardé pour nous protéger, Ned et moi, de toutes les Shirley Foster et Myra Fletcher du monde. Je le portais encore le lendemain et Stella a trouvé que c'était « intéressant ».

Ça m'a donné envie de nouveau de lui raconter pour Ned et moi. Ce serait un tel soulagement de pouvoir m'épancher et je n'ai personne à qui me confier. Et quand elle a parlé de Mike et m'a demandé si nous allions encore être séparés cette semaine, j'ai été à deux doigts de le lui dire. Qu'est-ce qui m'arrête ? Je crois que c'est cet air d'innocence, ce côté enfantin qu'elle a. Je ne veux pas dire *infantile*. Je ne l'ai jamais entendue dire une stupidité ni montrer la moindre impatience. Mais sa voix est douce, avec une intonation véritablement juvénile, simple et honnête. Je veux dire qu'il n'y a pas de face cachée chez elle, et elle vous regarde avec ces grands yeux bleus qui ont l'air de ne pas savoir cacher un secret.

Je ne lui dis rien parce que je crois qu'elle serait choquée. Le monde dans lequel elle a vécu ne laissait aucune place, j'imagine, pour les aventures sentimentales, je devrais dire l'*adultère*. Stella est la personne la plus raffinée que j'aie jamais rencontrée. *Délicate*, dirait ma grand-mère pour la décrire. C'est comme si elle n'était pas vraiment en chair et en os, plutôt une poupée de porcelaine — s'il existait des poupées qui ressemblent à de vieilles dames et non à des petites filles. Elle couvre sa bouche quand elle tousse et s'essuie les lèvres avec un petit mouchoir orné de boutons de roses. Et cependant rien de tout cela ne semble aller avec ses longs ongles rouges. Chaque fois que je les vois, je suis choquée. L'image est tellement étrange : les cheveux blancs ondulés, la poudre et le blush sur les joues, les perles autour du cou, la robe de soie à motif fleuri, et sur ses genoux ces vieilles mains tordues avec le saphir, le diamant et les ongles rouge sang.

Et puis il y a aussi le gin qu'elle boit et les cigarettes qu'elle fume, dès qu'elle en a l'occasion. Elle m'a souvent parlé de ses quarante cigarettes par jour, du fait qu'elle avait fumé sans interruption depuis l'âge de dix-sept ans. Ça collait avec les ongles rouges, mais pas avec la voix douce et les yeux bleus. J'ai vu suffisamment de films d'Hollywood à la télévision pour me rendre compte de ce à quoi elle devait ressembler dans les années quarante, les cheveux blonds ondulés et le fume-cigarette. Mais j'ai été assez surprise par ce qu'elle a dit.

« C'est la raison pour laquelle j'ai un cancer du poumon, mais on ne savait pas que c'était dangereux à l'époque. Tout le monde fumait. Et celles, rares, qui ne le faisaient pas... eh bien, étaient les cruches. »

Je lui ai demandé ce qu'elle entendait par là.

« Les niaises. Les sottes. Sans raffinement. »

J'étais en train de rassembler le service du petit déjeuner et j'ai fait le tour du lit pour prendre sa tasse de thé, quand j'ai vu la grande enveloppe qui contenait le testament. Elle servait de signet au livre qu'elle lisait. Je me demandais où pouvait bien être le testament, si un notaire était venu la voir pendant mes jours de congé. J'espérais qu'il ne serait plus ici et que nous n'en entendrions plus parler. Quand elle s'est remise à parler, c'était d'une voix si faible que j'ai été obligée de lui demander de répéter.

« Je disais que je ne regrettais pas d'avoir fumé. J'aimais beaucoup. Je ne sais pas comment j'aurais traversé certains événements sans cigarettes. »

Il n'y avait pas grand-chose à dire, aussi me suis-je contentée de sourire et d'aller ouvrir les portes-fenêtres.

« Si je devais recommencer, je fumerais encore, même en sachant ce que je sais.

— C'est bien que vous preniez les choses comme ça, non ? » ai-je suggéré.

Elle m'a décoché un de ses regards très directs. « Non, je ne regrette rien. Il y a des choses dans ma vie que je regrette amèrement, mais pas celle-là.

— Richard va-t-il venir vous voir aujourd'hui ? » ai-je continué. C'était une remarque un peu stupide, mais je suppose que je ne faisais que m'éloigner d'un terrain dangereux. Et de toute façon, il lui arrive de venir le lundi.

« J'espère. Peut-être cet après-midi. J'ai reçu une carte postale de Marianne qui est à Corfou. Elle est près de mon lit, jetez-y un coup d'œil. » Voilà ce que c'est que de se bercer d'un faux sentiment de sécurité. « Et pendant que vous êtes là, vous voulez bien me passer cette enveloppe, Genevieve ? Celle qui est dans le livre. »

Je lui ai tendu l'enveloppe. Avais-je le choix ? « Je ferais bien d'y aller, ai-je dit. Arthur veut que je le promène dans le parc. C'est une si belle journée.

— Quelqu'un d'autre peut le faire, a-t-elle répliqué en prenant l'enveloppe. Asseyez-vous une minute, Genevieve. »

Les grands documents pliés sont apparus. Je me disais que je n'aurais probablement pas le courage de refuser, parce que je pensais comme d'habitude à Ned et moi, et au fait qu'un peu d'argent nous aurait bien arrangé. Stella a brandi les papiers et demandé : « Savez-vous ce que c'est ? »

J'ai répondu avec rudesse. Presque un grognement. « Est-ce votre testament ?

— Mon testament ? Mon Dieu, non. Regardez. C'est l'acte de propriété d'une maison. »

J'étais soulagée. La tentation s'était présentée et j'avais fait face, sachant que je n'aurais pu résister, mais contente de ne pas avoir à essayer. J'ai posé ma main sur le morceau d'aubépine et je l'y ai laissée un instant. Elle a dû me trouver stupide parce que je n'avais jamais vu un acte de propriété et le premier document qu'elle m'a tendu n'a absolument rien évoqué pour moi. Il était couvert d'une écriture assez irrégulière avec des boucles et des fioritures, un peu semblables à celles de l'écriture de mon grand-père. Je me suis mise à lire à haute voix.

« Cet acte de cession est conclu en ce vingt-neuvième jour de juillet mille neuf cent quarante-neuf, entre Thomas Archibald Wainwright de Palings, Hemingford Grey, dans le comté de Huntingdon, Royal Navy (ci-après désigné « Le vendeur »), d'une part, et William John Rogerson, de... »

Elle m'a interrompue. « Oui, je l'ai lu. Lisez celui-ci. »

Il était tapé à la machine et avait l'air beaucoup plus récent, bien qu'il n'y ait eu que quinze années de différence. Stella ne semblait pas vouloir écouter, aussi l'ai-je lu, une partie en tout cas, pour moi. Sur la couverture était écrit : *W.J. Rogerson Esq. à Mme S.M. Newland*, et au-dessous : *acte de cession d'une propriété libre de toute hypothèque, située à Thelmarsh dans le comté de Norfolk et portant le nom de Moluques*. À l'intérieur, il y avait à peu près la même chose que ce que j'avais lu à haute voix, si ce n'est que cette fois le « vendeur » était ce William John Rogerson et l'« acheteur » Stella.

« C'est une maison que j'ai achetée en 1964 », a-t-elle dit, et sa voix avait pris une tonalité sérieuse et profonde. Comme si elle avait parlé d'une décision très importante, une des plus importantes de son existence. Peut-être était-ce le cas. Elle a levé les yeux de ses papiers et m'a regardée. Puis, elle a détourné son regard. « Ceci doit rester entre nous, Genevieve. Ce n'est pas... (Elle a hésité, à la recherche du mot exact) une chose connue. »

Qu'étais-je censée répondre ? Je lui ai rendu les actes. Elle les a remis dans l'enveloppe avec les autres documents. « Voulez-vous monter avec moi ?

— Pardon ?

— Je veux vous montrer quelque chose. »

Stella marche tout à fait normalement. Elle ne peut pas aller vite parce qu'elle s'essouffle, mais elle n'a pas le moindre problème de jambes, elle n'a pas d'arthrose comme Maud ou Gracie. Je lui ai offert le bras, mais elle a décliné d'un mouvement de la tête. L'escalier principal de Middleton Hall est large et les marches sont basses, mais il est difficile, car le bois est ciré et il n'y a pas de tapis. Cela m'avait intriguée au début, jusqu'à ce que j'aie compris que Lena ne voulait pas voir tous ces petits vieux monter et descendre pour un oui ou un non. Elle préférait les voir se déplacer lentement, appuyés à la rampe, ou, mieux encore, assis dans leur chambre ou dans le salon, de manière à savoir facilement où ils se trouvaient. Stella est passée sur le côté et a saisi la rampe. En voyant cette vieille main aux ongles rouges de jeune fille sur le bois poli, j'ai ressenti une sorte de pitié de nouveau. Et de la colère contre Lena, pour ne pas avoir installé un ascenseur. Surtout si on pense aux sommes versées par les résidants, trouver l'argent n'aurait pas dû poser de problèmes.

Stella s'est arrêtée en haut de l'escalier pour reprendre son souffle. Je n'avais pas la moindre idée de ce qu'elle voulait me montrer parce que j'avais oublié qu'il n'y avait pas que des chambres à l'étage. Mais à la fin du couloir, se trouve une pièce appelée le « salon d'en haut ». L'ennui, c'est que personne à l'étage ne semble en profiter. Soit les pensionnaires sont dans un état de décrépitude trop avancé, soit ils préfèrent prendre le risque de descendre et de remonter l'escalier pour trouver de la compagnie dans le grand salon.

Le « salon d'en haut » est assez petit, avec un simple canapé et deux fauteuils, ainsi que quelques chaises devant la télévision. L'image est en noir et blanc et sautille sans arrêt. Ce qu'il y a de mieux là-haut, c'est la vue. On peut voir à des kilomètres à la ronde, ce qui est assez rare dans une région aussi plate. Stella s'est dirigée vers la fenêtre et nous avons contemplé, de l'autre côté de la prairie et du bois, l'endroit où le ruisseau Ouse devient la rivière Waveney, laquelle sert de frontière avec le comté du Suffolk. C'était une journée douce et dégagée, et on pouvait voir l'horizon qui n'était ni effacé par la brume, comme c'est souvent le cas, ni obscurci par la fumée, comme ça arrive parfois à cette époque de l'année. Le ciel était bleu pâle, avec des nuages hauts. Le paysage ressemblait à ce qu'il est toujours en été, avec les champs tantôt verdoyants là où pousse la betterave, tantôt jaunissants là où le maïs a été coupé, et ceux où semblent claquer des voiles blanches et qui sont en fait des élevages d'oies.

« Vous vous souvenez, ai-je dit, qu'ils brûlaient les champs à cette époque de l'année ? Parfois, il était difficile de voir le ciel derrière les nuages de fumée. Et l'air était rempli de particules calcinées. »

Elle m'a observée, le regard vide comme si elle ne comprenait pas.

« Les fermiers, après que le maïs était coupé, avaient l'habitude de mettre le feu aux champs. Ils ont commencé à le faire après la Seconde Guerre mondiale, m'avait raconté mon grand-père. Ils devaient laisser un espace de deux mètres entre le champ et la haie, mais ce n'était pas obligatoire et bon nombre d'entre eux ont brûlé les haies avec. C'est fini maintenant, c'est même la première année où ils ne sont pas autorisés à le faire. »

Elle avait détourné le visage. Je crois qu'elle ne m'avait pas écoutée. « Regardez droit devant vous, a-t-elle dit. Vous voyez le clocher de l'église, le clocher carré ?

— C'est celui de Saint John, à Breckenhall.

— Je n'en sais rien, Genevieve, mais je suis sûre que vous avez raison. Bon, à la gauche du clocher de Breckenhall, comme vous dites, vous descendez un petit peu et vous allez voir une maison blanche. Cela ressemble à un simple carré blanc. Vous le voyez ? Un peu plus à gauche encore et vous pouvez discerner une tache brune avec un toit rouge.

— Je vois. » J'allais dire que je pouvais la voir très nettement et pas seulement la discerner, au moment où je me suis rappelée que nos yeux n'avaient pas le même âge. « Une maison carrée avec un toit rouge. Ce doit être sur Curton Road.

— C'est exact. C'est ma maison.

— Une propriété libre de toute hypothèque, située à Thelmarsh dans le comté de Norfolk.

— C'est cela.

— Êtes-vous venue à Middleton Hall parce que vous pouviez voir votre maison d'ici ?

— C'est plutôt l'inverse. Je veux dire que si j'avais su, je ne serais peut-être pas venue. » Elle se mit à rire, d'un rire un peu nerveux. « Et même en dépit de votre présence ici… » De nouveau, ce rire gêné ou tout simplement timide, pas satisfait en tout cas. « Je suis montée ici un jour, je ne sais plus pourquoi — oh oui, quelqu'un m'avait dit qu'il y avait une bibliothèque et des livres, ce qui n'était pas vrai —, et j'ai regardé par la fenêtre et j'ai... j'ai pensé que c'était ma maison, vous comprenez ? Et puis j'ai demandé à Richard de m'apporter une carte, une de ces cartes d'état-major. »

Elle parle ainsi, précise, exacte. Je ne crois pas qu'elle ait fait une seule faute de syntaxe au cours de son existence. Elle donne l'impression par moments de lire quelque chose qu'elle a déjà écrit.

« Bien sûr, je me suis contentée de lui dire que je voulais me repérer. Il ne soupçonne pas une seconde que j'aie pu vivre dans ce coin autrefois, et Marianne non plus. Ils ne savent absolument rien de tout cela. »

Elle s'était penchée sur le rebord de la fenêtre, scrutant l'endroit où se trouvait sa maison. Ses épaules se sont soulevées légèrement et elle a frissonné. À moins que je ne l'aie imaginé. Je lui ai demandé si elle voulait rester seule un moment. Il fallait que je continue mon travail, vraiment, et j'ai pensé qu'elle préférait rester seule. Avec ses souvenirs. Avec quelque chose. Elle s'est tournée vers moi et j'ai eu l'impression que son visage avait vieilli.

« Peut-être. Un petit moment », a-t-elle dit, mais au moment où j'ai atteint la porte et l'ai ouverte, elle s'est ravisée. « Non, je viens. Je perds mon temps et je n'en ai pas beaucoup. Et ce spectacle ne me procure pas un grand plaisir. »

Elle a pris mon bras. Son visage, qui traduisait un certain malaise ou peut-être une simple indécision, m'a laissé penser qu'elle allait m'annoncer quelque chose d'important, qui me surprendrait, à propos de cette maison au toit rouge de Curton Road. Mais tout ce qu'elle m'a demandé, c'est pourquoi j'avais évoqué les champs en feu et ma réponse a semblé la satisfaire. Nous avons parcouru le couloir, d'un pas lent, Stella accrochée à mon bras. Je sentais ses ongles s'enfoncer dans le muscle de mon avant-bras — ils allaient y laisser une marque — mais je n'ai rien dit. Elle ne s'en rendait pas compte. Ce qu'elle m'a dit à ce moment-là m'a choquée. Je ne m'y attendais pas et cependant je devrais être habituée à ses changements inopinés de sujet de conversation.

« Il y avait quelque chose à la radio que j'ai beaucoup aimé ce matin, Genevieve, et j'ai pensé que c'était bien dommage de ne pas pouvoir le réécouter. Croyez-vous qu'il y ait un moyen d'enregistrer la musique que j'aime ? »

Je lui ai répondu que oui, il suffisait d'avoir un magnétophone. Il y en a de tout petits qui ne prennent pas beaucoup de place. Elle a hoché la tête. Elle demanderait à Richard ou à Marianne. Et elle voulait aussi une de ces petites écritoires qui permettent d'écrire et de lire au lit. Elle m'a raconté que ses bras se fatiguaient vite et qu'elle avait froid aux mains quand elle ne les gardait pas sous les couvertures. Elle savait bien que c'était ridicule, a-t-elle dit, d'avoir les mains glacées au mois d'août, un mois d'août si chaud. Nous sommes arrivées en haut de l'escalier, là où il y a une sorte de galerie qui permet d'observer l'entrée au-dessous. Richard y était, en train de parler avec Stanley, le mari de Lena. Il avait l'air d'être à peine arrivé. Ils nous tournaient le dos, ne pouvant donc pas nous voir. Richard est grand et mince, et Stanley est un des hommes les plus petits et les plus gros que j'aie jamais vus. Ils formaient un couple assez bizarre.

Stella est d'ordinaire très heureuse de voir ses enfants. Elle les appelle « chéri » et les accueille avec beaucoup d'affection. Aussi ai-je été surprise de ne pas l'entendre appeler son fils et de sentir ses ongles s'enfoncer un peu plus dans mon bras. Elle a soufflé : « Genevieve, pas un mot à Richard concernant cette maison. »

Je me suis contentée de la regarder.

« Il ne sait pas, vous comprenez. Il ne sait pas, et Marianne non plus, que je possède cette maison.

— Je ne dirai rien », ai-je dit, un peu décontenancée.

Et elle m'en parlait, plutôt qu'à eux ? Pour dire la vérité, j'ai cru pendant un instant qu'elle avait commencé à perdre la tête. C'est triste quand ça arrive, mais ce n'est pas rare chez les gens atteints de cancer, quand les métastases finissent par toucher le cerveau. Mais j'avais vu les actes de propriété et elle était tout à fait *compos mentis* (comme dit Lena) quand elle s'est approchée de Richard, l'a pris dans ses bras et lui a dit qu'elle le trouvait en grande forme.

Richard ne ressemble pas à sa sœur, en dehors du fait qu'il est grand et mince comme elle. Il est très blond, le genre à avoir eu les cheveux blancs quand il était enfant, et il a les yeux bleus. Stella m'a dit qu'il était médecin, généraliste dans un cabinet de groupe à Norwich. Il porte ce genre de lunettes sans montures, mais son visage est juvénile et quand il sourit, il a l'air d'avoir dix-huit ans. Il était adorable avec Stella et il me fait penser que *si* j'ai jamais un fils et *si* jamais je deviens une vieille dame, j'aimerais que mon fils soit aussi gentil que lui.

Il lui a apporté des lys roses dans une brume de gypsophile. J'ai trouvé un vase de porcelaine rose pour les fleurs et quand je suis venue les installer dans la chambre, Richard et elle étaient assis à bavarder, il lui tenait la main. Les documents et l'enveloppe qu'elle avait laissés sur son bureau avaient disparu. Sharon leur a apporté leurs cafés. Il fallait que j'aille voir Gracie, ma nouvelle résidante, et je n'ai donc pas eu le temps de repérer l'enveloppe. Mais j'ai continué à réfléchir à ce qu'elle m'avait dit. Ses enfants ne savaient pas qu'elle possédait cette maison, c'était un secret. Et puis j'ai repensé à la date du dernier acte : 1964. Elle avait possédé cette maison et gardé son secret pendant *trente ans* ?

Gracie ne ressemble en rien à Stella. C'est une vieille dame grisonnante, triste et fatiguée. Son visage est un peu crispé sur le côté depuis qu'elle a eu une attaque. Son dentier n'est plus très bien en place et elle en est très embarrassée, de sorte qu'elle évite de parler et mange à peine. Elle pose toujours le doigt sur la bouche pour s'excuser. Si elle a des enfants, ou bien un neveu ou une nièce, je ne les ai encore jamais vus. Personne n'a pensé à prendre rendez-vous avec son dentiste pour qu'il adapte son dentier. Aussi m'en suis-je occupée et ai-je téléphoné de sa chambre pour prendre rendez-vous. Je l'emmènerai à Diss vendredi prochain. Lena n'a pas beaucoup apprécié cette « initiative », a-t-elle dit, mais elle n'allait pas annuler le rendez-vous que j'avais pris. Elle redoute trop les médecins et les dentistes pour faire une chose pareille. Elle donne du « docteur » à Richard sans arrêt.

Tout au long de la journée, j'ai eu à l'esprit la maison de Stella et je suis même montée jeter un coup d'œil à la fenêtre. Devant, il y a un champ rempli des formes dansantes des oies et derrière, un bois sombre. Ned et moi sommes allés là-bas un jour, je veux dire, dans ce bois, et nous nous sommes enfoncés dans le cornouiller et les reines-des-prés, je m'en souviens à présent, exactement là où se trouve la maison. Je crois même que nous l'avons remarquée en passant; elle avait cet air misérable des maisons qui n'ont pas été occupées pendant des années.

Richard est sorti juste au moment où Sharon apportait le déjeuner de Stella. Il m'a demandé comment je trouvais sa mère et j'ai dit bien, aussi bien qu'on pouvait l'être dans son cas.

« Y a-t-il une chose que je puisse lui rapporter, Jenny, que j'ai pu oublier ou qu'elle n'a pas voulu me demander ? »

C'est un homme adorable. Il est attentionné, comme une femme. Enfin, comme certaines femmes.

« Elle a parlé d'un magnétophone.

— Pour enregistrer de la musique? Oui, elle adore la musique. La musique de chambre, vous savez, les petites choses délicates. » J'aime sa façon de comprendre que je *sais*, que ma position de garde-malade dans une maison de retraite ne fait pas forcément de moi une parfaite demeurée. « J'aurais dû y penser, a-t-il ajouté. J'ai un petit appareil dont elle pourrait se servir. Mais non, en fait, il vaudrait mieux qu'elle ait un lecteur-enregistreur, non ? »

Ce serait mieux, ai-je dit, et des cassettes de ce qu'elle aime.

« J'y penserai. Elle n'est pas folle de la télé, n'est-ce pas?

— Elle aime le théâtre. Et les vieux films, comme moi.

— Comme les meilleurs », a-t-il précisé. Et il m'a remerciée pour la suggestion, m'a dit au revoir très gentiment. Pendant une seconde, j'ai pensé qu'en dépit de ce que m'avait demandé Stella, il fallait que je lui en parle. Il fallait que je le rattrape. Il y avait peut-être quelque chose qui n'allait pas et si Stella mourait, si Stella mourait cette nuit, ce qui était tout à fait possible, il y aurait ces papiers et cette maison et personne au courant... Mais je ne l'ai pas fait. J'ai regardé sa voiture s'éloigner, une voiture de sport assez basse, assez étonnante pour un médecin, qu'il conduisait doucement, sans à-coups, pas du tout comme l'aurait fait Lena.

J'étais censée terminer à quatre heures. Ned arrivait de Norwich et je devais le retrouver à sept heures. Et quand il doit venir, ça m'occupe totalement l'esprit et si je ne me surveille pas, je suis comme une somnambule. Mais j'essaie normalement de passer ma dernière demi-heure avec Stella, à bavarder avec elle dans sa chambre ou dans le salon, si elle est d'humeur à ça.

Arthur faisait sa sieste et j'avais trouvé un jeu à la télévision pour Gracie. Ils avaient pris leur thé tous les deux et je suis donc allée frapper à la porte de Stella vers trois heures vingt, mais elle n'était pas là. Je l'ai trouvée dans le salon, toute seule, et si vous l'aviez vue comme je l'ai vue, vous n'auriez jamais pensé qu'elle était cette pauvre vieille femme mourant d'un cancer. Je vais vous dire à quoi elle ressemblait : à une dame attendant ses amies pour le thé. Elle était assise dans un fauteuil, un magazine qu'elle ne lisait pas sur les genoux, les yeux tournés vers la fenêtre, contemplant le jardin verdoyant et les papillons autour d'un buisson. Son menton reposait sur sa main repliée. L'autre main maintenait son poignet à la verticale. Cette position donnait à ses mains un aspect lisse et juvénile. Le coiffeur était passé, lui avait lavé les cheveux et fait sa mise en plis. Elle portait ma robe préférée, celle en soie bleue avec les motifs beiges. Elle avait ces bas très pâles qu'elle mettait toujours, de ceux qui peuvent transformer des jambes en poteaux mais qui n'altéraient en rien la forme galbée des siennes.

Mon discret toussotement l'a fait se retourner. Elle m'a adressé un sourire adorable, le sourire qu'elle nous réserve, à Richard et à moi, à l'exclusion de toute autre personne. Elle avait ce blush sur les joues qu'elle appelle « rouge » et sur les yeux cette ombre à paupières bleue, mais elle ne commet jamais l'erreur de porter un rouge à lèvres écarlate, comme le fait cette pauvre vieille Maud. Celui de Stella est rose et elle l'applique au pinceau.

« J'espérais que vous viendriez, Jenny », a-t-elle dit.

Je le fais toujours quand j'en ai la possibilité, comme je l'ai dit. Je me suis assise à côté d'elle et nous avons regardé les papillons, dénombré une dizaine de mouchetés jaune et noir, sept paons du jour, une vanesse rouge et un autre encore que Stella a appelé une virgule. Elle connaît beaucoup de choses sur la nature, la vie des animaux. Elle a dit qu'elle aimerait voir un machaon et elle a entendu dire qu'on ne les observait que dans le Norfolk. Peut-être en verra-t-elle un ici.

« Avant de mourir, a-t-elle dit. Peut-être en verrai-je un et je mourrai heureuse. »

Je n'ai rien pu répondre.

« Je suppose que je n'ai pas droit à une cigarette, n'est-ce pas, Genevieve ? J'adorerais fumer une cigarette.

— Il ne vaudrait mieux pas, ai-je dit. Vous n'êtes pas autorisée à fumer dans la résidence. » La pensée m'a fait glousser. « Certainement pas ici.

— Certainement pas, si vous avez un cancer du poumon. Mais n'est-ce pas stupide ? Il est trop tard à présent, le mal est fait et cela ne changerait plus rien. Tiens, une autre vanesse rouge. Son nom latin est merveilleux, *Vanessa atlanta*... » Elle a détourné le regard de la fenêtre et m'a fait face. « Je veux vous demander quelque chose. En fait, je veux que vous fassiez quelque chose pour moi, si vous voulez bien.

— Je le ferai si j'en suis capable, ai-je répondu, avec le sentiment inexplicable que ce ne serait pas quelque chose d'ordinaire.

— Vous devez me dire si vous voulez le faire.

— Très bien.

— Genevieve, si je vous donnais la clé et vous disais exactement où c'est, iriez-vous dans ma maison jeter un coup d'œil pour me raconter dans quel état elle est ?

— Vous voulez dire la maison de Curton Road ?

— Oui, celle-là. Elle s'appelle Moluques. J'imagine que le capitaine Wainwright qui en était le propriétaire avant M. Rogerson était un grand voyageur et qu'il était allé en Inde. » Elle m'a souri et ajouté : « Feriez-vous cela pour moi ? Y aller et me dire ce que vous en pensez ?

— Je crois que oui, ai-je répondu, et, comme le ton n'avait pas été très enthousiaste, j'ai continué : Oui, bien sûr, j'irai, Stella. » J'ai hésité, je ne savais pas comment le dire, mais j'ai essayé. « Ne vaudrait-il pas mieux que Richard s'occupe de ça ? Ne pourriez-vous pas lui parler de la maison et lui demander d'y aller ? Il est tellement gentil, ça ne le dérangerait pas, non ? Il ne serait pas fâché ou contrarié. »

Elle a aimé que je dise que son fils est gentil. Elle a rougi légèrement. « Je veux que ce soit vous qui y alliez, Jenny, a-t-elle insisté. Il vaut mieux que Marianne et Richard n'en sachent rien. Pas encore. Pas avant ma mort, si cela ne fait pas trop mélodrame. » Elle a détourné les yeux, non pas vers la fenêtre, mais vers un mur. « Cela me gêne, a-t-elle soufflé. Je suis désolée mais... mais c'est une chose qu'on ne voudrait pas faire connaître à ses enfants. Le ferez-vous pour moi ?

— J'irai ce soir.

— Oh ! Genevieve ! Vous serez prudente en voiture, n'est-ce pas ? »

3

C'ÉTAIT À ENVIRON DIX KILOMÈTRES par la route. Bien plus près à vol d'oiseau, bien sûr. Stella et moi n'avions probablement pas observé plus de trois kilomètres de paysage, depuis cette fenêtre à l'étage. La route, en partant de Tharby et une fois passé Thelmarsh Mill, est en ligne droite et toutes les haies ont disparu. C'est une voie romaine, sur laquelle les invincibles légions ont parcouru tout l'est de l'Angleterre. J'ai traversé Newall Pomeroy et pris la direction de Breckenhall. J'étais presque sûre de connaître l'endroit. Je ne m'étais pas trompée. La route était étroite, rectiligne et plate. Les maisons étaient construites en retrait, tout d'abord la blanche que Stella avait aperçue et puis, une centaine de mètres plus loin, la sienne.

La maison blanche avait un jardin entouré d'une barrière qui la séparait d'abord d'une portion de prairie, puis de la route et enfin du marais qui avançait jusqu'à la maison de Stella, contre les murs et la porte d'entrée. Le marais avait envahi le champ où poussaient pêle-mêle ajoncs, absinthes, orties, sureaux et rosiers, et conquis ce qui avait pu être autrefois un jardin. De telle sorte que la maison se retrouvait au beau milieu du marais. Sur le côté gauche, il y avait la trace d'un ancien sentier recouvert de chardons, longeant un fossé rempli de joncs et de chanvre d'eau. Ned dit que les pistils de l'épilobe ressemblent à de la laine sur une quenouille. Il y en avait partout, avec cette matière blanchâtre répandue alentour.

C'était une soirée douce et tranquille. Le soleil avait disparu. J'ai garé la voiture au début du sentier envahi de chardons. Il régnait un silence impressionnant depuis que les oiseaux étaient allés se coucher et que les oies avaient cessé de cacarder. Si vous connaissez bien la campagne, vous saurez à quel point tout peut devenir calme le soir, étouffé, amorti, comme si celle-ci voulait écouter quelque chose. Il y a quelques arbres dans le marais, mais l'essentiel de la végétation est formé de buissons et l'eau n'est jamais très loin de la surface. Les roseaux et les joncs, les coudriers et les cornouillers se balançaient très légèrement avec une sorte de murmure ou de souffle. Seul un filet d'eau se faisait entendre.

J'étais très consciente de tout cela en approchant de la maison. C'était la seule que j'eusse jamais vue au milieu du marais ou encerclée par lui. Un sorbier, d'une couleur identique à l'argile rouge des tuiles, avait grandi contre la porte. Quatre fenêtres me faisaient face. Elles avaient la forme des fenêtres d'église, en ogive, mais les vitres n'étaient pas teintées. La porte d'entrée se trouvait sous un petit porche au toit pointu lui aussi. Sur la gauche, il y avait un garage en bois. C'était une maison en pierre, les murs étaient couverts de ce qui semblait des galets, mais provenait en fait des champs de la région. La mère de ma grand-mère, quand elle était jeune, recevait la moitié d'un penny pour chaque panier de pierres qu'elle ramassait dans les champs, ce qui permettait à la charrue d'avancer sans risquer de briser le soc. Celles qui formaient les murs de la maison de Stella étaient toutes brunes, grises, blanches et presque noires, de taille assez voisine et assez régulièrement alignées.

Au-dessus de la porte se trouvait une plaque de plâtre ovale, sur laquelle était inscrit MOLUQUES, au milieu d'une couronne de feuilles. Il m'a fallu écraser les orties devant la porte pour ne pas être piquée aux jambes. Des toiles d'araignée recouvraient la porte et, au milieu de l'une d'elles, se trouvait un frelon mort. La clé a tourné facilement dans la serrure. Je me demandais — n'ayant pas pensé à poser la question — depuis combien de temps personne n'était venu. Pas trente ans, bien sûr, mais vingt peut-être ? À l'intérieur, le hall d'entrée était recouvert d'un papier argent parsemé de fleurs bleu pâle et il y avait un tapis de couloir bleu sur un parquet poussiéreux. L'atmosphère était confinée mais il n'y avait pas d'odeur particulière. La porte d'entrée s'est refermée toute seule derrière moi, sans grincer ni coincer.

J'étais dans le genre de maison que j'avais pu imaginer de l'extérieur, une pièce partant de chaque côté de la porte d'entrée, un couloir au milieu, une cuisine et une autre chambre au fond, un escalier s'appuyant au mur de droite. Si vous vivez dans le coin, vous savez à peu près quel est l'âge des maisons, et j'ai pensé que celle-ci avait environ cent vingt ans.

La première pièce dans laquelle j'ai pénétré était une sorte de salon. Elle était sur la droite, assez grande et meublée... comment dire ? Comme le sont les maisons des bourgeois et des gens qui partent en week-end, comme le sont les maisons de ceux que ma grand-mère appelait la *gentry*. Pas comme les nôtres donc. Je veux dire par là qu'ils n'ont pas de meubles neufs, mais plutôt ce qu'ils considèrent des antiquités, des vieilles choses en tout cas, qu'ils recouvrent leurs chaises de chintz, qu'ils collectionnent les tapis d'Orient et la vieille porcelaine. Stella était comme ça. C'était une jolie pièce, de celles qu'on voit photographiées dans les magazines de décoration qui traînent dans les salles d'attente. Je me demande ce que diraient mes voisins si je meublais ma maison comme ça.

Il y avait des assiettes de porcelaine sur les murs ainsi que des natures mortes. Mais le plus grand tableau était le portrait d'une femme. C'était une peinture à l'huile et pas une de ces reproductions ou photographies, ou je ne sais quoi encore. Il faisait bien un mètre de haut sur deux mètres de long. La femme avait les cheveux noirs et un joli visage très pâle, et elle portait une robe décolletée de soie rose foncé. Elle avait deux rangs de perles autour du cou. Elle tenait à la main une unique rose de couleur thé. La toile était simplement tendue sur châssis, et il n'y avait ni cadre ni vitre de protection. Je ne sais ce qui m'a fait penser que le peintre avait dû aimer cette femme, avait été amoureux d'elle, peut-être le soin avec lequel il avait dessiné sa bouche et la lumière qu'il avait mise dans ses yeux.

Les pièces d'argenterie qui se trouvaient là avaient pris une couleur brune, il y avait un bol en argent cabossé, et le cuivre avait noirci. Quelqu'un avait laissé des cheveux de Vénus et des pois de senteur dans un vase, mais il y avait bien longtemps que la dernière goutte d'eau s'était évaporée. Les fleurs avaient l'air d'être mortes depuis une vingtaine d'années, au point de se transformer en poussière si vous les aviez effleurées. Il y avait une bibliothèque remplie de livres. J'aime les livres, ce qui étonne la plupart des gens, j'aime les manipuler autant que les lire. Aussi en ai-je pris un pour voir le papier jauni et sentir l'odeur de moisi. La poussière volait partout, prenant des reflets bleus à la surface des meubles et une consistance mousseuse et grise sur les tissus, formant de petits nuages quand j'ai tapoté les rideaux du bout des doigts.

Il y en avait autant dans la salle à manger. Il était impossible de savoir de quelle couleur était la table sous l'épaisse couche de poussière qui la recouvrait, telle une nappe grise. J'ai ouvert le buffet qui était rempli de tableaux. Quelqu'un les avait décrochés et entassés là-dedans. Je le savais parce que je pouvais distinguer les carrés décolorés sur les murs, là où ils avaient été suspendus.

Certains représentaient des enfants et des animaux, assez jolis, mais je n'y ai pas beaucoup prêté attention. Sous la pile, j'ai trouvé la photo d'un homme et d'une femme serrés l'un contre l'autre. Elle n'était pas très vieille, pas plus vieille que moi, je veux dire, prise dans les années soixante sans doute. La coiffure de la femme m'a laissé penser ça. Des cheveux noirs peignés en arrière avec deux boucles revenant sur les joues. C'était la femme du tableau et elle portait la même robe du soir rose. Ça m'a semblé étrange, parce qu'ils étaient dehors visiblement, il y avait une falaise ou un rocher à l'arrière-plan, et elle portait cette robe de soie décolletée, tandis que lui était en jeans et chemise à carreaux. Il était grand et mince, blond, avec ce genre de visage qui a l'air de rire tout le temps. Il devait sourire facilement et on pouvait voir les rides qu'avaient laissées ces sourires. Le plus étrange, c'était que j'avais l'impression de l'avoir déjà vu et même de le connaître. Et c'était bien évidemment ridicule, parce que je ne rencontre pratiquement personne, comme vous pouvez l'imaginer. Et puis c'était triste de penser qu'il avait cette tête quand j'étais un bébé et qu'il ne devait plus du tout ressembler à ça maintenant.

Je suis montée à l'étage où il y avait trois chambres. La chaleur monte, dit-on, et l'atmosphère était étouffante. Il y avait encore plus de poussière. Le rez-de-chaussée était bien meublé, mais à l'étage il n'y avait qu'une chambre qui le fût : un grand lit, une armoire, une coiffeuse, une paire de fauteuils, le tout de style victorien. Le couvre-lit était un patchwork, fait à la main, aurais-je dit, dans les tons bleu et rouge. Je l'ai retiré, soulevant un gros nuage de poussière, et j'ai pu voir que les draps et les taies d'oreiller étaient là. L'été avait été chaud, mais quand j'ai glissé la main sous les draps, j'ai senti le froid et l'humidité. Je m'étais demandé comment ils chauffaient la maison, parce qu'il n'y avait ni radiateur, ni cheminée. Et là, j'ai trouvé un radiateur à pétrole, le vieux modèle, sorte de cylindre à pattes.

Comme je l'ai dit, les deux autres chambres n'étaient pas meublées. Il n'y avait pas de moquette non plus. Comme si les gens qui avaient vécu là s'étaient dit : il n'y aura jamais personne d'autre que nous, nous n'inviterons jamais d'amis, alors à quoi bon meubler ces pièces ? La salle de bains était à la mode de l'époque et un peu déprimante, comme la cuisine, et méritait d'être refaite. Un autre radiateur à pétrole, le modèle plat, était collé contre le mur.

Je pensais avoir exploré toute la maison, tout en me demandant pour quelle raison je l'avais fait, ce que j'étais supposée avoir trouvé, quand je découvris une porte dans la cuisine, autre que celle qui donnait sur le jardin, sur le marais à vrai dire. Cette porte devait mener au garage. Elle était fermée.

J'ai ouvert un ou deux tiroirs pour chercher la clé mais ils étaient vides, si l'on néglige le papier journal qui les tapissait. C'était le *Times* et la date était 1965. Rien de surprenant à cela. C'est à ce moment-là que j'ai regardé ma montre pour m'apercevoir qu'il était six heures et demie. Je devais retrouver Ned à trois kilomètres de là aux environs de sept heures et j'avais donc tout mon temps. Mais votre perception du temps est perturbée quand quelque chose de merveilleux vous attend une demi-heure plus tard. Vous devez vous préparer, vous mettre en condition. Pour moi, cela signifiait arriver la première, jouir de l'attente, surveiller l'arrivée de sa voiture sur la route. Vous pouvez voir tellement loin sur ces routes parcourues par les légions romaines, à des kilomètres. C'était pour moi une expérience extraordinaire que de m'asseoir et de voir les voitures arriver, quelques voitures seulement, le trafic n'est pas intense, et d'espérer et de me morfondre, d'être déçue, d'espérer encore et de voir enfin sa voiture, de le voir *lui*.

Je suis sortie de la maison et j'ai fermé la porte derrière moi. Je ne sais pas pourquoi j'ai fait le tour du garage, peut-être parce qu'une demi-heure m'a semblé trop long pour la courte distance jusqu'à Thelmarsh Cross et aurait fait passer mon attente de dix à vingt minutes. Il y avait des arbres et pas seulement des herbes folles et des buissons dans cette partie du marais, coudriers, sorbiers et un labyrinthe de saules. Il m'a fallu traverser un fourré pour passer derrière. Il y avait une petite fenêtre à l'arrière du garage et s'il y a une fenêtre, vous ne pouvez pas ne pas y jeter un coup d'œil, n'est-ce pas ?

Je vis une voiture à l'intérieur. Les garages sont en général faits pour ça et que peut-on s'attendre à y voir d'autre ? Pas dans les garages de maisons abandonnées, toutefois. Cette voiture était une Ford Anglia rouge, un peu plus vieille que moi. Je le savais parce que mon père a eu ce modèle, mais en bleu foncé, avec la calandre à l'avant comme une bouche à l'envers et la lunette arrière inclinée vers l'habitacle, dessinant une sorte de Z. Les pneus étaient à plat. Elle était couverte d'une épaisse couche de poussière. Je me suis demandé si Stella était au courant de son existence.

Je suis retournée à ma voiture et j'ai fait un petit détour jusqu'à Thelmarsh Cross, en passant par Breckenhall et Curton, et devant le garage dont mon père était autrefois copropriétaire. La rue principale du village de Curton est large mais les ruelles adjacentes sont très étroites et encaissées, et vous ne pouvez guère aller vite. Si vous dépassez les quarante kilomètres à l'heure, vous pouvez facilement percuter une voiture qui vient en sens inverse. Ça me convenait parfaitement d'aller doucement, pour faire passer le temps.

Thelmarsh Cross est un des endroits où nous nous retrouvons régulièrement. Mais alors que j'étais assise dans ma voiture, je me suis dit qu'il vaudrait peut-être mieux ne plus se rencontrer ici. C'était trop à découvert, cet endroit où deux routes se croisaient, abrité par quelques arbres seulement et pour le reste entièrement exposé aux regards. Je suppose que nous l'avions choisi parce qu'il n'y avait pas de maisons et que personne n'aurait emprunté cette route pour quitter Tharby ou y aller. Mais on ne peut jamais vraiment parier sur ce genre de choses. Il arrive aussi que certaines personnes trouvent dans le danger l'ingrédient supplémentaire d'une aventure sentimentale. Mais ce n'est pas mon cas et notre aventure ne ressemble pas à ça : le danger, c'est le risque d'être découvert et c'est ce que je crains le plus. J'en redoute la conséquence, qui serait de ne plus le voir.

J'étais donc assise là, à observer les voitures approchant sur la route rectiligne. Le silence régnait jusqu'à ce qu'un coup de feu ait retenti au loin et fait décoller les pluviers en un nuage bruissant de leurs battements d'ailes. J'ai vu une voiture comme la sienne, même modèle, même couleur, apparaître au sommet de la côte, et j'ai eu l'impression que mon cœur se retournait. Bien entendu, ce n'est pas votre cœur, c'est un nerf qui se tend dans votre estomac, votre ventre. La voiture n'était pas celle de Ned et la femme qui la conduisait m'a dévisagée, mais je ne la connaissais pas.

Quand il est arrivé, deux minutes plus tard, ce n'était absolument pas depuis cette direction, mais en provenance de l'autre route que je ne pouvais pas voir. Ce qui fait que je n'étais guère préparée quand sa voiture est venue se ranger à côté de la mienne. Nous nous sommes regardés et nous avons souri. À cet instant précis, il n'y a plus pour moi ni passé ni futur, simplement le présent prenant une dimension d'absolu. Il a garé sa voiture un peu plus loin dans le bois et je l'ai suivi. Nous nous sommes arrêtés au moment où nous étions sûrs que les voitures seraient dissimulées par les arbres.

Nous n'avons jamais beaucoup parlé au début, pendant nos rendez-vous. Nous nous enlaçons et nous nous embrassons. Ça a toujours été comme ça. Dehors, dans la douceur de l'été. Nous nous sommes embrassés comme si c'était la première fois, comme si c'était de nouveau cette nuit où je lui avais fait mon numéro de charme et où nous nous étions embrassés la première fois, dans la nuit noire et fraîche. Au bout d'un moment, il a dit : « Où m'emmènes-tu ?

— Quelque part dans les bois. Un endroit caché que j'ai trouvé quand j'étais petite.

— Fini, la meule de foin ?

— Ils s'en sont servi pour refaire le toit des Fletcher. » J'ai pris sa main et nous nous sommes mis à marcher. « Je t'aime, ai-je murmuré.

— Je sais. J'ai besoin que tu m'aimes. Tu n'as qu'un mot à dire, un seul, et je quitterai Jane pour vivre avec toi. »

Nous avions déjà eu cette conversation et nous allions l'avoir de nouveau. « Pour toujours ?

— Pour toujours, en ce qui me concerne. Oui, pour toujours. Pourquoi pas ? Je suis prêt à couper tous les ponts pour toi, Jenny. J'empoisonnerais les puits, je pillerais la ville, je passerais la rivière et brûlerais mes navires.

— Alors j'ai intérêt à ne pas dire ce mot à la légère, ai-je dit en serrant la main jusqu'à ce qu'elle me fasse mal, afin de conjurer le sort.

— Nous habiterons dans ma maison et nous serons un sujet de scandale. » Il a beaucoup d'imagination. « Ta mère sera obligée de quitter le *Legion*. Le journal local viendra m'interviewer et prendre des photos. Mais nous vivrons le bonheur parfait.

— Tu sais bien que je ne peux pas.

— À cause d'Hannah ?

— Non, *tu* ne peux pas à cause d'Hannah. Tu le sais, non ? Tu sais que tu ne peux pas.

— Je sais. Enfin, je crois que je sais. Mais il doit y avoir un moyen. Il y en a toujours un, non ?

— Non », ai-je répondu pour éviter de dire oui.

Nous avons écarté les branches, sommes entrés dans le petit abri et, sur le sol couvert d'herbe chaude et sèche, nous avons fait l'amour.

Quand j'ai dit à Stella que j'étais allée voir sa maison, elle a rougi. Je croyais que les personnes âgées ne pouvaient pas rougir, mais ce n'est pas le cas : elles sont comme tout le monde.

Elle était dans sa chambre, à boire le café qu'elle prend au milieu de la matinée, et je m'étais assise près d'elle. C'était le jour de radiothérapie pour Maud, Arthur était sorti avec son fils, et je n'avais pas grand-chose à faire, après avoir laissé Gracie devant une vidéo de *La Mélodie du bonheur*. Je m'attendais que Stella me bombarde de toutes sortes de questions à propos de la maison, mais en fait elle était un peu réservée, plutôt gênée. Son visage a repris sa couleur normale et elle m'a jeté un regard curieux, comme si la personne qu'elle connaissait s'était transformée en quelqu'un d'autre, comme si le fait d'avoir vu sa maison m'avait changée.

« Vous ne voulez rien savoir ? » ai-je fini par lui demander.

Sa réponse fut étrange. « Je suppose qu'il le faut.

— Alors, je vous raconte ? »

C'est un mot que je n'emploierais pas pour elle normalement, mais je l'ai trouvée maussade. Un peu comme un enfant qui a été déçu. « Je ne vous ai pas crue quand vous avez dit que vous iriez aussi vite, a-t-elle dit.

— Si vous préférez que nous n'en parlions pas, Stella, je n'y vois aucun inconvénient. Ça ne m'a pas dérangée d'y aller. N'y pensons plus. » J'ai regardé autour de moi pour trouver un sujet de conversation. « Je vois que vous avez reçu une autre carte de Corfou. Votre fille passe un bon moment ?

— N'essayez pas de me ménager, s'il vous plaît, Genevieve. Je ne suis pas retombée en enfance. » Elle n'avait jamais employé ce ton auparavant, et j'ai été sidérée. Je ne pouvais pas croire que sa voix ait pu devenir si dure.

« Je suis désolée », ai-je dit.

Elle a été immédiatement prise de remords. « Oh, Genevieve, c'est moi qui suis désolée. Je ne devrais pas vous parler sur ce ton. Simplement, une des choses que j'aime chez vous, c'est que vous ne me parlez pas comme certains autres le font. C'est très courant, avec les personnes âgées, quand vous arrivez à soixante-dix ans, qui que vous soyez et quel que soit l'esprit qui vous reste, d'être traité comme un enfant. Particulièrement dans ces résidences. On ne vous parle plus comme à un être raisonnable, on vous cajole, on vous malmène et on vous ment. » Elle s'est interrompue pour reprendre son souffle avec difficulté, elle a rougi de nouveau, avec une teinte plus sombre cette fois-ci. « S'il vous plaît, ne devenez pas comme ça. Ce serait insupportable. Je ne pourrais pas, je ne le supporterais pas ! »

J'ai été décontenancée par cet éclat. C'était tellement inattendu, tellement choquant de la voir à ce point en colère. J'aurais voulu la prendre dans mes bras jusqu'à ce que son cœur retrouvât son rythme habituel. Mais c'eût été catastrophique. Le contraire de ce qu'elle venait de me recommander. Tout ce que je pouvais faire, c'était m'excuser et attendre sa prochaine initiative.

« Stella, je suis désolée, vraiment. C'était tout à fait mal venu de ma part, mais c'était seulement parce que je ne savais pas quoi dire. » J'ai rassemblé tout mon courage pour continuer. « Le fait est que... je ne comprends pas votre attitude avec cette maison, je suis perdue et je ne sais comment me comporter. »

Elle a baissé les yeux, en hochant doucement la tête. Sa toux m'a rappelé qu'elle avait un cancer du poumon, après tout, et qu'elle allait en mourir. Elle m'a tendu la main, couvert la mienne et l'a pressée. « Alors, racontez-moi.

— Il n'y a pas vraiment grand-chose à dire. Tout va bien. Juste beaucoup de poussière.

— J'imagine que le marais a avancé jusqu'à la maison, non ?

— Oui, mais ça va. Il y a un sorbier couvert de baies contre la porte d'entrée. »

Elle ferma les yeux un instant. « Comme c'est étrange. Comme tout cela est étrange. » Et après une hésitation, elle a ajouté : « Avez-vous jeté un coup d'œil dans les armoires et les tiroirs ? »

C'est drôle. Sans doute parce que je dois mentir à propos de Ned, je suis particulièrement soucieuse de ne pas le faire dans les autres domaines de mon existence. Mais là, j'ai eu envie de mentir. Il n'y avait aucune raison pour moi de fouiller dans les tiroirs, si ce n'est la pure curiosité. Et je n'arrive pas à admettre que je suis curieuse et que ça me met à égalité avec Shirley Foster. Je me suis pourtant dit que je ne pouvais pas me permettre d'être orgueilleuse et j'ai avoué que j'avais regardé dans une armoire et trouvé des tableaux et des photos d'un homme et d'une femme.

Les personnes âgées disent toujours qu'elles savent combien elles ont changé, mais elles ne se rendent pas vraiment compte. Elles ne savent pas que leur visage d'il y a trente ou quarante ans n'est pas une version jeune de celui qu'elles ont aujourd'hui, mais qu'il est totalement différent et pourrait être celui d'une autre personne. Et c'est pourquoi Stella a pris cet air dubitatif quand j'ai dit une « femme ». Elle a même souri, en secouant la tête.

« Vous ne m'avez pas reconnue, Genevieve ? C'était moi, cette femme. Je suppose qu'avec mes cheveux blancs… »

Finalement, le tact m'a fait dire que j'avais pensé que c'était elle. En fait, ça ne m'avait pas traversé l'esprit. Pour une raison qui m'échappe, j'avais toujours pensé qu'elle avait été blonde. J'ai cru bon de changer de sujet et je lui ai parlé de la voiture. Ayant commencé à parler avec franchise, j'ai poursuivi — c'est extraordinaire de voir à quelle vitesse on prend de bonnes habitudes ! — et je lui ai dit que j'avais essayé d'ouvrir la porte et que, n'ayant pas trouvé de clé, je m'étais contentée de regarder par la fenêtre.

« Votre voiture est toujours là, en bon état. Ce sera bientôt un modèle de collection. »

Elle n'a pas souri. « Pas la mienne, a-t-elle affirmé. Pas ma voiture. Mais cela n'a pas d'importance.

— Voici votre clé. »

Elle a paru en avoir peur. Ce devait être mon imagination. « Non, gardez-la. Je veux que vous la gardiez. » Cela méritait une explication et elle est venue après quelques secondes d'hésitation. « Si je décide de la vendre, il est bien que quelqu'un ait une clé pour les agents. » Elle a eu l'air d'en faire une vague possibilité pour l'avenir, mais elle n'avait pas d'avenir, seulement quelques mois devant elle.

« Voulez-vous que je téléphone à une agence pour vous ?

— Non, pas encore. Peut-être jamais. Je ne sais pas. Je ne sais pas pourquoi j'ai demandé au notaire de m'envoyer ces actes. » Elle s'éclaircit la voix. « Comme si j'en avais besoin.

— Vous pouvez les renvoyer. Ça n'est pas compliqué. »

Elle n'a pas répondu. Elle a chuchoté, sur le ton de la confidence : « Mon mari était avoué. Vous l'ai-je jamais dit ? »

Elle ne m'avait jamais parlé de lui. « Où ça ? À Bury ?

— À Bury. Une étude qui appartenait à sa famille. Son grand-père l'avait créée. Cela s'appelait *Newland, Newland & Bosanquet*. Ils ont changé le nom par la suite quand j'ai commencé à travailler chez eux. Les avoués ont toujours des noms ridicules, n'est-ce pas ? Le prénom de mon mari était Rex, ce qui m'avait fait penser à un chien la première fois que je l'ai entendu. J'étais sa secrétaire, c'est ainsi que nous nous sommes rencontrés. Il avait vingt-deux ans de plus que moi. C'est beaucoup trop, Genevieve. Mike est plus âgé que vous ? »

Je redoutais de parler de moi. J'ai répondu que Mike était plus vieux de six mois, et puis : « C'est Newland, Newland & Bosanquet qui avait... (je cherchais le mot juste) conclu la vente de votre maison ? »

Elle m'a jeté un regard très étrange. « Certainement pas. Oh non, ma chère. Je suis passée par quelqu'un d'Ipswich. Mais n'a-t-on pas assez parlé de moi pour aujourd'hui ? J'ai l'impression d'occuper toutes les conversations. »

Elle était bavarde et brillante, sa voix s'était éclaircie, l'irritation de la gorge avait disparu. Sharon a fait son apparition et emporté le plateau du petit déjeuner. Stella a attendu qu'elle fût sortie, puis elle m'a demandé, en regardant ses ongles rouges : « Comment avez-vous rencontré votre mari, Genevieve ? »

L'heure de vérité. « Je ne l'ai pas vraiment rencontré. Je crois que je l'ai toujours connu. C'est ce qui se passe dans un village. Nous étions ensemble à l'école du village, avant celle qui regroupe tous les villages du coin, à Thelmarsh.

— Le voisin, donc ?

— Pas vraiment voisin. Mais pas loin. » C'était moi qui rougissais à présent et je détestais ça. Je sentais mon visage devenir brûlant. Stella m'observait et son visage exprimait une profonde sympathie, faite de compréhension et de bienveillance, que je ne m'expliquais guère. « Nous sommes allés au lycée ensemble et je suis restée jusqu'en terminale. Lui est parti à seize ans. Nous sortions déjà ensemble. Il voulait aller au lycée technique pour apprendre son métier. » Pourquoi diable ai-je poursuivi ? Ce n'était pas ce qu'elle m'avait demandé. Je me répandais en confidences. « Mais il devait gagner sa vie. Et il gagne bien sa vie. Nous nous sommes mariés à l'âge de dix-neuf ans. » J'ai levé les yeux vers elle. « Mais s'il vous plaît, ne dites pas que vous trouvez ça romantique. Ne le dites pas.

— Je ne le dirai pas, a-t-elle assuré, et sa main, qui s'était relâchée, s'est refermée de nouveau sur la mienne.

— Nous allons fêter notre treizième anniversaire de mariage cette année. Ça n'a jamais été romantique. » J'ai détourné les yeux vers la fenêtre pour regarder le jardin et les roses qui s'épanouissaient dans la chaleur de l'été. « Et maintenant je ne sais pas ce qui va se passer, parce que je suis amoureuse de quelqu'un d'autre. »

4

LA VIE DANS UN VILLAGE paraît étrange aux habitants des villes et on ne sait pas vraiment ce que c'est tant qu'on n'y a pas vécu. Pour ma part, c'est la seule vie que je connaisse, mais j'ai parlé à suffisamment de gens et j'ai lu assez de livres pour savoir qu'elle est différente. Nous, les gens d'un endroit comme Tharby, nous sommes une sorte de grande famille. Nous sommes peut-être quatre cents mais tout le monde se connaît et s'appelle par son prénom. Vous avez été en classe avec toute votre génération, vos parents avec la leur et vos grands-parents de même. Et vous épousez votre voisin, comme dit Stella. Prenez ma mère, par exemple. On ne dirait pas qu'avoir eu trois maris et un petit ami soit typique de la vie villageoise, mais mon père et celui d'après étaient des types de Tharby, et Len, son amant, avait une petite propriété à Tharby Heath. Son troisième mari était le seul qui ne fût pas du coin et il venait de Eye, ce qui n'en fait pas vraiment un étranger.

Il y a beaucoup plus de gens qui quittent le pays qu'autrefois, parce qu'ils ne trouvent pas où loger, et les nouveaux arrivants se font rares. Pas des gens comme nous, en tout cas. Certains viennent prendre leur retraite, mais ils restent dans leur coin. Nous ne sommes pas loin de Londres et les gens pourraient faire le trajet matin et soir — il y en a qui le font sur de bien plus grandes distances —, mais on en compte très peu à Tharby. Et il n'y a que deux familles qui viennent pour le week-end. Même ces jours-là, M. Thorn, le maire, est appelé le châtelain et pas toujours sur le ton de la plaisanterie.

J'ai dit que nous étions une famille, mais vous ne devez pas perdre de vue que c'est dans les familles que commencent la plupart des ennuis dans ce monde. Nous ne nous entendons pas tous bien, loin de là, mais je dois admettre que nous faisons toujours front contre un ennemi. Enfin, je me doute qu'ils devaient dire la même chose en Bosnie et voyez ce qui s'est passé. En tout cas, bien ou mal, nous nous connaissons tous parfaitement, nous savons qui est la mère de qui, qui est la nièce de celui-ci et le beau-frère de celle-là. Pour ce genre de choses, nous ne commettons jamais la moindre erreur. Et plus important encore, nous nous sentons bien ensemble. Si vous allez à une soirée de musique folklorique à la salle des fêtes du village, comme celle au cours de laquelle j'ai rencontré Ned, vous savez qui sera là, vous n'avez pas à vous inquiéter comme pour une soirée à Bury ou Thetford, vous verrez toujours les mêmes têtes, les mêmes gens que ceux qui étaient en classe avec vous à l'âge de cinq ans.

Sauf cette fois-là, quand Ned et Jane sont venus.

Il fallait rassembler des fonds pour quelque chose, les cloches de l'église probablement. Je ne comprends pas comment refondre des vieilles cloches et les suspendre dans le clocher peut coûter cent mille livres, mais c'est ce qu'ils nous ont annoncé. Ce qui fait que nous avions sans cesse des soirées, des bals, des loteries, des ventes de charité, afin de ramasser de l'argent pour les cloches. C'était un samedi et Mike était de retour. Nous sommes arrivés un peu en avance. Mike arrive en avance partout, il est du genre ponctuel jusqu'à l'obsession. Il a mis un costume mais j'ai refusé de faire le moindre effort vestimentaire. C'est un peu fou de porter une robe de cocktail pour un concert de musique folklorique, non ? Si j'en avais une paire, j'aurais aimé porter des bottes de cow-boy et une veste à franges. Mais je n'en ai pas et je me suis donc contentée d'une chemise à carreaux et de jeans.

Ma sœur, Janis, était là, ainsi que mon frère Nick et sa petite amie, Tanya. Maman avait laissé Shirley Foster s'occuper du *Legion* et tenait le bar. On aurait dit qu'elle arrivait de Nashville, ma mère, avec sa minijupe, sa veste en cuir et un immense Stetson sur la tête. Janis lui avait dit de ne plus porter de minijupes, qu'elle avait passé l'âge. Et quand maman avait répliqué qu'elle n'avait que cinquante-trois ans et ses jambes trente de moins, Janis avait ajouté : « Il ne s'agit pas de tes jambes mais de ton visage. » Ce n'était pas très gentil mais maman ne s'était pas formalisée et elle continuait de porter des jupes courtes. Pas mal d'amis de Mike étaient là, ainsi que Philippa, ma meilleure amie depuis notre baptême. Même mon père était venu, avec sa petite amie, Suzanne, qui est plus jeune que moi. Tout le monde était là, y compris les Thorn et cette femme à la retraite, Lady machin quelque chose, les gens qui travaillent à Londres et ceux qui ont acheté le moulin pour en faire leur maison de campagne.

Ils restent toujours entre eux, bien sûr. M. Thorn a appelé Mike et lui a fait placer deux tables côte à côte et des chaises pour neuf personnes. Il l'a appelé comme s'il était son domestique et, une fois l'installation terminée, il ne l'a même pas remercié. J'ai l'habitude de ce genre de choses, ça s'est toujours passé comme ça, mais je ne m'y fais pas. Et si c'est à moi qu'il avait demandé de le faire, je veux croire que je lui aurais dit de se débrouiller tout seul. Ou peut-être aurais-je obéi gentiment, comme l'a fait Mike.

Quand les gens qui viennent pour le week-end sont arrivés, je m'attendais qu'ils se dirigent vers les tables que Mike avait réunies. Je ne les avais jamais vus auparavant, peu d'entre nous les connaissaient et nous les avons regardés, certains avec insistance, d'autres avec plus de discrétion. La femme était grande et mince, environ trente-cinq ans, avec un visage un peu pointu comme un renard et une masse de cheveux blond-roux. Ni rouge, ni carotte, ni même auburn. Elle était jolie et habillée très simplement, en tailleur de lin noir et T-shirt blanc. Mais elle était sans conteste la femme la plus élégante de l'assemblée. L'homme, c'était Ned.

M. Thorn s'est levé quand il les a vus. Les gens du moulin ont fait de même. Je n'arrivais pas à entendre ce qui se disait, ils se présentaient les uns aux autres, invitaient les nouveaux arrivants à la table mais sans succès. Bien après, j'ai demandé à Ned comment il avait évité de s'asseoir avec le châtelain et toute la bande, et il m'a répondu qu'il avait dit la vérité, qu'il ne voulait pas déranger. Leur fille était malade et bien qu'il l'ait laissée au lit à la maison, avec une baby-sitter, il aurait eu des scrupules à ne pas aller la voir de temps en temps au cours de la soirée. La vérité. Ou plutôt la moitié.

« J'ai fait une émission l'année dernière avec des gens comme James Thorn, m'a-t-il raconté par la suite. Il s'agissait d'une enquête sur les vestiges de la vie de château et nous l'avions intitulée “Ah ! qu'il est doux de ne rien faire. Quand tout s'agite autour de vous”.

— Comme dans “Galatée” », ai-je dit. Je suis toujours fière quand je peux suivre Ned.

« Je ne crois pas que Thorn continuerait de ne rien faire s'il se souvenait de moi. »

Cette discussion avait eu lieu en mai et la soirée de musique folk était en février. Ce serait ridicule de prétendre que je suis tombée amoureuse de Ned dès que je l'ai vu. Vous ne pouvez dire ça que si vous pensez que l'amour, c'est coucher avec quelqu'un. Quand j'ai vu Ned, j'ai eu une réaction instantanée. Je me suis dit : comme ce doit être merveilleux de vivre avec quelqu'un comme ça, de voir ce visage sur l'oreiller à côté de soi en se réveillant, de savoir qu'il est à soi !

Eh bien, il faut qu'il soit à moi. En quelque sorte. Si une telle chose est jamais possible. Un mois plus tard, j'étais profondément amoureuse, mais pas ce soir-là. Pas du tout. Comme le reste du village, j'ai tourné la tête vers Ned et Jane pour voir ce qu'ils allaient faire. Et ce qu'ils ont fait, c'est venir vers nous.

Ned a dit plus tard, bien plus tard, que Jane et lui avaient l'habitude d'aborder les gens dans les soirées et de se présenter. Ils étaient entraînés. Leur métier — elle fait des castings — les oblige à rencontrer beaucoup de monde. Ils ne peuvent pas se permettre d'attendre les présentations, de rester silencieux — comme Mike et moi le ferions — jusqu'à ce que quelqu'un ait pitié d'eux. Il a dit qu'il m'avait vue et qu'il avait aimé « mon allure », ce sont ses mots, et les autres, c'est-à-dire Philippa et son mari Steve, Janis et son mari Peter, qui avaient l'air sympathique et de leur âge. Il ne s'est jamais soucié du fait que nous n'étions pas de son milieu et je ne crois pas que ça lui aurait posé un problème de toute façon. Nous représentions une alternative plus attrayante que le châtelain et le couple snob du moulin. C'est comme ça qu'il s'est approché et a dit : « Bonsoir. Mon nom est Ned Saraman et voici mon épouse, Jane Beaumont. »

J'ai pu voir qu'ils étaient tous en train d'intégrer ce dernier élément, d'y réfléchir. Il n'est pas très courant à Tharby que les épouses portent un nom distinct de celui de leur mari.

« Nous venons d'emménager dans la maison qui s'appelle Rowans », a-t-il ajouté.

J'ai été la première à tendre la main. Je voulais sentir la sienne, savoir ce que ça ferait de la toucher. Il avait une poignée de main ferme — l'a toujours, j'imagine, même si je ne l'ai plus serrée depuis. Je ne suis pas vraiment timide, mais avec lui j'ai l'impression de l'être. Les femmes le sont, je crois, avec les hommes qui les attirent. Mike n'était pas timide, et Steve non plus. Ils ont commencé à donner des conseils au sujet de Rowans, bien que Ned et Jane ne leur aient rien demandé : il fallait refaire l'électricité, le toit n'avait pas été restauré depuis vingt ans — c'était l'oncle de Steve qui l'avait fait la dernière fois —, il y aurait des problèmes si une isolation n'était pas rapidement installée. Janis, qui ne voulait pas être en reste, a commencé à donner les noms des gens qui pourraient leur livrer leurs journaux et qui feraient leur blanchisserie.

Philippa, elle, est restée aussi silencieuse que moi. Je savais ce qui lui passait par la tête, comme cela m'arrive souvent : elle pensait comme moi que c'était la première fois de sa vie, à sa connaissance, que des gens comme ça — la *gentry*, selon ma grand-mère — se mêlaient à des gens comme nous dans une occasion pareille. C'était la première fois que nous pouvions voir ce genre de personnes agir comme si nous avions appartenu au même monde.

Dès que la conversation s'est interrompue, Ned a jeté un coup d'œil à nos verres vides et proposé d'aller chercher autre chose. Seules Janis et moi voulions du vin blanc. Jane a ouvert la bouche pour la première fois.

« Bien, chéri, va voir ce que la Dolly Parton surannée a à proposer. »

Il y eut un silence embarrassé. Croyez-le ou non, je ne savais pas ce que voulait dire *surannée*, mais j'ai compris que ça n'était pas poli et j'étais en colère. Ned s'est dirigé vers le bar dont s'occupait maman et je l'ai rattrapé. J'ai dit : « Excusez-moi. »

Il s'est retourné et m'a souri. Il est très grand et a dû se pencher un peu pour me parler. Ses yeux sont d'un gris clair et profond, l'iris cerclé de noir. « Jenny ?

— Vous devriez savoir qu'il faut faire attention à la façon dont vous parlez des gens de ce village. Je veux dire que votre femme devrait. » Je m'exprimais d'une voix égale, sans agressivité. J'ai essayé de garder mon calme. « Tout le monde est parent de tout le monde. La Dolly Parton je ne sais quoi est ma mère. »

Il n'a pas bougé, encaissant le choc. Puis, il a dit : « Je suis vraiment navré. Je vais le lui expliquer. »

Je savais que je devais être écarlate. Je suis revenue vers les autres. Ils parlaient tous en même temps de vin blanc, des mérites du riesling par rapport au chardonnay de Californie, tous à l'exception de Jane qui avait l'air de s'ennuyer. Elle n'avait pas eu l'air très préoccupée, quand elle s'était rendu compte de ce qu'elle avait dit. La musique a commencé au moment où Ned est revenu avec nos verres. Len, l'amant, était à la guitare, Paul Fletcher au sax ténor et son cousin, un autre Mike, de Curton, à la batterie. Karen, la sœur de Philippa, a commencé à chanter *Stand by Your Man* en tentant d'imiter Tammy Wynette, et nous nous sommes tous assis.

Après deux chansons, Ned a annoncé qu'il allait faire un saut à la maison et voir comment allait Hannah. La mère de la petite n'avait pas l'air de s'en soucier, ai-je pensé, mais sans doute étais-je encore sous l'emprise du ressentiment. Je l'ai regardé s'éloigner. Arrivé à la porte, il s'est retourné, m'a vue le regarder et a haussé les sourcils. J'ai souri et il a souri, l'air apaisé. Puis je suis allée parler à mon père parce que ça lui fait tellement plaisir. Il ne s'est jamais débarrassé de la culpabilité de s'être séparé de maman et de nous avoir quittés. Son visage s'illumine chaque fois que l'un de nous le traite en père véritable.

Après avoir installé Gracie, de retour de chez le dentiste, je suis allée voir Stella. La veille, j'étais en congé et l'avant-veille, je lui avais avoué pour Ned. Faire une confidence à quelqu'un, de la façon dont je m'y étais prise avec elle, devrait vous faire aimer la présence de ce quelqu'un. Mais ce n'est pas le cas. C'est comme si vous aviez déversé une partie de votre cœur dans un récipient, que vous vous en étiez débarrassé ; et tout ce que vous souhaitez, c'est le jeter au loin et ne plus jamais le revoir.

C'était pour cette raison qu'il fallait que je la voie, pour me débarrasser de cette impression. Je savais que je serais très mal à l'aise de la revoir. J'aurais sans doute dû y penser, avant d'ouvrir la bouche, au lieu de vouloir la punir de m'avoir entendue et laissée parler. Elle avait été tellement patiente et j'en avais tant dit. Comment je n'avais pas revu Ned pendant près d'un mois après cette soirée, avant de tomber sur lui dans la boutique du village. Et tous les détails sur ce qui s'était passé ensuite.

Le même samedi, je passais devant sa maison et il était dans le jardin à essayer de tailler ses rosiers. Je dit bien « essayer » parce qu'il n'avait pas la moindre idée de ce qu'il faisait : il coupait l'extrémité des branches. Alors je l'ai aidé et il m'a proposé d'entrer pour une tasse de thé. Je ne dis pas que je ne serais pas partie, si j'avais su que Jane n'était pas là. Mais elle n'était pas là : elle avait emmené Hannah chez sa mère. Nous avons pris le thé et nous nous sommes assis pour bavarder.

Il y a trente-deux ans que je vis dans ce monde et je n'ai jamais parlé avec personne comme je le fais avec Ned. Avec Philippa, bien sûr, nous parlons, mais rarement des choses importantes, plutôt des courses que nous faisons, de ce que nous allons préparer à dîner, des vieux films qui sont sa grande passion. Ned et moi parlons de ce en quoi nous croyons, ce que nous voulons et espérons, ce que devrait être la vie. Tout ça était enfermé en moi. J'y avais pensé, j'y pensais même tout le temps, je le formulais pour moi-même, mais jamais je ne le prononçais. Il a saisi mes pensées simplement en me parlant et, bien après, il m'a dit que j'avais saisi des choses qu'il n'avait jamais confiées à personne.

Stella m'a écoutée pendant que je lui racontais tout ça, comment j'avais pensé avoir trouvé un ami au départ, en quoi son appartenance au sexe opposé n'avait aucune importance, nous pouvions nous retrouver quand il venait le week-end et le sexe importait peu. Elle a écouté et elle a dit qu'elle comprenait. Elle ne comprenait que trop, a-t-elle ajouté, combien on pouvait se leurrer ainsi et quel choc c'était quand on le découvrait.

Aussi étais-je partie à sa recherche. Elle n'était ni dans sa chambre ni au salon. J'ai pensé qu'elle était peut-être encore allée jeter un coup d'œil à sa maison de l'autre côté de la prairie. Mais elle n'était pas à l'étage non plus. Stella n'aimait pas beaucoup s'asseoir dehors, il lui fallait une raison pour sortir et le beau temps n'en était pas une suffisante à ses yeux.

La raison, je l'ai sentie avant même d'apercevoir Stella. Elle était assise sur un banc de pierre derrière la haie de cyprès, en train de fumer une cigarette.

J'aurais pu m'en servir pour engager la conversation tout en dissimulant mon embarras. Lena en aurait fait tout un plat, aurait réagi comme si Stella avait eu dix ans, prise en flagrant délit de fumer dans le jardin. Mais à quoi bon ? Elle était en train de mourir, cette pauvre Stella, et pouvait bien jouir de certaines choses avant la nuit. Quand elle m'a vue, elle a esquissé un sourire. Elle tenait sa cigarette les doigts tendus comme une star de cinéma. Elle m'a fait penser à Bette Davis.

« Allez-vous me gronder, Genevieve ? J'ai besoin de fumer une cigarette de temps en temps. Je préfère autant vous le dire, il m'arrive de le faire quand il n'y a personne aux alentours.

— Cela vous regarde, dis-je avec une brusquerie qui trahissait mon embarras.

— Je n'avouerai pas même sous la torture le nom de mon fournisseur. »

Pas Richard, pensais-je. Pas un médecin. Marianne. J'aurais fait la même chose pour ma propre mère. « Lena ne vous torturerait pas, dis-je. Mais elle se débrouillerait pour que vous n'en ayez plus. Soyez prudente. »

Elle a soufflé la fumée par les narines. Je n'avais jamais vu personne le faire, ailleurs que dans un film. Elle était très pâle et pas seulement à cause de la poudre qu'elle avait mise. Toute couleur semblait s'échapper d'elle. Même le bleu-vert de ses yeux semblait s'estomper. Ses lèvres se sont entrouvertes ; un petit nuage de fumée est apparu et s'est mis à danser. Elle l'a chassé du revers de la main.

« Genevieve ? »

Je l'ai regardée.

« Pourriez-vous retourner à la maison et me rapporter la photo que vous avez trouvée ? Quand vous voudrez. Si vous êtes dans le coin, passez prendre la photo.

— Stella, depuis combien de temps la maison est-elle inoccupée ? »

Elle n'eut pas à réfléchir pour répondre. « Vingt-quatre ans.

— *Vingt-quatre ans ?*

— Cela fait longtemps, n'est-ce pas ? (Elle fit une pause.) Et pas seulement inoccupée, Genevieve. Vingt-quatre ans que personne n'y est même allé. » Ma stupéfaction l'a amusée et elle a souri. « J'ai payé les taxes, bien entendu. Je veux dire, les taxes et les impôts locaux, et puis la taxe d'habitation. Mais j'ai tout payé. Oh, et j'ai fait contrôler la toiture. Quant à ces murs de pierre, ils sont très solides et ils n'ont pas besoin d'être repeints.

— Vous n'avez jamais eu de locataires ? » ai-je demandé ; et quand elle a hoché la tête négativement : « Pourquoi n'avez-vous jamais vendu ? »

C'était un peu brutal pour elle. J'avais parlé plus directement que je ne le faisais d'habitude et elle s'est retirée dans sa coquille.

« Je ne voulais pas. »

Il est facile pour quelqu'un comme moi d'en vouloir à des gens comme Stella. L'argent est un problème quotidien pour nous. Nous trouvons pénible de payer les impôts locaux sur la seule propriété que nous ayons — ou sur le bâtiment que l'entreprise possède. Quand quelqu'un comme elle parle de payer sans le moindre souci les impôts d'une maison dans laquelle personne ne vit, et ne se préoccupe ni de louer ni de vendre, nous le prenons plutôt mal.

« Elle m'appartenait, Genevieve. J'avais le droit de la laisser vide si j'en avais envie. Je l'ai achetée toute seule, avec ce que mon père m'a laissé quand il est mort en 1963. Mon mari n'a rien payé. »

Comment lui dire que ce n'était pas le problème ? Ne rien dire, bien sûr. Elle était si pâle et, soudain, si mince, transparente, un squelette diaphane assis avec une cigarette au bout de ses ongles rouges.

« Vous pouvez la vendre maintenant. Je m'en occuperai, si vous voulez.

— Je sais que vous le feriez. »

Elle a écrasé la cigarette sur une dalle, sorti un mouchoir de son sac, ramassé le mégot et l'a enveloppé dans le mouchoir qu'elle a remis dans le sac. Ses gestes étaient précis, apprêtés, et quand l'opération a été terminée, elle a frotté la marque noire sur le sol du bout de sa chaussure bleu marine. Une fois redressée, en s'appuyant sur le dossier du banc, essoufflée par l'effort, elle a murmuré : « Si je devais vendre la maison, Genevieve, l'avantage serait que Marianne et Richard n'en entendraient jamais parler. Ils hériteraient de plus d'argent que prévu, c'est tout.

— Voulez-vous prendre mon bras ?

— Merci. Je crois que oui, aujourd'hui. Vous êtes trop bien élevée pour me demander pourquoi je veux qu'ils n'en sachent rien, n'est-ce pas ? Je vous le dirai peut-être un de ces jours. Mais pas maintenant, pas aujourd'hui. En fait, j'ai peur de la vendre, Genevieve. »

Je l'ai regardée. Nous marchions le long du sentier, à la limite du gazon. Les pelouses descendent en terrasses vers une plantation de vieux marronniers. Elle s'est appuyée à mon bras, marchant d'un pas lent. L'odeur de la cigarette persistait, mélangée à celle du parfum qu'elle porte toujours, White Linen.

« Oh, je n'ai pas peur à cause de quelque chose qu'on pourrait trouver là-bas. Il est bien trop tard pour cela. (Elle a hoché la tête.) Du moins, je le crois. Il n'y a jamais eu de lettres et il ne reste que cette photo. » Le besoin de s'exprimer semblait l'avoir emporté sur l'essoufflement et elle parlait d'une voix normale, calme et enjouée. « J'ai peur, j'imagine, parce que j'ai le sentiment que tout cela devrait être oublié et caché, laissé en paix plutôt qu'exhibé — et je ne veux pas dire par là assainir le marais, tondre la pelouse, peut-être transformer la maison, y faire venir des entrepreneurs. Je n'arrive pas à supporter la pensée de voir mes affaires, mes meubles, eh bien, jetés ou vendus pour une bouchée de pain. Ils font venir ces gens, n'est-ce pas, qui vous vident une maison pour le prix que leur en donnera un brocanteur ? J'ai vu des pancartes dans des vitrines. Je sais que cela doit vous paraître ridicule, mais je crois que je ne pourrais pas le supporter. »

Ça ne me semblait pas ridicule et au moment où j'allais lui conseiller de ne pas vendre si elle ne le souhaitait pas, cherchant mes mots pour exprimer avec tact qu'elle ne saurait rien de ce qu'en penseraient Marianne et Richard après sa mort, un chien a bondi hors du bosquet de marronniers et foncé vers nous. C'était un dalmatien, au pelage noir et blanc, qui appartenait à la sœur de Lena, que cette dernière avait dû inviter. Stella a eu un léger mouvement de recul et serré mon bras un peu plus fort. Mais ce chien est doux comme un agneau et ne voulait qu'une chose, c'était que je lui caresse la tête et lui parle. Stella a voulu savoir pourquoi j'avais croisé les doigts.

« Ça porte bonheur de voir un dalmatien. Croisez les doigts et faites un vœu. Allez-y. »

Elle s'est exécutée, avec un air dubitatif.

« Ne me dites pas votre vœu et je ne vous dirai pas le mien. Nous n'en parlerons que s'ils se réalisent, d'accord ? »

J'avais souhaité que les choses puissent s'arranger entre Ned et moi, bien que je ne voie pas comment. Vous ne pouvez pas faire comme mon père, avoir un enfant et puis vous en aller. La seule chose qui pourrait arranger les choses, ce serait la mort de Jane, et pourquoi mourrait-elle ? Elle a trente-sept ans, elle est en bonne santé et donc susceptible de vivre encore cinquante ans. Je ne souhaitais pas qu'elle mourût et ce n'était pas mon vœu. En fait, j'avais même émis une réserve : « Mais pas au prix de la mort de Jane. » Je pouvais imaginer le remords que j'aurais ressenti, la culpabilité infinie, si j'avais souhaité sa mort en caressant le pelage tacheté du chien, croisé les doigts et que cela se fût produit.

Stella et moi sommes revenues à la résidence et avons croisé Lena en traversant le hall. Cette dernière a jeté un coup d'œil rapide et dit, avec ce ton qu'elle prend quand elle essaie d'être drôle : « Et comment se porte "Lady" Newland aujourd'hui ? »

Stella a répondu calmement qu'elle se sentait tout à fait bien, merci.

« Vous savez, ces chaussures que vous portez, ce n'est pas une très bonne idée, Stella. Vous devez avoir cinq centimètres de talon. C'est par vanité, ma chère ? Au bout du compte, juste la vanité.

— J'ai bien peur de n'avoir que ce genre de chaussures.

— Et votre budget ne vous permettrait pas de faire l'acquisition d'une paire de chaussures de sport, comme celles que toutes les autres dames portent ici ? Pensez-y, ma chère. C'est pour votre bien. »

À mi-hauteur dans l'escalier, Stella a dit quelque chose sur le fait d'être autorisé à porter ce que bon vous semblait quand vous deviez payer ce qu'elle payait ici toutes les semaines. Quatre cents livres, même si elle ne l'a pas spécifié. Elle m'a dit un jour qu'on lui avait appris à ne jamais parler d'argent et, même si elle a un peu dépassé ça, elle n'aime pas parler de chiffres. Je crois que vous devriez être autorisé à porter ce que vous voulez, même si vous ne payez pas, même si vous êtes simplement ayant droit de la Sécurité sociale. C'est quelque chose dont j'ai parlé avec Ned, la liberté et la dignité. Mais je ne veux pas entrer dans ce genre de considérations avec Stella.

Elle était hors d'haleine quand nous sommes arrivées dans sa chambre. Elle s'est assise et a dit : « Richard a téléphoné pour me dire qu'il avait acheté le magnétophone. Il va me l'apporter samedi. » La rapidité du changement de sujet de conversation m'a troublée. Mais pas seulement ça. « Qu'avez-vous voulu dire, Genevieve, par “pas au prix de la mort de Jane” ?

— J'ai dit ça tout haut ? »

Elle a émis un petit rire nerveux. « J'ai bien peur que oui. Ce n'est pas grave. Je ne sais même pas qui est Jane.

— C'est la femme de Ned. (J'ai détourné la tête.) C'était le vœu que j'ai fait... Je veux dire, je ne souhaitais pas qu'elle meure pour que...

— Je vois ce que vous voulez dire. Et il ne veut pas, n'est-ce pas ? »

J'étais stupéfaite et, en même temps, j'ai commencé à me sentir mal à l'aise. « Nous n'en avons jamais parlé. Elle est jeune et en bonne santé. Pourquoi mourrait-elle ? »

La réponse de Stella a été un nouveau rire, qui ressemblait plutôt à un sanglot si vous l'entendiez sans voir l'expression de son visage. Elle a dit très vite, trop vite : « Avez-vous jamais entendu parler de Gilda Brent ? »

Elle regardait fixement devant elle.

« Je ne crois pas, ai-je répondu avec prudence. Devrais-je ? »

Stella a poursuivi, d'une voix essoufflée : « Vous me dites que vous aimez les vieux films. Vous les enregistrez toujours à la télévision. C'était une actrice de cinéma. Une actrice de cinéma anglaise.

— Je suis désolée, Stella. Je n'ai jamais entendu parler d'elle.

— Connaissez-vous quelqu'un qui pourrait ? Comment... s'appellent-ils déjà ? Des cinéphiles ?

— Mon amie Philippa », dis-je.

Elle était écarlate. On ne fait pas de sport à son âge, mais c'était l'impression qu'elle donnait, comme si elle avait essayé de gagner une course ou d'escalader une montagne... et échoué.

« Vous pourriez lui demander. Parlez-lui de Gilda Brent. »

5

STELLA ÉTAIT EN TRAIN D'ÉCRIRE, utilisant un vieux stylo à encre en bakélite veinée de bleu, avec plume en or. Le résultat faisait penser à ce qu'aurait obtenu quelqu'un qui, ne sachant pas l'arabe, aurait voulu l'écrire. Ou à des araignées copulant, comme avait dit Richard, à l'époque de son adolescence précoce.

Elle prit une profonde inspiration, aussi profonde qu'elle le pouvait. De nouveau, elle se concentra sur les instructions fournies avec le magnétophone, avec plus de détermination cette fois. Elle déchira l'enveloppe d'une des cassettes neuves, en s'aidant de sa lime à ongles pour entamer la Cellophane. Ça avait été compliqué de découvrir comment s'ouvrait l'appareil. À la troisième tentative, elle réussit à engager la cassette.

Elle entendit des bruits de pas dans le couloir devant sa porte. Stella froissa la feuille de papier sur laquelle elle avait écrit. Elle remit le capuchon sur le stylo. Puis elle alla jusqu'à la porte, écouta le silence dans le couloir et tira la seule chaise qui se trouvait dans sa chambre. Elle l'appuya contre la porte et coinça le dossier sous la poignée pour la bloquer. Cette soudaine activité la laissa tout essoufflée et elle dut s'asseoir.

Au bout d'un moment, quand elle estima que sa voix serait posée, elle appuya sur le bouton rouge du magnétophone et commença à parler, avec un peu d'hésitation.

« Je m'adresse, dit-elle, à un appareil appelé magnétophone à cassette compatible avec ordinateur, quoi que cela veuille dire. Je n'ai jamais fait cela auparavant et je ne sais pas si cela fonctionne ou non. Je vais l'arrêter et essayer de repasser la bande. »

« Je m'adresse, dit l'appareil, à un appareil appelé… » Stella entendit sa propre voix et se rendit compte qu'elle avait un timbre bien plus vieux qu'elle ne l'aurait cru. Sa voix lui parut pédante, incisive, démodée et *vieille*. Encore de la vanité, pensa-t-elle, même à mon âge. À l'agonie, elle serait encore à se soucier de son apparence et de sa voix. Elle ferma les yeux un instant, puis elle appuya de nouveau sur le bouton rouge et recommença.

« J'ai l'intention, dit-elle, d'enregistrer quelque chose que personne à part moi ne connaît et qui devrait l'être, question qui resterait à jamais sans réponse si je n'y répondais pas.

Il y aurait sans doute une façon plus directe de le faire et qui serait de l'écrire. J'ai fait une tentative et les résultats ne m'ont pas paru satisfaisants, non seulement parce que je ne suis pas un écrivain après tout, mais aussi parce que mon écriture est illisible. L'autre solution aurait été de demander à Richard une machine à écrire. Je peux sans aucun doute encore très bien taper, mais quelle raison aurais-je pu donner de vouloir une machine à écrire ? Bon nombre d'écrivains, m'a-t-on dit, enregistrent leur texte et le font taper par une secrétaire. Personne ne transcrira jamais le mien, mais peut-être qu'un ou deux individus l'écouteront.

Écrire, toutefois, est une activité silencieuse. Vous pouvez le faire clandestinement et le cacher. Il me semble avoir lu quelque part que Jane Austen faisait cela. Elle glissait ce qu'elle écrivait dans un livre qu'elle prétendait être en train de lire si quelqu'un entrait dans la pièce. Il est possible que quelqu'un ici, s'arrêtant devant ma porte, par hasard ou délibérément, puisse entendre ma voix, sinon ce que je dis. Fort heureusement, au fond, je ne suis plus capable de parler très haut. Je ne me soucie pas qu'ils entendent un murmure continu à l'intérieur. Ils penseront que je parle toute seule et ils n'en seront guère surpris. Tout le monde ici, à l'exception de Genevieve, considère que les résidants commencent à perdre la boule ou retombent en enfance. J'ai placé une chaise sous la poignée de la porte pour empêcher quiconque d'entrer. Si je peux. Inutile de dire que, comme pour des enfants qu'on laisse dans la salle de bains, il y a des serrures sur les portes mais pas la moindre clé.

Voilà. J'y suis arrivée. Et maintenant que c'est fait, je me demande où commencer. Je n'en suis qu'aux essais, en fait, et je vais me repasser la bande. »

« J'ai l'intention, entendit-elle, d'enregistrer quelque chose que personne à part moi ne connaît...

La porte est bloquée, le magnétophone fonctionne et j'ai l'impression qu'il ne faut pas que je perde de temps. Car, même si je vais dire à Genevieve bien des choses me concernant et ayant trait aux circonstances de cette histoire, il en est beaucoup d'autres dont je ne peux parler qu'à moi-même. Et peut-être n'ai-je plus beaucoup de temps pour le faire. Aussi vais-je commencer soit par expliquer pourquoi j'ai fait venir les actes de propriété de ma maison, soit par la notice nécrologique dans le *Times*. Non, je ne vais pas faire cela. Je commencerai par Genevieve.

Richard et moi avons dû visiter au moins dix de ces résidences pour personnes âgées. Qu'avais-je en tête, en dehors du confort, d'un décor agréable et de la proximité de mon fils ? Peut-être trouver quelqu'un qui ne me prendrait pas de haut, qui serait jeune, jolie et honnête. Une personne, parmi toutes celles qui s'occuperaient de moi, avec qui j'aurais la possibilité de parler. Si je ne sais pas bien ce que je cherchais, je sais ce que j'ai trouvé. Elle dirait probablement que c'est le destin qui m'a dirigée vers elle. Et pourtant je ne l'avais jamais rencontrée, n'avais jamais pensé à elle jusqu'à ce jour-là, mais quand j'ai entendu son nom...

Mme Keepe, Lena, n'est pas une méchante femme au fond. Elle a bon cœur, elle s'occupe efficacement de la résidence et, oui, manifeste de la considération. Mais elle est totalement insensible à la vulnérabilité des gens ou peut-être croit-elle que la vulnérabilité n'est pas de mise. Son sens de l'humour, dont elle se croit abondamment dotée, j'en suis sûre, me fait l'effet d'une peau de banane constamment jetée sous mes pieds. Il vise toujours à vous faire passer pour une idiote ou à révéler vos côtés les plus personnels, les plus intimes. C'est par exemple ce qui m'a valu d'être appelée "lady", simplement parce que je n'ai pas changé d'habitudes vestimentaires, que je me maquille et que je n'ai pas l'accent de la région. Mais cela — ce trait de caractère de Lena — m'a bien rendu service, le jour où Richard et moi traversions le hall au cours de notre visite. Lena doit avoir l'habitude d'appeler la garde-malade, qui était assise là avec un résidant, “Jenny”. Mais elle avait l’opportunité, à ce moment précis, d’appuyer sur un point sensible devant Richard et moi : “Voici une des assistantes, Jenny Warner, ou plutôt *Genevieve*, si vous voulez en avoir plein la bouche.”

La journée — qu’il m’est difficile d’oublier bien longtemps — est revenue immédiatement, avec l’odeur de fumée et les petits bouts de verre plantés dans mes paumes. J’ai presque vu le sang sur mes doigts. Mais je l’ai regardée, elle m’a intriguée. Il y avait quelque chose d’un visage d’autrefois dans son joli visage, l’éclat de ses yeux, la couleur de ses joues, l’inflexion de ses lèvres. Quand nous sommes remontés dans la voiture, j’ai dit à Richard : “Je crois que c’est l’endroit qu’il me faut, n’est-ce pas ?”

Simplement à cause de Genevieve ? En partie seulement. Comment pouvais-je savoir comment elle serait ? Que je l’aimerais bien ? Je me trompe peut-être, mais ce prénom était à la mode il y a trente ans dans la vallée de Waveney. La vérité, c’était que j’en avais assez de chercher un endroit où vivre. Où mourir. Chaque fois que nous sortions, il fallait que je surmonte ma phobie de la voiture. J’étais fatiguée de ces dames souriantes — comment les appelle-t-on aujourd’hui ? —, de leur liste d’attente, de leur air condescendant. Ce serait Middleton Hall, pour le meilleur et pour le pire, conformément au destin ou, plus probablement, au hasard. »

Elle arrêta le magnétophone. Je suis en train de perdre le fil, pensa-t-elle. Il faut que je me concentre. Rex se plaignait toujours du fait que mes associations d’idées me faisaient perdre le fil de ma pensée et il m’avait surnommée la reine du *non sequitur*. Elle appuya sur le bouton rouge.

« La notice nécrologique a été un choc, dit-elle. Je ne sais même pas pourquoi j’ai lu la page des décès, je ne le fais pas d’habitude, la page de titre, un ou deux articles, avant d’aller à la fin pour les mots croisés. Mais en ce jour du début du mois d’août, j’ai ouvert le journal à cette page-là et j’ai vu son visage me regarder depuis une petite photo, son visage juvénile, celui qu’il avait quand je l’ai rencontré. J’ai eu le souffle coupé et j’ai laissé échapper un cri étouffé, comme après avoir pleuré. Son nom, en lettres capitales, a bondi sur moi et puis s’est mis à danser, semblait-il, devant mes yeux.

C'était une longue nécrologie. Je la connais presque par cœur. Oh oui, bien sûr qu'il est possible d'apprendre quelque chose par cœur après soixante-dix ans, la mémoire ne vous lâche pas complètement. Mais je ne vais pas la réciter maintenant. À quoi bon ? Si je garde cette cassette et si jamais quelqu'un l'écoute, si il ou elle veut en savoir plus, la nécrologie existe, on peut la retrouver aux archives ou même dans le journal à la bibliothèque. Richard saurait comment, mais est-ce que je veux que Richard et Marianne entendent jamais parler de tout cela ?

Le style était froid et objectif. Il était décrit comme peintre et illustrateur de livres pour enfants, notamment pour la collection "Figaro et Velvet". Son portrait d'Edwina Mountbatten était considéré comme son tableau le plus célèbre. Cette phrase était suivie d'une remarque pleine de sous-entendus sur le fait que le tableau n'était guère flatteur, ce qui avait valu au peintre de ne plus recevoir de commandes à partir de cette époque-là. Mais je n'irai pas plus loin. Je suis déjà en train de faire ce que je m'étais interdit de faire. C'est seulement la dernière phrase qui explique que je me sois mise à parler. Je la cite de mémoire : *Il s'était marié avec l'actrice de cinéma Gilda Brent en 1949 et ils se séparèrent, sans pourtant jamais divorcer, en 1970. Elle lui survit.*

C'est ainsi que je sais que personne ne sait.

L'autre jour, j'ai testé le nom sur Genevieve. Cela ne lui disait rien. Alors j'ai su que j'allais enregistrer cette cassette ou cette série de cassettes et que ce serait un terrible effort que de prononcer "Gilda". C'est l'effort que je fais à l'instant. Gilda, Gilda, Gilda. Cela devient plus facile, naturellement, si j'insiste...

Avec Genevieve, je me suis sentie à la fois terrifiée, gênée, timide et en pleine détresse. Mais je l'ai dit et le nom ne signifiait rien pour elle, tout comme son nom à lui n'évoquerait rien non plus. Je vais réécouter la bande à présent. »

« Ça marche, se dit-elle. Je l'ai fait. Comme la plupart des gens de mon âge, je n'ai pas grande confiance en ces appareils prétendument modernes. Et ce n'est pas tant parce qu'ils sont modernes et que nous sommes démodés, que parce que nous avons vécu longtemps dans ce monde et que les gadgets dernier cri que nous essayons nous paraissent comme d'habitude inappropriés. Je suis contente que mon magnétophone fonctionne bien, essentiellement parce que c'est Richard qui me l'a offert.

Le subconscient suit de curieuses voies. Quand j'ai écouté la bande, j'ai vu, j'ai entendu plutôt que je n'avais pas prononcé son nom une seule fois. Je sais que je ne pourrais me décider à le dire à haute voix dans une pièce vide, même si jamais personne ne l'entend, après que j'efface la bande comme j'en ai l'intention. Je peux le répéter indéfiniment dans ma tête avec toute la douceur voulue, mais il semble que mes lèvres ne veuillent pas former les consonnes ni ma langue les sons.

Serais-je jamais capable de le dire à Genevieve ? Vais-je essayer ? Et si oui, est-ce parce qu'elle est la seule personne susceptible de recevoir ma... quoi ?

Ma confession.

Je ne le fais pas pour Genevieve, mais parce que Genevieve est ici et à cause du visage d'une enfant vu il y a vingt-quatre ans. »

Stella arrêta le magnétophone et laissa échapper dans le silence un long soupir de fatigue. Elle prit le papier qu'elle avait froissé dans sa main, mais au moment où elle s'assoupit, il tomba sur le sol.

6

MIKE NE M'A JAMAIS DEMANDÉE EN MARIAGE. Je me demande si des hommes le font dans la vie, comme dans les films et les livres. Entend-on jamais quelqu'un dire : « Veux-tu m'épouser ? » Nous marchions vers la colline un soir et il a pointé le doigt dans la direction de Chandler Gardens en disant : « Nous ferions bien de nous inscrire si nous voulons avoir un logement quand nous serons mariés. »

Je n'étais pas surprise. Il considérait ça comme acquis lui aussi. On n'en a pas reparlé pendant quelques mois, mais à la fin de cette année-là tout le monde parlait de nous comme des fiancés et maman réfléchissait à la réception. Nous avions l'habitude de faire l'amour à l'arrière de la voiture de Mike, une vieille Triumph Herald jaune, garée dans la plantation de pins derrière le *Legion*. Ça va quand vous avez dix-huit ans, mais aujourd'hui je ne pourrais plus. Vous savez que vous n'êtes plus une jeune fille le jour où vous vous dites que vous êtes trop vieille pour quelque chose.

Mike n'était pas mon premier petit ami, c'était le troisième. Je n'avais pas beaucoup aimé les précédents, juste des types avec qui sortir quand vous redoutez que les autres vous voient seule. La principale raison pour laquelle je me suis mariée, c'était de pouvoir partir de chez moi. Maman était mariée à son deuxième mari, Dennis, à l'époque mais elle avait cette histoire avec un type de Breckenhall, Barry. L'atmosphère était atroce, avec Barry qui venait les soirs où Dennis travaillait, Dennis qui buvait trop et les disputes continuelles. Mike est placide, calme, toujours d'humeur égale. Il ne fait jamais de scène, il se contente de dire : « N'en parlons plus. » Puis il sort de la pièce et ferme la porte. Il n'aime pas parler. Ni lire non plus. La plupart du temps, quand il est à la maison, il bricole.

Est-ce à dire que j'ai commencé à m'ennuyer? Je ne sais pas. Dans notre village, on n'est pas censé parler avec sa femme ou son mari. Les femmes attendent de leur mari qu'il passe ses loisirs dans le jardin ou dans la maison à bricoler. Maman n'a jamais parlé à mon père, et c'était réciproque. Et elle n'a jamais beaucoup parlé aux autres non plus, ils avaient mieux à faire que de parler. Je n'ai jamais pensé m'ennuyer jusqu'à ce que je rencontre Ned, ou plutôt j'avais le sentiment que mariage voulait dire ennui, qu'il ne fallait pas en attendre la moindre excitation.

Comme nous ne parlions pas beaucoup, Mike ne s'est pas aperçu de mon changement. C'est la raison pour laquelle je n'ai presque pas eu à mentir. Si j'étais un peu plus silencieuse que d'habitude, il devait s'imaginer que je vieillissais tout simplement. Je ne sais pas grand-chose sur la sexualité des autres — en sait-on jamais quoi que ce soit ? — mais j'avais les confidences de Philippa et de Janis qui me disaient qu'il n'y avait plus depuis longtemps le moindre frisson. Après la naissance de leur deuxième enfant, Philippa et Steve n'ont plus rien fait pendant des mois et maintenant ça ne leur arrive que rarement. Elle parle même comme ma grand-mère, comme si ça ne lui avait jamais plu et que c'était quelque chose qu'il fallait subir. J'ai dû lui rappeler dans quel état elle était quand, follement amoureuse de Steve, elle ne pouvait pas s'arrêter de le toucher, de l'embrasser, de le caresser.

Mike était absent tellement souvent que les week-ends étaient devenus les seules occasions. Mais des semaines entières passaient sans qu'il ne me touche et quand je disais non, je sentais bien que ça ne le dérangeait pas. Avant de rencontrer Ned, je me demandais comment Mike et moi allions avoir une famille, vu la tournure que prenaient les choses. Je me souviens d'avoir demandé à Janis à quoi servait le mariage si on n'avait pas d'enfants, s'il n'y avait plus de sexe, si on ne parlait plus que pour demander du thé ou ce qu'il y avait à la télévision. Janis étant Janis, elle m'a répondu que c'était typique de moi, que j'étais immature. Et que le mariage était une association, un engagement et un foyer créé à deux.

À l'époque où nous pensions devenir des amis, j'avais

l'habitude de retrouver Ned au *Legion* et, naturellement, Mike et Jane étaient présents. Ça avait l'air d'arriver par hasard, mais en fait c'était le résultat d'un plan savamment préparé par moi. Jusqu'à ce que Jane commence à s'ennuyer, je veux dire, et qu'elle cesse de venir. Elle n'aimait pas le fait que maman ait un juke-box et un jeu de « La Guerre des étoiles », sans parler des chevaux en cuivre et des nains en porcelaine sur les étagères des alcôves.

« Les pubs anglais étaient des endroits merveilleux avant l'invasion de la variété et du mauvais goût », a-t-elle dit.

Mike a fait cette tête que je connais tellement bien. Il plisse le front et baisse les commissures des lèvres quand il entend une femme tenir ce genre de propos.

« J'en entends assez comme ça sur le chantier, a-t-il dit plus tard. Ça va encore quand ce sont des manœuvres. Mais elle, elle est censée avoir reçu une éducation. »

Et il a donc cessé de venir au pub ; pendant un certain temps, Ned et moi nous sommes retrouvés pour un verre ou deux, le samedi soir. Il arrivait vers huit heures, au moment où j'apportais les courses pour maman, ou bien quand je venais prendre mes œufs. Et puis un soir, elle m'a dit dans un souffle en se penchant sur le bar : « T'en pinces peut-être pour lui, mais ce n'est peut-être pas la peine de l'afficher comme ça. »

Apparemment, j'avais besoin de ma mère pour savoir quand j'étais amoureuse. J'ai su à ce moment-là que je voulais qu'il tombe amoureux de moi, qu'il m'aime aussi. Et j'avais le remède magique. Je ne vois pas pourquoi j'en ai honte, je ne devrais pas, parce que ça a marché. C'est un philtre qui est utilisé depuis des siècles.

Il y a trois ou quatre ans, ma grand-mère m'a donné quelque chose pour reconquérir l'amour de Mike. Ça a l'air dingue, non ? Absurde. Je ne savais pas que son amour s'en était allé, encore moins si je souhaitais le reconquérir. Mais ma grand-mère avait remarqué comment il se comportait, au cours de son anniversaire dans la salle des fêtes. Pour ses quatre-vingts ans. J'imagine qu'il était de son côté avec les garçons comme d'habitude ou, en tout cas, indifférent à ma présence. C'était un breuvage d'amour qu'elle fait elle-même, qu'elle appelle parfois élixir, parfois philtre, de couleur brune, comme du thé, dans une bouteille de Cointreau miniature.

Mike n'en a jamais goûté. Peut-être que je ne me souciais plus de savoir s'il me désirait ou non. Peut-être que je ne croyais pas que ça marcherait. Mais quand vous êtes amoureuse, vous êtes capable de tout essayer. Sachant que personne ne buvait de ces bouteilles miniatures à la maison, je l'avais gardée au fond d'une armoire. Et le samedi suivant, je l'ai sortie et je suis allée au *Legion* à huit heures.

Je ne sais pas encore aujourd'hui si maman m'a vue le verser dans le demi de Ned. Je l'ai fait quand il s'est levé pour aller parler à Mme Thorn, qui lui réclamait une contribution pour la réfection des cloches. Mon cœur battait la chamade quand il est revenu. Il a bu sa bière et puis une autre encore. Et alors, au lieu de me dire comme à l'accoutumée qu'il fallait qu'il y aille et de me laisser là, il a dit : « Tu viens ? »

Je l'ai suivi dehors et il faisait nuit noire. Il m'a pris la main et m'a entraînée vers l'étroit sentier bordé par une haie assez haute. L'élixir de ma grand-mère rend l'homme qui le boit amoureux de la première femme qu'il voit et je venais de passer vingt minutes infernales à craindre que ce fût Myra Fletcher ou Mme Thorn. Mais tout allait bien. Ça avait marché. Dans la nuit à laquelle mes yeux commençaient à s'adapter, j'ai vu son visage transfiguré. Il m'a prise dans ses bras et a déposé un baiser sur mes lèvres. Il a dit quelque chose mais je ne me souviens plus quoi et je ne sais plus ce que j'ai répondu. Nous nous sommes embrassés, nous étions amoureux et nous étions perdus.

Je n'ai jamais rien dit à maman. Elle a simplement présumé. Elle a considéré que la magie avait opéré, la magie de sa propre mère. Ma grand-mère avait fait la même chose pour elle quand elle avait rencontré Dennis, même si je ne suis pas très heureuse de l'entendre. La magie, avait-elle deviné, et quelque chose d'autre.

« Pas de doute là-dessus, nous sommes tous très beaux dans la famille. » Elle a éclaté de rire. « Et tu as un corps comme je n'en ai jamais eu, ma fille. Facile de te dire ce qu'il voit en toi. »

J'avais envie de lui dire que Ned ne me désirait pas pour mon corps, qu'il m'aimait, que le philtre n'avait fait que déclencher les choses. Mais c'eut été admettre. Je ne voulais rien admettre. En rentrant dans ma maison vide, je pensais à ce qu'elle avait dit, je me suis assise et mise à réfléchir pendant un long moment. Elle n'en avait pas dit plus, n'avait pas abordé ce qu'elle avait en tête. Mais elle avait pensé, j'en étais sûre : à part son corps et son visage, qu'est-ce qu'un type comme lui peut voir en Jenny ? Études à Cambridge, travaillant pour la télévision, que peut-elle être pour lui ? Une fille de Tharby, sans la moindre qualification, qui faisait des ménages avant de trouver ce travail de garde-malade à Middleton Hall. Il est clair que c'est une attirance purement physique, qu'elle lui plaît terriblement, et ça n'est guère surprenant.

Maman en sait pas mal pour ce qui est du sexe, mais elle ne comprend pas grand-chose à ce qui se passe dans la tête des gens. L'amour pour elle, c'est au lit et seulement s'il se passe quelque chose de drôle. Alors que ce qu'il y a entre Ned et moi n'est pas drôle mais bon, et parfois grandiose, et parfois angoissant, et j'en suis terrifiée. Parce qu'une fois que ce sera terminé, que vais-je devenir ?

C'était en avril et par chance, pour Ned et moi, c'était un mois d'avril très doux. Le jour où je me suis promenée avec Stella et où nous avons vu le dalmatien, c'était le 6 septembre et on pouvait sentir l'automne dans l'air. Ned devait venir le jeudi et j'avais prié pour qu'il y ait une belle soirée et plus du tout cette humidité qui régnait depuis la fin de la semaine précédente. Mais ce mardi-là, je marchais vers la maison de Philippa, avec deux vidéos que j'avais enregistrées pour elle. Il était sept heures environ et je savais qu'ils auraient terminé leur dîner et que les enfants seraient bientôt couchés.

Philippa vit dans une des maisons de tisserands. Il y en a toute une série, construites en partie en bois, sans jardin et avec ces petits escaliers raides qui montent vers la porte d'entrée. Les soyeux en furent les premiers occupants quand elles ont été construites au XVIIe siècle. Tout le monde les trouve extraordinaires et quand vous voyez une carte postale de Tharby, elles y figurent probablement. Mais je ne sais pas, je les trouve sombres et tristes avec leurs petites fenêtres et leur enduit que vous ne pouvez pas peindre. J'ai demandé à Ned pourquoi tout ce qui avait plus de deux cents ans était considéré sublime et il a ri avant de dire qu'il ne savait pas, qu'il n'y avait jamais pensé auparavant. Il a une façon d'aimer ce que je dit, d'être d'accord avec moi et de me dire parfois que je lui fais voir des choses d'un œil neuf, qui me convainc, si j'avais besoin de l'être, qu'il ne me désire pas seulement à cause de mon physique.

Les deux enfants de sept et cinq ans étaient au lit et Steve était allé aider son père à rentrer une récolte de pommes de terre. J'ai donné à Philippa les deux vidéos que j'avais enregistrées pour elle, *Steel Magnolias* et *Les Liaisons dangereuses*, et j'ai eu en retour *Le Bal des maudits* et *Le Gang Anderson*. Je ne crois pas que je les regarderai, je ne suis pas une droguée de cinéma comme elle. Je n'enregistre des films que pour elle, parce qu'elle ne peut pas enregistrer et regarder en même temps. Sa maison n'est pas grande, mais il y a de nombreuses pièces. Nous sommes allées nous asseoir dans celle où se trouve la télévision. Elle était en train de regarder un film dans lequel John Wayne est capitaine de la cavalerie américaine. Il fallait qu'elle le regarde parce que l'appareil était déjà en train d'enregistrer une émission de variétés sur la première chaîne. Nous avons bu du Coca light pendant que les soldats et les Indiens se battaient. Jusqu'à huit heures moins vingt.

« Pourras-tu me faire *Sur les quais* si je te fais *Visage pâle* ? Je veux enregistrer *The Trials of Rosie O'Neill* et je ne peux pas faire le Brando en même temps. Et je ne peux pas veiller trop tard parce que les enfants sont levés dès six heures. »

La vie de Philippa semble aussi compliquée que si elle devait mener de front un mariage, un travail, une ou deux aventures. Mais son travail, c'est la programmation de la vidéo et ses aventures, les cassettes. Je lui ai dit que j'enregistrerais ce qu'elle voudrait et j'ai failli ajouter que je sortirais jeudi soir. Mais je me suis interrompue à temps.

« As-tu jamais entendu parler d'une femme dénommée Gilda Brent ? » ai-je demandé.

Philippa m'a regardée comme si je lui avais demandé si elle connaissait Marilyn Monroe.

« Les comédies d'Ealing, ai-je ajouté. C'est ça ?

— Bien sûr. Tout le monde sait ça. Mais pas seulement ces comédies. Elle a joué dans de nombreux films de guerre. *HMS Valiant* et *The Skies Above Us*.

— Cite-moi un film que j'aurais pu voir.

— Je suis sidérée du nombre de films que tu n'as pas vus, Jenny. Voyons. *The Wife's Story* ?

— J'en ai entendu parler.

— Ça passe la semaine prochaine. Je l'enregistrerai pour toi. Pour une fois que tu veux voir quelque chose.

— À quoi ressemblait-elle ?

— Blonde avec un visage à la Joan Crawford. Des jambes sublimes. Pourquoi me demandes-tu ça ? »

Pourquoi, en effet ? Stella n'avait fait que demander si j'en avais entendu parler. Je me suis dit, j'imagine, que si j'étais capable de trouver quelque chose, Stella m'en raconterait plus sur ce qu'elle avait à voir avec elle.

« Il y a quelqu'un à la résidence qui l'a connue. »

L'avait-elle connue ? « Vraiment ? » a dit Philippa, dont le visage s'est éclairé immédiatement. Elle rêve de rencontrer un acteur ou une actrice, et si elle savait mon intimité avec Ned, elle me demanderait de le presser de faire quelque chose pour elle. Mais ça n'est pas le cas et ne le sera jamais. « Elle la connaissait bien ?

— Je n'en sais rien. Quand j'en saurai plus, je te le dirai.

— Je viens de me souvenir d'un truc. Ne bouge pas », a-t-elle dit, comme si je m'apprêtais à partir.

Elle est revenue avec un petit livre. C'était un recueil de cartes de cigarettes. Je ne sais pas si vous en avez jamais vu... Il se peut même que nous n'ayez jamais entendu parler des cartes de cigarettes. Il y en avait autrefois une dans chaque paquet de cigarettes, une photo d'un joueur de football, d'un oiseau, d'un poisson, d'une fleur sauvage, tout ce que vous voulez. Il fallait en collectionner trente-six que vous colliez dans un album. J'en ai déjà vu parce que ma grand-mère en avait gardé toute une série collectionnée par mon grand-père. Celui qu'avait Philippa était consacré aux stars de cinéma. Il était presque complet : il ne manquait qu'une carte, celle d'une femme dont je n'avais jamais entendu parler, Corinne Luchaire.

C'était plutôt des dessins en couleurs que des photographies. Celle de Gilda Brent montrait une fille qui, comme l'avait dit Philippa, ressemblait à Joan Crawford en moins... je ne sais comment dire, positive peut-être, dynamique. Ses cheveux étaient relevés sur le front et longs dans la nuque. Elle avait les lèvres très rouges et les sourcils presque entièrement épilés. En bas de la carte était imprimé sur la page de l'album : *Gilda*

Brent, née à Londres en 1920. Nom véritable : Gwendoline Miranda Brant. Cheveux blonds, yeux verts. Films : HMS Valiant, The Skies Above Us, The Fiancée, The Lady in Lace, The Wife's Story, Seven for a Secret, Lora Cartwright.

« Elle n'a interprété que des rôles secondaires, a dit Philippa. Elle n'a jamais été une star. Non, ce n'est pas vrai, elle a été la star de *The Wife's Story*. Mais je ne saurais dire si ça a été un grand succès. Elle n'a plus tourné après le milieu des années cinquante. Peut-être aurait-elle dû aller à Hollywood, mais sans doute personne ne le lui a demandé. »

C'est à ce moment-là que l'idée que Gilda Brent et Stella étaient la même personne m'a traversé l'esprit. L'âge ne collait pas, Stella n'était née qu'en 1922, mais il se pouvait très bien qu'elle ait menti. Je n'avais pas vu son certificat de baptême et Lena ne l'avait sans doute pas vu non plus. Son nom de jeune fille aurait pu être Brent. Quant à Stella, chacun fait ce qui lui plaît et quiconque n'aimerait pas le prénom de Gilda ne me surprendrait guère. Le prénom véritable de maman est Doris, mais elle le déteste et tout le monde l'a toujours appelée Diane. La fille de Stella, Marianne, était actrice et souvent la profession se transmet de génération en génération. Je pense à Judy Garland et Liza Minelli, à Maureen O'Sullivan et Mia Farrow. « Que lui est-il arrivé ?

— Je ne sais pas. Elle a disparu tout simplement. L'âge d'or du cinéma britannique était révolu. J'imagine qu'il n'y a plus eu de travail pour elle. Peut-être s'est-elle mariée à un riche producteur. »

Pour la première fois depuis la première fois, Ned et moi n'avons pas fait l'amour jeudi. Pas seulement à cause du froid. Il pleuvait des cordes. Je l'ai attendu à Thelmarsh Cross, me sentant malheureuse et pire que ça, coupable, parce qu'il pleuvait — comme si j'avais fait tomber la pluie — et me demandant comment il allait réagir quand je lui dirais que ça n'allait pas, qu'on ne pouvait pas le faire sur le siège arrière de la voiture.

Ce qui a été merveilleux, c'était qu'il le savait déjà et qu'il s'en fichait. Il était délicat pour ce genre de choses lui aussi. Je me suis assise à côté de lui et nous nous sommes embrassés, un long baiser tendre qui ne fut interrompu que par le bruit d'une voiture en provenance de Curton. J'ai reculé et j'ai vu que c'était la même voiture et la même femme que celles que j'avais vues la dernière fois. Et j'ai probablement inventé qu'elle avait ralenti en passant devant nous et certainement qu'elle avait fait exprès de traverser la plus grande flaque pour nous éclabousser.

« J'ai pensé que tu ne viendrais pas, parce que nous n'aurions aucun endroit où être seuls.

— Nous sommes seuls.

— Pas comme j'aimerais que nous le soyons.

— Jenny, il n'y a tout de même pas que le sexe entre nous. Est-ce vraiment grave si nous passons une soirée ou deux à bavarder tout simplement ? »

Nous sommes restés là un moment et puis nous avons fait une douzaine de kilomètres jusqu'à Newall Pomeroy, où se trouve un petit pub, peu fréquenté, appelé le *White Swan*. Le patron nous a laissés nous asseoir au fond, dans une pièce surnommée le cocon, où nous avons osé nous tenir les mains. Des gens entraient et sortaient, passaient la tête dans l'embrasure de la porte. Ned m'a encore dit à quel point il aimait être avec moi, assis là à discuter, et m'a demandé si je voulais venir sur le tournage de son film le lendemain. Il savait que c'était mon jour de congé. Il faisait un portrait d'un artiste qui vit à Well-next-the-Sea.

Je ne dirais pas que sa demande ne m'a pas fait plaisir. Je serais avec lui, le producteur, et je pourrais rencontrer les cameramen et toute l'équipe, le réalisateur et peut-être même l'artiste. Nous déjeunerions ensemble, irions dans différents endroits ensemble et tout le monde saurait qui j'étais et pourquoi j'étais là. C'était une façon pour Ned de prendre un premier engagement public vis-à-vis de moi, sa façon de me présenter au monde et de dire : voici ma petite amie, que j'épouserai un de ces jours. Dommage, vraiment, que je ne puisse accepter.

« Pourquoi pas, Jenny ?

— Parce que Jane finira par l'apprendre.

— Elle devra bien l'apprendre un jour ou l'autre. Je n'ai pas l'intention de devenir bigame.

— Non, elle ne va pas devoir l'apprendre, Ned. Et tu sais très bien pourquoi. À cause d'Hannah. »

Il s'est mis à protester, mais j'ai insisté en disant qu'il n'y avait rien à faire. Dans la mesure où Hannah n'est pas simplement une petite fille de cinq ans qui a besoin de ses deux parents. C'est une petite fille de cinq ans qui a de l'asthme. Elle est sous cortisone et il lui faut parfois une de ces petites bonbonnes d'oxygène. C'est la raison pour laquelle Ned n'avait pas cessé de faire des aller et retour entre Rowans et la salle des fêtes ce soir-là : Hannah avait eu une de ses crises un peu plus tôt dans la journée. Et quand elle avait ses parents près d'elle, c'était son père qu'elle réclamait. Il n'était pas rare qu'il se levât quatre fois par nuit pour elle.

Ça ne l'a pas empêché de dire : « Le mariage comporte une clause de sortie aujourd'hui. Quand vous vous engagez, vous savez qu'en cas de malheur vous pourrez toujours en sortir.

— Pas quand le malheur a le visage d'un enfant asthmatique. »

Ça m'arrache le cœur de dire des choses pareilles, d'avoir à l'affronter quand il me regarde avec ces yeux suppliants. Il a un visage tellement beau et sensible, ses lèvres sont si tendres quand il m'embrasse et si dures quand il parle, ses yeux bleus tellement francs. La main qui tient la mienne est brune, fraîche, ses doigts fins. Il a depuis longtemps retiré l'alliance qu'il portait quand nous nous sommes rencontrés. C'est dur de le contredire, dur d'avoir à toujours dire non. Et quand j'ai regardé dehors, à travers les vitres trempées de pluie, la lumière déjà crépusculaire, j'ai pensé qu'il allait se passer des mois sans que nous puissions exprimer notre amour et ça m'a terrifiée. J'ai eu l'impression que je le soumettais à un test. Continuerait-il à m'aimer quand je ne pourrais plus lui faire l'amour et que nous ne pourrions plus rien faire d'autre que discuter ?

Il me ramenait à Thelmarsh Cross, là où était garée ma voiture, parlant de nouveau du tournage, essayant une fois encore de me convaincre de venir, quand la voiture a glissé brusquement vers un tracteur garé sous une haie battue par la pluie. Pas trop brusquement puisque nous ne l'avons pas touché. Ned a freiné à temps et la voiture a fait un bond, me projetant en avant dans l'espace autorisé par le jeu de la ceinture de sécurité. Je ne sais pas pourquoi ça m'a fait penser à Stella, si ce n'est parce qu'elle m'avait recommandé de conduire prudemment sur ces routes. Mais une pensée en appelant une autre, j'ai été conduite à Gilda Brent. Et il en avait entendu parler, il avait même essayé de lui faire accepter un rôle dans un de ses films.

« Ça doit remonter à quinze ans. Je venais de commencer. J'avais vingt-trois ans et j'étais chargé de la distribution d'un film. Je suis tombé sur une photo d'elle et j'ai pris contact avec son agent. La photo était ancienne, probablement une vingtaine d'années. Mais j'ai pensé que c'était le genre de visage qui avait dû bien vieillir. Bons antécédents génétiques, belle ossature. Comme toi, Jenny.

— Quel était le rôle que tu voulais lui donner ?

— Elle devait avoir soixante ans à l'époque. Elle aurait joué le rôle de la mère de quelqu'un, actrice célèbre dans sa jeunesse. Le visage de Gilda Brent était celui qui était resté gravé dans ma mémoire. »

Je lui ai demandé si elle avait tourné ce film.

« Nous n'avons pas pu la trouver. Son agent m'a informé qu'elle était toujours chez lui, d'un point de vue technique, mais qu'il n'était plus en contact avec elle depuis onze ans. Elle avait disparu, avait-il ajouté, ce qui paraissait quelque peu dramatique. Je pense que ça signifiait seulement qu'il n'avait pas eu de propositions pour elle pendant tout ce temps-là. Mais bien avant cette période — même si ce ne fut pas clairement dit — elle n'avait déjà plus beaucoup travaillé. Elle n'avait jamais fait de télévision. »

Je lui ai expliqué qui je croyais qu'elle était et où elle se trouvait. Ned a dit qu'il aimerait la rencontrer. Je ne me suis engagée à rien. J'étais envahie des sentiments que j'éprouve toujours avant de le quitter. C'est un mélange de douleur extrême, de solitude croissante, de grand vide intérieur et aussi de désir insatisfait. Même après avoir fait l'amour, cette impression de désir insatisfait subsiste. Être avec lui jour et nuit, vivre avec lui, dormir à ses côtés toutes les nuits, voilà ce qui y mettrait fin. Et qui ne pourra jamais se produire.

Me souvenant de la réaction de Stella quand je lui avais obéi trop rapidement, j'ai pris mon temps pour lui annoncer ce que j'avais appris sur Gilda Brent. Ce n'est que le lundi que je lui ai rapporté les propos de Philippa et de Ned.

Le week-end avait été long et ennuyeux. Mike était allé à Norwich le samedi après-midi pour voir jouer les Canaris à domicile. Et le soir, il avait continué ce qu'il avait commencé dans la matinée, la réfection et la peinture de la cuisine, afin de ne pas me causer le moindre dérangement pendant la semaine à venir. Malgré toutes ces années avec moi, en dépit de toutes les preuves contraires, il continue de croire que je passe le plus clair de mon temps dans la cuisine. Comme le font toutes les femmes. Il l'appelle « ma » cuisine, il refait « ma » cuisine et c'est sa façon à lui de me montrer son amour, c'est le seul cadeau qu'il soit capable de me faire. Nous avons dîné dimanche soir avec maman et Len, passé une heure dans le bungalow de ma grand-mère ensuite, et bu le thé chez Janis pour finir. Autrement dit, la manière habituelle de passer les deux jours de congé.

Repartir à Londres le lundi matin a été un soulagement pour Mike. Bien sûr, il ne l'a pas montré ouvertement, il m'a embrassée et m'a dit que j'allais lui manquer. Mais quand son copain Phil est passé le chercher avec dix minutes d'avance, il ne tenait plus en place. Il a sauté dans la voiture, tellement absorbé par l'histoire de Phil et distrait par son propre rire qu'il en a oublié de se retourner pour me faire un signe d'adieu. Le fait est que Mike, comme la plupart des hommes, préfère la compagnie des hommes. Il est plus heureux avec les représentants de son propre sexe. Et quand nous allons à ces réunions de la salle des fêtes, il finit toujours par rejoindre le bout du bar où se trouvent tous les hommes avec lesquels il a été en classe. Il l'a même fait, je crois, le soir où j'ai rencontré Ned pour la première fois.

Quand j'ai commencé mon travail, Stella était dans sa chambre en train de terminer son petit déjeuner. Mais à peine étais-je entrée, remarquant aussitôt le nouveau magnétophone sur son bureau, mon biper s'est mis à sonner m'informant qu'on avait besoin de moi dans la chambre d'Arthur. Il souffre de sciatique et quand j'ai eu fini de le masser, de prendre rendez-vous pour lui chez le physiothérapeute, la moitié de la matinée s'était envolée. C'était aussi le moment de servir à tout le monde café et biscuits. Stella, je ne sais pourquoi, a été la dernière à être servie. Je l'ai trouvée dans le salon, toute seule, en train de lire le journal du dimanche, ce qui m'a attristée. Je n'aurais pas dû l'être puisque les journaux du lundi étaient arrivés et étaient disposés sur une table dans l'entrée.

À présent, il me semble très étrange d'avoir été à ce point naïve. J'avais un drôle de sourire quand je lui ai dit : « C'était vous, n'est-ce pas ? Gilda Brent, c'était vous. »

Elle n'a pas ri. Elle m'a regardée d'un air profondément troublé et a dit : « Qu'est-ce qui vous a fait penser une chose pareille ?

— Je ne sais pas, j'ai pensé... Eh bien, l'âge est à peu près le même, la photo que j'ai vue, vos mystères. J'ai tout simplement pensé que ce devait être vous.

— Je suis désolée de vous décevoir, Jenny. Je vois que vous vous êtes livrée à quelques recherches. Mais je n'étais pas Gilda Brent et elle n'était pas moi. » Elle a ajouté, bizarrement : « J'aurais aimé que ce fût le cas. »

En disant cela, son visage s'est empourpré, pour une raison quelconque. Elle a posé le journal. Puis elle a pris sa tasse de café, bu une gorgée, l'air un peu contrariée, comme si le café lui importait peu, comme si elle l'avait bu pour passer le temps.

« Je n'ai jamais rien été du tout. Simplement une secrétaire pendant un certain temps, puis une épouse et une mère, comme Gilda ne s'est jamais lassée de me le répéter. »

Elle a eu un petit sourire enjoué qu'elle a vite effacé. Ses yeux se sont reposés sur le journal, qu'elle n'a pourtant pas repris. J'ai pensé qu'elle avait mis fin à notre conversation, comme cela lui arrive parfois, en prenant un air indifférent et en se retirant en elle-même. J'allais m'éloigner, j'avais de quoi m'occuper, quand elle a dit comme si elle répondait à une question : « Son père, Everard Brant, était un acteur shakespearien très connu. Bien entendu, elle s'est retrouvée sur les planches dès son plus jeune âge. Je crois qu'elle jouait un elfe ou quelque chose dans *La Tempête*, ou peut-être était-ce dans *Le Songe d'une nuit d'été*. C'est comme cela qu'elle a pu faire des films, parce que son père était connu.

— Y a-t-il un rapport entre elle et votre maison ? »

Elle a paru ne pas m'entendre. « À l'époque où je l'ai connue, elle ne tournait plus de films. Elle avait quarante ans et avoir quarante ans à l'époque n'était pas ce que c'est aujourd'hui. Vous étiez une femme d'un certain âge et personne ne voulait de femmes d'un certain âge, sauf pour jouer des rôles de mères, ce qui n'était pas du tout le genre de Gilda. Oh non, elle en avait bien fini avec le cinéma ou le cinéma en avait fini avec elle. Ce qui ne veut pas dire qu'elle était oubliée. Elle ne laissait jamais personne oublier qui elle avait été. »

Je n'avais jamais pensé que Stella pourrait être garce et sa façon de parler m'a surprise. Je me suis sentie mal à l'aise et j'ai donc répété ma question concernant la maison, simplement pour la détourner de son propos plutôt que par réel intérêt. Elle m'a regardée de nouveau d'une façon bizarre.

« Aucun rapport, a-t-elle dit, puis, se ravisant : elle n'avait rien à voir avec cette maison et en même temps tout à voir. Elle ne s'y est rendue qu'une fois et c'était le jour de sa mort. Je ne sais pas comment elle s'était débrouillée pour la trouver et je ne le sais toujours pas. » Elle parlait avec une telle détermination que j'ai eu du mal à la croire quand, la voix altérée par la nervosité et la curiosité, elle m'a demandé : « La personne qui vous a parlé de Gilda vous a-t-elle dit quelque chose sur ce qui lui était arrivé ?

— Ce sont deux personnes, mais je ne suis pas sûre de comprendre ce que vous voulez dire, ce qui lui est arrivé ?

— Je veux dire, vous ont-ils dit qu'elle était... ont-ils dit qu'elle était morte ?

— Nous n'avons pas parlé de ça. Je ne savais pas que vous vouliez le savoir. Vous ne l'aviez pas dit. »

Son visage a pris une telle expression que j'ai commencé à avoir peur. C'était comme s'il s'était aminci et que ses traits étaient devenus plus durs. Ses joues étaient colorées, mais d'une couleur plus mate que le rouge habituel. Elle a tendu la main et s'est emparée de la mienne. Ce n'était pas un geste d'affection mais l'expression d'un besoin.

« Est-ce important, Stella ? Vous voulez vraiment savoir si elle est morte ?

— Oh, je sais, je sais. Bien sûr qu'elle est morte. Elle est morte depuis des années. Ce n'est pas ce que je veux savoir. Je veux savoir si quelqu'un d'autre sait. »

Elle a eu une quinte de toux. C'était cette horrible toux sèche et on ne peut rien y faire. Elle finit par récupérer sa respiration et elle s'est renversée dans le fauteuil. Je tenais encore sa main fermement quand j'ai entendu la porte derrière moi s'ouvrir et quelqu'un entrer. Stella a regardé par-dessus mon épaule. Elle a lâché ma main et soufflé : « Ne parlez pas de tout cela devant elle. »

C'était Marianne, de retour de Corfou.

Elle est toujours gentille et polie, m'appelle par mon prénom et prend de mes nouvelles. Une fois qu'elle l'eut fait, elle a embrassé Stella comme d'habitude et s'est lancée immédiatement dans un récit trépidant de ses vacances, merveilleuses, effroyables, atroces — c'est un de ses mots favoris — maison des amis chez qui ils étaient, temps fantastique, voyage insupportable, comportement des enfants, nourriture. Elle est toujours comme ça. Et elle appelle tout le monde « chéri ». Même moi.

Je ne suis pas restée, mais j'ai eu le temps de me faire une idée précise de son allure. Elle doit avoir quarante et un, quarante-deux ans, mais elle n'a pas l'air plus âgée que moi. Elle est vraiment belle, mince, souple, les traits réguliers, de longs cheveux châtains. Elle était bronzée et son visage n'avait pas une ride. J'ai repensé à ce qu'avait dit Stella sur Gilda Brent à quarante ans et Marianne m'a fait sentir combien les temps avaient changé.

Elle a jeté sur le lit de sa mère une cargaison de cadeaux rapportés de Corfou et des boutiques hors taxes. Stella n'était plus du tout fatiguée tout à coup et paraissait vingt ans de moins, tandis qu'elle ouvrait ses cadeaux et riait aux éclats.

7

DORMIR DANS LE MÊME LIT quand on est marié est une drôle d'affaire. Le partage d'un lit pour tout couple qui a été marié pendant un certain temps est une drôle d'affaire. Et pourtant je suis sûre que la plupart des gens ne s'en rendent pas compte. Quand j'ai commencé à y réfléchir — si j'avais été heureuse de la situation, j'imagine que ça ne serait pas arrivé — il m'est apparu tout à coup que c'était une des choses les plus bizarres de l'existence.

Ce n'est pas comme si ces mêmes personnes s'asseyaient l'une à côté de l'autre et se tenaient la main chaque fois qu'elles le peuvent. Ou comme si elles s'asseyaient sur la même banquette dans un restaurant. En fait, bien que je n'aille pas souvent au restaurant, quand ça m'arrive, il y a toujours quelqu'un qui s'arrange pour que Mike et moi ne soyons pas assis côte à côte. C'est censé ne pas être correct. Et à la maison, un couple sera toujours face à face à table. Mais, le soir, il partage le même lit. Des explorateurs d'une autre époque ou d'une autre planète ne pourraient pas y croire. Ils penseraient que c'est une survivance du passé, du Moyen Âge.

Dans les vieux films d'Hollywood, chacun a son lit. Je me demande si c'est une coutume qui s'était éteinte dans les années trente et qui est réapparue pour une raison quelconque. Mais quelle raison ? Pas pour faire l'amour, la plupart de ces couples n'y pensent plus. Pas non plus pour se tenir chaud, de nos jours. Mike et moi ne nous touchons jamais dans notre grand lit. Mais nous continuons à y dormir ensemble, et si je lui proposais un changement, je suis convaincue qu'il me prendrait pour une folle.

Les grands lits devraient être réservés aux amants de fraîche date. J'ai besoin d'en partager un avec Ned, parce que ça n'est que lorsque l'amour est nouveau, encore dans l'urgence, qu'un grand lit se justifie. Mais tout ce que j'ai pour l'instant, c'est un bon petit moment au pub et puis ses promesses d'éternelle dévotion. Nous nous embrassons, il me demande de l'accompagner à Norwich et de passer ma journée de congé avec lui. Et chaque fois, je lui réponds que, non, son territoire est trop dangereux. J'ai de nouveau refusé, la dernière fois que nous nous sommes vus, mais j'ai promis de regarder son film le lendemain soir à la télévision. C'est une autre façon de me rapprocher de lui, même si ce n'est pas celle dont j'ai envie.

Votre jugement, ce que Ned appelle vos facultés critiques, n'est pas très efficace quand vous l'appliquez à quelque chose qui a été fait par la personne que vous aimez. Je serais incapable de vous dire si le film de Ned est bon ou pas. Normalement, ça m'ennuierait plutôt de voir une émission consacrée aux souvenirs d'un vieux monsieur des chemins de fer du Norfolk. Mais, évidemment, le fait que ce soit une production de Ned m'entraîne à l'imaginer derrière tout ça, arrangeant ceci ou cela, choisissant le décor ou le paysage. Voir son nom, au générique, « Producteur, Edward Saraman », m'a donné des palpitations, comme chaque fois que je le lis quelque part.

Il y avait un vieux film ensuite, c'était *The Fiancée*. J'étais sur le point d'éteindre. Le noir et blanc est décevant quand vous êtes habitué à la couleur. J'ai pris la télécommande pour éteindre, quand j'ai vu le nom de Gilda Brent apparaître sur l'écran, au-dessous de ceux des stars, John Mills, Googie Withers, Bernard Miles. Coïncidence, me suis-je dit. Pas vraiment, en fait. Je suppose que tous ses films passent à la télévision de temps en temps et que je ne les ai jamais remarqués avant que Stella ne me parle d'elle.

L'histoire se déroulait pendant la Seconde Guerre mondiale. Une femme arrivait dans une grande demeure à la campagne, le genre d'endroit où ne vivent que des aristocrates, pour annoncer au couple qui l'habitait qu'elle s'était fiancée à leur fils juste avant qu'il ne soit tué au cours d'un bombardement sur l'Allemagne. Googie Withers jouait le rôle de la fiancée et John Mills celui du fils qui, en fait, n'était pas mort. Gilda

Brent jouait le rôle de la sœur qui soupçonne la fiancée d'imposture dès la première rencontre.

Elle devait avoir environ vingt-cinq ans quand le film a été tourné et elle était très jolie. Mais je me suis immédiatement souvenue de ce que j'avais pensé en voyant la carte de cigarettes.

Ce n'était pas un visage dont on pouvait se souvenir, mais qui prêtait un peu à confusion parce qu'il changeait selon qu'elle parlait ou bougeait, selon l'éclairage dans lequel il se trouvait. Elle ressemblait parfois à Joan Crawford et parfois à Veronica Lake, parfois encore à Valerie Hobson. Je ne peux pas juger de son talent d'actrice. Ned dit que vous n'aviez pas besoin de savoir jouer pour tourner dans des films à l'époque. Sa voix était typique de son temps, une de ces voix de femme du monde, claire, chantante, qui vous ferait vous retourner si vous l'entendiez quelque part aujourd'hui.

C'était une chose à raconter à Stella le lendemain matin, mais le temps que je voie Gracie, que j'installe Arthur dans son fauteuil, il était neuf heures passées et elle était partie à l'hôpital pour sa radiothérapie. Stella est en train de mourir, on ne peut plus la sauver, mais la radiothérapie atténue ses problèmes de respiration. Et même si elle dit que ça ne rime plus à rien, qu'il faut abandonner, elle se laisse conduire par Pauline à Bury, tous les quinze jours.

À la différence de Lena, je ne fouille pas dans les chambres des résidants pendant qu'ils sont sortis. La moitié d'entre eux, certainement tous ceux qui ont encore leur tête, Sidney, Lois et Stella par exemple, demanderaient à leurs enfants de les emmener ailleurs, s'ils savaient que Lena lit leurs lettres et parcourt leur carnet d'adresses. Mais quand j'ai pris le plateau du petit déjeuner de Stella, le napperon légèrement taché de rouge à lèvres est tombé par terre. Je me suis penchée pour le ramasser et j'ai vu une chose blanche sous le lit.

C'était un morceau de papier froissé. Peut-être était-il là depuis des jours ou quelques heures seulement. Je n'aurais pas dû lire ce qui était écrit dessus, n'est-ce pas ? Je veux dire, je n'aurais pas dû regarder parce qu'en fait je pouvais à peine déchiffrer un mot. Et c'est la raison pour laquelle j'ai regardé, insisté, scruté. Je n'arrivais pas à croire que c'était de l'anglais, que c'était même écrit dans notre alphabet. C'était plus un dessin qu'une phrase, la photo d'un morceau de dentelle ou les gribouillis d'un enfant vus dans un miroir. Les seuls mots que je pouvais deviner, avec difficulté, étaient *Gilda* et un autre qui aurait pu être *disparue*.

Je l'ai froissé de nouveau et jeté dans la corbeille à papier. Sharon est arrivée au moment où je quittais la chambre et elle m'a prévenue que Lena était d'une humeur massacrante.

« Elle ne va pas hériter de l'argent d'Edith, comme elle l'avait cru, a dit Sharon. Pas un centime. Edith a tout laissé à une organisation pour la lutte contre le sida et aux alcooliques anonymes. »

Lena a ramené Stella un peu avant l'heure du déjeuner. Elle m'a gratifiée d'une de ses grimaces qui ne sont pas des sourires. À l'époque où elle était enfant, les parents n'emmenaient pas leurs enfants chez l'orthodontiste, ce qui explique qu'elle n'ait pas porté d'appareil et que ses dents du haut soient en avant.

« Lady Newland a gémi pendant tout le chemin du retour. Beaucoup trop rapide pour Madame, sans doute. »

Elle a dit ça avec une voix de comédie et un sourire, comme pour rendre inoffensifs ses propos. Stella était fatiguée, mais pas complètement sans ressource. Elle s'est assise dans le salon, a levé les yeux vers Lena et a dit : « Je ne suis pas la veuve d'un chevalier ou d'un baron.

— Quoi ?

— Je préférerais que vous m'appeliez Mme Newland mais dans la mesure où cela semble trop difficile ou trop formel pour vous, je me contenterai de Stella. »

Il lui avait fallu du courage pour le dire et l'effort l'avait laissée tout essoufflée. Lena, bouche ouverte, la dévisageait.

« Nous nous appelons tous par nos prénoms ici. Madame en effet serait un peu trop formel de nos jours. Oui, sans aucun doute. Il faut vivre avec son temps, Stella, souvenez-vous-en : il faut marcher avec son temps. »

Stella n'a pas pleuré avant que Lena ne se fût éloignée. Et ce fut sans le moindre sanglot, juste deux larmes coulant le long de ses joues. Je me suis assise à côté d'elle, afin de la cacher aux regards de Maud. Maud était près de la fenêtre, tendant le cou pour mieux voir et mieux entendre. Aussi ai-je dû murmurer. Stella n'est pas dure d'oreille comme Maud.

« Ne la laissez pas vous déprimer. Elle est méchante parce que Edith ne lui a rien laissé. »

Stella a tenté de sourire. « C'est ce qu'elle comptait obtenir ? Oh, ma chère. Ce n'est pas elle, Jenny, c'est... disons que je suis fatiguée et parfois... parfois il y a des choses qui font que je me sens mal.

— Tenez, ça va vous remonter le moral. »

En arrivant ce matin-là, dans la pelouse qui sépare le parking de la porte de service, j'avais trouvé un trèfle à quatre feuilles. Pour la première fois depuis des jours il avait plu. Je suis comme maman, quand je traverse un champ, quand je marche dans l'herbe, je cherche toujours un trèfle en espérant en trouver un à quatre feuilles. Ils ne sont pas aussi rares qu'on pourrait le croire. J'en ai trouvé un en juillet et je l'ai donné à Ned pour qu'il lui porte chance pendant son tournage en France. Il l'a porté à son revers jusqu'à ce qu'il soit complètement desséché et méconnaissable. Mais cette fois-ci j'avais fait ce que je fais souvent, c'est-à-dire pressé le trèfle entre deux feuilles de papier. J'avais l'intention de le garder pour moi, mais Stella en avait plus besoin que moi.

« Qu'est-ce que c'est, Genevieve ? Une sorte de trèfle ?

— C'est un trèfle à quatre feuilles et le meilleur porte-bonheur qu'on puisse trouver.

— Meilleur que les chiens tachetés ?

— Bien meilleur. » J'ai l'habitude qu'on se moque de moi au sujet de mes superstitions et je m'en fiche. Si vous êtes sûr que votre foi ne sera pas ébranlée, il n'y a aucune raison de vous en faire. « Mettez-le à l'intérieur d'un livre et il durera des années. »

Elle était élégante aujourd'hui, comme elle l'est en particulier quand elle doit sortir. Les gens de sa génération s'habillaient pour aller faire des courses, à plus forte raison pour se rendre à un rendez-vous à l'hôpital. Elle avait une robe à fleurs, une veste, un rang de perles autour du cou, des bas transparents, des chaussures plates de couleur crème. Lena, avec son cardigan vert et son survêtement rose vif — pourquoi les survêtements sont-ils toujours roses, violets ou émeraude ? —, n'aurait guère apprécié.

Stella a eu l'air assez indifférente à mon cadeau, mais elle était fatiguée et elle avait eu une matinée éprouvante. Aussi suis-je allée prendre le livre qu'elle lit ces jours-ci et ai-je glissé le trèfle entre deux pages. Je pensais qu'elle voudrait dormir un peu mais quand j'ai posé une couverture sur ses genoux et me suis dirigée vers la porte, elle a levé la main et dit : « Non, Jenny, restez un peu avec moi. Dites-moi, avez-vous vu le film hier soir ?

— *The Fiancée* ? Je voulais voir à quoi ressemblait Gilda Brent. Ce n'était pas très bon, n'est-ce pas ?

— Je ne l'ai pas regardé. C'était tellement tard. » Elle s'est corrigée. « Ce n'est pas pour cette raison. Je l'ai vu il y a des années quand il est sorti. Et puis une autre fois avec elle, au cinéma. Avec Gilda, je veux dire. Elle aimait que j'aille au cinéma avec elle, la voir dans ses films. Je ne crois pas pouvoir affronter cela de nouveau. » Le rire qui a suivi était à peine audible. « Je ne supporterais pas de la revoir. »

Je me suis assise sur le bord du lit. « Vous avez dit qu'elle était morte. Savez-vous de quoi ? »

J'ai cru qu'elle allait répondre, tant elle prenait son temps. Tout d'abord, elle a penché la tête et posé une main sur son front. Puis elle a saisi cette main-là avec l'autre et l'a posée sur ses genoux, comme si elle avait voulu effacer un signe de faiblesse. Elle a relevé le menton et j'ai cru voir ses lèvres trembler juste avant qu'elle ne se mette à parler :

« Elle est morte à la suite d'un accident de voiture.

— Comment, peu de temps après avoir arrêté le cinéma ?

— Des années et des années après. Vous avez remarqué que j'ai dit à la suite d'un accident de voiture et non *dans* un accident. Je ne sais pas vraiment comment elle est morte. »

J'étais stupéfaite et cela devait se voir.

« Je n'aurais pas dû vous le dire, Genevieve. Vous ne devez le répéter à personne. À personne, c'est promis ?

— À qui pourrais-je le dire ? » Mon entourage n'est pas composé de gens qui seraient prêts à tout pour savoir comment a fini une obscure actrice de cinéma. « Je n'ai personne à qui en parler.

— Non. J'imagine que c'est la raison pour laquelle je vous en ai dit autant. Mais cet... ami, l'homme de télévision ? »

Il est désagréable de ne pas pouvoir s'empêcher de rougir. J'avais le visage en feu. « Je ne dirai rien à Ned.

— Bien. C'est gentil à vous. Je sais que je peux vous faire confiance, Jenny. J'aimerais pouvoir vous raconter des choses sur ma vie, je le ferai un jour. Mais je dois avoir le droit de choisir ce que je raconte. Vous comprenez ? »

C'était le « un jour » qui m'avait frappée. Il n'y aurait pas de « un jour » pour Stella et une partie d'elle-même le savait aussi bien que moi. Mais j'imagine que nous avons tellement l'habitude de dire « un jour », « l'année prochaine » et « bientôt », que nous oublions que nous n'avons plus de futur, quand bien même la limite de notre existence a été tracée. Elle a brusquement changé de sujet.

« Vous n'êtes pas allée voir un agent immobilier, n'est-ce pas ? »

J'ai répondu que je ne l'aurais jamais fait sans qu'elle m'en priât.

« Non, bien sûr. Simplement, vous êtes déchargée de tant de choses ici et traitée comme si vous n'étiez déjà plus *compos mentis*. Je veux dire que je n'aurais guère été surprise de voir ma maison à vendre et des tas de propositions d'achat. » Mon expression a dû lui faire sentir à quel point elle était injuste envers moi. Elle a tendu la main et l'a posée sur la mienne. « Non, vous ne leur ressemblez pas, Jenny. Vous ne feriez pas cela.

— Et Richard non plus. »

Elle a paru surprise. « Vous avez raison. Lui non plus.

— Stella, j'irai chez un agent quand vous le souhaiterez. Mais pour ce qui est des "tas de propositions"... Elle est vide depuis des années, très sale, à l'abandon. Il sera très difficile de la vendre dans cet état. »

L'air fatigué a envahi son visage de nouveau. « Vous voulez dire qu'il va falloir réparer et refaire la décoration ?

— Il va falloir commencer par bien nettoyer. » Je ne sais pas pourquoi j'ai dit ça, pourquoi j'ai fait cette proposition. Comme si j'aimais ça et que j'avais du talent pour le faire. La seule explication probable, c'est que j'y ai vu un moyen de ne pas passer mon jour de congé chez moi, à regretter de ne pas être avec Ned à Norwich. « Voulez-vous que je fasse le nettoyage de votre maison, Stella ? »

Le 13. Pas le meilleur jour qui soit pour entreprendre quoi que ce soit. Maman s'est mariée avec Ron un 13 et voyez ce qu'il est advenu. Mais je n'avais pas le choix, c'était mon jour de congé et je ne voyais pas ce qui aurait pu aller de travers — attitude fatale que d'ignorer signes et présages, comme n'importe quel membre de ma famille vous le dira.

Je suis partie de bonne heure pour Moluques, un peu après huit heures. Avec le dépoussiérant, le seau, les chiffons, j'ai eu la bonne idée de prendre mon aspirateur à piles, ce qui s'est révélé très utile dans un endroit où l'électricité a été coupée. Mike me l'a offert à Noël et je lui ai dit que c'était adorable de sa part, en évitant de lui rappeler que c'est lui qui laisse le plus de boue sur les tapis et le plus de miettes sur la nappe. En fait, l'aspirateur à piles et une paire de chiffons pour nettoyer la maison de Stella, cela correspondait à peu près à une tentative d'ascension de l'Everest en survêtement avec pour tout matériel une canette de Coca-Cola.

C'était une belle journée, mais avec un ciel gris et du vent. C'eût été peut-être pis si le soleil avait brillé et révélé la présence véritable de la poussière. Je ne sais pas ce que c'est que la poussière, de quoi est faite cette fine poudre grise. Ce n'est pas quelque chose qu'on peut trouver sous une autre forme. Ce ne sont pas des miettes, des cheveux, des moutons, des peluches de vêtements, des poils d'animaux, de la cendre, des débris de métal ou des copeaux de bois. C'est de la poussière, ça n'est fait de rien et ça ne vient de nulle part pour couvrir absolument tout. Je crois que si l'ensemble de la population de la planète mourait de la peste et que les immeubles subsistaient, ils finiraient pas disparaître sous une épaisse couche de poussière.

J'ai commencé dans le salon. J'ai ouvert la fenêtre, ce qui n'a pas été simple, et j'ai secoué les tapis sur la pelouse. Ça ressemblait à la tempête dans le désert de *Lawrence d'Arabie*. La peinture à l'huile représentant Stella jeune, je l'ai époussetée avec soin en utilisant un chiffon doux, chassant la pellicule grise qui avait terni le rose de la robe et l'éclat des perles. J'ai fait tous les meubles, allant de temps en temps secouer mon chiffon à la fenêtre. Une fois la poussière enlevée, les tissus brossés, le tapis aspiré, la batterie de mon aspirateur était à plat.

Il y avait dans le mur en face de la cheminée une entaille profonde que je n'avais pas remarquée la première fois.

Comme si le coup avait été suffisamment puissant pour arracher le papier. Et une fois le produit pour l'argenterie en action, j'ai vu qu'un des bols était cabossé. Comme s'il avait été lancé contre le mur, endommageant les deux. J'ai fait l'argenterie jusqu'à ce que je ne puisse plus supporter l'odeur du produit et la sensation granuleuse de la poudre rose sur mes mains.

La cuisine et la salle de bains auraient dû être plus faciles à faire, dans la mesure où il n'y avait pas de tapis. Mais il n'y avait pas d'eau chaude et rien dans la maison pour en faire chauffer. Mais j'ai tout de même pu enlever le plus gros dans l'évier, le lavabo et sur le pourtour de la baignoire. Pour les fenêtres, ça a été plus facile parce que j'ai utilisé un produit à vitres et non de l'eau.

À midi, je me suis arrêtée un moment et j'ai mangé les sandwiches que j'avais apportés. Alors que j'avais échoué la première fois, cette fois-ci j'ai pu voir Middleton Hall au loin, par-delà les champs labourés et les prairies pour les oies. Cela m'a fait penser à Stella et je me suis demandé ce qui avait bien pu lui passer par la tête, quelle était la raison du mystère autour de Gilda Brent et ce qu'elle voulait dire par « un jour ». Gilda était venue dans cette maison, avait-elle dit, et était morte dans un accident de voiture. Était-ce pour cette raison que Stella redoutait de monter en voiture, tremblait à la moindre accélération ? À cause des circonstances de la mort de Gilda ?

Toutes les femmes de ma famille voient des fantômes de temps en temps. C'est maman qui en voit le plus. Elle voit régulièrement L'Homme-en-costume-gris traverser sa chambre, qui se trouve au-dessus du bar. Le *Thundering Legion* était autrefois un tribunal et une prison, et un assassin y a passé sa dernière nuit, marchant de long en large, avant les assises et la pendaison. Janis a vu le cocker de son amie et l'a touché une semaine après qu'il avait été « endormi ». Quant à ma grand-mère, à l'époque où elle travaillait à la mairie pour le père de M. Thorn, elle a vu deux fois la Dame Brune, a entendu trois fois la voix qui appelle « Elisabeth, Elisabeth ! » et a senti l'odeur de la poudre à fusil un nombre incalculable de fois. C'est pourquoi je n'aurais pas été surprise de voir Gilda Brent devant moi après m'être retournée. Elle aurait dû avoir la couleur grise de la poussière, la couleur qu'elle avait dans le film en noir et blanc, et porter peut-être la robe longue dans laquelle elle était si belle, les épaules nues, le corps drapé, les pieds dissimulés dans la traîne, le gris de ses cheveux blonds et le visage tel du marbre, semblable à celui de n'importe quelle autre star du cinéma.

Je me suis retournée et il n'y avait personne. Et je dois reconnaître que la maison ne donnait pas l'impression d'être hantée, quand vous avez le sentiment d'être sans cesse épié et que l'air est rempli de chuchotements et de sons inexplicables. Tout ce que je pouvais ressentir à propos de la maison de Stella, c'était qu'elle était en attente de quelque chose. Peut-être simplement de quelqu'un qui y vivrait. Je suis allée dans la chambre et j'ai commencé à faire le ménage, armée d'un balai, d'une pelle et d'une brosse. Une fois chassé le plus gros de la poussière, j'ai décroché les rideaux. Il n'y avait rien d'autre à faire que de les rapporter à la maison et de voir s'ils survivraient à un lavage.

Entre la porte de la chambre meublée et celle des chambres vides, il y avait un sèche-linge. Les draps à l'intérieur étaient humides mais pas moisis. Je savais qu'il me faudrait revenir pour terminer, qu'il serait impossible de tout faire en une journée. J'ai pris deux draps et quatre taies d'oreiller et je les ai étendus sur des chaises devant la fenêtre, afin que le soleil les séchât. Si soleil il y avait. Puis j'ai défait le lit et mis les draps dans une taie d'oreiller pour les laver à la maison.

De retour dans la cuisine, je me suis demandé ce que penserait Mike s'il la voyait. La pensée m'a amusée parce que, tel que je connais Mike, il se mettrait probablement au travail de réfection immédiatement, enlevant les carreaux ébréchés et revissant les poignées branlantes.

La première fois que j'étais venue, je n'avais pas ouvert le réfrigérateur. Sa porte était fermée. Si vous partez et coupez le courant, vous devez toujours laisser la porte ouverte, sinon la moisissure s'installe. Et ensuite vous aurez beau frotter, aérer, l'odeur ne partira plus. J'ai ouvert la porte pour voir, prête au pire.

La moisissure et un champignon d'aspect vert et moussu s'étaient en effet installés, mais il y avait bien longtemps de ça. Il ne restait plus que de la poussière, beaucoup de poussière, qui couvrait les formes indéfinissables de ce qui avait dû être de la nourriture et qui ne pouvaient plus être identifiées que comme branche de ceci, morceau de cela. À l'exception d'une chose sur laquelle elle ne s'était pas déposée : une bouteille de champagne. Bollinger. Du vrai, avec le papier doré sur le bouchon et une sorte de filet doré autour de la bouteille. Elle trônait au milieu des fantômes d'aliments, comme si elle avait été mise à refroidir et que la célébration à laquelle elle était destinée n'avait jamais eu lieu.

En ouvrant le placard à balais, j'ai remarqué une chose que je n'avais pas vue la première fois. Il y avait une rangée de crochets sur le mur du fond, sur chacun desquels était suspendue une clé. Six en tout. Certaines avaient l'air de correspondre aux serrures des portes à l'intérieur. La plus grosse correspondait à la porte qui donnait sur l'arrière et une autre, un peu plus petite, à la porte du garage. Je l'ai ouverte pour aller jeter un coup d'œil à la voiture rouge.

Les pneus étaient à plat. Elle n'était pas fermée et il n'y avait pas de clé sur le contact. J'ai ouvert la porte du conducteur, je me suis assise et j'ai regardé partout. Les vide-poches latéraux et la boîte à gants étaient vides. Rien sur le siège arrière et rien sur le plancher. Quand Stella m'avait dit que Gilda Brent était morte dans un accident de voiture, j'avais pensé que c'était peut-être dans celle-là. Elle avait peut-être embouti le véhicule et après ça, un de ses proches n'avait plus voulu s'en servir et l'avait laissée chez Stella. Mais les marques sur la carrosserie ne ressemblaient pas à celles laissées par un accident. Cela ressemblait plutôt aux conséquences d'un incendie. La voiture était couverte de poussière, une couche régulière qui n'avait pas été effleurée depuis que la voiture était dans le garage. Mais quand j'ai passé le doigt dessus, j'ai vu que la carrosserie avait brûlé : le coffre et les ailes à l'arrière. La peinture rouge avait noirci, fait des cloques et s'était même détachée par endroits, laissant voir le métal gris au-dessous.

J'ai ouvert le coffre. Les outils et la roue de secours étaient dedans. Il y avait aussi un foulard carré, de couleur verte, fripé, mais étalé comme si on l'avait laissé tomber là. Je l'ai pris. Il était peut-être au même endroit depuis vingt-cinq ans, mais il était propre et sentait encore quelque chose, un parfum musqué un peu passé. Stella ne porte jamais de vert — sage décision selon moi car rien ne saurait être plus néfaste. Le foulard ne lui appartenait sans doute pas, à moins que ses goûts aient changé. Je l'ai rapporté dans la cuisine et posé sur le dossier d'une chaise.

La vue du foulard m'a ramenée seize ans en arrière, vers un épisode auquel je n'avais plus pensé depuis : Janis et moi devisant sur le grand amour dans la cuisine, la veille de la Saint-Jean. Nous avions observé le rituel, mis sur la table le pain et le fromage, enlevé tous nos vêtements que nous avions suspendus aux dossiers de deux chaises. J'avais une jupe verte que m'avait donnée mon père, par défi à l'égard de maman, j'imagine, et sur laquelle j'avais posé le reste de mes affaires. Nous avions laissé la porte de derrière entrouverte et nous étions montées à l'étage, pour attendre les hommes et entendre leur arrivée.

J'étais terrifiée en entendant les pas, beaucoup plus que ne l'était Janis, bien qu'elle fût plus jeune, et je ne voulais pas descendre au début, pas même regarder par-dessus la rampe. Mais Janis m'avait pris les mains et m'avait traînée jusqu'à la cuisine, où nous avions trouvé Steve qui mangeait notre repas et buvait du Coca qu'il avait pris dans le réfrigérateur. Elle avait juré qu'elle ne l'avait pas invité, qu'elle le connaissait à peine, de l'école primaire... Mais sept ans plus tard, elle l'a épousé. Alors est-il son grand amour ?

Mais personne n'était venu pour moi. Ni mon petit ami de l'époque, ni Mike, ni même Ned ou son ombre. Je l'ai imputé à la jupe verte et n'ai plus porté de vert depuis. Le foulard, sa couleur et sa forme carrée avaient fait remonter tout ça. Mais je l'ai laissé sur le dossier de la chaise, ne sachant qu'en faire.

Et puis je me suis souvenue que j'avais promis de prendre la photo. Cette fois, j'ai bien vu que c'était Stella, mais l'homme ne ressemblait plus à une vague connaissance. La falaise au fond n'était qu'un mur de pierres de la maison. Malgré les années, de la photo émanait encore le bonheur. Elle transmettait l'intensité du rapport entre l'homme et la femme, la flamme de l'amour.

Cela m'a fait penser à Ned. J'ai parcouru le couloir jusqu'à la porte d'entrée. J'avais saisi la poignée de cuivre décoloré, quand une pensée m'a traversée. Pourquoi Ned et moi n'utiliserions-nous pas cette maison pour les longues et froides soirées d'hiver ? Nous n'avions nulle part où aller et il faudrait attendre des mois le printemps suivant. J'avais la clé. Personne n'en saurait rien.

Pourquoi ne viendrions-nous pas ici, dans la maison de Stella ?

8

IL Y A UN AN, je n'aurais même pas rêvé une chose pareille sans demander la permission. J'ai dit que le fait d'accomplir un seul acte répréhensible avait aiguisé ma conscience dans tous les autres domaines de mon existence, mais ce n'est pas vrai. Quand l'acte en question est l'amour et le besoin d'être seul avec la personne aimée, toute considération de moralité ou de simple décence s'efface.

L'amour est tout et justifie tout. C'est ce que je me dis et je n'écoute pas la petite voix intérieure, calme et froide, qui me dit tout autre chose. L'amour ne l'écoute pas non plus et avance des arguments très convaincants : Stella m'a confié une clé, elle était ravie que je nettoie l'endroit. Si elle décidait de vendre, c'est moi qui serais chargée de m'en occuper. J'étais pratiquement devenue la gardienne. Y passer deux heures de temps en temps n'était qu'une étape de plus du même processus.

Stella n'a pas fait la moindre allusion à la maison quand je l'ai vue le matin. Peut-être avait-elle oublié ou ne pouvait-elle penser à rien d'autre qu'à la sortie promise par Richard. Ce qui était étrange en soi. Avec sa peur des voitures, Stella n'accepte d'y monter que pour des déplacements indispensables : le dentiste, la radiothérapie. Elle ne m'a pas dit où elle allait, mais elle portait une élégante robe bleue à pois, un manteau en lin de couleur crème par-dessus, et toutes ses bagues, sa bague de fiançailles avec les saphirs, son anneau de diamants à la main droite.

Richard est arrivé à neuf heures et demie, vêtu d'un de ces costumes d'été légers, qui donnent une allure décontractée. Il avait un paquet à la main. Je l'ai vu depuis la fenêtre de la chambre de Maud. Il a traversé le parking jusqu'à la porte d'entrée, comme à son habitude, d'un pas rapide et décidé, avec cet air de jouir de la vie et de penser à beaucoup de choses. Il n'est pas une de ces personnes heureuses et gâtées par la vie qui n'ont rien dans la tête. Penser semble nous rendre tristes plutôt qu'autre chose et il est rare de rencontrer quelqu'un qui soit intelligent et sensible sans pour autant être sombre. Ça m'a fait penser à Ned, comme toujours à l'occasion de tant de réflexions et d'observations. J'ai pensé à ses fréquents accès de mélancolie et à ses frustrations.

Le pupitre que Stella avait demandé était installé sur le lit quand je suis entrée dans la chambre après son départ avec Richard. C'est ce que devait contenir le paquet. Stella y avait laissé son livre, la page marquée par le trèfle à quatre feuilles que je lui avais donné. C'était à moi qu'il avait porté chance pourtant, et un 13 avec ça. Comme dit maman, ces trèfles-là ont un grand pouvoir.

C'était enfin une journée magnifique, la pluie avait été chassée vers la mer du Nord. Je venais d'installer Sidney dans sa chaise sous son mûrier préféré, quand j'ai vu Richard descendre les marches du perron. Il n'avait pas promené Stella bien longtemps.

« Jusqu'à Diss seulement, a-t-il dit, bien que je ne lui eus rien demandé.

— A-t-elle supporté le trajet en voiture ?

— Elle était très bien. » Il a souri. « Je conduis très lentement quand elle est avec moi et j'en deviens un danger public. Tout le monde me klaxonne et maman a fait la remarque que les routes étaient devenues bruyantes et que personne n'utilisait son klaxon autrefois. »

Ça m'a fait rire. Il l'a dit avec beaucoup de gentillesse et d'affection, pas du tout à la manière cavalière de Lena. J'ai demandé si Stella avait bu un café pendant la matinée parce qu'il était presque midi déjà. Mais il m'a répondu qu'ils ne s'étaient pas du tout arrêtés, qu'il avait pris quelques heures sur son temps de travail et qu'il lui fallait repartir.

« Maman avait des affaires à régler. Je l'ai laissée une heure et je suis repassé la chercher. »

J'ai dit que c'était un grand dérangement pour lui alors que l'une de nous aurait pu l'accompagner. J'aurais pu y aller.

« Je sais que vous pourriez. Je m'en souviendrai la prochaine fois. » Il hésita. « S'il y a une prochaine fois. C'est très étrange cette phobie de la voiture, n'est-ce pas ? Elle a commencé lorsque j'étais enfant. Je me souviens qu'à l'époque où j'avais six ou sept ans j'adorais les tunnels. Et la grande récompense pour un camarade et moi, c'était qu'elle nous emmène au tunnel de Dartford et retour. Cela devait l'ennuyer, mais elle ne s'en est jamais plainte. Elle conduisait très bien, beaucoup de style.

— Sa peur des voitures a commencé à cette époque-là ?

— Je l'ai toujours associée avec la mort de mon père, bien que ce fût quand j'avais six ans, et les excursions au tunnel de Dartford sont postérieures à cela. De toute façon, papa n'est pas mort dans un accident de voiture, il est mort dans un train. Enfin, il a eu un malaise dans un train. Il est mort à l'hôpital.

— Votre mère a tout simplement cessé de conduire ?

— Oui, mais un bon moment après. Je n'arrive pas à me souvenir quand exactement et ce n'est pas le genre de choses que je peux lui demander. Même si je ne sais pas très bien pourquoi je dis cela. Un peu mystérieux, n'est-ce pas ? Je dois y aller. Il faut que je sois à l'hôpital à une heure. »

Stella a dû élever ses enfants toute seule à partir de ce moment-là, un garçon de six ans et une fille de... quoi, quatorze, quinze ans ? Ça a été un choc pour moi. J'avais pensé qu'elle n'était veuve que depuis cinq ans peut-être. Mais Richard a mon âge, ce qui signifie que son père est mort depuis vingt-six ans ou, comme ils disent dans les journaux, depuis plus d'un quart de siècle. Je me suis demandé pourquoi il ne pouvait pas la questionner sur l'origine de sa phobie des voitures, mais il semble ne pas savoir lui-même. Sans doute sait-il que ce serait approcher de trop près un domaine que Stella a toujours voulu garder secret.

Elle a passé le reste de la journée dans sa chambre et elle a fait une longue sieste dans l'après-midi. J'ai jeté un coup d'œil à un moment donné et je l'ai vue étendue sur son lit, enveloppée dans sa robe de chambre en satin, les yeux clos, respirant lentement et régulièrement. À quatre heures pile, je suis partie, j'ai fait un saut à la maison pour prendre les rideaux propres et j'ai acheté à l'épicerie de Curton tout leur stock de bougies. Si j'avais fait ça à Tharby, les commentaires seraient allés bon train. « Ta petite Jenny vient de passer, Diane, et elle a dévalisé mon stock de bougies de Noël. Que veut-elle en faire ? On ne leur a pas coupé l'électricité, non ? » Mais je doute qu'une femme de Tharby ait jamais mis les pieds à l'épicerie de Curton, même si ça n'est qu'à six kilomètres. Je ne l'avais jamais fait depuis que j'étais enfant, quand mon père m'y emmenait pour acheter des confiseries.

Ayant changé les piles de mon aspirateur, j'ai continué à faire le ménage. J'ai même pu faire bouillir de l'eau sur le radiateur, avec beaucoup de patience. Les rideaux avaient déteint au lavage et gondolaient à hauteur des ourlets, mais ils avaient meilleure allure qu'avant. Je les ai accrochés. La journée ensoleillée avait permis aux draps que j'avais étalés de sécher. J'ai fait le lit et quand la bouilloire a sifflé, j'ai versé l'eau chaude dans une Thermos.

C'était une soirée agréable, même si on sentait l'automne approcher. Mais c'est la plus belle saison dans le marais, quand le cornouiller prend sa couleur rouge sombre et que le sureau vire au jaune. La clématite était une masse grise et soyeuse comme des cheveux et l'épilobe au-dessus était blanche comme du duvet d'oie. Les ombres des grands arbres traçaient de larges bandes sur l'herbe devant la maison et le soleil couchant resplendissait derrière l'écran sombre des bois. Tout était calme, pas le moindre vent, la pluie avait fait reverdir l'herbe et les plantes sauvages, comme pour un faux printemps. J'ai arraché quelques tiges du sorbier qui pousse près de la porte et je les ai placées dans un vase. Demain, me suis-je dit, je prendrai tous les dahlias et les chrysanthèmes de notre jardin, avant que les premières gelées ne les brûlent, et j'en remplirai la maison ici.

Avant de partir, je suis allée derrière pour jeter de nouveau un coup d'œil à la voiture à travers la fenêtre du garage. Je ne sais pas pourquoi, mais j'ai aimé la maison. Maintenant que j'y avais tellement travaillé et que je l'avais arrangée, je n'aimais pas la présence de cette voiture. C'était le détail qui gâchait tout, comme avait dit Ned à propos de quelque chose de tout à fait différent. C'était l'asticot, coloré et se tortillant, que vous trouvez à l'intérieur d'une prune qui a l'air parfaite, de l'extérieur. Je me suis répété que ce n'était qu'une vieille Ford

Anglia, qu'elle ne faisait de mal à personne, qu'elle n'était probablement pas en état de marche. Ce n'était rien de plus que les carcasses rouillées des voitures que l'on trouve de temps en temps dans le marais, abandonnées depuis longtemps et envahies de ronces et de houblon sauvage.

Les surprises ne sont pas toujours une très bonne idée. Janis, Nick et moi voulions faire une surprise à maman pour ses cinquante ans. Elle savait que quelque chose se préparait et elle a accepté qu'on lui bande les yeux, qu'on la mette dans la voiture de Nick, qu'on lui fasse faire des tours et des tours pour la désorienter, mais elle n'a pas apprécié de se retrouver dans la salle des fêtes du village, au milieu d'une centaine de ses amis et relations chantant *Happy Birthday to You*. En fait, elle y avait réfléchi et elle pensait que la surprise serait un spectacle à Londres, dans le West End, *Miss Saigon* ou *Les Misérables*, et ensuite une nuit avec Len au *Strand Palace Hotel*. Tous ces détours en voiture lui avaient fait croire qu'on l'emmenait à la gare de Diss.

Aussi savais-je quels risques je prenais en faisant une surprise à Ned. Mais je ne voyais pas ce qui aurait pu clocher et finalement tout s'est bien passé. Il a été totalement étonné et reconnaissant. L'odeur des fleurs que j'avais apportées avait chassé celle de renfermé et la soirée était trop douce pour qu'on ait besoin du radiateur. J'avais disposé des bougies bleues parsemées d'étoiles dorées sur la desserte et une grosse chandelle parfumée sur les tables de nuit de chaque côté du lit. Il m'avait dit un jour qu'il aimait le chardonnay australien, j'en avais donc une bouteille au frais sous un filet d'eau froide dans l'évier. En l'attendant, j'ai lavé et essuyé les verres en cristal de Stella, trouvés dans une armoire.

Il est arrivé un peu en avance, heureusement car ça m'a évité de m'inquiéter. Et quand il est entré et qu'il m'a prise dans ses bras, j'ai senti que ce serait chaque soir pareil si nous vivions ensemble. Je lui ai fait visiter la maison. Tout sauf les deux chambres vides et le garage. C'était comme si cet endroit m'avait appartenu et que je le lui offrais.

« J'espère que tes amis vont mettre des mois à la vendre.

— Seulement des mois ?

— Il ne va pas falloir des mois avant que toi et moi vivions ensemble et puissions nous passer de maisons d'emprunt et... (Il a pointé le doigt vers la flamme dansant à côté du lit) de bougies de Noël en septembre. »

Ça m'a fait sourire, mais j'ai été un peu embarrassée de remarquer ce que je n'avais pas vu en achetant les deux chandelles rouges torsadées, à savoir le motif de gui et de houx. En tout cas, j'aimais bien qu'il continue de dire que nous serions ensemble un jour, que nous aurions une maison à nous, même si je savais que ça n'arriverait jamais. C'est ce que disent les femmes et ce dont elles se plaignent parce que les hommes n'y pensent pas. Les hommes disent plutôt « Profitons de ce que nous avons » ou « Ne perdons pas de temps à faire des projets » — c'est ce que prétend maman. Pour nous, les rôles sont inversés : c'est lui qui parle d'avenir et moi qui essaie de vivre au présent.

Il ne voulait même pas entendre parler de vin. Il a dit que nous n'en avions pas besoin et que peut-être nous en prendrions un verre plus tard. C'est l'amour, dit-il, qui l'enivre. Il n'a besoin de rien d'autre. Dis-moi que tu m'aimes, voilà ce qu'il me dit, et je n'ai guère de mal à le satisfaire. Je l'ai aimé plus que jamais ce soir-là. Il m'a serrée contre lui dans le lit de Stella, nous étions étroitement enlacés, je sentais tout son corps contre le mien. Il a fini par détacher sa bouche de la mienne pour me dire : « Ça a été si long, Jenny. Ne reste plus jamais aussi longtemps loin de moi. »

Il est mince, il a la peau brune, une ossature longue et une musculature sèche. J'aime ses cheveux noirs et soyeux, pas tout à fait noirs, et les deux pointes qui descendent dans sa nuque. Non, j'adore. J'aime son odeur qui ne semble provenir ni d'une bouteille de parfum ni de sa transpiration. Une odeur de peau, de cheveux, d'ongles. Ses dents ont un goût mentholé et sa langue est fraîche et douce comme un petit poisson vivant. Quand je lui raconte ces choses, il me dit que je suis comme l'auteur, quel qu'il soit, du Cantique de Salomon dans la Bible.

« Que tu es belle, ma bien-aimée, que tu es belle ! Tes yeux sont des colombes, derrière ton voile.

— Je n'ai jamais dit ça. Je ne sais même pas ce que ça veut dire.

— Et tu n'as jamais dit que mes cheveux étaient comme un

troupeau de chèvres ou mon cou, la tour de David, mais tu as donné l'idée générale.

— Ça t'embête si je dis ces choses ?

— Rien de ce que tu dis ne m'embête, Jenny. Tu peux m'écrire des poèmes si tu veux. Si vous aimez quelqu'un totalement, rien ne peut vous embêter. »

Est-ce l'effet du philtre de ma grand-mère ? M'aurait-il aimée de toute façon, si je n'avais pas versé ce breuvage magique dans son verre ? Je suis contente de ne pas avoir pris ce risque, de ne pas avoir compté sur la chance. Et je le renforcerai dès que je pourrai.

Il a fermé les yeux. J'ai tenu sa tête contre mon épaule et j'ai caressé ses cheveux doucement. Mais quand il s'est endormi — je savais qu'il n'allait pas dormir longtemps — je me suis glissée hors du lit, j'ai ramassé ses vêtements et j'ai mis une fougère que j'avais ramassée à l'enterrement d'Edith dans une de ses chaussures. Car, dit ma grand-mère, une femme qui procède ainsi sera sans aucun doute aimée d'un amour merveilleux.

La rémission dont a bénéficié Stella, grâce à la radiothérapie, s'est prolongée jusqu'en octobre. Elle a continué à fumer des cigarettes en secret dans le parc de Middleton Hall, assise sur son banc de pierre et emmitouflée dans son grand manteau d'hiver, et continué à détester les voitures, même si elle est sortie encore une ou deux fois avec Richard. Selon Pauline, elle s'est encore aventurée jusqu'à la salle à manger pour son repas du soir, prenant un gin tonic, un verre de vin, et s'asseyant à une table, toute seule.

Marianne est venue la voir de Londres. Elle est arrivée dans la voiture de son petit ami, avec lui, grand et corpulent, et les deux adolescents de la photo de Stella, Jean-Paul et Kelda. Ces deux-là ne parlent pas à leur grand-mère et restent assis, l'air bougon, ou alors explorent la chambre, soulevant les livres et fouillant dans son bureau. Ils étaient en route pour la maison d'amis de Marianne, sorte de grange immense, près de Sandringham. Comédienne, Marianne semble ne jamais avoir de travail et ne connaître que des amis vivant dans de grandes maisons ou des châteaux et qui n'attendent que sa visite.

Stella n'a plus parlé de vendre Moluques. C'est amusant de voir que lorsqu'on est préoccupé de ne pas avoir confessé quelque chose, on essaie d'avouer quelque chose d'autre, quelque vague secret, à la place. Ned dit que c'est ce que les psychologues appellent un déplacement. Je n'allais pas lui avouer que Ned et moi avions passé trois soirées dans sa maison à faire l'amour dans son lit, je n'allais pas lui dire un mot à propos du foulard du coffre, parce qu'elle aurait pensé que j'avais fouillé. Mais je lui ai parlé de la bouteille de champagne.

J'ai provoqué une réaction à laquelle je ne m'attendais pas. Elle a commencé à bégayer, un bégaiement incontrôlable au-delà des premiers mots prononcés.

« Genevieve... Genevieve, nous l'avons vraiment laissée dans le réfrigérateur ? Ce... Ce n'est pas possible. Après tant d'années ? Oh, Genevieve. »

Qui « nous », ai-je pensé, mais je n'ai rien demandé bien sûr.

« Je ne pense pas qu'il soit encore buvable.

— Je ne sais pas, je ne sais pas. Le vin ne devient-il pas meilleur en vieillissant ? »

Elle avait l'air pâle et troublée. Aussi lui ai-je raconté l'anecdote des travaux de réfection du *Thundering Legion*, quand maman avait trouvé au fond d'un four à pain, derrière la cheminée, une vieille bouteille de porto. Quelqu'un avait dû la poser là pour la réchauffer et puis l'oublier, ce qui fait qu'elle s'était réchauffée puis refroidie, puis réchauffée et refroidie alternativement pendant une centaine d'années. Au nez, elle avait l'air bien et maman et les ouvriers avaient pensé la boire à l'heure du thé. Mais une fois dans les verres, il avait un goût de vinaigre et de peinture à la fois.

Avant même d'avoir fini l'histoire, j'ai su que Stella ne m'avait pas écoutée. Elle avait les yeux brillants. Comme si elle avait eu de la fièvre. « Genevieve, il faut que je fume une cigarette. Il me faut une cigarette. »

Stella aurait moins transgressé le règlement imposé par Lena en enlevant tous ses vêtements et en courant nue jusqu'à la chambre d'Arthur. Je lui ai dit que c'était risqué, que si elle ne se sentait pas bien, je serais volontiers allée lui chercher un verre de cognac.

« Je déteste le cognac », a-t-elle dit en sortant une cigarette de son sac pour l'allumer. Elle a fermé les yeux et inhalé la fumée. Elle l'avait terminée et écrasée dans une soucoupe, quand Lena, qui avait senti l'odeur, fit son entrée.

Lena a saisi un mouchoir en papier dans la boîte de Stella. Elle a ramassé le mégot et a pris la soucoupe pleine de cendres et maculée par une tache brune et humide. Bien entendu, elle ne peut pas dire grand-chose à Stella. Stella représente vingt mille livres par an. Tout ce qu'elle a fait, c'est mimer une quinte de toux et ouvrir la porte-fenêtre de la chambre aussi largement que possible. C'est moi qui ferais les frais de tout ça, je le savais.

Elle m'a entraînée dans le couloir et m'a fait passer un sale quart d'heure. Je passais trop de temps avec Stella, si Stella avait besoin d'une infirmière privée, il fallait prévoir une autre organisation. Et quant à la cigarette ! On aurait pu croire qu'elle avait attrapé Stella en train de renifler de la cocaïne.

« C'est tellement dégoûtant chez ces vieilles bonnes femmes. Vous ne croyez pas qu'une personne qui s'est tuée à petit feu à cause de cette ignoble habitude devrait avoir le bon sens d'y mettre un terme à présent ? »

C'était à peu près aussi logique que d'installer une alarme d'incendie après que votre maison a brûlé. Mais je n'ai rien dit. Je n'ai rien dit d'autre que « Je suis désolée ». Je savais que Lena n'allait pas me renvoyer. Elle a mis des annonces pour trouver du personnel depuis des mois, sans obtenir plus d'une réponse. Encore s'agissait-il d'une femme de soixante-dix ans, qui avait été videuse de poissons sur la plage de Lowestoft. Les gens ne veulent pas travailler dans les maisons de vieux, ils n'ont pas la patience requise, ils ne savent pas comment se comporter face aux surdités, aux pertes de mémoire, pour ne rien dire des incontinences. De plus, on n'y gagne pas beaucoup d'argent.

Je suis discrètement retournée voir Stella. Pour cela, j'ai dû attendre la fin de ma journée. À ce moment-là, je devenais une visiteuse, libre de rester avec Stella aussi longtemps qu'il me plairait. Normalement quand j'entre, elle est en train de lire le journal, de faire des mots croisés ou d'écouter un concert à la radio, ou encore de lire le livre du moment. Cette fois, elle était tout simplement assise. Elle avait fermé la porte-fenêtre et observait le faîte des arbres et le ciel blanc. Elle a tourné la tête en entendant la porte et m'a souri en me tendant la main.

« Je vous ai causé des ennuis, Genevieve. Je suis désolée. Était-ce affreux ? »

Elle parlait comme si j'avais été une petite fille à l'école, peut-être même sa petite fille réprimandée par le proviseur. Ça m'agaçait un peu parce que, de temps en temps, je me sens curieusement plus âgée que Stella, plus expérimentée, plus mûre. Je l'imaginais protégée de tout, n'ayant pas eu à gagner sa vie et ce qu'elle a dit ensuite — de manière inattendue — a confirmé mon intuition.

« Je veux vous dire quelque chose. Au sujet de ma maison. Je l'ai achetée quand mon père est mort. Il m'a laissé sa maison, c'est tout ce qu'il m'a laissé, tout ce qu'il avait, et je l'ai vendue pour acheter Moluques. C'était quelque chose à moi, vous comprenez. Je n'avais rien à moi, tout appartenait à mon mari, même la maison dans laquelle nous vivions à Bury était à son seul nom.

— Je ne savais pas qu'on pouvait faire ça.

— On le pouvait et on le faisait. Beaucoup d'hommes avaient à leur nom la maison qu'ils partageaient avec leur femme. Rex n'aurait jamais pensé à faire mettre la maison à mon nom aussi. Il me l'a laissée quand il est mort, bien sûr, mais j'avais déjà Moluques depuis cinq ans.

— J'imagine qu'il n'y voyait pas d'inconvénient, non ? Je veux dire que c'était l'argent qui vous venait de votre père.

— Je ne sais s'il y aurait vu un inconvénient », a dit Stella avec un rire irrépressible. Elle a un rire doux et charmant, un peu rauque ces derniers temps. « Il n'était pas au courant. »

Il n'était pas au courant, pensai-je, et vos enfants non plus. « Mais pourquoi ?

— C'était une chose personnelle, Genevieve. »

J'ai essayé de me figurer comment Mike réagirait si mon père mourait et me laissait sa maison. Enfin, mon père n'est pas propriétaire de sa maison et ce n'est pas à moi qu'il la laisserait de toute façon. Mais on peut toujours imaginer.

« N'a-t-il pas voulu savoir ce que vous aviez fait avec l'argent ? »

Elle n'a pas répondu. « Vous ne savez pas ce que c'était quand j'étais jeune, Jenny. Mes enfants ne savent pas ce que c'était. Je n'avais même pas un compte en banque. Mon mari en avait un évidemment, mais ce n'était pas un compte joint.

Il me donnait de l'argent pour l'entretien de la maison tous les mois et une modique somme pour moi, de toute façon absorbée par les dépenses ménagères. »

Mais pendant neuf ans, avant l'arrivée de Richard, il n'y a eu que Marianne, ai-je pensé. « Vous n'avez jamais travaillé ?

— Les gens disent toujours ça. » Il y eut une certaine lassitude dans sa voix. « C'était ce que disait Gilda. Les gens ne se rendent pas compte du travail qu'exigent une maison, une enfant dont il faut s'occuper et les amis du mari qu'il faut recevoir. Je n'étais pas beaucoup aidée, juste une femme de ménage une fois par semaine. Tous les quinze jours au moins, il fallait que j'organise, sans aide, un dîner. Personne, hormis une épouse, ne ferait un travail pareil sans être payée. De plus, mon mari ne m'aurait pas laissée prendre un travail. »

Il me paraissait judicieux de lui faire changer de sujet de conversation, mais je ne pouvais m'empêcher de penser à ce que dit ma grand-mère. Si le travail est une chose tellement enviable, les riches devraient le garder entièrement pour eux.

« Alors vous avez acheté Moluques ?

— Pour quatre mille livres », a-t-elle répondu. Aujourd'hui, elle devait en valoir environ soixante mille, et pourtant elle ne s'en séparait pas, payait les impôts locaux, et se plaignait de ne pas avoir été payée en tant que femme au foyer.

« C'était ce que vous avez laissé votre père ?

— Il m'a laissé sa maison et quand elle a été vendue, cela équivalait à cinq mille livres à peu près. J'ai eu besoin d'un peu plus pour payer les frais d'agence et les taxes légales. Il a fallu que j'achète des meubles. » Elle a reposé la tête contre le coussin, fatiguée d'avoir tant parlé, fatiguée d'une aussi longue journée. « Je vous dirai quelque chose à propos de ma jeunesse. Je vous le dirai demain. »

Quand je suis entrée dans la maison, le téléphone sonnait. Je m'attendais que ce fût Mike. Mais c'était Ned. Parfois, surprise d'entendre sa voix, j'éprouve une telle joie et en même temps un tel choc que je suis obligée de m'asseoir avant de pouvoir lui parler. Et il arrive que je ne puisse même pas parler ou que ma voix soit complètement enrouée, à cause de la peur qui, je ne sais pourquoi, me saisit.

Il voulait m'annoncer qu'il devait partir au Danemark lundi. Ils tournaient à Copenhague un documentaire sur une ville moderne européenne qui n'a pas perdu son allure d'autrefois, dont l'horizon n'est pas été défiguré par les tours. Il partait quatre jours et il aurait voulu que je l'accompagne.

Je lui avais dit qu'il me restait des vacances à prendre et que Lena souhaitait me voir le faire rapidement. Il n'avait pas la moindre raison de penser que je ne viendrais pas, dans la mesure où Mike serait à Londres toute la semaine comme d'habitude, où ma mère fournirait probablement une bonne excuse et où il pensait que je n'étais sans doute jamais partie à l'étranger.

Oh si, ai-je répliqué, j'étais allée à Majorque et à Tenerife. Je n'ai pas ajouté que c'était des surprises de Mike pour notre lune de miel et notre dixième anniversaire de mariage.

« Majorque et Tenerife, ce n'est pas l'étranger. Ce sont des chambres et des plages pour touristes. Tu vas adorer Copenhague, nous serons à l'Hôtel d'Angleterre et je t'emmènerai à Tivoli. »

Bien sûr que je ne pouvais pas y aller. Je ne pouvais même pas en rêver. Toujours pour les mêmes raisons : les commentaires de l'équipe, Jane découvrant la situation, le mensonge à Mike sur ma destination, et une autre raison encore. Je n'y avais jamais pensé avant et je ne m'en suis pas ouverte à Ned. Mais si je devais passer la journée entière avec lui et dormir près de lui la nuit, et cela pendant plusieurs jours, ce serait encore pire après, ça rendrait nos séparations encore plus douloureuses et ferait de notre rupture, quand elle se produirait, un avant-goût de ma mort.

« Ne me demande plus jamais ce genre de choses. »

Je devais avoir la voix rauque ou un ton abrupt. C'était tout ce que j'étais parvenue à contrefaire, parce que je mourais d'envie de rire, de soupirer d'aise et de dire oui, oh oui, s'il te plaît. Et quand il a raccroché, c'était aussi de manière abrupte, après m'avoir dit qu'il était déçu et que je n'étais pas raisonnable.

« À la semaine prochaine. Je t'appellerai », a-t-il soufflé.

Je suis montée à l'étage, je me suis allongée sur le lit et j'ai pleuré. Mike est arrivé une heure plus tard environ. J'ai entendu la voiture de Phil et puis la porte d'entrée. Je me suis aspergée le visage d'eau froide, mais j'étais encore un peu bouffie. Mike n'a rien remarqué. Il m'avait acheté une nouvelle râpe à fromage dans une boutique de Soho et un morceau de parmesan de cent grammes, pour que mes pâtes ressemblent davantage à celles du restaurant.

« Le chantier de Londres se termine à la fin du mois. Je ne serai pas mécontent d'en finir avec ces allées et venues. Et je suppose que tu seras contente aussi, bébé, non ?

— Bien sûr. » Je me demande quel effet ça fait sur soi de dire ces choses, non pas de mentir sur ce qui s'est passé mais de réprimer ses sentiments les plus profonds. Ça doit vous ronger comme la rouille ronge le métal.

« J'ai pensé que je pourrais construire un jardin d'hiver, a dit Mike. Qu'en dis-tu ? Adossé à la salle à manger, cinq mètres de long. Ça m'occuperait le soir. »

Je me suis assise pour lire le dictionnaire. Une encyclopédie et un dictionnaire, voilà les compagnons de mes soirées. Je regarde de nouveaux mots et j'essaie d'apprendre des choses que j'ignore. C'est ma façon à moi de me hisser au niveau de Ned qui est plus intelligent et qui en sait beaucoup plus que moi.

II

9

STELLA ÉTAIT NÉE À LONDRES, ou plutôt à une quinzaine de kilomètres dans une banlieue appelée Wanstead. Son père était employé des douanes et sa mère, fille de pasteur. Ils possédaient une maison un peu à l'écart, sur un axe routier appelé Eastern Avenue.

« J'imagine que vous n'avez connu que le système mixte à l'école, n'est-ce pas, Genevieve ? »

Je ne savais pas de quoi elle voulait parler et j'étais encore perplexe quand elle l'a expliqué. À ma connaissance, toutes les écoles étaient mixtes, à l'exception de rares endroits comme Eton. Où ils acceptent les filles maintenant, je crois.

« C'était un système extrêmement rare à l'époque où j'étais enfant. Mais je suis allée dans l'une d'elles et j'ai eu très tôt l'habitude d'être avec des garçons. À la fin de ma scolarité, je n'étais pas une de ces filles qui ne savent presque rien des garçons. »

Elle avait seize ans quand la Seconde Guerre mondiale a éclaté et ses parents redoutaient tant les bombardements qu'ils l'ont envoyée chez une tante à Bury. La tante n'était en réalité qu'une cousine de sa mère. Stella l'aimait beaucoup et avait l'habitude de passer des vacances dans sa maison de Churchgate Street. Juste avant de quitter Londres, elle avait passé son brevet, un examen qui n'existe plus depuis bien longtemps. Après son transfert à Bury, elle avait encore passé deux ans à l'école et obtenu l'équivalent du bac.

« Je ne voulais pas quitter Londres. En fait, ce que je veux dire, c'est que je ne voulais pas quitter ma... (elle a hésité) mon amie, mon amie la plus chère. Notre école a été évacuée, j'aurais pu suivre le reste de ma classe qui s'est retrouvée quelque part sur la côte de l'Essex. Mais ma mère ne voulait pas en entendre parler. Elle pensait que je ne serais pas bien suivie. Elle considérait que je ne serais pas bien surveillée... chaperonnée, j'imagine. »

J'avais cru entendre que l'amie était une fille, mais je m'étais trompée.

« Alan, il s'appelait Alan. » Stella parlait avec difficulté, apparemment le défaut d'élocution que j'avais déjà remarqué était réapparu. « Alan Tyzark. » Elle humecta ses lèvres comme si l'effort de prononciation avait eu pour effet de les dessécher. « Ce n'était pas mon voisin non plus. » Son rire bref eut l'air un peu forcé. « Ses parents vivaient à Snaresbrook, pas très loin de chez moi. Nous étions, Alan et moi, comment dire, nous étions... inséparables. Sauf qu'il a fallu que nous soyons séparés. »

J'étais assise près d'elle quand elle m'a raconté tout ça. Ned était absent toute cette semaine-là. Je l'interrompais de temps en temps pour lui poser des questions, pour savoir par exemple ce qu'était le brevet. Mais la plupart du temps je la laissais parler. Après avoir répété plusieurs fois le nom de famille d'Alan, elle a pu le prononcer aussi facilement que le mien.

Ils avaient pensé que c'était sa maison qui lui manquait, mais en réalité c'était l'absence d'Alan qui la rendait nostalgique. Elle ne pensait qu'à retourner à Londres, comme s'il y avait été. Mais il vivait à Maldon. Ni l'un ni l'autre n'avait beaucoup de talent pour la correspondance. Elle était autorisée à passer Noël à la maison et lui de même. Aussi purent-ils se rencontrer à ce moment-là. Mais ce fut la dernière fois.

« La dernière fois, vraiment ? ai-je demandé.

— La dernière fois pour des années et des années. Dix-neuf ans, Genevieve. »

L'été suivant, les bombardements commencèrent. Une année s'était presque écoulée et elle s'était habituée à Bury. Elle était assez heureuse, avait de nouveaux amis, le souvenir d'Alan commençait à s'effacer. Une fois passé le dernier examen, il ne fut plus question de retourner à Londres. C'était la période la plus critique et personne n'allait dans les villes sans une raison impérieuse. De plus, si elle regrettait encore un peu Alan, elle n'éprouvait plus de nostalgie pour sa maison, elle ressentait même de l'affection pour sa tante et le mari de celle-ci, affection que ses propres parents ne lui avaient guère prodiguée. Ils lui avaient beaucoup écrit au début, puis les lettres avaient commencé à se faire de plus en plus rares. Et quand elle apprit que sa mère avait été tuée au cours d'un bombardement, elle n'en fut pas affectée outre mesure. Son père vint la voir, lui parla de Bury comme si c'était sa résidence définitive et lui demanda si elle envisagerait d'y chercher du travail.

La tante le persuada de payer un cours de secrétariat. Il y avait un endroit près de Saint Mary's Square où vous pouviez apprendre à taper, la sténo et les rudiments du secrétariat de direction. Stella y passa une année. Elle obtint son diplôme et trouva du travail dans une étude d'avoués.

L'étude était composée de Newland, Newland et Bosanquet, et le jeune Newland était l'homme qu'elle épouserait un jour. Il était le cadet, mais déjà plus très jeune. Le père avait plus de soixante-dix ans — on peut apparemment être avoué aussi longtemps qu'on le souhaite — et le fils quarante, quand Stella le rencontra pour la première fois. Elle ne travaillait pas pour lui, mais pour son associé, Bosanquet, Anthony Bosanquet. Et elle sortait avec un gamin.

Il s'appelait David, et pouvez-vous le croire, Stella a dû s'interrompre, réfléchir et se creuser les méninges pour tenter de retrouver son nom. Elle n'y est pas parvenue, pas à ce moment-là, et elle a poursuivi son histoire sans le nom.

« Comment l'aviez-vous rencontré ?

— Pas à l'école. C'était une école pour filles uniquement. Sa mère était la meilleure amie de ma tante Sylvia. Elle avait une boutique de tissus où la sœur de David était vendeuse. Oh, comment s'appelait-elle déjà ? Je vais retrouver son nom. Nous avions des tickets de rationnement pour les vêtements, bien sûr, et on s'en servait aussi pour les tissus. Les seules choses qui n'aient pas été rationnées étaient les couvertures. J'avais l'habitude de confectionner moi-même tous mes vêtements et je m'étais taillé un manteau dans une couverture de nourrisson bleu ciel, doublée avec un vieux drap de lit de ma tante Sylvia. J'ai acheté ma première paire de bas à la boutique de la mère de David. Je crois que c'est à cette époque que j'ai commencé à avoir du goût pour les vêtements, Genevieve. Quand il n'y avait rien à acheter et certainement pas le choix qu'on a aujourd'hui, on pouvait soit renoncer soit apprendre à discerner. Le bon goût s'apprend. Et on apprend aussi à prendre soin de ses affaires.

« Il n'avait rien à voir avec Alan. Je ne cessais de le comparer mentalement à Alan. Je sais qu'on ne devrait pas faire ce genre de choses, ce n'est pas juste, mais je ne pouvais m'en empêcher. À côté d'Alan, ou de mon souvenir d'Alan, David semblait terne. Mais il m'admirait et cela compte toujours pour une fille, vous ne pensez pas ? Il aimait être vu en ma compagnie. Il est le premier à m'avoir dit que j'étais jolie. Cela n'aurait jamais effleuré l'esprit d'Alan. J'aurais aimé avoir une photo à vous montrer, Genevieve, mais elles sont toutes en la possession de Marianne. Et il est inutile de lui demander de les apporter, elle oubliera toujours de le faire. En tout cas, David fut mobilisé, dans la RAF, et je ne le vis plus qu'à l'occasion de ses permissions. »

On pourrait dire que mon existence a été plutôt terne, mais en comparaison de celle de Stella, elle semble trépidante. La première partie, en tout cas. Au moins, j'ai eu des petits amis avant Mike. J'avais l'habitude de sortir tous les soirs et vivre chez mes parents a parfois été pénible, mais jamais ennuyeux. Et si vous aviez un petit ami dans ces années-là, avant le sida bien sûr, vous faisiez tout avec lui. Ce ne fut pas le cas de Stella. Alan et elle ne s'étaient jamais tenu la main. Elle était allée au cinéma, s'était promenée avec David pendant six mois avant de le laisser l'embrasser. S'il s'était passé quoi que ce soit de plus, il aurait perdu tout respect pour elle et ne l'aurait plus désirée par la suite. Elle paraissait convaincue de ça, les hommes étaient ainsi faits, et peut-être était-ce vrai. Mais comment les choses auraient-elles pu changer à ce point en moins de quarante ans ?

David parti, il ne se passa pas grand-chose pour Stella. Elle vivait chez sa tante, écoutait ce qu'elle appelle la TSF, lisait des livres empruntés à la bibliothèque, confectionnait ses vêtements, dévidait la laine de vieux pulls pour en tricoter de nouveaux. Sa tante faisait elle-même ses mises en pli et portait ces gros bigoudis en forme de saucisse sur la tête. Il lui fallait un quart d'heure tous les matins pour se maquiller, fond de teint, blush, rouge à lèvres, poudre, rouge à lèvres de nouveau.

Les sourcils épilés étaient dessinés au crayon. C'était son seul maquillage pour les yeux. Pas d'ombre à paupières, pas de mascara, pas d'eye-liner. C'est drôle parce que c'est le seul maquillage qu'utilise ma sœur Janis : elle fait toujours ses yeux, quel que soit l'état du reste de son visage. Stella a dit qu'elle ne serait jamais sortie sans maquillage, pas même pour aller à la boutique du coin. La fille qui travaillait à la pharmacie était une amie à elle et mettait de côté du rouge à lèvres ou du vernis à ongles quand elle en avait en trop. Elle les cachait sous le comptoir jusqu'à la visite de Stella.

Et tous ces efforts étaient destinés à tante Sylvia, à oncle Je-ne-sais-qui, à la sœur de David et à M. Bosanquet. Vous pouvez bien avoir la beauté de — Stella a dû réfléchir avant de continuer — la beauté de Margaret Lockwood, mais à quoi peut-elle vous servir si vous ne rencontrez jamais de jeunes gens ? Ils étaient tous à la guerre. David, en permission, revenait pour lui dire de s'engager. Mais pour une raison quelconque, elle ne le fit pas.

« Est-ce qu'il vous plaisait à l'époque ? » ai-je demandé.

Son gloussement de petite fille m'a surprise. « Je n'y ai jamais pensé, Genevieve. Je ne sais pas. C'était la boutique de tissus, je crois, qui me répugnait. Il allait un jour travailler à la boutique et je... vous allez me trouver snob et sans doute l'étais-je. Je connaissais bien ces gens, mais je n'étais pas de leur monde. Le père de ma mère était pasteur, méthodiste, et mon père fonctionnaire, même si cela n'avait pas été à un échelon très élevé. Épouser David aurait été une régression. »

Je me suis demandé ce qu'elle devait penser de moi. Le père de ma mère était vacher et mon père est mécanicien quand il fait quelque chose. Mais le fait est qu'elle ne pense pas à moi comme ça, sous ce jour-là.

« Vous avez dit non ?

— J'ai dit non et à la permission suivante il est rentré avec cette fille, engagée volontaire, qu'il avait rencontrée. Ils se sont mariés pendant une autre permission. Oh, Jenny, je me souviens de son nom ! Conroy. Il s'appelait David Conroy et sa sœur Mavis. Bien entendu, j'appelais toujours sa mère Mme Conroy et, vous allez trouver cela très drôle, la première fois que nous nous sommes rencontrés, David m'a appelée Mlle Robertson. C'était pareil au bureau. J'étais Mlle Robertson et les associés étaient M. Newland et M. Bosanquet, et les secrétaires s'appelaient entre elles Mlle Ceci et Mlle Cela. C'était la règle à l'époque. Vous comprenez pourquoi je ne suis pas très heureuse de n'entendre que des prénoms ici. Je sais bien que les temps ont changé, mais je suis toujours surprise d'entendre le garçon qui tond la pelouse m'appeler Stella. »

Elle m'a raconté tout ça en quatre séances, pendant deux jours. De tous les résidants de Middleton Hall, elle avait été la seule à ne jamais évoquer le passé. Mais à présent qu'elle avait commencé, il n'y avait plus moyen de l'arrêter. Elle était évidemment ravie d'avoir l'opportunité de parler, même si ça la fatiguait et la faisait tousser de temps en temps. De plus, il fallait que je fasse attention à Lena. Quand elle me surprenait avec Stella, elle en profitait pour m'envoyer promener Arthur, masser la jambe de Lois ou trouver une vidéo pour Gracie. Ce devait être la méchanceté ou la jalousie qui la poussait à m'éloigner de Stella. Je ne trouve pas d'autre explication. Vous auriez pu croire qu'elle serait contente de voir qu'un de ses résidants était heureux. Mais Lena ne veut pas que les gens soient heureux, elle veut qu'ils soient dépendants d'elle. C'est pourquoi Maud est sa résidante préférée depuis le départ d'Edith. Maud ne cesse de lui dire à quel point elle est bonne. Elle l'a surnommée la « Sainte du Dernier Jour ». Dieu sait où elle va chercher des expressions pareilles. Elle lui dit que le monde serait plus vivable s'il y avait plus de gens comme elle. Lena boit ça comme du petit lait et j'imagine que Maud a été inscrite sur la liste de ses généreux donateurs.

Nous étions mercredi après-midi et il était temps pour moi de rentrer à la maison, quand Stella m'a fait part d'un nouvel épisode. J'étais un peu préoccupée à l'idée que Ned rentrerait le lendemain du Danemark — quelle idiote je faisais ! — et bien qu'assise près d'elle et apparemment attentive à ses propos, je n'avais pas entendu le début de la phrase de Stella. J'imagine que ça concernait les Conroy et le bureau parce qu'elle a ajouté quelque chose qui m'a brusquement sortie de ma rêverie.

« M. Bosanquet est mort. Il s'est suicidé. »

Que dire quand quelqu'un vous annonce une chose pareille ?

« Il s'est pendu. Son gardien l'a retrouvé pendu à une poutre dans le garage. Le vieux Newland avait dit qu'il avait un fusil et qu'il aurait mieux fait de l'utiliser. Rex, mon futur mari, a pensé que c'était à cause des rationnements et qu'il n'avait pas pu se procurer de munitions. Je les ai entendus en rire. »

Elle était tout à fait calme en disant ça et j'ai été choquée. Si le sexe choquait les gens de sa génération, ce sont des choses de ce genre, cette sorte de brutalité, qui gênent la mienne. Ça m'a donné envie de faire le genre de grimace que je fais quand je soulève le couvercle de la poubelle de ma grand-mère avant l'arrivée des éboueurs.

« Ils ne l'aimaient pas ?

— Oh, ce n'était pas vraiment cela. Ils avaient découvert qu'il était... Comment dire ? Rex disait folle. C'était le mot qu'il employait. Un peu mieux que tante, comme disait mon futur beau-père. Vous diriez homosexuel, j'imagine. Souvenez-vous que cela se passait vingt ans avant le vote de la loi autorisant, dans un cadre privé, toute pratique sexuelle entre adultes consentants. Oh Genevieve, ne prenez pas cet air surpris ! J'ai travaillé dans une étude d'avoués pendant six ans, vous savez, et de ce fait on est conduit à apprendre un peu de droit, et même à *s'intéresser* au droit. Je suppose que si j'étais née vingt-cinq ans plus tard, je serais devenue avoué moi-même.

« En tout cas, le pauvre Bosanquet avait été pris en flagrant délit avec un garçon dans la caravane de ce dernier. La police l'a appelé, lui a annoncé son arrivée et les raisons de sa venue... Ils le connaissaient bien, évidemment, il allait très souvent au tribunal. Je crois qu'ils ont été gentils avec lui. Mais cette comparution au tribunal, il avait décidé qu'elle n'aurait pas lieu, et il était mort quand les policiers sont arrivés chez lui. J'imagine que vous ne pouvez pas comprendre quel scandale cela a provoqué. Je crois que cela correspondrait aujourd'hui à l'assassinat d'un enfant. Les gens étaient furieux. Ils me montraient du doigt dans la rue parce que j'avais été sa secrétaire. C'était un peu stupide de ma part, mais j'ai cru que j'allais perdre mon travail à cause de cela. J'ai cru que je serais renvoyée simplement parce que mon nom avait été associé à celui de M. Bosanquet.

« Je n'ai pas été renvoyée. Je suis devenue la secrétaire de Rex. C'était une véritable promotion dans la mesure où son père allait prendre sa retraite. Rex serait le doyen de l'étude. Un de ses neveux avait été engagé et une autre personne avait été associée. L'étude fut rebaptisée : Newland, Clarke & Newland. Bien entendu, l'objectif essentiel était de se débarrasser du nom honni de Bosanquet.

— Simplement parce qu'il était *gay* ?

— Quel mot ridicule », dit Stella d'une voix un peu assoupie. Elle bascula la tête en arrière et ferma les yeux. « Les gens, à l'époque de la reine Victoria, avaient l'habitude d'appeler les prostituées *gay ladies*. Pourquoi ce mot est-il seulement attribué aux gens malheureux ? »

J'ai craint de l'avoir épuisée. C'est à des moments comme celui-là que je peux voir à quel point elle est chétive, quand elle se détend et que son visage se relâche. Ses joues, qui étaient encore pleines il y a quelques mois, ne sont plus que des plis de chair et ses yeux se sont enfoncés dans deux cavités profondes et couvertes de poudre. Sa main posée sur ses genoux ressemblait à un paquet de ficelle, les ongles toujours courageusement vernis en rouge, du même ton que celui que Len utilise pour peindre la porte du *Legion*.

C'est dommage que ce soit Marianne, et non Richard, qui soit en possession de ces photos. Nous avons tous une Marianne parmi nos connaissances. Elles ont les meilleures intentions du monde, elles promettent quelque chose avec enthousiasme, mais elles ne tiennent pas leur promesse. Elles oublient. Et puis elles s'excusent, elles sont rongées par le remords, elles promettent encore et la même chose se reproduit. Marianne n'apporterait jamais ces photos et je ne verrais jamais Stella jeune dans les robes qu'elle portait quand elle s'est fiancée à Rex Newland, le new-look, longue jupe et peplum, ou les robes de coton à taille ajustée ou ceinturée. Je ne verrais jamais Stella en chaussures à talons hauts, lanières croisées sur les mollets comme des sandales romaines. Ou encore en « costume » avec chapeau en feutre, en twin-set. Il me faudrait l'imaginer.

En rentrant à la maison, j'ai pris un chemin qui passait devant Rowans. Depuis que nous utilisions la maison de Stella, mon attachement pour la maison de Ned s'était dissipé, ce n'était plus *la* maison, je ne faisais même plus le lien entre elle et lui. D'ailleurs, pendant des semaines, Jane, Hannah et lui n'y étaient pas venus, il pleuvait tout le temps le week-end, ce qui fait dire à Ned que Dieu n'est pas travailliste. Il a même envisagé de ne plus louer la maison, après la fin du bail en décembre. Ce n'était pas dénué de sens, a-t-il dit, quand nos rendez-vous dépendaient de sa venue dans cette maison. Mais à présent nos rencontres ne dépendent plus de ça.

Je m'attendais à voir Rowans comme elle est d'habitude, volets fermés, la pelouse devant la maison pas tondue depuis des semaines. Mais il y avait une voiture dans l'allée, celle de Jane, et les bottes d'Hannah qui séchaient sur les marches de l'entrée. Vacances scolaires, ai-je pensé, ou peut-être n'est-elle encore qu'à la maternelle. J'avais l'intention de faire un tour au *Legion*, pour voir maman et boire un verre avec les habitués, mais j'ai changé d'avis. Jane y était peut-être et je ne voulais pas avoir à lui parler.

Le lendemain, c'était mon jour de congé et j'irais à Stansted chercher Ned. Il m'avait envoyé des cartes postales pendant son voyage, une de la petite sirène et l'autre de deux personnes en train de souffler dans de longues trompes tubulaires. L'écriture était contrefaite, comme s'il s'était agi d'une amie, au cas où quelqu'un d'autre que moi les aurait vues. L'une disait qu'il avait été dans un bar appelé *Le Cantique des cantiques*, entièrement chauffé grâce à des radiateurs à pétrole, avec risque d'incendie maximum. L'autre évoquait l'achat de bougies de Noël, couvertes de dessins représentant du houx et du gui. Les deux étaient signées *Edwina*. Je les ai trouvées un peu bêtes mais il m'a manqué tout à coup. La carte de Noël disait qu'il arriverait à Stansted par le vol de cinq heures et qu'il m'appellerait dès qu'il pourrait. J'ai cherché dans mon encyclopédie la petite sirène de Hans Andersen.

Stansted n'est pas très loin d'ici. Je suis allée à Bury, puis de Bury à Long Melford, de là à Haverhill, jusqu'à la M11. J'avais préparé la maison de Stella, avec plus de fleurs et plus de vin que d'habitude. J'avais acheté des choses qu'il aime et qui commencent à me plaire : de la *foccacia*, du pâté, un fromage français au nom exotique de Terroir, des pêches, des bananes et du yaourt grec. Je suis arrivée à l'aéroport avec une demi-heure d'avance, comme c'est toujours le cas quand vous êtes amoureux, pour sentir monter l'excitation, l'impatience, la peur et la déception.

Je n'ai pas l'habitude des aéroports et je m'y sens déplacée, mais j'ai repéré l'écran de télévision qui annonce l'heure d'arrivée des vols. Puis je me suis rendue à la porte où attendaient beaucoup d'hommes, chauffeurs pour la plupart, j'imagine, avec des pancartes à la main où étaient inscrits les noms des gens et des sociétés. J'ai attendu derrière la barrière. J'étais là depuis dix minutes et le tableau avait affiché le numéro de tapis pour la livraison des bagages du vol en provenance de Copenhague, quand j'ai vu Jane traverser le hall, tenant Hannah par la main. J'ai tout de suite compris. Elle avait passé la nuit à Tharby parce que c'était beaucoup plus près de Stansted que ne l'était Norwich. Elle avait décidé de passer prendre Ned à l'aéroport. Elle le faisait probablement chaque fois que Ned était à l'étranger.

Je ne suis pas restée. Pendant une seconde, j'ai pesé le pour et le contre : valait-il mieux que je le voie, qu'il me voie en passant ou que je ne le voie pas du tout ? Je ne voulais pas le mettre mal à l'aise, le forcer à me reconnaître ou à prétendre ne pas m'avoir vue. Aussi suis-je retournée à ma voiture avant même que les premiers passagers ne soient sortis de la douane. C'était de ma faute, non ? C'était moi l'idiote. Il n'y avait rien à lui reprocher, ni à Jane. Si j'avais répondu oui chaque fois qu'il m'avait demandé de quitter Mike et de le laisser quitter Jane, j'aurais été en droit de l'attendre à la descente de l'avion, j'aurais pu avoir une de ces pancartes sur laquelle j'aurais écrit : *Ned, je t'aime.*

Enfin, pas tout à fait. Mais vous voyez ce que je veux dire.

Peut-être ont-ils passé la nuit à Tharby. Je ne sais pas. Je ne suis pas allée voir. Je suis passée chez Philippa et nous avons regardé une vidéo de son choix, *Brève rencontre*. Je l'avais déjà vue mais il y avait bien longtemps. Quand le film a commencé, j'ai décidé de m'identifier aux personnages et de le voir comme « ma propre histoire » — si ça n'a pas l'air trop sentimental et niais. Mais le film était trop vieux, il avait été tourné il y a trop longtemps pour que l'identification pût fonctionner. Les gens semblaient embarrassés de scrupules complètement ridicules. Je n'arrivais pas à comprendre pourquoi elle n'aurait pas couché avec lui dans l'appartement de son ami et je ne pouvais pas croire qu'elle en était dégoûtée parce qu'elle trouvait ça sordide. Ça marche peut-être pour Stella, mais c'est totalement démodé pour moi.

Rex Newland a demandé Stella en mariage au bout de six mois de collaboration professionnelle. Il l'avait emmenée dîner trois fois, puis il avait prié sa mère de les inviter chez eux. C'était une vaste demeure géorgienne sur Angel Hill. Stella a dit qu'elle pensait qu'il était gentil avec elle en raison de la mort de son oncle, le mari de sa tante Sylvia. Elle avait été surprise par sa demande en mariage. Il ne l'avait jamais embrassée, ne lui avait jamais dit la moindre chose un peu personnelle.

Elle n'avait pas su quoi répondre, aussi lui avait-elle demandé pourquoi. Il avait dit qu'elle était très belle, qu'elle savait s'habiller et qu'elle avait des manières de grande dame. Et puis, tandis qu'elle le regardait, il avait dit — j'utilise les mots qu'a employés Stella — « J'ai tellement envie de coucher avec vous, je n'en peux plus et je sais que vous ne le feriez pas sans que je vous épouse. »

Les temps ont bien changé. Les gens ont dû changer aussi. Si quelqu'un m'avait dit une chose pareille, je l'aurais giflé. Stella a dit que ça l'avait décidée. Vous pouvez le croire ? *Ça l'a décidée.* Elle a ajouté que cela prouvait une émotion véritable, révélait de réels sentiments. Et de plus, les mots l'avaient excitée, l'avaient fait frissonner. Elle s'était demandé ce que ce serait de coucher avec un homme tellement passionné.

Et puis, bien qu'elle ne l'eût pas épousé pour son argent, elle aimait l'idée d'être mariée à un homme riche. Elle ne savait pas que Rex Newland était méchant. Tout ce qu'elle voyait, c'était la grande maison dans laquelle il vivait et la Lagonda qu'il conduisait. Et elle savait que les affaires étaient bonnes. L'épouser ne serait pas une régression mais une ascension. Il n'y avait que son âge à mettre de l'autre côté de la balance. Il avait vingt-deux ans de plus qu'elle. Et le fait qu'il ne s'était jamais marié auparavant.

Les gens ne divorçaient guère à l'époque et Stella a dit qu'elle n'aurait pas voulu en tout cas épouser un homme divorcé. Elle avait sincèrement pensé qu'il était veuf, elle se souvenait, semblait-il, l'avoir vu, avant de travailler à l'étude, bras dessus bras dessous avec une femme à Bury, quand elle était encore à l'école. Elle fut très surprise d'apprendre qu'il n'avait jamais été marié.

« Vous lui avez demandé pourquoi ?

— Je ne pouvais pas faire cela, pas à l'époque. Nous n'étions pas en aussi bons termes.

— Il n'était pas gay, non ? »

Il ne fait aucun doute qu'elle n'aime pas ce mot. « Bien sûr que non, Genevieve. Il y avait une autre raison, et je ne l'ai découverte que bien après. »

Ce qu'elle a fait est incroyable. Elle lui a demandé de lui laisser le week-end pour réfléchir. On se croirait dans un roman victorien, non ? Assez loin de ce que Janis a dit à Peter devant maman, Nick et moi, à savoir qu'elle était enceinte et qu'ils feraient mieux d'être mariés d'ici trois semaines. Stella a dit qu'elle n'avait pensé qu'à ça pendant ce week-end. Elle n'avait consulté personne. Le lundi, elle lui a dit qu'elle voulait bien l'épouser et il a répondu qu'elle faisait de lui l'homme le plus heureux du monde. Ils ne sont pas restés fiancés pendant des années comme le font les gens aujourd'hui. Le mois suivant, ils étaient mariés. La cérémonie a eu lieu à la cathédrale, qui n'était pas encore une cathédrale mais seulement une église. Et Stella a confectionné sa robe de mariée.

« Même si personne ne s'en est aperçu.

— De quoi avait-il l'air ?

— Qui, Rex ? » Elle a semblé surprise par ma question. « Marianne lui ressemble », a-t-elle dit, et elle s'est lancée dans la description d'un homme qui ne correspondait guère à Marianne. « Il était grand et assez corpulent, vous savez. Pas épais, c'est venu plus tard. Il était beau, très beau, avec une crinière de cheveux noirs virant au gris. Et des traits assez forts : grand nez, lèvres charnues, un visage très sensuel et des yeux foncés. »

J'ai voulu lui demander si elle était amoureuse de lui — si vraiment elle avait ressenti de l'amour pour lui après leur mariage, sans pouvoir m'y résoudre. Elle paraissait lire mes pensées et elle a répondu à la question que je n'ai pas posée.

« Je n'ai jamais été amoureuse de lui. Parfois j'ai cru que je l'étais presque et, à ce moment précis, il faisait quelque chose qui m'éloignait de lui.

— Quel genre de choses ?

— Oh, quelque chose de brutal. Je ne veux pas dire qu'il était cruel ou violent avec moi, il ne l'a jamais été, mais... Oh, une façon de parler à quelqu'un d'inférieur socialement, vous savez, et sa façon de se comporter avec les animaux. Il chassait, bien entendu, et je n'aimais pas cela. Mais la chasse était une des choses les plus importantes de sa vie. Je veux dire qu'il était la bonté incarnée pour ses chiens, nous avions deux épagneuls dressés pour la chasse. Mais il était capable de ramasser un lièvre blessé et de le jeter aux chiens, et d'en rire. Je détestais cela. »

J'ai connu ce genre. Nous en voyons passer au *Legion*, quand la rencontre a lieu à Tharby Green. J'ai vu des gamins, des filles de quinze ans, couverts de sang de renard et fiers comme tout, pendant que les chasseurs racontaient comment ils avaient sorti la pauvre bête de son repaire.

« Il n'avait pas une minute à consacrer aux choses de l'esprit et du cœur, si vous voyez ce que je veux dire, Genevieve. Je ne crois pas qu'il ait jamais lu un livre. La seule musique qu'il ait jamais aimée était Gilbert et Sullivan. Il avait de l'esprit, il était charmant, très certainement. Il me racontait tout de ses affaires, les divorces, les séances au tribunal. Des affaires de... eh bien d'exhibitionnisme, de mœurs comme on disait à l'époque. Il m'en donnait tous les détails, je crois que cela l'excitait. Étrange, vraiment, parce que je n'en avais jamais entendu un mot avant notre mariage. Mais dès que nous fûmes mariés, il se comporta vis-à-vis de moi comme si j'avais été... Tante Sylvia aurait dit une femme de mauvaise vie. »

On entend beaucoup les personnes âgées se plaindre de la tournure prise par le monde d'aujourd'hui et se remémorer constamment le bon vieux temps. Mais j'ai des doutes et je suppose que les choses vont mieux qu'autrefois. J'aurais été incapable de supporter ce que Stella a enduré. Je préférerais faire le trottoir à Norwich.

« Mais j'étais assez heureuse, a ajouté Stella. Je n'avais pas à me plaindre. »

Elle s'est interrompue et a souri. J'avais l'impression qu'elle hésitait à me dire quelque chose qui avait probablement à voir avec sa vie sexuelle. Elle n'avait pas abordé le sujet et j'ai compris qu'elle ne le ferait pas. Pas à ce moment-là, en tout cas. J'avais aussi le sentiment de ne pas être la première personne à qui elle eût fait ces confidences, en raison de sa réticence et même de son refus, apparemment, de parler de son passé. Elle commençait à être fatiguée et de temps en temps sa voix devenait rauque, mais — comment décrire ce que j'ai ressenti ? — c'était comme si elle avait joué un texte répété auparavant. Elle avait répété le texte autrefois et à présent sa diction était presque parfaite.

Pauline est entrée. Elle apportait le thé de Stella et elle a haussé les sourcils en voyant que j'étais encore là, bien après la fin de mon travail. Stella a pris un sandwich et grignoté un macaron. Elle a un peu mieux mangé, bien que ce soit sans effet sur son poids et qu'elle ait l'air de plus en plus transparente.

Je pensais qu'elle aurait fini de parler pour aujourd'hui et je l'espérais vraiment parce que je ne voulais pas qu'elle en fît trop. Mais, tout à coup, elle s'est mise à évoquer son désir et celui de Rex d'avoir un enfant, et ses deux fausses couches successives. Bien entendu, Rex ne désirait pas seulement un enfant, il voulait un fils. Ils étaient mariés depuis cinq ans quand Marianne est née, le 2 juin 1953, jour du couronnement de la reine. Stella avait passé la plus grande partie de sa grossesse au lit, de peur de perdre le bébé, et elle avait été souffrante longtemps après sa naissance. Elle n'a pas dit de quoi elle avait souffert, mais j'ai compris que c'était sans doute de dépression postnatale.

Rex n'avait pas la moindre patience vis-à-vis de la maladie. Il était déçu d'avoir une fille. La combinaison de ces deux éléments et sa femme clouée à la maison le conduisirent là où il avait vécu toutes ces années pendant lesquelles, à la grande surprise de Stella, il ne s'était pas marié : chez la femme qui l'accompagnait en ville, à l'époque où Stella était encore à l'école ; chez la femme qu'elle appelait, comme si Rex avait été un roi ou un dictateur, sa favorite.

Elle voulait dire sa petite amie, sa maîtresse. Notre professeur d'histoire à Newall nous avait appris que le roi Charles II avait de nombreuses favorites et c'était la dernière fois que j'avais entendu ce terme employé. Un chien ou un chat peut avoir une favorite et Mme Thorn avait l'habitude de dire à ma grand-mère qu'elle était la favorite de la mairie. Mais qu'un homme ordinaire ait une favorite, voilà qui sort de l'ordinaire. J'imaginais quelque chose de grandiose : Rex Newland, vêtu d'une grande cape, une épée dans une main et sa favorite en crinoline dans l'autre.

Bien sûr il n'avait pu en être ainsi. Je ne faisais que supputer adroitement l'identité de la favorite.

10

NED, JANE ET HANNAH ont passé le week-end à Tharby. Il s'est débrouillé pour m'appeler entre le moment où je suis rentrée du travail et celui où Mike est arrivé. Il a dit qu'il devait me voir, que c'était urgent.

Terrifiée, j'ai immédiatement demandé ce qui n'allait pas.

« Rien du tout. J'ai tout simplement envie de te voir. Je ne t'ai pas vue depuis dix jours, voilà pourquoi c'est urgent. Ça ne te semble pas raisonnable ? »

La seule possibilité que nous avions était de nous retrouver tous les quatre au *Legion* le samedi soir. Mike ne serait pas venu si je lui avais dit que Jane serait là et j'imagine qu'elle-même ne se serait pas déplacée si elle avait su qu'elle aurait à rencontrer le clan : maman et Len, Janis et Peter, Nick et Tanya et, bien entendu, Mike et moi. Jane portait les mêmes vêtements qu'à l'aéroport, un costume très étroit en soie bleu marine sur une chemise blanche. Ses cheveux roux étaient remontés dans un chignon impeccable. Il m'est facile de ne pas penser à elle quand je ne la vois pas. Mais là je dois la regarder en me demandant s'il la touche, s'ils partagent, comme Mike et moi, un de ces grands lits de couple marié, chacun à une extrémité, ou bien s'il agit toujours en mari attentionné parce qu'il doit continuer à vivre avec elle. Nous n'en parlons jamais et je préfère ne pas savoir. Maman dit que les hommes promettent toujours à leurs maîtresses qu'ils ont cessé de coucher avec leurs épouses, jusqu'à ce qu'ils soient pris la main dans le sac — ce sont ses mots —, quand lesdites épouses se retrouvent enceintes. Rex Newall avait l'air d'être un type de ce genre, mais Ned sûrement pas. Ned est un homme d'un autre genre.

Il était clair que Jane ne voulait pas être assise avec nous. Une femme, professeur à l'université de Norwich, était assise à une table dans un coin, avec son mari, et Jane ne cessait de regarder dans leur direction, espérant bien attirer leur attention. Mais Ned, une fois qu'il eut payé nos verres, est venu s'asseoir près de moi, entre Peter et moi, m'a pris la main et l'a posée sur mes genoux, entre mes cuisses plus précisément, jusqu'à ce que, ne le supportant plus, je le repousse. Personne n'avait rien vu et personne n'avait remarqué nos jambes serrées l'une contre l'autre. Sauf maman. Elle est aveugle pour bon nombre de choses, mais dès qu'il s'agit de sexe, son œil se transforme en radar.

Elle m'a appelée. Le prétexte était de me donner un bol de chips pour notre table. « Tu pensais le prendre en intraveineuse, non ? » m'a-t-elle dit.

Je n'avais pas la moindre idée de ce qu'elle voulait dire.

« C'est le dernier contraceptif à la mode, cent pour cent garanti. Ils te le plantent dans le bras. Parce qu'avec deux types, tu as intérêt à faire attention. La fille Green, la nièce de Jill Baleham, elle prenait la pilule et ça n'a rien empêché. Si tu as de la diarrhée le jour où tu la prends, cette sacrée pilule te traverse sans faire le moindre effet.

— Mère. » Ce n'est pas souvent que je l'appelle ainsi, mais elle sait que lorsque je le fais, elle en a trop dit.

J'avais envie de lui envoyer le bol de chips à la figure. J'ai préféré le rapporter à notre table. Mike parlait du chantier de Regent's Park qui allait bientôt s'achever. Ned ne me regardait pas, mais cela trahissait ce qu'il avait en tête. J'étais à bout de nerfs. Le vin blanc que sert maman depuis quelque temps décape le palais, on pourrait s'en servir pour nettoyer les éviers. Janis a dit, devant Peter, qu'elle aimerait bien le voir parti quatre jours sur sept. Elle ne se sentirait pas seule, elle préférerait même. Ce à quoi Peter a répondu qu'ils pourraient bien être deux à jouer à ce jeu-là. Jane, l'air profondément ennuyé, s'est levée et dirigée vers la table du professeur. Ils lui ont dit quelque chose, elle a répondu, ils se sont levés et ils sont partis ensemble.

Ned a fait des excuses pour elle, mais il était clair que les autres étaient offensés. Et Mike voyait la pire de ses craintes confirmée. Il y a eu un silence embarrassé pendant cinq minutes et Ned a fini par dire qu'il ferait mieux de rentrer chez lui. Les gens de Norwich étaient des amis de Jane et de toute évidence, elle les avait invités à boire un verre à Rowans. Nous nous sommes tous levés. Il s'est arrangé pour me souffler à l'oreille : « S'il te plaît, laisse-moi te voir lundi soir, s'il te plaît », et j'ai compris que le truc de la fougère dans la chaussure avait fonctionné.

Puis il s'est produit une chose étrange. Au moment où une des portes s'est refermée sur lui, l'autre, celle qui a la couleur des ongles de Stella, s'est ouverte sur la femme qui était passée en voiture deux fois à Thelmarsh Cross. Elle était un peu plus âgée que moi, blonde, jolie. Et à présent que je pouvais en voir un peu plus que sa tête et ses épaules, j'ai remarqué qu'elle était un peu ronde mais séduisante. Je l'ai reconnue tout de suite et j'aurais juré qu'elle m'avait reconnue aussi. Mais nous ne nous sommes pas souri et nous avons vite cessé de nous regarder. Nous avons détourné le regard au même moment.

« C'était Gilda Brent », ai-je dit.

Stella a froncé les sourcils. « Que racontez-vous ?

— La favorite. »

Elle était très irritée. « J'aimerais que vous ne fassiez plus cela, Genevieve. J'aimerais que vous cessiez vos supputations. C'est la deuxième fois que vous le faites. Ce n'était certainement pas Gilda. Gilda a joué un tout autre rôle dans ma vie, mais je ne l'avais pas encore rencontrée à cette époque-là. La favorite de Rex s'appelait Charmian Fry.

« Elle vivait seule, ne s'était jamais mariée et n'avait jamais travaillé non plus. Elle venait d'une de ces familles du comté, de l'aristocratie locale. Son père avait été shérif et un de ses frères, une sorte de préfet. La famille était fortunée et elle avait des rentes. Ces familles possèdent toujours plusieurs maisons et elle vivait dans l'une d'elles, une construction géorgienne près de Stowupland. Vous vous demandez ce que peuvent bien faire des gens comme eux, seuls à longueur de journée, n'est-ce pas ? » Stella a expliqué qu'elle faisait du tir et chassait, jardinait, fabriquait des poteries pour y planter ses géraniums. Elle allait à des dégustations de sherry et elle sortait le soir pour dîner. Cela ne remplissait pas une vie, mais elle avait Rex. À n'en pas douter, il absorbait une bonne partie de son temps.

Ils se connaissaient depuis qu'il avait vingt et un ans et elle dix-huit. Plus tard, quand elle ne s'était plus formalisée de la situation, Stella avait demandé à Rex pourquoi il ne l'avait pas épousée et il avait répondu qu'on épousait certaines femmes et pas d'autres. Cela ne semblait pas dépendre de l'apparence ou du rang social ou de ce que Stella appelait la réputation, c'était quelque chose qu'il était capable de juger au premier coup d'œil. Du moins était-ce ce qu'il avait dit. Et c'était vrai, a ajouté Stella, qu'on n'aurait pas imaginé Charmian épouse et encore moins mère.

Comment avait-elle découvert l'existence de Charmian ? J'ai oublié d'en parler, non ? Son beau-père lui en avait parlé. Il avait quatre-vingts ans, il allait mourir, était un peu fou, rien de surprenant donc. Il devait être bien malade ou méchant pour dire une chose pareille à sa propre belle-fille, une jeune femme qui venait d'avoir un enfant après une grossesse pénible, simplement parce qu'elle était malade, toujours pâle, toujours faible.

« Si vous ne lui donnez pas ce que tout homme est en droit d'attendre, avait-il dit, vous allez le retrouver dans les bras de Charmian Fry et mon petit doigt me dit que c'est déjà fait. »

Tout le reste est venu. Le vieil homme n'était guère réticent. Ce fut pour Stella à la fois une révélation et un terrible choc. Rien dans sa vie ne lui avait laissé penser que les hommes et les femmes pouvaient se comporter ainsi. Elle avait naturellement lu ce genre de choses dans des livres, mais elle ne pouvait envisager l'infidélité d'un mari pour elle ou pour une des femmes qu'elle connaissait. Il était impossible qu'une femme qui s'asseyait chez elle à dîner, qui l'embrassait et l'appelait par son prénom, pût faire en secret à son mari les choses que Stella considérait comme les devoirs sacrés du mariage. Même si ces devoirs n'étaient pas particulièrement plaisants. C'était impossible mais pourtant vrai, comme elle fut bien obligée de l'admettre.

Tout en s'y habituant, tout en l'acceptant avec amertume, elle continuait à se demander comment un homme, n'importe quel homme, pouvait lui préférer une femme noire et sèche comme un corbeau, à la peau brune comme du cuir, au cheveu dru. De temps en temps, elle voyait Charmian faire ses courses à Bury dans son vieux break. Depuis l'autre côté de la rue, sans un sourire, elle levait le bras pour la saluer. Stella se retournait alors pour observer dans une vitrine le reflet de sa propre silhouette gracieuse et de son joli visage, et derrière elle, au loin, Charmian vêtue d'une vieille veste en tweed et coiffée d'un chapeau d'homme.

« Rex est revenu vers moi, a dit Stella. Savoir s'il l'a abandonnée pour revenir vers moi est une autre question. J'ai fait une nouvelle fausse couche. C'était un garçon. La grossesse avait duré suffisamment pour qu'on pût le constater. Évidemment, il a été terriblement déçu. »

Elle ne cessait de se rappeler, disait-elle, elle ne pouvait s'en empêcher, les mots qu'il avait prononcés en la demandant en mariage, à savoir qu'il n'en pouvait plus de la désirer. Elle n'arrivait pas à comprendre pourquoi il avait dit cela. Avait-il été sincère à ce moment-là ? Ou seulement à ce moment-là ? L'avait-elle déçu ? Y avait-il quelque chose qui n'allait pas dans son allure, ses manières, sa voix, ses talents de maîtresse de maison ? À l'époque, elle passait beaucoup de temps devant le miroir dans sa chambre à étudier son image, à essayer de l'améliorer, à s'observer en train de parler, à écouter le son de sa propre voix.

« Je pensais que c'était parce que je ne lui avais pas donné de garçon. Je n'aimais pas beaucoup être enceinte, Genevieve. Bien sûr, cela vaut le coup quand il y a un enfant au bout. Mais quand il n'y a rien ? »

Elle m'a regardée d'un œil inquisiteur. Puis elle a fermé les yeux et a laissé sa tête reposer sur le coussin. J'ai cru qu'elle avait terminé et j'étais sur le point de me lever et de m'éclipser, quand elle a ouvert les yeux et m'a dévisagée. Elle a tendu la main pour prendre la mienne. J'ai saisi sa main et je l'ai pressée plusieurs fois.

« Je viens de me souvenir à l'instant du but de toutes ces confidences, Genevieve. C'est pour vous expliquer comment j'en suis venue à acheter ma maison.

— C'était pour ça ?

— Très certainement. Seulement pour cette raison. Je n'avais pas l'intention d'entrer dans les détails. J'ai l'impression... je redoute... Oh, je veux dire qu'il y a des choses que je ne veux pas que mes enfants sachent.

— Ils ne savent rien au sujet de leur père et de Charmian Fry ?

— Je crois que Marianne s'est approchée de la vérité. Richard, lui, était beaucoup trop jeune. Je préférerais qu'ils n'en aient rien su. Et Marianne ne peut pas *savoir*. Elle n'a pu faire que des conjectures. »

Je n'ai pas pu m'empêcher de penser à mon propre père, qui était passé d'une femme à une autre après avoir divorcé de ma mère, s'était remarié, avait divorcé de nouveau et vivait à présent avec une petite amie qui avait deux ans de moins que moi. Personne n'a jamais essayé de nous préserver de tout ça, Janis, Nick et moi. Ça ne leur serait pas venu à l'esprit. C'est peut-être une affaire de génération ou plutôt, comme souvent, une affaire de classe sociale.

« Voyez-vous, Genevieve, Marianne était très consciente qu'un certain mystère entourait la mort de son père. Enfin, pas vraiment sa mort en tant que telle. Il est mort d'une attaque, d'un arrêt cardiaque.

— Dans un train », ai-je dit, et j'aurais aimé avoir pu me taire, car elle a sursauté, s'est redressée complètement en agitant sa main libre. Son autre main s'est brusquement détachée de la mienne.

« Comment le savez-vous ? »

J'ai essayé de répondre le plus naturellement possible, avec désinvolture. « Richard m'en a parlé. Je ne sais plus pourquoi. »

Elle s'est détendue un peu. Ces moments de tension la fatiguent et cela se voit immédiatement à la pâleur qui envahit son visage.

« Bien, il sait cela naturellement. Il n'est pas tout à fait exact de dire que Rex est mort dans un train. Il a eu un malaise dans le train, mais il est mort à l'hôpital, à Bury. »

Il avait rendu visite à Charmian Fry. C'était bien des années plus tard, à la fin des années soixante, et elle avait quitté une de ses maisons pour une autre, plus petite, à Emswell cette fois, qui se trouvait sur la ligne qui va de Stowmarket à Bury. Peut-être était-ce même la raison de son déménagement. Rex avait cessé de conduire, il buvait trop et mangeait à s'en rendre malade. Il avait soixante-sept ans et il était à la fois trop vieux et trop gros pour faire ce qu'il faisait avec la vieille Charmian. On l'a découvert sans connaissance, effondré dans un coin de son compartiment de première classe, quand le train est arrivé à Bury. On a trouvé dans sa poche un billet aller-retour pour Elmswell. Stella l'a récupéré avec le reste de ses affaires à l'hôpital, après sa mort. C'était ainsi qu'elle avait su où il était allé. Il désirait tant Charmian qu'il en était mort.

Marianne avait quinze ans. Elle savait que Charmian vivait à Elmswell et que son père en revenait quand il était mort. Stella était convaincue qu'elle n'avait fait aucun lien entre ces deux éléments. Elle n'avait posé aucune question. Elle aimait beaucoup son père et elle l'avait pleuré, sans savoir quelle vie il avait menée. Quant à Stella, Rex aurait pu avoir un harem à Elmswell et s'y rendre tous les soirs qu'elle n'en aurait pas été moins indifférente. Elle n'aurait certainement pas souhaité sa mort, mais elle fut soulagée par sa disparition. Tout ce qui lui importait à ce moment-là concernant Rex, c'était de préserver ses enfants de la connaissance des agissements de leur père, de leur faire croire à un mariage heureux faisant désormais d'elle une veuve éplorée. Pendant ces années-là, de sa fausse couche à la mort de Rex, la chose la plus importante de sa vie s'était produite. Elle s'est empressée d'ajouter que ce ne fut pas la naissance de Richard, même si cela avait été un événement heureux. Elle avait tout autre chose en tête, a-t-elle dit les yeux clos, avec un vague sourire sur les lèvres au moment où elle s'est assoupie.

J'étais encore assise près d'elle, sa main dans la mienne, quand on a frappé à la porte. Richard est entré. J'ai mis le doigt sur la bouche et il a avancé sur la pointe des pieds à travers la pièce. Il s'est assis très délicatement pour ne pas déranger Stella. Nous sommes restés assis pendant une bonne dizaine de minutes, sans parler, souriant de temps en temps, jusqu'à ce que je me lève et murmure que je devais m'en aller.

Le chat de ma voisine Sandra était en train de torturer un verdier qu'il avait attrapé dans mon abri. J'ai réussi à le sauver de ses griffes — c'était un oiseau magnifique avec des plumes jaune vif au milieu de ses ailes marron — mais il est mort dans mes mains.

Si un oiseau meurt dans vos mains, vous tremblerez pour toujours. J'ai enterré l'oiseau dans notre roseraie et mes mains tremblaient tellement que j'ai fini par avoir peur. J'ai cru que j'allais être paralysée, comme mon grand-père qui avait eu la maladie de Parkinson. Mais les tremblements ont cessé au bout de quelques minutes. Maman ne connaît pas toutes les réponses, malgré les présages et les sorts. Pourtant, en m'apprêtant à retrouver Ned, je me suis souvenue qu'un oiseau mort signifie aussi une mort dans la famille.

Le soleil a fait son apparition au moment où je suis arrivée à Moluques. La soirée allait être agréable. La lumière avait cette couleur dorée qu'on ne voit qu'au cours des soirées d'automne, dans ces longues colonnes d'ambre rayonnante. Les arbres du marais passaient du vert au jaune ou au brun, et le cornouiller virait au rose et au pourpre. Le sorbier, effondré et à moitié mangé par les oiseaux, entravait l'entrée. J'ai dû faire attention où je mettais les pieds pour ne pas laisser des traces de baies sur le tapis. Leurs marques ont la couleur du sang.

Samedi, il va falloir retarder les montres d'une heure, ce qui veut dire qu'il fera nuit à cette heure-ci la semaine prochaine. Les bougies ne seront plus allumées par souci de romantisme mais pour nous éclairer dans l'escalier et nous éviter de trébucher. Cet automne est d'une douceur infinie, le plus doux depuis des années. Toutefois, il fait un peu plus froid semaine après semaine et les radiateurs ont de plus en plus de mal à réchauffer l'atmosphère et à chasser l'humidité.

J'avais remplacé les bougies de Noël par des jaunes et acheté des plantes en pots à la place des fleurs coupées. En attendant Ned, j'ai regardé les tableaux qui étaient dans l'armoire avec cette photo qu'avait voulu Stella. Ils étaient bien plus intéressants que ceux qui se trouvaient sur les murs, représentant des enfants avec des animaux. Plutôt des dessins, d'ailleurs, recouverts de peinture. Il y en avait un d'une fille et d'un garçon jouant avec des chatons et un autre du même garçon avec un chat au pelage moucheté jaune et noir qui faisait penser à un tapis persan. Je ne ressentais pas une grande affection pour les chats ce soir-là, mais j'étais tout de même capable de voir à quel point ceux-ci étaient attirants. Le plus curieux était qu'ils avaient l'air familier. J'avais déjà vu ces tableaux quelque part, sans pouvoir me rappeler où exactement. Chaque tableau était signé dans un coin, d'un nom que je n'arrivais pas à lire, un A en initiale suivi d'un point et d'un T précédant un gribouillis.

Ce n'était pas à moi de redécorer la maison de Stella, mais je n'ai pas pu m'empêcher de penser que ces tableaux feraient mieux sur les murs que les rivières et les paysages en bleu et mauve délavés. J'étais en train de les placer, pour me faire une idée, dans les carrés décolorés du papier peint, quand les phares de la voiture de Ned ont illuminé la pièce. J'ai pu voir le portrait de Stella, son visage adorable, la robe rose et la rose dans sa main.

Il était débordant d'excuses, tellement désolé, désolé, désolé de ce qui s'était passé le samedi soir. Hannah avait été malade et la baby-sitter était sur le point de les appeler au *Legion* quand Jane était rentrée à la maison. C'était bien tombé qu'il soit parti à ce moment-là. Hannah s'étouffait, réclamait son père en pleurant. Jane lui avait donné ses médicaments, mais finalement il avait fallu l'emmener aux urgences. Il est terrifié quand Hannah est dans cet état-là, incapable de penser.

Comment peut-il me raconter ces choses et croire qu'il va me persuader de l'enlever à elle ? Il a besoin de ces deux mondes. Je n'ai pas reçu la même éducation que lui, je ne suis pas sophistiquée comme lui, mais je ne suis pas stupide.

« Tu m'aimes ? a-t-il demandé quand j'ai été dans ses bras. Dis-moi que tu m'aimes, Jenny, ma chérie, dis-moi que tu m'aimes. »

Je peux à peine parler quand il me dit des choses comme ça, je murmure et ma voix n'est plus qu'un souffle : « Je t'aime, tu sais que je t'aime.

— Mais j'ai besoin que tu me le dises, j'en ai un besoin désespéré. »

Les autres hommes ne sont pas comme lui. Ils ont peur de ce mot. Lui en a besoin tout le temps. Comme d'autres ont besoin de musique, de se faire peur ou d'avoir une femme déguisée en prostituée, lui a besoin d'aimer et de savoir qu'il est aimé.

Il était onze heures quand je suis arrivée à la maison. Le téléphone sonnait dans la maison plongée dans l'obscurité. Je m'attendais que ce fût Mike disant qu'il avait essayé de me joindre toute la soirée. Mais c'était Janis. Sa voix avait un ton solennel et étrange, et elle a dû l'éclaircir pour pouvoir continuer.

Notre père était mort.

Il avait l'air tellement en forme. Je n'arrivais pas à le croire. Janis a dit qu'il était chez lui, à Diss, en train de nettoyer sa vieille Alvis. Un client allait venir la voir pour un achat éventuel. Papa était en train de polir les chromes quand il a hurlé, à cause de la douleur dans son bras et dans son épaule. Suzanne est arrivée en courant, mais il était déjà mort. Il avait été terrassé par une crise cardiaque.

Cela s'était passé vers cinq heures, juste au moment où l'oiseau était mort dans mes mains. J'étais plus sidérée qu'effrayée. L'impression d'étrangeté, la confirmation du présage, me distrayait de ma véritable peine. Je ne l'ai mesurée qu'à l'aube, quand je me suis réveillée, et j'ai pu pleurer la perte de mon père qui avait été bon et généreux jusqu'au moment où il nous avait quittés, il y a bien longtemps. Je ne suis pas arrivée à comprendre cette bizarre incapacité à le pleurer vraiment, à pleurer avec maman, dans une maison que je connaissais et où j'avais vécu avec lui. Vivant, il m'avait quittée quand j'avais huit ans. Mort, il appartenait à Suzanne.

Dans la matinée, Stella avait reçu une visite, pas celle de Richard ou de Marianne, mais d'une femme entre deux âges, selon Pauline. Je ne l'ai vue que dans l'après-midi. C'est toujours la même chose avec Stella. Vous croyez qu'elle est seulement préoccupée de ses problèmes, qu'elle ne pense qu'à elle comme la plupart des résidants, et elle vous surprend complètement par son tact. Quand je me suis approchée d'elle dans le salon, où elle était assise près des fenêtres, elle a immédiatement remarqué que quelque chose n'allait pas. Elle a tendu ses deux mains vers moi.

« Que se passe-t-il, Genevieve ? »

Je lui ai raconté. La plupart des gens s'en fichent, non ? Ils prétendent compatir, mais ils ne sont pas concernés, ils sont plus embarrassés que véritablement peinés. C'est la raison pour laquelle l'attitude de Stella m'a tant surprise, sa pâleur soudaine, le tremblement de sa voix.

« Il devait être encore très jeune.

— Il avait cinquante-cinq ans.

— Je suis désolée, a-t-elle dit comme si elle l'avait connu. Je suis vraiment désolée. »

Nous sommes restées assises, en silence, pendant un moment, les yeux tournés vers le jardin où il y avait encore des fleurs dans un massif et quelques ultimes papillons.

« Je ne verrai jamais de machaon désormais, Genevieve, a fini par dire Stella. Y aura-t-il des fleurs aux obsèques de votre père ? »

J'ai dit que j'avais déjà appelé le fleuriste et commandé une couronne, mais que je ne savais pas encore quand auraient lieu les obsèques ni qui s'en occupait. Janis n'avait que sept ans et Nick trois quand maman et papa se sont séparés. Il y avait bien longtemps qu'aucun de nous n'entretenait plus de relations avec papa, à l'exception d'une rencontre annuelle et d'une carte de Noël. La pensée d'Hannah m'a traversé l'esprit à cet instant précis. Si Ned la quittait, les choses prendraient la même tournure pour elle. Comme moi, elle n'aurait qu'une mère et quand il mourrait, une inconnue prendrait la décision de commander des fleurs ou non. Stella avait l'air de méditer. Puis elle s'est tournée vers moi.

« Les obsèques de mon père ont eu lieu en janvier et il faisait très froid. Richard avait neuf mois et je l'ai laissé avec la nièce de Rex... Enfin, la femme de son neveu Jeremy, Priscilla, c'est elle qui était ici ce matin, soit dit en passant. J'ai pensé que j'aurais à me rendre seule à Londres pour les obsèques, Rex ne voulait pas venir, il avait dit qu'il ne pouvait prendre un jour de congé “pour un beau-père qu'il connaissait à peine”, mais… » Elle a paru hésiter, puis elle a prononcé le nom avec application. « Alan est venu avec moi. » Elle m'a jeté un regard en coin. « Il m'a retrouvée sur le quai à Bury et il a fait le voyage en train avec moi.

— Alan ? Celui qui était votre ami à l'école ?

— Lui-même.

— Vous l'aviez retrouvé ? »

Au lieu de me répondre, elle a dit : « Vous n'avez jamais entendu parler de lui ? Alan Tyzark ? »

J'ai secoué la tête. « Je devrais ?

— Non, pas après tant d'années. Peut-être pas même à l'époque. C'était un artiste. Un peintre. Quand vous étiez petite, vous n'aviez pas ces livres des aventures de *Figaro et Velvet* ? »

Et là, je m'en suis souvenu immédiatement. C'était dans ces livres que j'avais déjà vu ces tableaux. Ma tante Rita, je crois, me les avait offerts pour mon septième anniversaire. Un garçon, une fille et leurs chats. Des enfants protégés, pas comme nous, qui vivaient dans une grande maison au milieu de la nature avec leurs deux parents, un père qui allait au bureau et une mère qui restait à la maison, et qui avaient un chat jaune et gris, doté de pouvoirs magiques. J'aimais beaucoup les pouvoirs magiques. C'était la seule chose qui ait eu un peu de sens pour moi à l'époque.

« Alan Tyzark faisait les illustrations de ces livres. »

Il était revenu dans sa vie comme par enchantement. Il avait été tout simplement présent aux obsèques de son père. C'était un homme très drôle. Il était très amusant sans donner l'impression de vouloir l'être. À cette époque, on aurait dit qu'il était « relax » et de son humour qu'il était noir. « Je me sentais très déprimée ce jour-là dans le train, pas à cause de mon père, c'était un étranger pour moi depuis longtemps, mais à cause de... d'autres raisons, et Alan s'est mis à me distraire, à m'amuser. Il a transformé une journée horrible en escapade.

« Il avait tout organisé. Après les obsèques, il m'emmènerait déjeuner, puis me montrerait des choses à Londres, une maison qui avait une histoire étrange, un monument. Ensuite, thé au Ritz. Je n'ai jamais connu quelqu'un comme lui. Je n'avais jamais connu personne qui eût pensé à ces choses-là. J'avais dû le revoir pour la première fois quatre ans auparavant, à cette époque-là, puisque nous... nous nous étions retrouvés en 1959. »

Je n'ai pas su quoi dire. « Était-il bon en dessin à l'école ?

— J'imagine que oui. Il avait choisi le dessin en option principale, comme la plupart d'entre nous. Je me souviens qu'il dessinait beaucoup d'animaux.

— Et vous veniez de le rencontrer de nouveau ?

— Il était le mari de Gilda Brent. Il avait épousé Gilda Brent. » Elle a détourné le regard vers les taches mauves des fleurs, virant au brun à présent et inclinant leur corolle, autour desquelles dansait une dernière vanesse rouge aux ailes abîmées. « Il a fait une chose horrible. » Elle avait l'air de se parler à elle-même. « Enfin, *nous* avons fait une chose horrible ensemble. » J'ai essayé de ne pas la dévisager. Que voulait-elle dire ? Qu'elle avait couché avec lui ? Quand elle s'est tournée vers moi, elle a affiché un air de compassion. « Genevieve, nous ne devrions pas parler de moi, nous devrions parler de votre père. Parlez-moi de lui. »

La grande affaire de mon père, c'était sa passion pour les voitures. Il les aimait comme certains aiment les animaux, les chiens, les chevaux. S'il avait pu élever des voitures, il l'aurait fait. C'était vraiment dommage qu'il n'ait jamais eu assez d'argent pour conduire celles qu'il voulait. Il était condamné à les vendre à des gens dont il savait fort bien qu'ils ne les apprécieraient jamais autant que lui. Même l'Alvis qu'il briquait juste avant de mourir allait bientôt devenir la propriété d'un autre. J'ai raconté ça à Stella, mais elle est vieille et malade, et sa capacité de concentration, comme dit Ned, n'est plus très grande. Ce n'est pas de sa faute si elle a dodeliné de la tête et s'est endormie avant la fin de mon récit. Et si elle ne m'a jamais raconté comment elle en est venue à acheter sa maison.

Le lendemain, elle s'est sentie beaucoup mieux qu'elle ne l'avait été depuis des semaines. Elle prétend que c'est à cause du soleil qui brille — aux alentours de la troisième semaine d'octobre, nous avons une sorte d'été indien. Mais j'ai tendance à penser que c'est plutôt l'effet de la radiothérapie. J'avais déjà promené Arthur, et Stella avait décidé qu'elle irait s'asseoir un moment sur la terrasse, devant la porte-fenêtre d'où elle observe les papillons. Il est rare de la voir assise dehors, sans livre ou sans musique.

« Je vous dirai comment j'ai rencontré Alan et Gilda, d'accord ? »

Elle ne se rend pas compte que je ne peux pas passer avec elle autant de temps qu'elle le souhaiterait. Ou, plutôt, autant que j'aimerais. Elle est comme la plupart des gens qui n'ont jamais travaillé ou ne l'ont pas fait depuis longtemps. Ils ne comprennent pas ce qu'est le travail, et que vous ne pouvez pas vous arrêter quand ça vous chante.

« Stella, j'aimerais pouvoir rester, mais j'ai beaucoup à faire. »

Tant que vous êtes jeune, moins jeune, plus tout jeune, vous dissimulez vos sentiments. Vous souriez et vous faites comme si vous étiez indifférent au retard des gens, à leur départ, au fait qu'ils changent de sujet de conversation ou qu'ils manifestent leur ennui. Mais les enfants ne sont pas comme ça. Ils protestent, boudent, se mettent en colère. Et sans doute peut-on savoir à quel point une personne est âgée à la façon dont cette impatience infantile réapparaît.

Stella a répliqué sèchement : « Oh, très bien, Genevieve. J'imagine que je ne suis plus de très bonne compagnie.

— Ça n'a rien à voir, vous le savez très bien. Il faut que je travaille. Je viendrai vous voir à quatre heures, d'accord ? »

Elle a répondu comme je le prévoyais. « Si je suis seule. Il se peut que je ne le sois pas. J'attends de la visite. »

Mais bien entendu elle était seule, comme c'est le cas la plupart du temps. Elle avait allumé la radio et son magnétophone fonctionnait aussi. On entendait la voix, haute et claire, d'une femme qui chantait. Ce devait être de l'opéra. Je m'attendais qu'elle mît son doigt sur les lèvres, mais elle a fait quelque chose de totalement inattendu. Au moment où je me suis approchée de son fauteuil, elle a pris ma main, l'a tirée, m'attirant vers elle avec une force insoupçonnée, et m'a embrassée sur la joue. Je suis restée silencieuse, je n'avais pas besoin qu'on me le dise, et instinctivement je l'ai prise dans mes bras, en la serrant fort. La musique s'est arrêtée et juste après le magnétophone a émis un petit claquement sec. Je me suis redressée et j'ai regardé Stella.

« Que se passe-t-il ?

— Rien. La musique simplement. Et je suis désolée d'avoir été véhémente ce matin, Jenny. »

Je lui ai dit d'oublier tout ça. « Vous alliez me parler d'Alan Tyzark.

— Vous vous êtes souvenue de son nom ! »

Je me suis assise sur le rebord du lit et j'ai pris sa main.

Son regard fixait un point dans le vague. Quand j'avais parlé, j'avais cru qu'elle rougirait et son visage était encore coloré. Elle a dû faire des efforts pour se remettre à raconter, elle m'a donné l'impression de ne pas savoir par où commencer. C'était comme si elle avait eu autant de difficultés à parler de cet homme que moi lorsque j'évoque Ned. Mais elle a fini par se décider, après s'être éclairci la gorge plusieurs fois.

« Il a fallu beaucoup de temps avant que je sache qui était venu consulter Rex. Il m'en avait parlé, bien sûr, mais il faisait toujours référence à Gilda Brent et son mari. Je suppose que j'ai dû croire qu'il s'agissait de M. Brent. Même quand Rex a parlé d'Alan, je n'ai pas fait le rapprochement. J'ai simplement pensé Alan Brent. Je ne savais pas qu'Alan était devenu peintre, vous comprenez. »

Gilda Brent et Alan Tyzark avaient consulté Rex Newland au sujet d'une affaire d'argent dû à Gilda par une maison de production. La maison avait fait faillite et n'existait plus. Gilda n'avait jamais été payée pour les deux derniers films tournés avec ladite maison, *The Wife's Story* et *The End of Edith Thompson*. C'était ce que Gilda prétendait.

« Cela a pris du temps. Finalement, Rex a été en mesure de récupérer pas mal d'argent, environ deux mille livres, ce qui ne semble pas beaucoup, mais n'oubliez pas que nous étions en 1959. Rex avait rencontré les Tyzark un bon nombre de fois. Ils habitaient dans un village près de Pulham Market, Tivetshall Saint Michael's, dans une ancienne ferme appelée Saint Michael's Farm. Ni l'un ni l'autre ne semblait travailler à ce moment-là. Ils vivaient de ce que leur rapportait ce qu'ils avaient fait autrefois et d'un petit héritage. Le père d'Alan était mort et lui avait laissé quelques milliers de livres. Gilda perdit trois tantes en peu de temps et elles lui léguèrent de l'argent et un objet de grande valeur. Mais vous n'auriez jamais imaginé qu'ils étaient pauvres. Ils formaient un couple très élégant, très attirant. »

Rex avait demandé à Stella de les inviter à dîner. Il procédait toujours ainsi. Chaque fois qu'il estimait avoir rencontré quelqu'un d'amusant, de séduisant ou de bonne famille, il l'invitait à dîner. Je me demande comment je réagirais si Mike m'annonçait qu'il fallait préparer à dîner pour quatre types qu'il a rencontrés sur le chantier. Et leurs femmes. Mais inutile de spéculer, ça ne se produira jamais. Rex, lui, considérait cela comme allant de soi. Il a donné la liste des invités, sur laquelle figurait Charmian Fry. Je ne sais pas comment elle a fait pour ne pas la lui jeter à la figure, et encore moins pour accepter. Mais le nom de famille d'Alan était sur la liste, et c'est comme ça qu'elle a su qui il était.

« Je n'en ai pas soufflé mot à Rex. Personne n'a su qu'Alan

et moi nous étions connus autrefois. Cela faisait dix-neuf ans après tout. Je ne sais pas très bien pourquoi je me suis tue. Et quand il est venu, je n'ai rien dit non plus. Je lui ai serré la main et je me suis comportée comme si nous ne nous étions jamais rencontrés auparavant. Et il m'a emboîté le pas pour ainsi dire, puisque ce n'est que lorsque nous fûmes assis, l'un à côté de l'autre, qu'il m'a... eh bien, il m'a dit qu'il *savait.* »

Charmian était venue, vêtue d'une robe longue en dentelle grise, avec des trous qui auraient pu aussi bien faire partie du motif qu'être le résultat de la voracité des mites. Elle avait expliqué que la robe avait appartenu à sa grand-mère et qu'elle l'avait trouvée dans une vieille malle. Avec un rire profond, et de sa voix puissante, elle avait déclaré qu'elle avait fait une affaire et que la robe lui survivrait sûrement. Gilda Brent l'avait regardée, sidérée, et quand Charmian s'était approchée, l'odeur de camphre l'avait fait fuir.

Gilda était très belle.

« Elle avait cette allure que vous avez seulement quand on vous a appris comment vous habiller et vous maquiller. Seules les actrices et les mannequins ont cela. Le maquillage de Gilda était celui d'une professionnelle et elle avait — ne riez pas — les cheveux les plus propres qui soient. Je crois que les femmes ne lavaient pas leurs cheveux aussi souvent qu'aujourd'hui. Une fois par semaine suffisait. Gilda était rousse avec des reflets dorés. Ses cheveux lui couvraient les épaules et ils étaient, comment dire, d'une propreté éclatante, Genevieve. »

Il y avait une publicité pour shampooing qui utilisait cette formule.

« Elle portait une robe verte du dernier cri, le style "sac" comme on disait, tombant droit de l'épaule au genou. Elle était grande et mince, et elle avait les jambes de Marlene Dietrich. Son comportement... Que puis-je vous dire ? Elle avait l'air d'avoir totalement confiance en elle et elle m'a appelée "chérie" dès la deuxième fois qu'elle s'est adressée à moi. Je n'avais jamais rencontré d'actrice avant elle. Naturellement je m'y suis habituée, je l'ai acceptée. Mais ce soir-là, je l'ai observée comme elle aurait observé Charmian si... s'il n'y avait pas eu Alan. Alan éclipsait tout le monde, je crois. »

Il était assis entre Stella et la nièce par alliance qui était venue la voir la veille, Priscilla Newland, âgée de vingt-six ans à ce moment-là. Il avait encore un visage d'adolescent, a dit Stella, juvénile et émacié. Il avait des cheveux châtains, plus longs que ne le voulait la mode. Ses yeux étaient noisette. Il lui avait fait une petite grimace et chuchoté : « Nous ne sommes pas en train de préparer un complot, n'est-ce pas ?

— Cela vous gênerait-il ? avait-elle répondu.

— Non, j'adore. Continuons ainsi. N'aimez-vous pas les secrets ? »

Elle n'y avait jamais réfléchi. Il observa Charmian, ses longs cheveux gris et sa robe répugnante et s'adressa à Stella : « Vous avez là une bien étrange créature, non ? »

Stella a dit qu'elle n'avait jamais pensé à rire de Charmian auparavant. Elle l'avait toujours considérée comme une présence tragique dans son existence, et tout à coup, sous l'effet de la phrase d'Alan, Charmian lui avait paru ridicule, comme une vieille plaisanterie bien laide qui ne pouvait faire de l'effet à Rex qu'en raison d'obscènes rituels. Elle avait répondu en prononçant des mots qu'elle avait toujours gardés pour elle-même : « C'est la favorite de mon mari. »

Elle avait été terrifiée par ces paroles, même si sa voix n'avait été qu'un murmure, et elle avait mis sa main sur sa bouche. Comme l'aurait fait une écolière, ce qui avait le don d'agacer Rex au plus haut point. Alan avait dit : « Qui a deux maisons perd la raison », et fait une nouvelle grimace, un sourcil froncé et le menton en avant. Puis il avait ajouté : « Nous ne nous préoccuperons pas d'eux. Faisons comme s'ils n'étaient pas là, comme s'ils s'étaient envolés pour l'enfer sur son balai, votre mari en croupe. » Et Stella avait confessé qu'elle n'y verrait aucun inconvénient pour autant qu'elle aurait quelqu'un à qui en parler. Elle avait été stupéfaite de sa propre audace, avait rougi et puis éclaté de rire.

Elle avait passé une soirée merveilleuse. Elle n'avait pas pu lui parler tout le temps, mais elle s'était sentie bien du seul fait de sa présence. C'était, en mieux, comme si on lui avait fait un cadeau qu'elle n'attendait pas. Pour la première fois de sa vie, elle avait ressenti qu'elle était avec la personne avec laquelle elle désirait être. À l'école, les choses avaient été différentes, ce n'était qu'une simple amitié qui lui semblait bien limitée à présent. Les années avaient fait croître ce qu'ils avaient en commun, même s'ils l'avaient dispersé. Pendant la soirée, elle avait cherché son regard plusieurs fois. Il lui avait répondu par un sourire, et même une fois par un clin d'œil. Et avant que Gilda et lui n'eussent pris congé, il s'était approché d'elle et avait soufflé qu'il était heureux. C'était tout, il était heureux.

« Mais vous savez, Jenny, dans notre société, il ne pouvait devenir mon ami. C'était ce que je croyais vouloir, mais une femme mariée ne peut devenir l'amie d'un homme marié. »

Je le savais fort bien.

« Ce fut Gilda qui devint mon amie. Je me demande souvent combien de femmes deviennent l'amie d'une femme parce qu'elles aiment le mari de cette femme. Et que c'est la seule façon de le voir. Même si c'est pour le voir seulement en la voyant aussi. Ou quand tous les quatre sont réunis. C'est mieux que rien, voilà tout.

— Vous n'aimiez pas Gilda ? »

Elle a réfléchi. Après toutes ces années, il lui fallait encore y réfléchir. « Je ne sais pas. Je suppose que oui, au début. Le fait était qu'elle me ressemblait. Elle m'avait téléphoné le lendemain pour me remercier et me demander si elle pourrait passer m'emprunter un livre dont j'avais parlé. Ce fut le début de notre amitié.

— Et lui, vous l'avez vu souvent ?

— Alan ? Je le voyais quand j'allais à Saint Michael's Farm rendre visite à Gilda. Ils venaient dîner chez nous et nous allions dîner chez eux. Je n'étais jamais seule avec lui. D'abord, parce que dans la journée j'avais Marianne. Je devais être bien sotte, Genevieve, parce que je ne me rendais pas compte de ce qui m'arrivait. Voyez-vous, je n'avais jamais été amoureuse auparavant. Si ce n'est de ma petite fille, mais c'est différent. Je pense que je n'avais jamais aimé personne avant lui. Ce que j'avais eu de mieux, c'était quelqu'un avec qui je m'étais bien entendue.

« Quand nous sommes finalement devenus amants, cela a été comme la découverte d'un nouveau continent. Vous avez entendu parler des chrétiens de la Renaissance ? J'étais "renée", j'étais devenue une autre personne, je comprenais le bonheur, sa valeur positive, pas la simple absence de malheur.

Mais c'était encore loin dans les années soixante. C'était encore à venir. C'était bien avant que je commence à... arranger les choses pour nous. »

Elle est fatiguée à présent. Il y a cependant une question que je dois lui poser. « Avez-vous jamais pensé que vous pourriez vous marier ? »

Son air m'a fait comprendre que j'avais demandé quelque chose qu'aucune personne raisonnable n'aurait envisagé.

« Bien sûr que oui. Lui aussi. Surtout après la mort de Rex. Je vous ai dit que je m'étais toujours intéressée au droit. À la fin des années soixante, on parlait d'une législation en matière de divorce. Le divorce allait devenir possible par consentement mutuel et même dans le cas où un seul des époux le souhaitait. »

Elle a fermé les yeux. Sa voix était languissante. « Nous allions pouvoir être ensemble. Quand j'étais petite fille, les gens étaient horrifiés à l'idée qu'un couple pût vivre hors mariage. Si c'était le cas, la femme devait prétendre être mariée ou porter une alliance. Mais tout cela a changé. Tout a changé si vite, Genevieve, c'est incroyable. J'aurais pu vivre avec lui sans la moindre inquiétude. »

Je n'arrivais plus à suivre son raisonnement, si raisonnement il y avait. « Si Gilda était morte, vous auriez pu vous marier, c'est ça ?

— Bien sûr, nous aurions pu », a-t-elle affirmé. Et puis elle est restée silencieuse et elle a fermé les yeux.

11

LE MÉLANGE DE FLEURS rouges et blanches est le plus mauvais présage qui soit, a dit Janis. Et elle voulait qu'on retire du cercueil de mon père la couronne de pétunias et d'œillets, envoyée par la femme de notre cousin de Thetford. Sinon il y aurait une autre mort. Elle n'était pas convaincue non plus de mon choix d'une oravale violette arrachée à une haie et piquée au milieu d'œillets.

C'était une bonne chose que maman ne soit pas venue au crématorium. La seconde femme de papa n'était pas là non plus. En fait, ce fut une piètre cérémonie, sans parents à part Janis et moi, sans amis. Suzanne était toute en noir, pleurant sous la pluie. L'ancien associé de papa au garage a envoyé une couronne de chrysanthèmes jaunes et de lierre, en forme de calandre de Morris. Mais il n'est pas venu.

C'était à cause des fleurs que je n'avais pas voulu provoquer la Providence et rencontrer Ned le jour de Halloween, comme il l'avait suggéré. La Toussaint, le lendemain, ne convenait pas. Aussi le jour des défunts, le 2 novembre, fut la date arrêtée, ce qui laissait présager une drôle de soirée, selon moi. La fille de Philippa, Katie, est née ce jour-là et elle a toujours été étrange, dormant peu, ne redoutant pas l'obscurité, un véritable oiseau de nuit. Les gens disent que c'est le jour où les morts reviennent et se baladent. Grand-mère jure qu'elle a vu la vieille Mme Thorn derrière l'église le jour des défunts, grattant la mousse qui avait poussé sur les lettres de sa propre tombe. Je n'étais pas enchantée d'aller seule dans la sombre maison de Stella.

Nous étions revenus à l'heure d'hiver ; s'il faisait jour à six heures du matin, en revanche la nuit tombait à dix-huit heures.

J'ai pris une lampe de poche pour arriver jusque dans l'entrée où se trouvaient les premières bougies. Leur lumière n'a pas un effet très apaisant, elle tremble, danse et laisse de grands espaces dans la pénombre. Et on peut se demander si les gens, autrefois, étaient vraiment débarrassés de toute peur la nuit. Ils n'avaient que des bougies. Quelle horrible vision, la mèche et la cire de la dernière bougie se consumant, pas d'interrupteur à tourner, plus rien pour lutter contre les ténèbres envahissantes.

J'ai allumé toutes les bougies, l'une après l'autre. J'en ai emporté une à l'étage. La lumière avait des reflets bleus et dorés, tremblotants et froids. Elle se déplaçait à une faible distance devant moi. Des pans entiers d'obscurité se transformaient en chambres, avec les petits carrés gris qui correspondaient aux fenêtres. La température était encore douce pour un mois de novembre, mais le froid était là. Pour une fois, l'attente de Ned et l'excitation qu'elle me procurait normalement étaient gâchées par l'absence de lumière et de chauffage de cet endroit sinistre. J'ai ressenti intensément son isolement au milieu du marais et la peur primitive qui surgit dès qu'on est privé d'électricité.

Stella m'en avait raconté un peu plus, mais toujours rien sur les raisons de son achat de la maison. J'avais deviné toutefois qu'il s'agissait d'avoir un endroit où rencontrer Alan Tyzark. J'ai repensé, cette nuit-là, dans l'obscurité, à ce qu'elle avait dit concernant la chose terrible qu'il avait faite. Le problème était qu'elle n'en avait pas dit plus et je ne savais pas si je voulais en savoir plus. Mais je ne pouvais m'empêcher de penser que, quoi qu'il ait fait, c'était encore dans cette maison.

J'ai allumé le radiateur dans la chambre et les bougies sur les tables de chevet et sur la commode. Pour passer le temps, j'ai commencé à ouvrir les portes et les tiroirs, mais tout était vide et je me suis demandé s'il n'en avait pas toujours été ainsi, dans la mesure où cette maison n'avait pas pour fonction d'être habitée. Une maison qui n'était pas un foyer, mais un refuge contre le monde, un endroit où se protéger du regard d'autrui, un abri dans la tempête. Je me suis délectée d'un mot que j'avais trouvé dans le dictionnaire et que j'appliquais à cette maison : une maison de rendez-vous. Une maison de rendez-vous pour un couple d'amants et à présent pour un autre.

La penderie de Stella était un énorme meuble, en acajou, je crois, posé sur des pieds légèrement torsadés faisant penser à des pattes de lion. Les petites clés dorées ont tourné sans trop de difficulté. J'ai ouvert les portes et, au lieu d'un grand vide, au lieu d'une caverne sombre à l'odeur de moisi, j'ai découvert des vêtements d'été pendus à une tringle. Tout ressemblait à Stella, était *essentiellement* du Stella, rien n'aurait pu appartenir à qui que ce fût d'autre : une robe de coton bleu et une rose, des choses du début des années soixante, un imperméable de soie bleu à reflets argent totalement inutile en cas de pluie mais merveilleux à porter en voiture par un jour gris.

À l'extrémité de la tringle, il y avait une autre robe, pendue à un cintre qui a sonné comme une cloche quand je l'ai touché. J'ai braqué ma lampe de poche dans la zone sombre et parcouru la taille serrée, la jupe ample et le décolleté profond. De couleur crème avec un motif bleu et rose, c'était la robe typique de Stella, à un détail près. Elle était sale. Ce qui m'a fait penser que je ne l'avais jamais vue que dans des tenues immaculées, préservées de l'usure du temps. J'étais convaincue qu'elle avait toujours été ainsi, méticuleuse, soignée, le genre de femme dont les vêtements sont toujours chez le teinturier. Mais cette robe-là était couverte de taches noires. Il y avait une traînée verte dans le dos, de l'herbe sans doute, et devant quelque chose qui aurait pu être du sang. Je l'ai examinée par curiosité, en rapprochant la lampe, et j'ai vu la marque caractéristique d'une brûlure sur l'ourlet, la teinte rousse du tissu. J'ai reculé pour contempler l'ensemble. Sale comme elle l'était, tachée et brûlée sans doute par un fer à repasser oublié, elle n'en avait pas moins l'allure d'une robe qu'on porte à un mariage, celle d'une demoiselle d'honneur ou même de la mariée. Mais la mariée avait dû creuser un trou ou allumer un feu de joie.

La lumière des phares de la voiture de Ned a envahi la pièce, puis s'est éteinte. J'ai fermé les portes de la penderie et rangé ma lampe de poche. Je l'ai observé en train de sortir de sa voiture, puis de lever les yeux vers la fenêtre. Il ne pouvait voir que la faible lueur de la bougie et j'avais le plaisir de voir sans être vue, de découvrir son visage sans masque, impatient et plein de promesses. J'ai dévalé l'escalier et j'ai ouvert la porte au moment où il posait la main sur la poignée. Au-delà de la zone d'influence du radiateur, l'air dans la chambre était humide et nos mains glacées en dépit de la température modérée, ce soir-là. Les draps avaient été aérés mais ils semblaient humides et rêches à la fois. Chair de poule contre chair de poule et impression désagréable des doigts glacés sur la peau. Nous nous sommes réchauffés au bout d'un moment et nos bouches n'ont à aucun moment ressenti le froid. Mais après, ai-je pensé, et il a dû faire de même, si c'est comme ça maintenant, qu'est-ce que ce sera au beau milieu de l'hiver?

Il était dix heures et demie quand je suis rentrée à la maison. Mike était en train de remplacer la fenêtre de notre salle à manger par des portes-fenêtres, avant de commencer la construction du jardin d'hiver. C'était sa première semaine à la maison après les longs mois du chantier de Regent's Park. Je lui avais dit, avec beaucoup d'hésitation, que je faisais des heures supplémentaires à Middleton Hall et il avait opiné, ne paraissant pas même m'entendre. Il me faisait confiance. Mais si la confiance est une chose positive, un acte de volonté, Mike n'a pas l'air de savoir ce qu'elle exige ou d'y avoir réfléchi.

Il m'a accueillie avec un : « Je n'ai pas eu de nouvelles pour le permis de construire. »

Quand il était absent, je ne m'étais pas vraiment rendu compte dans quel état d'hébétude j'étais en rentrant d'un rendez-vous avec Ned. Peu importait que je fusse en train de flotter, de rêver ou de me rappeler des choses. Je pouvais m'asseoir, fermer les yeux et me laisser envahir par le souvenir du plaisir sexuel et du bonheur d'aimer. La présence de Mike m'obligeait désormais à parler. Il fallait répondre.

Heureusement, il ne savait rien de Middleton Hall, ça ne l'intéressait pas, et j'étais donc soulagée de l'obligation de mentir. Mais je me demandais, pendant qu'il spéculait sur la durée des délibérations de la commission pour les permis de construire, quel dose de mensonge je pourrais accepter. Y aurait-il un moment où le dégoût de moi-même serait tel qu'il me deviendrait impossible de trouver des excuses et d'inventer des alibis ? Bien sûr, et ce moment approchait. Seulement, je ne le savais pas encore.

Mais j'étais consciente du fait que j'avais commencé à penser différemment à Mike, à notre mariage et à notre foyer. Je regardais cet homme, grand, corpulent, encore très beau et je pensais que je le connaissais complètement, sous toutes les coutures. Et pourtant je ne le connaissais pas du tout. Je n'avais pas la moindre idée de ce qui lui passait par la tête, sous l'épaisse masse de cheveux bruns et bouclés. Des travaux d'agrandissement et des permis de construire, c'était tout ? Des années auparavant, il était rentré du travail et je lui avais trouvé un air fatigué. Il s'était tourné et avait dit : « La construction, c'est un travail dur qui épuise son homme. Ça vous rend vieux en un rien de temps. »

Et j'avais ressenti une bouffée de pitié et d'amour monter en moi. J'avais pris ces mains calleuses et bien des pensées m'avaient traversé l'esprit : il faisait ce métier parce qu'il n'avait rien pu faire d'autre, il n'avait jamais eu la chance de se perfectionner, il lui avait fallu gagner sa vie très tôt. Dès seize ans, en commençant tous les matins à huit heures et en finissant les heures supplémentaires à la nuit. Je l'avais pris dans mes bras parce qu'il avait peur que tout ce travail eût dévoré sa jeunesse.

Mais c'était la seule fois, à ma connaissance, où il avait exprimé ses sentiments. Pas un mot, jamais, sur son amour, ses besoins, sa peur ou sa tristesse. Quand, de temps en temps, je parlais d'avoir des enfants, il me regardait à peine ou disait sans lever les yeux : « C'est comme tu veux », ou, une autre fois : « Nous avons une jolie maison pour nous deux et tu sais ce que signifierait avoir des enfants. » Et à présent, le soir ou le week-end, ses loisirs étaient consacrés à ce travail dont il avait dit qu'il l'épuisait et le transformait en vieillard. Je ne comprenais pas.

Le fait de mentir à Mike, la conscience de ce que notre mariage n'était plus ce qu'il avait été, quoi qu'il fût, toutes ces raisons m'ont fait repenser à mon attitude négative vis-à-vis de Ned, à mon refus, chaque fois qu'il me parlait de partir vivre ensemble. Après tout, Nick avait l'âge d'Hannah quand mon père est parti. Il n'était pas venu à ses obsèques, disant qu'il le connaissait à peine. Mais avait-il été affecté par sa mort ? Il est impossible de savoir si l'absence d'un parent affecte ou non un enfant. Bon nombre de gens insupportables dans mon entourage ont grandi dans le cadre protecteur d'un mariage heureux.

Et puis il y avait aussi la maison de Stella. Pas seulement le froid et l'obscurité, mais le fait qu'un jour viendrait où il ne serait plus possible d'y aller. J'avais peut-être transgressé quelque chose en y allant sans permission, mais je savais que je serais incapable de le faire une fois que, Stella morte, la maison deviendrait la propriété de Richard ou de Marianne. Nous n'aurions plus d'endroit où aller et ma peur de le perdre ressurgirait.

C'était une bonne mesure des progrès de la corruption que de réaliser que j'étais capable de penser autrement, seulement six mois après avoir promis de ne pas l'arracher à sa fille. Ayant dit que je ne mentirais jamais, j'avais commencé à mentir. Je violais la propriété de quelqu'un. J'extériorisais les mots qu'avait prononcés Ned autrefois et je pouvais voir de quoi l'amour m'avait débarrassée. Peut-être étais-je simplement débarrassée de toute décence.

En avait-il été de même pour Stella ? Je la regardais pendant qu'elle s'était assoupie et j'essayais de voir, à la dérobée, la jeune et belle femme qui était tombée amoureuse d'Alan Tyzark. Mes yeux s'efforçaient de rajouter de la chair sur ses os et une peau de pêche sur ce visage desséché, de transformer la laine blanche de ses cheveux en un brillant châtain. Mais je ne pouvais voir qu'une vieille femme en train de partir, des coquilles vides à la place de ses paupières fermées, des veines bleues prêtes à crever la peau parcheminée. Et quand j'ai pris sa main, sachant qu'elle était sur le point de se réveiller, j'ai remarqué une chose qui m'a sidérée : elle avait cessé de vernir ses ongles. Je voyais, pour la première fois depuis que je la connaissais, ses vieux ongles jaunis.

Stella m'a dit que Gilda Brent aimait sa compagnie et avait voulu devenir son amie parce qu'elle voyait en elle une inférieure. L'ironie du sort avait fait que Gilda n'avait jamais considéré Stella comme une menace. Bien plus menaçante était sa grande peur, celle qui avait fait d'elle une névrosée. Son échec en tant qu'actrice — elle ne semblait pas considérer l'interruption de sa carrière comme un échec mais comme le résultat d'une conspiration — était dû à la jalousie, à l'envie et à la méchanceté d'autres femmes. Les femmes lui en avaient toujours voulu. Elle se considérait, et n'hésitait pas à le dire, incomparablement plus belle que n'importe quelle autre femme, plus éclatante, plus élégante, plus charmante. Et afin de ne pas paraître absolument vaniteuse, elle en parlait comme d'un fardeau qu'il lui avait fallu porter toute sa vie. En d'autres termes, la beauté était une responsabilité.

Elle disait de Stella qu'elle était « une jolie petite chose ». En fait, « petite chose » était le surnom qu'elle avait donné à Stella, bien que Stella ne fût pas particulièrement petite et qu'elle eût trente-six ans à l'époque où elle l'avait rencontrée. Gilda avait décidé que Stella était une petite provinciale sans éducation et sans expérience. À ses yeux, elle n'avait jamais travaillé, jamais rien vu au-delà de Bury, jamais lu un livre, jamais assisté à une représentation théâtrale. Gilda avait tout simplement créé un personnage par rapport auquel elle pourrait exister, tout comme elle avait créé son propre personnage.

La véritable Gilda devait bien exister quelque part, cachée, mais où et comment, c'est ce que Stella ne put jamais découvrir, si ce n'est à la fin ou presque. Elle n'avait perçu la réalité qu'à deux occasions avant cela. La Gilda qu'elle avait vue et qu'on lui avait présentée paraissait toujours en train de jouer un rôle, de parler d'une voix fabriquée, d'exprimer des sentiments qu'elle jugeait irréfutables à défaut de ressentis. Elle avait créé, a dit Stella, un masque ou un vernis. Il était impossible de savoir si Gilda avait toujours été ainsi ou si elle avait appris ce comportement en même temps que le métier d'actrice. Sa vie était un interminable scénario de film.

Elle passait des heures à raconter à Stella sa vie d'actrice, ses expériences de cinéma, à parler des gens célèbres qu'elle connaissait, des lieux paradisiaques où elle avait séjourné, des restaurants et des clubs dans lesquels des hommes beaux ou distingués l'avaient emmenée. Elle faisait allusion à des amants célèbres. Leur amitié progressant, elle fit plus que des allusions, elle parla à Stella de sordides aventures dans des chambres d'hôtel, de cachettes dans des armoires pour fuir des épouses jalouses, des fourrures et des bijoux qu'on lui avait offerts. Elle parlait d'Alan d'une façon qui n'aurait pas, même à l'époque, convenu à Stella pour parler de son mari.

« Vous savez, petite chose, toutes mes relations, dans mon monde, m'avaient conseillé de l'épouser parce qu'il me faisait rire. Mais ça n'était que la partie émergée de l'iceberg. Je ne sais pas si j'oserais vous le dire, vous êtes tellement innocente. Vous me faites toujours penser à ces filles un peu démodées des pensionnats comme-il-faut. »

Stella voulait tout entendre à propos d'Alan. Elle devait être dans l'état dans lequel je suis quand j'entends prononcer le nom de Ned à la boutique ou au *Legion*. Mais elle n'avait pas répondu. C'était incroyable, a-t-elle dit, ce qu'elle parlait peu quand elle était avec Gilda, parfois pas plus d'une douzaine de mots en deux ou trois heures. Et Gilda ne semblait rien remarquer. Elle était d'un égocentrisme monstrueux.

« Promettez-moi de ne pas être choquée, chérie ? Bon nombre des hommes qui ont été amoureux de moi étaient plus âgés que moi — c'est inévitable, non ? Les hommes jeunes n'ont encore rien accompli ou n'ont pas gagné beaucoup d'argent. Et je voulais un homme jeune, un homme viril. Je trouve que ce qui se passe au lit est très important et Alan... Bon, si je vous dis qu'Alan était spectaculaire au lit, vous comprenez ce que je veux dire ? »

Elle ne savait pas. Elle avait pu lire une phrase de ce genre dans un livre, mais c'était tout. Mais Gilda n'attendait pas de réponse de la part de Stella, ni même un oui ou un sourire. Jamais. Stella n'était à ses yeux qu'une poupée qui avait la chance qu'un homme — même si tout le monde savait que cet homme couchait avec cette sorcière de Charmian Fry — l'ait aimée assez pour l'épouser. De plus, dans le film infini qu'était sa vie, Gilda s'était attribué le rôle de l'héroïne et avait donné à Stella celui de l'amie de l'héroïne.

Et Stella, bien qu'elle se fût souvent demandé comment elle y parvenait, supportait Gilda pour le seul bénéfice qu'elle en tirait. Elle la laissait l'emmener à Londres faire des courses, chez le coiffeur à Ipswich, au cinéma, aux galas de charité auxquels Gilda était conviée, tout cela pour le plaisir de voir Alan avant et après leurs rencontres. Les Tyzark n'avaient qu'une voiture à l'époque et quand Gilda voulait voir Stella, Alan l'accompagnait et venait la chercher. Stella ne vivait plus que pour les quelque dix minutes de présence d'Alan, une ou deux fois par semaine.

Elle avait pensé pouvoir vivre ainsi pour le restant de ses jours. Elle supporterait l'horreur croissante de la présence de Gilda, de ses incessants monologues sur les amis célèbres et les querelles, les vêtements et les bijoux, les adultères et les intrigues, si cette épreuve lui permettait de voir Alan. Elle endurerait la superficialité de Gilda et ses poses destinées à masquer de plus en plus la personne réelle. Et il y avait la récompense inattendue de sa présence à une séance de cinéma, des dîners à quatre dans une maison ou l'autre, des cocktails à Bury et des parties de tennis sur le court à l'abandon de Saint Michael's Farm. En privé, dans son esprit, elle poursuivait un dialogue imaginaire au cours duquel elle lui confiait tout d'elle-même et de sa vie, et il lui répondait à sa manière, le cœur léger, optimiste face aux choses les plus tristes, et il allait même jusqu'à lui confesser, sérieux cette fois, qu'il l'aimait.

Cela dura presque deux ans.

À bien des égards, Stella en savait plus sur Alan que Gilda. Elle connaissait son enfance, puisqu'ils avaient été inséparables entre l'âge de huit et de quatorze ans. Elle avait connu ses parents et la maison de son enfance, ce qu'il aimait manger et ses jeux préférés. Gilda remplissait les dix-neuf ans de séparation pour elle. Après l'école, il était allé aux Beaux-Arts à Slade. Puis il avait été mobilisé. La commande pour les illustrations de *Figaro et Velvet* lui avait été passée juste après la guerre, à une époque où, âgé de vingt-six ans, il essayait sans succès de devenir portraitiste. Gilda et lui s'étaient rencontrés quand on lui avait commandé son portrait pour un film dans lequel elle jouait, *Lora Cartwright.* Le tableau devrait être accroché dans le fumoir de la maison de cinéma de son mari de cinéma.

« Le plus fou dans l'histoire, avait dit Gilda, c'est que le tableau n'a pas été utilisé, finalement. Il n'y a pas eu la moindre scène tournée dans le fumoir. »

Stella avait demandé pourquoi.

« Vous avez besoin de le demander ? Parce que la star n'en voulait pas. Elle était follement jalouse de moi dès le départ et elle n'avait pas supporté que ce fût mon portrait et pas le sien. Mais Alan et moi nous étions rencontrés et nous sommes tombés amoureux. Le coup de foudre.

— Qu'est devenu le portrait ?

— Ils n'allaient pas le laisser dans un coin, non ? Surtout après l'avoir payé. Pour autant que je sache, il est toujours accroché dans leurs studios de Wardour Street. »

Alan avait peint beaucoup d'autres tableaux de Gilda, tête, buste, en pied dans la robe grise qu'elle portait dans *The Fiancée*, et même un nu. Il était accroché dans le salon à Saint Michael's Farm. Il y a nu et nu, a dit Stella, et j'ai compris ce qu'elle voulait dire : la différence qu'il y a, par exemple, entre la publicité d'une crème pour le corps et une photo dans *Playboy*. On voyait les poils pubiens de Gilda dans ce tableau. Elle était complètement nue, à l'exception de ses chaussures à talons hauts et d'un rang de perles qui avait dû se balancer entre ses seins. Gilda ne manquait jamais l'occasion d'attirer l'attention sur ce tableau. Cela gênait Stella quand Marianne était présente, elle aurait voulu lui dire de ne pas regarder, mais bien évidemment elle ne pouvait pas le faire. Gilda prenait la pose devant le tableau et demandait à Alan s'il se souvenait de la séance ou des séances de pose, laissant entendre qu'il n'avait pas résisté à la tentation de son corps exhibé.

Ils étaient mariés depuis neuf ans et leur niveau de vie n'avait cessé de se dégrader au cours de ces années. Ils avaient commencé par vivre dans le West End, dans Half Moon Street je crois, et Gilda avait fait ses deux derniers films. *The Wife's Story*, qui traitait de l'infidélité d'un mari, et *The End of Edith Thompson*, racontant la vie réelle d'une femme qui avait assassiné son mari et avait été pendue. Gilda avait joué le rôle de l'épouse dans le premier et celui d'une gardienne de prison dans le second. Le personnage de la gardienne de prison était sympathique; tout comme l'héroïne, c'était une femme mariée, amoureuse d'un homme plus jeune. Ce rôle avait rendu Gilda furieuse. Elle en parlait comme de la plus grave erreur de sa vie : toutes ses tentatives de créer un personnage crédible avaient été sabotées par l'actrice qui jouait Edith. Le responsable de la distribution avait dit — Gilda avait pris cela comme exemple des choses incroyablement stupides qu'elle avait endurées — qu'il l'avait choisie parce qu'elle avait un visage qui s'oubliait facilement. Ils avaient insisté pour qu'elle portât des lunettes et des chaussures plates.

Il n'y avait plus eu un seul rôle après cela, dans un film en tout cas. Gilda avait dit qu'elle n'avait guère été surprise, après ce que l'actrice et le responsable de la distribution lui avaient fait subir. Les deux étaient d'ailleurs en pleine aventure sentimentale, elle en avait eu la preuve. Elle n'avait jamais travaillé pour la radio et quand on lui avait proposé un rôle dans un feuilleton, elle avait décliné. Gilda n'avait jamais beaucoup parlé de cet épisode. Elle avait laissé entendre qu'elle avait refusé parce que Alan et elle partaient pour le nord de l'Angleterre, où il devait faire les peintures murales d'une vieille chapelle. Alan avait raconté à Stella ce qui s'était véritablement passé.

« Le personnage de la femme était censé avoir eu un accident de voiture qui l'avait laissée avec une jambe plus courte que l'autre. On ne pouvait le *voir*, bien sûr, puisque c'était un feuilleton radiophonique. Mais cela n'a fait qu'empirer les choses pour Gilda. Elle a dit que ce serait très dommageable pour sa carrière, que les gens verraient en elle un monstre, un être difforme. La morale de cette petite fable fut la suivante : le feuilleton en question était le célèbre *Mrs. Dale's Diary*. Nous aurions été à l'abri du besoin pour le restant de nos jours. »

Les choses avaient pris une autre tournure. Alan avait acheté Saint Michael's Farm et pour une raison quelconque l'avait mise au nom de sa femme. Stella ne savait pas pourquoi et elle avait l'impression que ce n'était pas une question à poser. Elle avait supposé que c'était par peur d'une éventuelle faillite. À l'époque, tout comme aujourd'hui, une femme ne pouvait être tenue responsable des dettes de son mari, alors que lui pouvait l'être des siennes.

« Cela allait devenir une source d'ennuis pour nous, a dit Stella. Si la maison ou la moitié de la maison avait été à lui, les choses auraient été plus simples. Voyez-vous, il n'avait que ses droits d'auteur de *Figaro*. Et ces livres n'étaient plus à la mode. Il disait toujours qu'ils n'avaient pas supporté la concurrence d'*Orlando the Marmelade Cat*. J'imagine que le marché des livres pour enfants ne peut pas absorber un nombre indéfini de livres sur les chats. Il a continué à peindre, bien entendu, et il a été contraint de faire... disons, des travaux alimentaires. »

Ce fut bien après, toutefois. Alan a eu ses premiers soucis d'argent en 1961. Un jour, Stella, qui était revenue à la ferme avec Gilda, a assisté à une dispute effroyable entre eux. Elle n'avait pas la moindre idée de leurs dispositions à l'égard des enfants, s'ils en voulaient ou non, Gilda n'en ayant jamais parlé. Mais quelques jours auparavant Marianne était avec elles et Gilda avait parlé à l'enfant, comme elle le faisait souvent, de son avenir d'actrice. Stella n'aimait pas beaucoup ce petit jeu, sa fille n'ayant que huit ans. Ce soir-là, à la ferme, en présence de Stella, Gilda lança brusquement à Alan qu'elle voulait une enfant comme Marianne.

Alan avait répliqué : « Pourquoi devrait-elle être comme la fille de Stella ? Ou peut-être as-tu l'intention d'approcher ce bon vieux Rex ? »

Gilda l'avait conjuré de ne pas être dégoûtant. « C'est ton enfant que je veux.

— Voilà un nouveau départ ! Tu as toujours été effrayée à l'idée d'avoir un bébé.

— Je n'ai jamais dit une chose pareille ! »

Dans le monde de Stella, les couples mariés n'abordaient pas un sujet de ce genre en public ou même devant un ami. Elle s'était donc excusée et avait annoncé qu'elle devait partir. Alan avait proposé de la raccompagner. Cela ne s'était jamais produit auparavant. Quand elle n'avait pas sa voiture, c'était Gilda qui la raccompagnait. L'idée de se retrouver seule avec Alan pendant une demi-heure l'avait remplie de joie. Elle avait bondi.

« Non, Stella, restez assise. J'ai besoin d'un témoin. As-tu, oui ou non, dit que nous ne pouvions pas nous permettre d'avoir des enfants et qu'ils étaient les ennemis de je ne sais quoi ?

— De toute entreprise d'envergure, avait dit Alan. Oui, et des gages de fortune, et tout le reste. Mais seulement parce que tu avais dit que tu ne supportais pas la douleur et que faire des bébés est une épreuve douloureuse. Allons, Stella, partons. Ce ne sont pas des conversations pour vous.

— J'ai dit non. » La voix de Gilda avait gagné plusieurs octaves. « C'est un crime de refuser à une femme son droit à un enfant. Il existe des religions qui permettent à une femme de divorcer à cause de ça.

— Quelle religion ? Celle de Zoroastre ?

— Tout est sujet de plaisanterie pour toi. » Gilda avait commencé à hurler. « Imagine que j'arrête de mettre mon éponge ? Que se passera-t-il ? Je peux avoir un enfant et tu ne m'en empêcheras pas. »

Alan haussa les épaules. « Il y a peut-être un moyen. »

L'allusion à l'éponge — je ne suis pas très sûre de savoir ce que c'est, probablement ce qui a précédé le stérilet — avait rendu Stella écarlate. Gilda venait d'entamer son rôle de la femme furieuse. C'était *The Wife's Story*, à la réplique près.

« Regarde-la rougir. Tu mets tous mes amis mal à l'aise, voilà pourquoi je ne peux pas avoir d'amis. Elle ne reviendra plus ici. Je vais mourir sans enfants et sans amis. C'est tellement injuste. Te rends-tu compte de la chance que tu as d'avoir épousé une femme aussi belle que moi ? Regarde-toi un peu, tu n'es qu'un type ordinaire avec un visage d'enfant. Les gens se retournent dans la rue pour me regarder. N'importe quel type serait fou de moi. Stella, vous ne pensez pas qu'il m'offense en refusant de me faire un enfant ? »

Stella n'avait pas répondu. Elle n'avait pas cessé de penser que Gilda jouait un rôle. Juste un rôle de plus. Elle ne voulait pas d'enfant, c'était bien la dernière femme sur la terre à pouvoir devenir mère, elle avait juste besoin d'une scène, c'était tout.

« Dis quelque chose », avait dit Gilda d'une voix très fabriquée. Puis elle s'était approchée de Stella et s'était penchée vers elle. « Parlez, petite chose. Vous avez bien une opinion ? Vous avez perdu la voix ? »

C'était cette attaque injustifiable, ce qui avait poussé Alan à dire : « Ouvre les yeux, Gilda, d'accord ? Tu as raté le coche. Quarante et un ans, c'est trop tard pour avoir un premier enfant. »

Il avait dû savoir quel effet cela produirait sur elle. Elle n'avait jamais donné son âge véritable et laissait croire qu'elle avait tourné son premier film à l'âge de seize ans. Stella pensait même qu'elle était plus jeune qu'elle, qu'elle n'avait pas plus de trente-cinq ans. Elle n'y avait d'ailleurs pas vraiment pensé et s'en fichait. Mais le charme était rompu. La pose ne tenait plus et la personne réelle était apparue. Gilda s'était mise à hurler en direction d'Alan. Elle avait ramassé un cendrier et l'avait jeté sur lui. Il s'était baissé à temps et le cendrier était allé frapper un miroir qui se brisa.

« On ne peut pas imaginer pire malchance, ai-je dit.

— Quoi, un miroir brisé ? Peut-être. Cela a été une drôle de panique. Elle a jeté d'autres choses, leur carnet d'adresses, un vase. Lui riait. J'avais pensé qu'Alan pouvait rire de tout. Mais j'avais tort à ce moment précis. Il lui a jeté un coussin qu'elle a pris en plein visage. C'était mou et cela ne lui a pas fait mal, mais elle s'est effondrée sur le dos et s'est mise à trépigner et à crier. Je n'avais jamais rien vu de pareil. Je n'avais pas compris à l'époque qu'elle ne pouvait jouer et maintenir une façade qu'en ayant de temps en temps une explosion de ce genre. Elle était comme un volcan qui prend l'apparence d'une montagne mais ne renonce pas pour autant aux éruptions. Les siennes avaient une fonction de soupape qui s'ouvrait quand la dose de frustration ou de malheur était devenue intolérable.

— Qu'est-ce qui la rendait malheureuse ?

— Oh, Genevieve, c'est une question que vous ne devriez jamais poser, à quiconque. Pas mal de gens répondraient qu'être en ce monde, c'est être malheureux. »

Je n'ai rien dit. Je pensais savoir et mes conclusions n'étaient pas celles de Stella.

« Tout était derrière elle. Sa carrière était terminée et elle ne pouvait rien faire d'autre. Elle n'avait pas d'enfants. Chaque jour, elle devenait un peu moins belle, c'était dans l'ordre des choses. J'imagine que l'argent aurait pu constituer une compensation pour quelqu'un comme Gilda, mais elle n'en avait pas. Elle s'ennuyait, ne s'intéressait à rien. Elle n'avait jamais fait la cuisine, ne s'était jamais occupée de sa maison, la ferme était dans un état effroyable. N'est-ce pas incroyable qu'une femme ait pu sortir immaculée, exquise d'une telle saleté ? Mais elle, elle en était capable. Rien d'étonnant à ce qu'elle ait été malheureuse et, oh, elle l'était, elle l'était. »

Alan avait relevé Gilda. Il lui avait donné un peu de cognac. Elle n'avait pas dit un mot de plus et elle gardait la tête enfoncée dans les coussins du canapé. Puis Alan avait raccompagné Stella.

Il y avait environ une trentaine de kilomètres à faire. Ni l'un ni l'autre n'avait parlé. Stella avait pensé combien elle avait attendu ce moment où ils seraient seuls pendant une demi-heure, rien qu'elle et lui. Et maintenant qu'elle se trouvait dans cette situation, elle était muette.

« Mais j'ai eu cette pensée horrible, Genevieve. Naturellement, c'était impossible mais je me disais : pourquoi ne te décides-tu pas à lui dire que tu l'aimes ? Pourquoi ne pas lui avouer : “Je vous aime. Je veux simplement que vous le sachiez. Il n'y a rien à faire mais je veux simplement que vous sachiez que je vous aime."

— Vous l'avez dit ?

— Non, je ne pouvais pas. Mais au moment où j'y pensais, il m'a *demandé*.

— Demandé quoi ? »

Elle a baissé les yeux vers ses mains qui étaient posées sur ses genoux. « Richard va arriver d'une minute à l'autre, vous savez. » C'était de nouveau un de ses changements de sujet de conversation inopinés. Elle a levé les mains et les a tendues vers moi.

« Vous avez cessé de mettre du vernis à ongles, Stella. Voudriez-vous que je le fasse pour vous ?

— Non, merci. Je ne trouve plus cela très joli sur mes vieilles mains. Vous savez ce que m'a dit Rex un jour ? Il a dit que se peindre les ongles était une tradition qui venait du harem. Les femmes peignaient leurs ongles en rouge pour montrer au sultan, vous savez, leur seigneur et maître, qu'elles avaient leurs règles et qu'elles n'étaient pas disponibles. Je ne sais si c'est vrai, mais j'avais cessé de vernir les miens pendant des années. » Elle est revenue à Alan comme s'il n'y avait pas eu la moindre discontinuité dans son récit. « Alan a demandé : "Êtes-vous amoureuse de moi, Stella ?" C'était une drôle de façon de s'y prendre, n'est-ce pas ? J'ai rougi, j'étais horrifiée. J'ai commencé par lui demander ce qui avait pu lui faire penser une chose pareille et puis, j'ai compris que cela ne rimait à rien. Il était trop tard pour faire semblant. Aussi ai-je répondu : "Oui, je le suis." Alan a ajouté : "Quel soulagement. Je pensais bien que vous l'étiez." »

Il ne s'était pas comporté comme les hommes qu'elle avait connus, et en même temps il était toujours comme le garçon qu'elle avait connu. Plus elle était avec lui, plus elle sentait à quel point il avait peu changé. Il avait dit : « Je suis très amoureux de vous et je le suis depuis très longtemps. J'imagine que je l'étais déjà quand nous étions ensemble à l'école, mais on n'est pas censé être amoureux à quatorze ans.

— Juliette l'était de Roméo, avait dit Stella.

— C'est une preuve irréfutable, avait-il rétorqué. J'avais pensé que cela se dissiperait, mais ce n'est pas le cas. Il est temps de faire une déclaration. »

Il n'avait pas arrêté la voiture, il ne s'était pas rangé sur le bas-côté. Il avait continué à rouler et, nécessairement, à ne pas la regarder.

« Nous avons deux possibilités, avait-il proposé. Nous pouvons ne plus jamais nous revoir et essayer d'arranger les choses avec Rex et Gilda. Ce qui ne serait pas bien difficile, sans doute. Je ne crois pas qu'ils aient beaucoup d'estime pour eux-mêmes. Ou bien nous pouvons devenir amants. Je préfère nettement la deuxième solution. Et vous ?

— Oui.

— Oui à la deuxième possibilité ? »

Stella avait répondu oui de nouveau, mais d'une voix beaucoup plus décidée.

« Bien. Je suis désolé d'avoir traité cela comme une affaire. C'est parce que nous n'avons que dix minutes. Dès que j'aurai un peu plus de temps, je vous dirai tout ce qu'il y a au fond de mon cœur. »

Stella est restée silencieuse pendant un moment. Elle regardait vers la porte et semblait écouter. Puis elle a repris : « J'ai été très heureuse ce soir-là. J'ai été heureuse pendant longtemps. J'avais confiance en Alan, voyez-vous, et j'avais raison de lui faire confiance. Nous nous sommes retrouvés peu de temps après et il m'a effectivement dit ce qu'il avait au fond de son cœur. Mais nous n'avions nulle part où aller pour être seuls. Il s'arrangeait de temps en temps pour venir me voir dans l'après-midi quand j'étais seule. Mais c'était rare. J'étais heureuse pourtant. Bien entendu, je me sentais coupable et honteuse vis-à-vis de Gilda. Et comme je m'étais débrouillée pour la voir de moins en moins, je voyais Alan de moins en moins aussi. »

Quelqu'un a tourné la poignée de la porte et Stella a levé les yeux. « C'est Richard ? » Je suis allée jusqu'à la porte mais il n'y avait personne, à part Lena à l'autre bout du couloir. « Rex s'était quelque peu brouillé avec Charmian. Je ne sais de quoi il s'était agi, mais je suppose qu'elle avait dû le presser de me quitter, maintenant que Marianne était grande, et il avait refusé. En tout cas, il est revenu vers moi. Cela s'était déjà produit, ces retours au bercail. Ils n'avaient jamais duré.

— Mais vous le laissiez revenir ? »

Elle a soupiré. « J'étais sa femme, Genevieve. C'est différent pour vous. Ce n'était pas la même chose à cette époque-là. Rex m'entretenait, m'avait donné une maison, je n'aime pas parler de ces choses, mais c'est lui qui gagnait l'argent du ménage, tout était à lui. Je ne pouvais pas lui dire non, cela n'aurait pas été correct. Il est revenu vers moi et c'est à ce moment-là qu'il m'a offert cette bague, l'anneau de diamants. »

Elle a tendu la main droite. J'étais un peu gênée. Ça m'avait tout l'air d'une transaction financière : couche avec moi et voici deux mille livres de bijoux.

« L'année suivante, Richard est né. »

La porte s'ouvrit et Richard fit son entrée. « Mes oreilles sifflent », a-t-il dit. Il s'est approché de Stella et l'a embrassée. « Tu disais que j'étais né. Quoi d'autre ? »

Il souriait. Il n'avait rien entendu, mais Stella avait pâli. « Oh, chéri, rien du tout, rien du tout. Sais-tu que tu as exactement le même âge que Genevieve ?

— Exactement ?

— Eh bien, ton anniversaire est le 12 avril et celui de Genevieve le 24.

— Je savais que j'étais plus vieux. »

Stella a une mémoire phénoménale pour les dates d'anniversaire. Elle peut tout oublier sauf votre date d'anniversaire. Je suis prête à parier qu'elle connaît celles de Maud, d'Arthur et de Lena aussi bien que la mienne. Je me suis levée pour partir, mais Stella m'a retenue par la main un instant.

« Rex avait longtemps attendu un garçon. Il était tellement fier de Richard.

— Mère », a dit Richard, mais bien plus gentiment que je ne le dis à maman.

III

12

LE SIFFLEMENT m'a fait sursauter, à cause de sa tonalité inconnue, de sa stridence, mais surtout parce qu'il faisait nuit. Je n'avais pas vu les phares, j'étais dans l'escalier. J'ai ouvert la porte d'entrée et Ned était là, à un mètre de moi, puis dans mes bras. Il avait sifflé, m'a-t-il dit, parce qu'il était heureux. Fais trois fois le tour de la maison dans le sens des aiguilles d'une montre pour conjurer le sort, lui ai-je demandé. Mais il m'a ri au nez et il ne l'a pas fait.

La peur de cet acte ou de ce qu'il pourrait avoir provoqué s'est installée en moi. Pendant que nous étions au lit, le seul endroit un peu chaud de la maison, j'ai oublié le sifflement, j'ai tout oublié. Mais je m'en suis souvenue plus tard. Parfois je me dis que toutes ces précautions prises par maman et ma grand-mère sont ridicules et ne peuvent pas s'appliquer à quelqu'un comme moi, jeune, vivant à la fin du XXe siècle. Et puis je m'aperçois que la mort frappe à la suite d'un sifflement dans les oreilles, qu'une personne, qui a cassé une branche de frêne ou salé le plat de quelqu'un d'autre, est soudain en danger. Je n'ai pas le courage d'abandonner ces croyances, particulièrement dans un monde qui devient si dur. Les choses peuvent mal tourner et je vais regarder en arrière pour comprendre comment elles auraient pu être évitées si on avait touché du bois ou placé une pièce de monnaie tordue sous un oreiller.

Aussi ai-je attendu pour constater les effets du sifflement de Ned dans la nuit et ça n'a pas traîné. Pour commencer, Philippa a eu la grippe. Le virus était dans l'air, Shirley Foster l'avait attrapée, ainsi que toute la famille Baleham. Et Katie, la fille de Philippa, l'avait rapportée de l'école. Elle a commencé à se sentir mal le jeudi soir et le vendredi était mon jour de congé. Ses enfants étaient en vacances, aussi suis-je allée les chercher pour les ramener chez moi. Mais d'abord, j'ai transporté la télévision dans sa chambre et quand je suis revenue vers cinq heures, avec Katie et Nicola, Philippa était en train de regarder *The End of Edith Thompson*, film en noir et blanc de 1954, avec Joyce Redman dans le rôle d'Edith Thompson et Gilda Brent dans le rôle de la gardienne de prison.

J'ai préparé le thé pour les filles en bas, sorti du congélateur un plat préparé pour Steve et suis retournée voir Philippa.

« C'est bien ? »

Philippa n'a pas quitté la télévision des yeux. « Ils vont la pendre dans une minute. »

À l'écran, on voyait Gilda Brent et Joyce Redman assises dans la cellule d'Edith Thompson. Gilda tenait la main de Joyce. Portant des lunettes et les cheveux ramassés sous une casquette, Gilda avait l'air inquiétant qu'elle était censée avoir, celui d'une femme ordinaire sans beaucoup de personnalité. Elle n'aurait pas pu être laide, ses traits réguliers excluaient cette éventualité, mais il n'était pas difficile d'en faire quelqu'un que l'on oublierait. Même si elle était bien plus jolie que Joyce Redman, c'était le visage de celle-ci qui continuerait à hanter le spectateur, tandis que celui de Gilda s'effacerait aussitôt la télévision éteinte. Dès qu'Edith Thompson fut conduite vers le gibet et que le générique de fin a commencé à défiler, Philippa a éteint le poste, puis elle a placé la télécommande sous son oreiller.

« Je crois que ça m'a rendue encore plus malade. Pourrais-tu m'apporter un autre pichet d'eau, Jenny ? Je suis censée boire beaucoup. On a dit qu'Edith et son petit ami avaient prémédité le meurtre de son mari, mais qu'Edith n'avait rien fait. C'était le petit ami qui l'avait poignardé. Edith n'avait fait qu'écrire des lettres dans lesquelles elle parlait de mettre du verre pilé dans les aliments de son mari.

— Je vais te chercher de l'eau. »

Quand je suis revenue, elle s'était allongée. « Ils l'ont pendue à cause de ça. Ça n'arriverait plus de nos jours, non ? On la mettrait en liberté surveillée ou on l'enverrait en vacances dans un parc d'attractions. Tu t'imagines en train de comploter avec un homme pour tuer Mike ?

— Non. Non, je ne peux pas.

— Tu crois vraiment que les gens, les amants, préparent l'assassinat de leur mari ou de leur femme ? »

J'ai dit que je ne savais pas. J'étais mal à l'aise d'en parler, comme si je m'étais sentie coupable, comme si on m'avait rappelé des événements que je voulais oublier. Je lui ai dit que je reviendrais le lendemain matin et que je lui ferais ses courses si elle le voulait. Mais elle a répondu qu'on serait samedi et Steve serait donc à la maison. Et Mike aussi.

Il a travaillé à la construction du jardin d'hiver pendant toute la soirée du vendredi. Le permis de construire avait été accordé et il était très excité. J'ai été frappée de constater qu'il n'y avait pas beaucoup de différence entre l'excitation que lui procurait l'autorisation de construire une serre de quatre mètres sur quatre et celle que me procurait un rendez-vous avec Ned. Peut-être faudrait-il même préciser qu'il a semblé plus heureux à l'idée de construire le jardin d'hiver qu'il ne l'a été pendant toute notre lune de miel. Il sifflait en travaillant. Il a chanté. Il a fini par ne plus savoir quoi chanter, alors il a allumé la radio.

Après qu'il a eu travaillé de six heures du soir le vendredi à six heures du soir le lendemain, avec une interruption de six heures pour dormir et une autre d'une demi-heure pour dîner, j'ai suggéré d'aller prendre un verre au *Legion*. Il ne voulait pas, il aurait préféré travailler jusqu'à onze heures, mais il a fini par accepter, seulement pour m'éviter d'y aller seule. Mike n'a que trente-trois ans, mais il considère que les femmes ne devraient pas aller seules au pub, même si le pub en question est tenu par leur mère. Il dit que ça n'est pas très élégant, ce qui est un mot de son père, et de son grand-père avant lui.

La première personne que j'ai vue en entrant était Jane Saraman, ou Beaumont devrais-je dire. Que votre cœur cesse de battre quand vous voyez votre amant, c'est une chose. Mais quand vous voyez sa femme ? J'ai dû me dire qu'il était là aussi. Mais ce n'était pas le cas.

« Ned est en tournage à Cambridge, m'a-t-elle dit comme si je lui avais posé la question. Je suis venue avec Hannah et ma mère. »

Ce n'est peut-être pas très élégant, mais quand je suis dans un pub, j'offre à boire comme tout le monde. Pourquoi pas ? Je gagne ma vie. Je peux me débrouiller toute seule. De plus, Mike n'allait certainement rien offrir à Jane, je pouvais le voir à l'air maussade qu'il avait pris dès qu'il l'avait aperçue.

« Merci. Je vais prendre un Perrier avec de la glace et une rondelle de citron. »

Ça me sidère, les gens qui vont dans les pubs pour boire de l'eau. Len était derrière le bar, racontant à tout le monde que maman était terrassée par la grippe et répétant une stupide plaisanterie, selon laquelle elle était dans les bras de son ami-Crobe. J'ai pris un verre de vin blanc pour moi, une demi-pinte pour Mike et l'eau gazeuse de Jane. Mike a regardé son verre comme si j'avais posé une bouteille de champagne devant lui, clignant des yeux et reculant la tête pour mieux l'observer. Il a fait un clin d'œil à Ken Foster et lui a dit que l'épouse devait être pleine aux as et qu'il fallait en profiter. J'ai demandé à Jane comment allait Hannah.

« Pas si mal. »

Elle a haussé les sourcils. Je me suis souvenue, un peu tard, que les seules informations que j'étais censée avoir de l'état d'Hannah provenaient de bribes de conversations. J'ai essayé de me rattraper, tout en me disant que c'était le prix à payer pour le mensonge, que c'étaient les humiliations qui mettent dans le même sac le coupable et l'innocent.

« J'espérais qu'elle irait mieux », ai-je dit, sachant fort bien que ce n'était pas le cas.

Elle m'a répondu sèchement. « C'est la pollution qui provoque ça. » Sans doute mon sentiment de culpabilité m'a-t-il fait entendre une note de reproche, ou même un double sens. « Elle va mieux à la campagne. » Jane est du genre à vous sourire tout en gardant un regard complètement vide. « J'ai envie de trouver un endroit pour nous où le climat soit un peu plus clément, dans le sud de la France peut-être. En tout cas, nous partons d'ici le mois prochain. Le bail arrive à terme et nous ne le renouvellerons pas. »

Ned ne me l'avait pas dit. Je me suis souvenue tout à coup très nettement de son sifflement dans la nuit, de son refus de conjurer le sort. Les effets s'en faisaient-ils déjà sentir ?

Je flageolais, j'aurais voulu m'asseoir et il n'y avait pas la moindre place libre. C'était lamentable mais j'avais besoin d'être réconfortée, rassurée par elle. Un ennui affiché avait succédé à son froid sourire. Puis, soudain, j'ai tout compris. Il était en train de mettre les choses en ordre, parce qu'il avait senti le changement en moi, mon rapprochement vers son point de vue initial, vers son désir de vivre avec moi.

« Je crois voir les gens avec qui j'avais rendez-vous », a-t-elle dit en désignant le couple de l'université que Ned avait décrit comme leurs amis. Elle a posé son verre sur une table voisine. « Merci pour le verre. »

Une fois qu'elle fut partie, je me suis demandé s'il allait m'en parler. Peut-être que non. Peut-être attendait-il de voir ce que j'allais faire et, pendant ce temps-là, il se débarrassait de ce qui lui était inutile, la maison par exemple. Il achèterait une maison quelque part en France pour Jane et Hannah. Et Hannah irait mieux. Elle aurait besoin de son père, mais non plus comme un enfant malade en a besoin. Je n'ai pas cessé de me retourner pour regarder Jane. Elle parlait et riait avec le type de l'université d'une manière que je n'avais jamais remarquée auparavant. L'autre femme était assise à côté, calme et silencieuse. Est-ce que je délirais en pensant que Jane pouvait avoir une aventure avec cet homme ? Après tout, la femme qui l'accompagnait n'était peut-être ni sa femme ni sa compagne. Simplement sa sœur ou une amie.

Maman dit toujours qu'une femme qui a une aventure avec un homme marié fait toujours ça, elle essaie toujours de se convaincre que l'épouse est infidèle. On se sent moins coupable, si ce qui s'applique à l'un peut s'appliquer à l'autre.

« Vous en ai-je trop dit, Genevieve ? » a dit Stella.

C'était la semaine suivante et nous étions assises dans le salon. J'ai levé les yeux vers elle et j'ai demandé pourquoi elle me posait cette question. Elle pouvait me faire confiance, je n'en parlerais à personne. Elle a hoché la tête et esquissé un sourire. C'était une journée douce, les fenêtres subissaient la poussée du vent d'ouest et nous l'observions en train d'arracher les dernières feuilles jaunes des marronniers. Les pelouses étaient couvertes d'un profond tapis de feuilles mortes. Le jardinier, dont Stella se plaignait parce qu'il l'appelait par son prénom, coupait dans les parterres des plantes noircies par la première gelée de l'hiver.

« J'ai eu quelques moments difficiles en pensant que je vous en avais trop dit. Vous avez dû être... eh bien, pas choquée mais... étonnée, n'est-ce pas, Genevieve ?

— Je suis mariée. J'ai une aventure avec un homme marié. J'avais plutôt l'impression que c'était *moi* qui vous en avais trop dit. »

Ça ne l'intéressait pas. Peut-être avait-elle oublié. « Si cela peut vous consoler, le fait de pouvoir vous parler a été un grand soulagement. Voyez-vous, je ne peux me confier à personne d'autre. Vous écoutez très bien, le saviez-vous ? »

Je lui ai dit que j'avais vu *The End of Edith Thompson* à la télévision, une partie au moins, et elle m'a dévisagée intensément. Puis elle s'est emparée de ma main et l'a gardée dans la sienne.

« Je crois que c'est assez classique, a-t-elle dit, un couple qui complote l'assassinat de l'épouse de l'homme ou du mari de la femme. Les journaux sont toujours pleins de ces histoires.

— Vraiment ? »

Elle a soupiré. « Sans doute pas plus que des autres... histoires sordides. Nous ne remarquons que les choses qui sont proches de nos propres préoccupations, vous ne pensez pas ? »

J'ai hoché la tête. Je pouvais bien admettre ça. Les histoires d'amour captaient mon attention maintenant que je vivais une aventure sentimentale, tout comme les bagues de fiançailles au moment de mes fiançailles ou les annonces immobilières au moment où nous allions emménager dans notre maison. Mais le cas d'Edith Thompson hantait-il aussi l'esprit de Stella ?

Elle a rapidement changé de sujet de conversation.

« Richard n'avait que neuf mois lorsque mon père est mort, et vous n'aviez pas plus de neuf mois vous non plus, Genevieve. » Elle a souri parce qu'elle était fière de sa mémoire. « Vous venez de perdre votre père et je suis sûre que cela vous a profondément affectée. Vous aviez l'habitude de le voir, même s'il ne vivait plus avec vous. Quant à moi, une fois que j'ai eu quitté le domicile familial, je n'ai jamais revu mon père — pas plus d'une ou deux fois, en tout cas. Il n'a jamais vu mon bébé. Il connaissait à peine Rex. Il n'était venu qu'une fois chez nous, cinq ans auparavant, et n'avait même pas passé la nuit à la maison. Mais il m'a légué la sienne.

« J'étais mariée à un avoué et je connaissais un peu les histoires de testaments, mais il ne m'était jamais venu à l'esprit que mon père ferait une chose pareille. J'ai reçu une lettre d'un notaire de Londres. J'ai eu la chance qu'elle arrivât un samedi matin et que Rex fût encore au lit. Naturellement, j'étais toujours réveillée des heures avant l'arrivée du courrier. Richard était un beau bébé plein de santé et il ne me laissait jamais dormir après six heures le matin. Oh, Genevieve, je ne sais pas encore aujourd'hui ce qui m'a pris ce matin-là, mais je me suis dit : "Pourquoi diable en parlerais-tu à Rex ? Il ne posera pas de questions, il ne lui viendra pas à l'idée de demander", et j'ai gardé cette histoire pour moi. Et je m'y suis tenue.

— Vous n'avez donc pas dit à votre mari que votre père vous avait laissé sa maison ?

— Non. Jamais.

— Mais pourquoi ? Dans quel but ? »

Elle m'a jeté un regard un peu oblique. Elle a eu l'air, pendant une seconde, moins vieille et moins malade. « C'était un endroit à moi, n'est-ce pas ? Je n'avais rien à moi. C'était mon indépendance. »

J'ai hoché la tête, même si je trouvais ça très étrange.

« Cela ne pourrait pas arriver aujourd'hui, avec les gens qui utilisent le téléphone sans arrêt. Je veux dire que ces notaires et les agents immobiliers ensuite auraient téléphoné et si Rex avait été à la maison, il aurait répondu et découvert le pot aux roses. Mais à l'époque, un appel de Londres à Bury était considéré longue distance, réservé aux urgences. Les gens écrivaient.

— Vous avez réussi à préserver le secret ?

— Avec tout le monde, sauf Alan. Je le lui ai dit. Il adorait les secrets. »

Son aventure avec Alan Tyzark avait été interrompue pendant sa grossesse et bien après la naissance de Richard. Mais il était toujours là, une présence constante dans sa vie, et ils se rencontraient souvent pour une heure ou deux. Il l'appelait et passait la chercher pour une promenade en voiture avec les enfants. Ils n'osaient pas s'embrasser en présence de Marianne qui était vigilante. Puis, quand Richard eut un an, à l'époque où Stella négociait secrètement la vente de la maison,

Rex avait déclaré qu'il était temps d'avoir quelqu'un en permanence à la maison. Stella allait avoir une jeune fille au pair et Rex s'était chargé de la trouver. Elle était danoise, adorait les enfants et voulait perfectionner son anglais. Avoir une jeune fille au pair commençait à être à la mode. Dans l'univers de Stella, cela permettait de résoudre le problème de la domesticité. Mais au départ, elle avait été très réticente à l'idée d'avoir Maret.

Ce devait être un stratagème de la part de Rex pour avoir une jeune fille avec qui coucher. C'était ce qu'elle pensait de lui : un homme avide d'aventures et traquant les femmes. Et le fait que Maret ait été petite, brune et pas jolie, le contraire de l'idée que se faisait Stella d'une Danoise de dix-neuf ans, n'avait pas apaisé ses soupçons, tout au moins au début.

« Mais c'était sa culpabilité à mon égard qui l'avait poussé à engager Maret. C'était une compensation de son infidélité. Et c'est alors que j'ai compris quelque chose que je n'avais jamais complètement saisi auparavant, Genevieve. Ce n'était pas un séducteur. Il était tout à fait monogame, simplement sa fidélité ne s'exerçait pas à l'égard de sa femme, mais à l'égard de Charmian. Il était retourné vers elle, et ils étaient de nouveau ensemble avant même l'arrivée de Maret. Ce nouvel épisode m'a en quelque sorte endurcie. Vous voyez ce que je veux dire ? J'aurais supporté une succession de jeunes filles sans importance mais pas cette vieille femme qui était tout pour lui. Je crois que c'est à ce moment-là que j'ai perdu toute affection pour Rex.

— Pourquoi êtes-vous restée ? »

Elle a répété ce qu'elle avait déjà dit. « Ce n'était pas comme aujourd'hui. Si j'avais essayé de divorcer, il aurait fallu que je prouve l'adultère et je ne crois pas que j'aurais pu. Il m'aurait fallu engager des détectives privés et à l'époque un homme de soixante-quatre ans rendant visite à une femme de soixante ans, une vieille amie, n'aurait pas constitué une preuve. Et puis il y avait mon propre adultère. Cela ne m'aurait guère aidée, au contraire, cela aurait été pire. Et j'avais les enfants. Ce n'était pas comme aujourd'hui. Rex aurait pu se retourner contre moi, demander le divorce et obtenir la garde des enfants. J'ai eu peur d'essayer, Genevieve. Je voulais simplement ma petite indépendance et la possibilité d'être avec Alan. Maret a été d'un grand secours pour cela, mais nous n'avions toujours pas d'endroit où nous retrouver. »

La maison de son père avait été vendue à la fin de cet été-là et la somme qu'elle en avait retirée s'élevait à environ cinq mille livres, une fois les taxes et l'agent immobilier payés. Elle avait ouvert un compte en banque. Elle avait son propre chéquier, ce qui lui donnait l'impression d'être riche. Au début, elle n'avait pas su quoi faire de l'argent. Pourquoi en faire quoi que ce soit ? Le moment viendrait où un projet se dessinerait de soi-même.

Avec la présence de Maret et celle de Richard, encore trop petit pour aller à la maternelle, Stella ne pouvait pas se permettre de faire venir Alan chez elle. Une fois ou deux, il l'avait emmenée dans un hôtel. Mais elle avait trouvé que c'était embarrassant, gênant, difficile. Ils avaient dû prétendre être mariés et rester pour la nuit, et payer d'avance. En plus, Alan n'avait pas les moyens de payer des hôtels. Ils étaient amoureux, ils étaient aussi proches que peuvent l'être des amants, mais elle n'aurait jamais osé proposer de payer la note d'hôtel.

Un jour, en revenant d'un motel vers Bury, elle avait vu une maison avec une pancarte À VENDRE. Elle était sur la grande route, laide, exposée aux vents qui balayaient la région du Breckland, mais cela lui avait donné une idée.

Elle avait dit à Alan : « Je vais acheter une maison pour nous.

— Comme ça ? avait-il répondu en ajoutant : Et quand ?

— Avant l'hiver. Quand nous en aurons trouvé une qui nous plaise.

— Le plus tôt sera le mieux. »

La maison devait se situer à mi-chemin de Bury et de Tivetshall Saint Michael, facilement accessible pour eux deux, dans un endroit un peu retiré, être isolée, vieille mais pas antique, pas trop grande et pas trop chère. Ils avaient discuté sans fin des qualités requises : un garage pour cacher la voiture aux regards des passants, un petit jardin, un toit en tuiles et pas en chaume, pas de voisins, une grande chambre à coucher avec une vue.

Par miracle, Gilda s'apprêtait à partir deux semaines avec une amie dans le sud de la France. Stella et Alan s'étaient mis à la recherche d'une maison et, avant même le retour de

Gilda, ils avaient trouvé Moluques, la maison de pierres grises et au toit de tuiles rouges.

J'ai raccompagné Stella jusqu'à sa chambre. Il aurait été plus facile de la porter. Je suis sûre que j'en serais capable, elle est tellement légère. Elle s'est assise dans son fauteuil et a posé les pieds sur un tabouret.

« J'étais tellement heureuse à ce moment-là, Genevieve. » Elle avait une voix douce et un peu ensommeillée. « Pour la première fois de ma vie, tout allait bien pour moi. J'étais amoureuse d'Alan depuis quatre ans, mais j'avais l'impression de retomber amoureuse de lui. Cette fois, de façon plus profonde, plus intense. J'avais quarante et un ans et ce n'était pas comme aujourd'hui : vous étiez déjà âgée à quarante ans. Mais Alan me faisait du bien. Je n'avais jamais vraiment éprouvé du plaisir... Je ne sais pas comment dire cela...

— Vous voulez dire sexuellement ?

— Oui, sexuellement. » Stella a fermé les yeux. Elle ne voulait pas croiser mon regard. « Je n'avais jamais éprouvé de plaisir avec Rex et je n'imaginais pas ce que cela pouvait être. Si vous n'aimez pas faire une chose, vous n'imaginez pas la refaire et l'apprécier, n'est-ce pas ?

— Comme repasser avec le dernier-né des fers à vapeur », ai-je dit. Je déteste repasser.

Elle a esquissé un sourire. « Mais vous pourriez me dire : comment se fait-il que vous ayez voulu... faire l'amour avec Alan, si vous n'aimiez pas faire l'amour ? Je n'ai pas de réponse, Genevieve. Mais je suis sûre que je ne suis pas la première femme, privée de plaisir, qui se soit dit qu'elle en aurait avec un homme qu'elle aimerait vraiment. Et la première fois... la première fois avec Alan... ce fut tout à fait différent. » Elle m'a regardée. « Je suis désolée, c'est très gênant de parler de ces choses-là. Je voulais simplement vous faire sentir que je l'aimais vraiment, que je l'aimais de toutes les façons possibles. Et quand nous avons eu une maison où aller, cela a été merveilleux. C'était très romantique.

« J'y allais en début de soirée. Maret s'occupait des enfants à la maison. Quant à Rex, lui et moi vivions désormais des vies séparées. Il ne me demandait pas où j'avais été quand je n'étais pas à la maison. Et moi, je savais parfaitement où il allait, donc je n'avais pas besoin de demander. Il savait probablement pour Alan, ou du moins savait-il qu'il y avait quelqu'un, mais il s'en fichait.

« J'étais fière de ma maison. Elle était à moi, vous comprenez. Vous avez vu l'acte, à mon nom. C'était très important pour moi. Je me suis tellement amusée à la meubler. Alan et moi n'avions pas beaucoup d'argent, mais on trouvait des affaires incroyables chez les antiquaires et dans les ventes à l'époque. Il avait les originaux de ses dessins pour les livres d'enfants. Nous les avons fait encadrer et accrochés sur les murs. La maison était toujours remplie de fleurs. Je m'occupais du ménage moi-même, il le fallait bien. C'est le seul endroit que j'aie jamais aimé nettoyer.

« En attendant Alan, je m'habillais. Je mettais une belle robe, des bijoux, j'arrangeais mes cheveux. Il me fallait une heure pour me maquiller et me faire les ongles. » Elle a regardé au loin. « Et tout ce travail serait défait, ruiné quand il arriverait à la maison et que nous... nous embrasserions et ferions l'amour. » Un petit rire et un de ces changements de sujet de conversation dont elle a le secret. « Les gens ne buvaient pas de vin comme aujourd'hui, il était réservé aux repas, mais j'avais du gin et du tonic, du vermouth et du sherry. Je cuisinais souvent. J'avais l'habitude de guetter la voiture d'Alan depuis la fenêtre de la chambre, de l'attendre, au point d'en être malade, s'il lui arrivait d'avoir cinq minutes de retard. Oh, Genevieve, vous vous rendez compte ? »

Que trop. À part la différence de température et des boissons, il ne semblait pas qu'il y ait eu beaucoup de changement entre son histoire et la mienne.

« C'était merveilleux d'avoir un endroit où aller et... un lit à nous. Vous pourriez dire, j'imagine, que nous avons joué à la poupée. À la poupée et son mari. Un soir, nous étions en train de boire un verre, je portais une robe un peu habillée et il était, pour une raison qui m'échappe, en costume. Nous étions assis devant la table dressée, le dîner cuisait, et c'était comme si nous avions attendu des amis pour passer à table. Il avait dit : "C'est la répétition en costumes de notre vie de couple marié."

— Vous aviez l'intention de vous marier à ce moment-là ? »

Elle n'a pas répondu et s'est contentée de me prendre la main. Depuis la fois où elle m'avait prise dans ses bras, nous nous embrassions quand j'arrivais chaque matin et quand je partais l'après-midi. Chaque fois, le corps que je serrais était un peu plus fragile, un peu plus semblable à celui d'un oiseau. Son cœur battait un peu plus rapidement aussi. J'avais l'habitude d'attendre son initiative, mais à présent je l'embrasse sans hésitation et quand elle est dans mes bras, je la serre en espérant lui communiquer ainsi mon amour. En l'embrassant, j'ai senti que sa joue était brûlante, comme si elle avait rougi de ce que j'avais dit.

Ned a appelé peu de temps après mon retour à la maison. Il était très désinvolte à propos de l'abandon de Rowans, ça ne paraissait pas avoir beaucoup d'importance pour lui. De toute façon, ils n'avaient jamais pensé y rester plus d'un an. Quel était le problème ? J'ai répondu qu'il n'y avait pas de problème, que ça valait même mieux : nous n'aurions plus à nous croiser au pub ou à l'épicerie.

Cette conversation l'a agacé. « Quand puis-je te voir ?

— Demain, si tu veux.

— Bien sûr que je veux. C'est la seule chose que je veuille dans ce monde indésirable. »

Un amant ne saurait mieux dire.

Cette nuit-là, pendant que Mike installait les montants de la serre, le plateau de son repas posé sur les caisses d'emballage, je me suis assise, munie d'un verre de vin, avec l'intention d'apprendre quelque chose sur l'art moderne dans l'encyclopédie. Mais je n'ai guère progressé. J'ai eu une conversation avec moi-même à la place. C'était comme si deux personnes dans ma tête avaient pesé le pour et le contre. J'étais tellement jeune quand je me suis mariée que je n'avais jamais pensé au mariage, ni envisagé sa permanence et son caractère sacré, ou encore moins sa dissolution quand les époux n'avaient plus rien à se dire. Une des voix me disait de faire durer les choses, l'autre de faire cesser une situation où il n'y avait plus rien en commun et pas d'enfants.

Et puis les deux voix ont parlé de Ned, de Jane et d'Hannah. L'une disait qu'une femme responsable ne se pardonnerait jamais d'avoir brisé une famille et enlevé un père à sa fille ; l'autre que les gens faisaient cela tout le temps, que c'était tout à fait normal. Même ici, dans un village à la campagne, les gens faisaient ça tout le temps. Mon père l'avait fait et ma mère l'avait fait deux fois. Les temps avaient changé depuis que Rex Newland et Stella avaient choisi de faire durer la vacuité de leur mariage à tout prix, multipliant les rendez-vous secrets, jusqu'à ce que l'amour ait même disparu. Philippa m'a dit que moins de la moitié des enfants de la classe de Katie vivent encore avec leur père et leur mère. Et puis j'ai pensé à l'éventualité d'avoir un enfant de Ned. L'année prochaine, à la même époque, je pourrais être la mère d'un enfant de Ned.

La première voix a dit : Hannah n'a que cinq ans, elle est trop jeune pour comprendre, elle réclamera son père et Jane ne pourra rien lui expliquer. Mais elle viendra nous rendre visite, a dit l'autre voix, elle passera les week-ends avec nous, et elle finira peut-être par t'aimer. Ou peut-être te détestera-t-elle et retournera son père contre toi. Je me suis servi un deuxième verre de vin et j'ai pensé à ma vie avec Ned, dormir avec lui toute la nuit, me réveiller près de lui.

Pendant tout ce temps passé à réfléchir et à débattre, des coups de marteau réguliers parvenaient à mes oreilles depuis la pièce du fond. J'avais fermé la porte parce qu'il n'y avait plus rien pour séparer la salle à manger du jardin une fois les fenêtres déposées, si ce n'est le squelette de la serre. C'était une nuit douce et humide, et l'obscurité brumeuse jointe aux coups de marteau créait une atmosphère sinistre. Quand il aura terminé, s'il n'y a pas de chantier à Londres ou à Norwich, il se lancera dans autre chose. Il refera peut-être la cuisine — ça ne fera que la troisième fois depuis que nous sommes mariés — ou réunira les deux chambres d'en bas en une seule, ou bien construira un garage au fond du jardin. Ce n'est pas le travail qui manque pour les trente ans à venir. Et quand il aura soixante-cinq ans et qu'il prendra sa retraite, il me regardera — si je suis encore là — et me dira que nous déménageons à Crowe dans un bungalow, en ruine de préférence, pour pouvoir le détruire et le reconstruire.

J'ai pris mon verre de vin et je me suis dirigée vers ce qui était la salle à manger. L'homme sur l'escabeau, marteau à la main, semblait ne rien avoir en commun avec moi, un ouvrier au travail, faisant des heures supplémentaires. Un brouillard épais avait envahi le jardin. Un pile de bois coupé s'en détachait légèrement : montants des fenêtres, restes de l'abri, morceau de la barrière. Il était dix heures et quart à ma montre.

« Tu en as encore pour longtemps ? »

Il n'a pas cessé de donner des coups de marteau. Il avait une demi-douzaine de clous entre les lèvres. « Une demi-heure à peu près. Va te coucher.

— Nous pouvons parler, Mike ? »

Il a laissé tomber les clous dans sa main. « Je sais que tu es perturbée par la mort de ton père. C'est normal, le temps va arranger ça.

— Pas aussi perturbée que je devrais l'être. Ce n'est pas ça. Nous pouvons parler ?

— Ce n'est pas ce que nous sommes en train de faire ?

— Je veux dire, avoir une conversation. Je veux avoir une conversation sérieuse. »

Les coups de marteau ont cessé et il s'est tourné vers moi avec un air très contrarié, le visage empourpré.

« Tu sais, Jenny, j'ai travaillé toute la journée et quand je rentre à la maison, il faut que je me mette à ça, sans transition. Je suis fatigué. Tu t'en rends compte ? »

Nous n'avons jamais eu une conversation sérieuse depuis que nous sommes mariés, mais je ne m'en étais pas encore aperçue.

Je suis montée. Nous dormons sur la façade, mais la salle de bains est derrière et j'étais en train de me laver les dents quand la fenêtre embuée s'est éclairée d'une lueur jaune. Je suis allée dans la chambre du fond et j'ai regardé par la fenêtre. Mike avait mis le feu à la pile de bois. À cause de l'humidité, il avait versé de la paraffine et le feu crépitait, projetant des escarbilles dans l'air humide, qui faisaient penser aux fusées de la fête de Guy Fawkes[1].

Quand on allume un feu, il faut penser aux toits de chaume dans le village. Mais il a trop plu ces derniers temps pour se faire du souci. Les flammes montaient haut et il y avait déjà une lueur rouge au centre, là où brûlent les braises. J'ai ouvert

1. Le 5 novembre, jour anniversaire de la Conspiration des poudres, menée en 1605 par Guy Fawkes contre le roi Jacques Ier Stuart.

la fenêtre pour sentir la chaleur. La flambée m'a fait l'effet d'un soleil d'été sur le visage. Le grondement du feu, puissant et inquiétant, a bien vite attiré Sandra Peachey, la voisine, et son mari, en robe de chambre, le chat assassin dans ses bras. Quand ils ont commencé à crier dans la direction de Mike, j'ai fermé la fenêtre et je suis allée me coucher dans notre grand lit double, du côté gauche, à l'extrémité pour ne pas qu'il m'effleure quand il viendrait se mettre au lit.

13

PERSONNE NE VA ME DÉRANGER, a pensé Stella. Ils s'imaginent que je suis trop fatiguée pour faire quoi que ce soit. Et c'est vrai que je suis fatiguée, sauf pour ceci. Je n'ai plus la force de transporter cette chaise à travers la pièce et de la caler sous la poignée de la porte. Mais personne n'entrera. Après tout, dans ces résidences, ils sont contents que vous vous reposiez, que vous soyez tranquille, que vous ne fassiez pas d'ennuis...

Je vais parler d'une chose que je voulais dire à Genevieve, sans pouvoir vraiment m'y résoudre. Je ne peux pas prendre le risque qu'elle le lui dise. Enfin, plutôt qu'elle le lui révèle sans le vouloir. Si j'avais dû lui en parler, je l'aurais fait il y a des années. Peut-être que je lui donnerai cette cassette, et peut-être que non. Après tout, il ne pourra jamais trouver. Il ne pourra jamais trouver la moindre preuve de sa... eh bien, de sa filiation.

Je vais commencer maintenant.

« Quand il a eu cinq ans, on a dû faire une prise de sang à Richard. Il était petit et très maigre et on redoutait qu'il fût anémique. En réalité, ce n'était pas le cas et il s'est mis à grandir et à s'étoffer. Il n'avait pas le moindre problème. Toutefois, la prise de sang avait été faite.

Je n'avais jamais vraiment su de qui il était le fils. J'avais supposé et, à une certaine époque, espéré qu'il était le fils de Rex. Rex était mon mari, il m'entretenait, prenait soin des enfants, veillait à ce qu'ils fussent nourris, habillés et éduqués. C'était ainsi que je voyais les choses à ce moment-là. C'était ainsi que les épouses qui ne gagnaient pas leur vie voyaient les choses. Certaines, j'imagine, continuent de le faire. Comme c'est étrange — Genevieve s'en est rendu compte — il m'est plus facile de parler de sexe que d'argent !

Richard a été conçu à l'époque d'un des retours de Rex vers moi. Durant ce mois crucial, j'ai dû avoir des rapports sexuels cinq ou six fois avec Rex et une fois seulement avec Alan. Présenté ainsi, cela a l'air assez dégoûtant. Je vais arrêter la cassette et la réécouter. »

« C'était encore plus dégoûtant à entendre qu'à dire. Personne ne devrait se comporter de cette façon, mais certaines femmes le font, certaines femmes n'ont pas le choix. Je me suis dit que l'enfant était de Rex, je m'en suis persuadée. L'autre possibilité me terrifiait et je ne cessais de penser aux occurrences, cinq ou six fois contre une seule. Cette pensée me hantait. Au lieu d'envisager avec bonheur l'arrivée d'un bébé, j'étais obsédée par la question de savoir de qui il était. J'y pensais tous les matins en me réveillant. Le plus étrange est que j'ai cessé de m'en préoccuper dès que Richard est né. Je n'y ai plus pensé, ou presque.

Il est intéressant de voir à quoi ressemblent les bébés et comment ils changent. Le fils de Priscilla, Hugo, ressemblait beaucoup à mon beau-père quand il est né, à l'âge de trois mois il était la copie de sa mère, et quand il a eu douze ans, il s'est mis à ressembler à une photographie de Jeremy, son père, au même âge. Richard m'a ressemblé pendant les cinq ou six premières années de sa vie. Il avait les cheveux plus blonds et les yeux plus clairs que les miens, mais les traits du visage étaient identiques. Je n'avais pas remarqué à cette époque-là qu'Alan et moi nous ressemblions, pas autant que des jumeaux mais comme un frère et une sœur. Si mon enfant me ressemblait, il pouvait donc aussi ressembler à Alan.

Puis il y eut la prise de sang. Le groupe sanguin de Richard était B, ce qui n'est pas rare, mais pas commun non plus, six pour cent de la population environ. Rex et moi avions déjà donné notre sang et nous savions que nous étions tous les deux du groupe A. Ce n'était pas un contrôle de conformité de la structure de l'ADN, mais c'était tout de même un test assez fiable. Richard ne pouvait pas être le fils de Rex.

Vingt ans plus tard, au moins, en lisant un article concernant les causes des fausses couches, j'ai découvert une théorie, ou peut-être plus qu'une théorie. Il y était dit que dans certaines familles, si tous les enfants étaient du même sexe, ce n'était pas nécessairement l'effet du hasard. On pouvait imaginer que le père était porteur d'un gène déficient transmis seulement aux garçons, empêchant tout fœtus mâle de continuer sa croissance au-delà de trois mois. La mère, elle, aurait été capable de donner naissance aussi bien à des garçons qu'à des filles, mais seules les grossesses de filles pouvaient parvenir à leur terme. Cela m'a fait réfléchir. Toutes mes fausses couches s'étaient produites suffisamment tard pour qu'on ait pu déterminer le sexe des fœtus : c'étaient tous des garçons. Imaginons que le problème soit venu de Rex et non de moi, de ses gènes à lui. Lui qui voulait tant un garçon n'aurait jamais pu en avoir, quelle que fût la femme qu'il aurait épousée. Mon fils, le garçon que j'avais mis au monde, était le fils d'Alan et non celui de Rex.

J'aurais aimé connaître cette théorie à l'époque où Richard était encore petit. Je me serais sentie moins coupable. J'ai vécu deux années d'angoisse et de culpabilité avant la mort de Rex : je me sentais coupable de lui avoir donné un bâtard et j'avais terriblement peur qu'il s'en aperçoive, qu'il le voie. Dans la mesure où Richard était en train de changer et ressemblait de plus en plus à Alan. Du moins, c'était ce que je pensais. Le fait de connaître le père véritable avait peut-être influencé ma pensée, mais j'avais l'impression de voir un changement physique s'opérer, que tout le monde pourrait bientôt constater aussi.

Si j'avais eu connaissance de cette théorie génétique, peut-être ne me serais-je pas sentie aussi mal. Finalement, j'avais donné à Rex le fils qu'il était incapable d'engendrer. Il adorait Richard et il était très fier de lui. Ce fut sans doute à cause de Richard qu'il est resté avec moi, au lieu de partir avec Charmian. Toutefois, à l'époque, cela ne fit qu'accroître ma peur, en imaginant quelle serait sa réaction si, un jour, en regardant son fils, il avait vu Alan.

Rex est mort. Le jour où j'ai trouvé le corps de Charmian dans la grange, Alan m'a ramenée à notre maison et m'a prise dans ses bras. Et c'est ce jour-là que je lui ait tout dit. Il fallait que je rentre, je ne pouvais pas laisser Richard avec Priscilla ce soir-là. Il fallait que je passe le prendre et que je le ramène à la maison. Je me souviens mot pour mot de cette conversation. Je me suis levée du lit et je suis allée m'asseoir, le dos tourné à Alan, pour lui annoncer : "Il est de toi, Richard est ton fils.

— Oui, je sais", a-t-il dit.

Je ne peux pas décrire avec quel détachement, quelle légèreté il a prononcé cette phrase. J'aurais pu tout aussi bien lui avoir annoncé qu'il était cinq heures dix ou que le soleil avait fait son apparition. "Tu *sais* ?

— Bien sûr, je l'ai su au bout de quelques mois. Même nez retroussé ou en trompette, comme on dit. Il a tes yeux, cela m'a toujours fait plaisir.

— Pourquoi ne m'as-tu rien dit ?

— Pourquoi toi-même ne m'as-tu rien dit, ma chérie ? C'était ton secret.

— Oh, Alan, es-tu content ?"

Il s'est levé et a fait le tour du lit. Il m'a enlacée et serrée très fort contre lui. "C'est la meilleure chose qui me soit arrivée, après toi.

— Et pourtant tu t'es satisfait de ne jamais en parler et du fait qu'il ait été à Rex ? Comptais-tu me demander un jour ?

— J'ai attendu pendant neuf mois que tu me le dises." Neuf mois s'étaient écoulés depuis la mort de Rex. "Imagine que nous en ayons eu un autre pendant ce temps.

— Tu es horrible. Tu es affreux." Je lui disais toujours cela quand il faisait ses plaisanteries de mauvais goût. "Allons-nous en parler à Richard ?"

Il a réfléchi. Ma tête était appuyée sur son épaule et il y avait posé sa main, son pouce caressant doucement ma joue.

"Oui, avait-il fini par dire, mais pas maintenant. Pas avant que nous soyons tous les trois ensemble ou que Gilda s'en aperçoive. Le plus tôt sera le mieux."

Cela m'a donné encore plus envie de vivre avec lui et je crois qu'il en a été de même pour lui, après que nous nous sommes dit que Richard était notre fils, ce que chacun savait secrètement. Une aventure clandestine paraissait — oh, je ne sais pas — tout à coup inadéquate. J'avais besoin que notre relation puisse acquérir une certaine dignité et plus encore, une publicité, une légitimité du lien et de l'amour qui nous unissaient, que tout le monde pourrait voir. Nous trois ensemble, Richard et ses parents. »

« Je me sens beaucoup mieux aujourd'hui. Une rémission. Il est plus facile pour moi de parler à cette machine le matin, quand je suis encore fraîche et dispose. C'est la dernière cassette que j'enregistrerai avant de la détruire. Celle-là et les précédentes sont pour moi comme un entraînement, une répétition avant la véritable représentation. La prochaine sera la bonne.

Il est vrai que conduire une voiture évoque des choses désagréables pour moi. Le feu aussi, mais seulement lorsqu'il y a crémation. J'ai laissé des instructions pour qu'on m'enterre. Mais c'est la pelleteuse qui m'inquiète ou me trouble pour une raison profonde, à peine consciente. À l'instant où j'en parle, mes lèvres se sont engourdies et prononcer le mot m'est aussi difficile qu'à certains phobiques celui de serpent, d'araignée ou de rat. Une fois ou deux, c'était la solution ou une partie de la solution d'un problème de mots croisés et au moment où je m'étais mise à l'écrire, quelque chose s'était contracté en moi et j'avais été parcourue d'un long frisson.

Chaque fois que je fais un cauchemar, c'est à propos d'une pelleteuse. Ce qui est étrange, c'est que je ne vois jamais une machine moderne, mais une machine ancienne actionnée par un homme ou un cheval. Je n'arrive pas à me l'expliquer. Je me souviens de n'avoir vu qu'une fois une machine de ce genre et c'était dans un musée. Naturellement, j'ai vu des illustrations.

Alan m'appelait de temps en temps son étoile. "Mon étoile" — parce que Stella veut dire étoile. Il a cité une fois quelqu'un et, en me demandant d'observer les étoiles, il a dit qu'il aimerait être le ciel pour pouvoir me regarder avec autant d'yeux. Hier soir, avant de me coucher, j'ai regardé les étoiles comme je le fais souvent. J'ai vu la Grande Ourse, que certains appellent la Casserole ou le Chariot. La configuration des étoiles qui la composent me rappelle la chose du musée. Cela a eu pour effet de me faire rêver d'un homme en train de labourer, un vieil homme dans des vêtements du Moyen Âge, poussant sa charrue dans un champ couvert de pierres. Mais la terre qu'il retournait était des cendres et les pierres qui remontaient, des os. Et quand il s'est rapproché, j'ai vu que son visage était celui d'Alan, devenu vieux.

J'ai fait ce rêve bien des fois, avant de m'asseoir à cette fenêtre et de regarder les étoiles. Des douzaines de fois au cours des années passées. Deux fois depuis que je suis ici. Le laboureur a normalement le visage d'Alan, mais pas toujours. C'était un autre homme qui peinait dans ce champ d'ossements la dernière fois que j'ai fait ce rêve, un autre visage, que je n'avais vu qu'une fois auparavant et que je n'avais pas oublié. C'était la seule fois où ce visage avait pu s'imprimer sur l'écran de la mémoire qui nourrit nos rêves.

Je crois qu'il a produit cette image parce que je suis restée assise à parler avec Genevieve plus longtemps que d'habitude ce jour-là.

Mieux vaut effacer rapidement cela de la cassette. »

14

MAUD ÉTAIT POUR LENA ce que Stella était pour moi. Je l'ai compris après la mort de Maud, en voyant les yeux bouffis de larmes de Lena. Elle était restée assise près d'elle toute la nuit, devenue la fille que Maud n'avait jamais eue, tentant de retenir la vie dans ses mains, jusqu'à ce que la mort ne devienne trop forte et les sépare. Quand bien même vous gérez une ferme à grand-mères, comme dit Ned, quand bien même vous êtes âpre au gain, vous n'en avez pas moins des sentiments. Ça m'a fait penser aux contradictions de la personnalité de chacun et sans trop savoir pourquoi, j'ai été horrifiée.

« Il serait difficile de lui en faire crédit, a dit Sharon, mais le fait est qu'il y a pas mal de petits vieux qui sont prêts à faire la queue pour venir ici. J'espère qu'on aura un vieux pépé, je ne supporte plus les bonnes femmes. »

Le véhicule des pompes funèbres était garé devant l'entrée quand Marianne est arrivée. Elle était venue seule, au volant d'un break Volvo. Au moment où elle est entrée, les employés des pompes funèbres arrivaient en bas de l'escalier avec un brancard couvert d'un voile noir pour dissimuler le corps de Maud.

J'étais dans l'escalier et j'ai cru qu'elle allait s'effondrer. Je me suis précipitée vers elle et j'ai pris son bras.

« Ce n'est pas… ?

— C'est Mme Vernon. Elle est morte cette nuit. Ça va aller ?

— Oh, Jenny, ça va. Vous êtes gentille. »

Marianne est peut-être un peu négligente et tête en l'air mais il est difficile de ne pas l'aimer. C'est agréable quand les gens se souviennent de votre nom, quand ils vous parlent comme à une vieille connaissance, ne vous prennent pas de haut.

« Je n'ai pas vu maman depuis un mois. » Ça faisait presque deux, mais je n'ai rien dit. « Je me sens tellement coupable. J'étais en train de tourner cette publicité pour la télévision à Ipswich et je me suis dit, Marianne, tu es la dernière des garces si tu ne profites pas de cette occasion pour aller voir ta maman, tu n'as qu'à foncer sur la A14. Et quand je suis arrivée, j'ai eu l'impression que j'arrivais trop tard. Voilà comment la culpabilité finit par tout déformer, ma chérie. Je suis complètement folle ! »

En la regardant à ce moment-là, j'ai compris ce que Stella entendait en disant qu'elle était comme Rex. Je n'avais jamais vu de photo de Rex Newland, mais les grands yeux sombres de Marianne, ses épais sourcils ne lui venaient pas de Stella. Ses sourcils noirs créent un contraste intéressant avec ses cheveux qui, sans être vraiment teints, ne sont pas non plus naturellement blond-roux. Et son nez est un peu crochu, aquilin doit-on dire, alors que celui de Stella est fin et droit. Marianne était en jeans et chemise blanche, avec de grands anneaux d'argent aux oreilles. Ça m'a fait penser à ce qu'avait dit Stella à propos de l'allure des actrices, de leur façon de se maquiller et de la propreté de leurs cheveux.

Je l'ai accompagnée jusqu'à la chambre de Stella, mais je ne suis pas entrée avec elle. J'ai deviné que le long paquet qu'elle sortait de son sac était une cartouche de cigarettes. Marianne était donc le fournisseur clandestin, celui dont Stella avait dit qu'elle ne donnerait pas le nom, même sous la torture.

Lena m'a demandé de trier les quelques tristes objets que Maud avait laissés pour ses parents, au cas où nous parviendrions à découvrir leur existence. Elle n'était pas capable de le faire elle-même, a-t-elle dit, et pour une fois je ne l'ai pas trouvée antipathique. C'est, j'imagine, parce que j'ai découvert qu'elle était un être humain comme les autres. Quand j'ai terminé, j'ai promené Loïs d'un bout à l'autre du couloir — elle est censée faire un peu d'exercice tous les jours —, puis j'ai apporté son thé à Arthur et un plateau à Stella.

La pièce sentait la fumée de cigarette, bien qu'un vasistas ait été ouvert. Dans la mesure où je vois Stella tous les jours, je suppose que je ne remarque pas la détérioration de son état comme le ferait un visiteur occasionnel. Sans se faire remarquer de Stella, Marianne a attiré mon attention et mimé, de façon un peu exagérée, sa détresse. J'ai demandé si elle voulait du thé, mais elle a secoué la tête et dit qu'elle le prendrait dans une minute, dehors. Elle a enlacé Stella et a commencé à lui dire au revoir, qu'elle reviendrait dans une semaine, aussi les ai-je laissées pour repartir lentement dans le couloir.

Marianne m'a rejointe en courant.

« Oh, Genevieve, c'est affreux ! Comme maman a changé ! C'est un tel choc, je suis sans voix.

— Je sais, mais elle ne souffre pas. Elle a toute sa tête. Et elle n'est pas gênée pour parler.

— Puis-je vous voir un instant ? »

Nous sommes allées dans le salon. Carolyn avait apporté le thé sur un chariot et elle n'avait que Gracie à servir, laquelle s'était endormie dans un fauteuil avec un des chats de Lena sur ses genoux. Marianne s'est assise près des portes-fenêtres. Je ne pense pas qu'elle ait su qu'elle s'était assise à l'endroit favori de Stella, d'où elle peut contempler les papillons. Je suis allée nous chercher du thé.

« Vous avez dit qu'elle avait toute sa tête, mais croyez-vous que quelque chose la préoccupe ? »

Tout ce qu'elle me raconte, ai-je pensé, et qu'elle ne veut pas que vous sachiez, pour une raison que j'ignore.

« Quel genre de chose ?

— Je ne sais pas à quel point vous la connaissez, ma chérie. » Marianne m'a dévisagée avec insistance. Ses grands yeux sombres se fixent sur vous et semblent sonder votre âme. « Vous a-t-elle jamais parlé de mon père ?

— Elle y fait allusion. De temps en temps.

— A-t-elle dit quelque chose sur les circonstances de sa mort ? Je veux dire, sur l'endroit où il était allé avant de mourir ? »

Je ne sais pas pourquoi j'ai fait non de la tête.

« Elle ne s'est jamais remise de la mort de mon père. Oh, oui, ma chérie, ne me regardez pas comme ça, j'en suis sûre. Elle ne s'en est jamais remise. Je peux vous le dire. Oh, ça n'a plus d'importance maintenant, c'est si vieux, mais gardez-vous bien de lui raconter ce que je vais vous dire. Il avait depuis longtemps cette relation avec une autre femme, vous comprenez. Je n'avais que quinze ans, mais je savais, depuis un bon moment déjà. Incroyablement précoce, non ? J'étais un peu comme Amanda dans *Private Lives*, j'ai toujours eu une sensibilité d'écorchée vive. »

Vous comprenez peut-être à quoi elle fait allusion. Moi non.

« Je suis sûre que maman n'en a jamais rien su. Elle est tellement confiante, Jenny, tellement *innocente*. Il prenait le train pour aller voir cette femme — il avait cessé de conduire à ce moment-là — et c'est au retour qu'il a eu cette crise cardiaque. S'il n'avait pas été seul dans le compartiment... Enfin, ça ne sert pas à grand-chose de parler avec des si, n'est-ce pas ? Quelqu'un l'a trouvé en montant dans le compartiment à Bury et ils l'ont emmené à l'hôpital, mais il était déjà mort quand ils y sont arrivés.

« On n'aurait jamais dû permettre que maman apprenne où il s'était rendu. Ils auraient dû lui mentir. C'est cet imbécile de docteur qui lui a demandé si elle savait où il était allé, qui lui a parlé du ticket trouvé dans sa poche et qui a tout gâché.

— Vous avez su tout ça à l'âge de quinze ans ?

— Non, pas vraiment. Non, je ne le savais pas. J'ai rassemblé les morceaux au fur et à mesure. Je veux dire, quand j'ai grandi. Mais j'étais au courant pour Charmian — c'était la petite amie — et du fait que mon père était allé la voir à Elmswell où elle vivait. Et maman ne le savait pas. Pas jusqu'à sa mort.

— Comment pouvez-vous en être sûre ? »

Marianne a répondu sur un ton triomphant : « À cause des conséquences, ma chérie, de l'effet produit sur elle. Elle était absolument bouleversée. Elle n'aurait certainement pas réagi de cette façon si elle avait été au courant depuis le début.

— Écoutez, Marianne, je ne suis pas psychiatre. Je veux dire, je ne suis même pas infirmière. Je suis simplement une garde-malade. Je ne sais pas pourquoi ces choses affectent autant les gens. Je l'ignore complètement.

— Vous avez été très gentille avec maman, ma chérie, voilà ce que je sais. Vous avez été une véritable fille pour elle, plus que je ne l'ai été moi-même. »

C'est affreux, non ? Les mots qui vous viennent à l'esprit — j'allais dire à la bouche — sont ceux que vous entendez à longueur de temps à la télévision ou que vous lisez dans les magazines : « C'est mon travail, vous savez. » Naturellement, je n'ai pas fait la bêtise de les prononcer.

J'ai préféré dire : « Vous voulez dire qu'elle a été, comment dites-vous, dévastée à la mort de votre père ?

— Pas tout de suite. C'est ça qui a été bizarre. Mais peut-être pas tant que ça, Jenny. Croyez-vous que le choc puisse retarder les réactions ? Il s'est écoulé des mois avant qu'elle ne paraisse affectée. Peut-être plus d'un an, dix-huit mois, je ne sais pas. »

Je lui ai demandé ce qu'elle voulait dire. Qu'est-ce qui lui faisait penser que Stella avait été à ce point affectée ? Elle ne m'a pas répondu directement.

« Bien sûr, c'est maman qui avait aussi découvert Charmian, mais vous savez tout ça.

— Pardon ?

— Vous n'êtes pas au courant ? Je suis désolée de vous traiter comme un membre de la famille, Jenny. J'ai l'impression que vous connaissez nos histoires aussi bien que moi. Charmian s'est suicidée. Avec un fusil de chasse. Je n'ai pas eu les détails. À aucun moment. C'était bien après que papa fut mort, plusieurs mois après, mais c'était à cause de lui. Elle ne supportait plus la vie sans lui. C'est maman qui l'a trouvée.

— Votre mère l'a *trouvée* ? Vous voulez dire trouvée morte ?

— Elle était allée chez elle. Elle avait été jalouse d'elle pendant des années, elle la détestait vraiment, mais je crois qu'elle s'est mise à l'aimer après la mort de papa. J'imagine qu'elle a eu pitié d'elle. En tout cas, elle est allée la voir et elle l'a trouvée morte dans une des granges. Ça a été le point de départ, je crois. Mais j'étais tellement jeune, Jenny, j'avais mes amis et je mourais d'envie d'être actrice. Il y a bien des choses que je n'ai pas dû voir. Mais je sais qu'avant de partir au conservatoire, j'avais donc dix-sept ans, elle a traversé une dépression terrible — enfin, elle s'était complètement repliée sur elle-même. Je crois qu'elle est restée dans cet état pendant des années.

— Mais ça s'est produit deux ans après la mort de votre père.

— Pour être précise, ma chérie, vingt-deux mois. C'était en octobre 1970, mais maman avait été dépressive avant mon départ. Enfin, elle était plutôt, disons, abattue. Elle avait arrêté de faire bien des choses qu'elle faisait auparavant. Conduire sa voiture, par exemple. Nous avions une autre jeune fille au pair à ce moment-là, Maret était partie, remplacée par une Norvégienne, Aagot — ils ont des noms incroyables —, et c'est elle qui conduisait la voiture à la place de maman. Elle emmenait Richard à l'école et faisait les courses. Maman ne montait même plus en voiture. Elle avait cette amie, l'actrice Gilda Brent, et le mari de celle-ci, qui s'appelait...

— Alan Tyzark.

— C'est ça, Alan Tyzark. Maman les voyait souvent. Je me souviens qu'il nous emmenait faire des promenades en voiture, il aimait les enfants et il n'en avait pas. Elle sortait beaucoup avec Gilda, mais quand sa dépression a commencé, elle ne les a plus vus. Juste au moment où elle avait besoin d'amis, elle les a laissé tomber. Les seules personnes qu'elle ait fréquentées, en dehors de nous, ont été les Browning, nos voisins. Je me souviens de lui avoir demandé pourquoi elle ne voyait plus Alan et Gilda, pourquoi elle ne laissait pas Aagot l'emmener chez eux, si elle ne voulait plus conduire. Mais ça n'a rien changé. »

Je ne l'ai pas dit. Je n'étais pas censée savoir, n'est-ce pas ? Mais Stella m'avait dit que Gilda était morte dans un accident de voiture en 1970. Gilda était donc morte à cette époque-là — ou était-elle morte après le mois d'octobre cette année-là ?

« J'ai été au conservatoire pendant trois ans et quand je rentrais à la maison pour les vacances, j'essayais de l'intéresser, disons, aux choses, aux gens. J'imagine que je me mêlais de ce qui ne me regardait pas, mais vous savez comment on est à cet âge, à toujours vouloir bien faire. J'ai même téléphoné aux Tyzark, pour demander à Gilda de venir voir maman, mais Alan m'a répondu que Gilda était en voyage. Il avait toujours été excessivement gentil avec moi, mais cette fois-là, qui fut notre dernière conversation, c'était comme si j'avais été une parfaite étrangère. Il était parfaitement clair qu'il y avait eu une dispute. Maman avait l'air de vouloir se disputer avec tout le monde. Elle ne sortait jamais et elle n'a jamais pris une nouvelle jeune fille au pair, après le départ d'Aagot.

« Elle s'est entièrement consacrée à Richard. Papa avait souhaité qu'il aille en pension, dans une de ces écoles privées très chics. Mais maman ne l'entendait pas ainsi. Je ne dis pas qu'elle l'a couvé, non, mais elle voulait qu'il soit près d'elle. On pourrait dire qu'elle n'a vécu que pour lui. Et progressivement, son état s'est amélioré. Je parle d'il y a plus de vingt ans, et à l'époque les gens n'allaient pas se faire soigner leur dépression comme aujourd'hui, ils ne demandaient pas de conseils et ne prenaient pas de médicaments. Ils étaient encore pris dans ce moule du "Aide-toi et le ciel t'aidera". Je me rappelle avoir entendu Priscilla, la femme d'un cousin, dire à maman : "Il n'y a que vous qui puissiez vous aider à vous en sortir, Stella." Ce qui a eu pour effet de déclencher une dispute. Elles ne se sont plus parlé pendant des mois.

« Maman a fini par aller mieux et elle n'en a jamais parlé, vous savez. Je ne me souviens pas de l'avoir jamais entendue évoquer mon père de nouveau. Elle n'a plus jamais parlé de lui. Mais à présent... Enfin, elle a parlé de lui aujourd'hui. Elle a simplement dit : "J'ai pensé à ton père", et puis : "Je suis contente de l'avoir épousé, sans quoi je ne t'aurais jamais eue." C'est gentil, non ? Bien sûr, elle a voulu dire Richard et moi. Mais je crois que sa mort continue de la hanter. C'est affreux, vous savez, ma chérie, de constater après la mort de votre mari que votre vie entière a été un mensonge. »

Je ne pouvais pas lui dire à quel point elle se trompait. Ce n'était pas à moi de briser ses illusions. Elle est retournée voir Stella avant de partir et puis, au moment où nous avons traversé le salon pour sortir, j'ai essayé de lui faire comprendre avec tact qu'elle ne devrait pas trop tarder à revenir la voir.

« Si vous pouviez vous arranger pour revenir dans une semaine ou deux...

— Oh, ma chérie, vous voulez dire qu'elle pourrait bien...

— Je ne sais pas. Personne ne peut savoir. Mais par précaution. Elle aime vous voir. Pourriez-vous venir pour son anniversaire ? »

« J'aurai soixante-douze ans le 3 décembre, Genevieve, m'a annoncé Stella quand je lui ai apporté son petit déjeuner, le lendemain matin. Cela fait deux ans de plus que l'espérance de vie moyenne, et un âge qu'autrefois on qualifiait de respectable. Je ne devrais pas me plaindre.

— Vous ne vous plaignez pas.

— Vous avez un instant ? Je sais que je ne dois pas vous monopoliser, mais j'en ai pour cinq minutes. »

Je me suis assise au bord du lit.

« Cette pauvre Marianne s'est mise en tête que j'étais malheureuse à cause de la mort de Rex. Vous a-t-elle dit quelque chose ?

— Oui, un peu.

— J'aime votre discrétion ! Ne vous inquiétez pas, je ne vous demanderai pas de me le répéter. »

Stella était bien disposée. Malgré son allure squelettique et un sifflement dans la voix qui est nouveau, il y a presque de la joie dans son regard.

« J'adore voir ma fille, Genevieve. Et je dois avouer que cela m'amuse de la voir tout comprendre à l'envers, cette pauvre chérie. Me croire attristée par la mort de Rex ! L'incompréhension est une chose horrible, mais j'imagine qu'elle est inévitable quand vous entendez préserver une certaine intimité. Le fait est que j'étais tellement indifférente à Rex quand il est mort que sa disparition ne m'a pas plus affectée que ne l'aurait fait celle d'un voisin. Je crois même que la mort du voisin m'aurait plus touchée, j'ai toujours aimé John Browning. » Elle a soupiré. « Charmian... Bon, oui, c'était un peu différent. »

Sa joie avait été de courte durée. Un air sérieux avait envahi son visage. Elle avait grignoté un morceau de pain beurré, mais elle a repoussé ce qu'il en restait avec une moue de dégoût. Elle ne mange pratiquement plus maintenant. Je crois qu'elle ne survit qu'en buvant du thé et du café au lait. Elle a regardé dans ma direction, puis au loin.

« Charmian, j'ai eu pitié d'elle et elle aurait détesté cela si elle l'avait su. Imaginez-vous, Genevieve, qu'elle ne savait rien pour Rex, elle ne savait pas qu'il était mort. Il avait l'habitude de l'appeler tous les jours, depuis des années et des années, même aux époques — un petit sourire cynique est apparu sur ses lèvres et ses sourcils se sont froncés un peu plus qu'à l'accoutumée — où il me jouait la scène du retour. Chaque jour, année après année, sauf le lendemain de ce jour-là, bien sûr. Il était mort et elle ne le savait pas. Elle avait dû attendre son appel et il ne vint pas. Elle a attendu trois jours avant d'appeler l'étude. C'est Jeremy, le neveu de Rex, qui lui a appris la nouvelle. Mais imaginez-la, Genevieve, en train d'attendre, de plus en plus inquiète et n'osant pas l'appeler chez lui. Oh, quel cauchemar, cela n'est pas pensable. »

Lui apprendre la nouvelle, savoir ce que cela aurait pu être pour Charmian, Stella ne s'en était pas souciée. Ou plutôt il ne lui était pas venu à l'esprit de la prévenir. Elle s'était même demandé si elle ne l'avait pas souhaité inconsciemment, si elle n'avait pas voulu torturer Charmian en la laissant dans l'ignorance. Je ne vois pas comment on peut commettre un acte cruel inconsciemment. Il ne peut y avoir de cruauté sans conscience, mais Stella pense différemment. Rien n'était de sa faute, mais elle était rongée par le remords. Elle a dit qu'elle s'était sentie plus désolée pour Charmian qu'elle ne l'avait été pour quiconque auparavant.

Elle avait voulu lui faire savoir qu'elle ne se souciait plus de sa liaison avec Rex depuis des années. Qu'il y avait des années qu'elle ne l'aimait plus. Cela ne fit qu'empirer les choses pour Charmian, qui lui avait alors reproché de ne pas avoir donné à Rex l'amour « dont il avait tant besoin ». Stella avait cru que Charmian voudrait parler, mais celle-ci lui reprocha de ne pas avoir proposé le divorce à Rex. Puisqu'elle ne l'aimait pas, pourquoi avait-elle voulu rester mariée ? Incompréhension totale, a dit Stella, incompréhension absolue.

Mais quelque chose de nouveau s'était produit. La mort de celui qui avait été le mari de l'une et l'amant de l'autre avait fait naître une nouvelle relation. Avec un peu de temps, elles auraient pu devenir amies. Mais le temps leur avait manqué. Elles avaient commencé à se voir, à se rencontrer et, au bout d'un moment, elles avaient cessé de parler de Rex pour aborder les sujets de conversation des femmes à la campagne : les maisons en cours de construction dans les villages, la nouvelle route, les haies déracinées, le coût de la chasse.

Dans la mesure où Gilda s'était introduite dans la vie de Stella, elle avait eu, elle aussi, l'occasion de voir Charmian quelquefois. Elle appelait Stella le matin pour savoir ce qu'elle allait faire de sa journée, et si celle-ci avait prévu de rendre visite à Charmian dans la matinée, Gilda annonçait qu'elle viendrait elle aussi. Ou bien, avec ses manières insupportables, elle les invitait toutes les deux, et Stella n'arrivait pas à s'y opposer. Elles prenaient le café ensemble en bavardant dans la maison de l'une ou de l'autre. Cela avait dû être une situation un peu embarrassante, ces trois femmes qui ne s'aimaient pas vraiment, Charmian amoureuse du défunt mari de Stella, Stella amoureuse du mari bien vivant de Gilda, Gilda ignorant cette passion mais, comme a dit Stella, projetant en permanence une image d'elle-même qui la rendait supérieure aux deux autres, plus sophistiquée, plus intelligente, plus belle, plus élégante.

Et Stella, « la petite chose », recevait des conseils de la part des deux autres. Pour Charmian, elle était la femme que son amant avait épousée sans jamais l'aimer et surtout l'épouse qui ne venait pas du bon milieu. Rex avait fait un mariage qui était une régression d'un point de vue social. Pour Gilda, Stella était un « tendron ». En la raccompagnant chez elle, Gilda spéculait sur ce qui avait pu attirer Rex chez Charmian et bâtissait des hypothèses sexuelles d'une grande crudité. Charmian était tellement « effrayante » qu'il devait y avoir une autre explication de son « emprise sur Rex », une technique sexuelle particulière ou même... Stella a dit une « particularité physiologique ». Dieu sait quel terme avait dû employer Gilda.

« Comment pouviez-vous les supporter ?

— Je suppose que j'avais pitié d'elles. Avez-vous entendu parler de la mère des Gracques ? »

Bien sûr que non...

« C'était une femme romaine. Une amie, à qui elle rendait visite, avait étalé devant elle tous ses bijoux, des boîtes entières, et se pavanait. La première fit venir ses deux fils et dit : "Voilà mes bijoux." J'avais mes bijoux, Genevieve, j'avais mes enfants. Et j'avais Alan aussi. »

Stella pensait que Charmian commençait à « s'en sortir », tout comme, quelques années plus tard, les gens penseraient qu'elle-même commençait à s'en sortir, elle aussi. Un matin, ayant vaguement prévu d'appeler Charmian pour passer la voir en allant à Ipswich, Stella est arrivée à Elmswell vers onze heures. La voiture de Charmian n'était pas garée dans l'allée qui conduisait à la maison, mais dans celle qui aboutissait aux communs derrière la maison ; Charmian n'avait pas de garage.

Il semblait qu'il n'y eût personne dans la maison, en dépit de la présence de la voiture. Stella avait sonné à la porte une ou deux fois et, faute de réponse, elle avait pensé que Charmian devait être dans le jardin. C'était une belle journée de fin d'été.

Charmian cultivait des dahlias, elle en était très fière. Stella avait fait le tour de la maison.

« Il y avait une très belle allée de cyprès. Ils étaient très vieux, beaucoup plus vieux que la maison. Saviez-vous que le bois de cyprès est pratiquement inaltérable ? Les portes de Constantinople étaient en cyprès et elles ont duré mille ans. »

Sur un des côtés, il y avait une grande cour pavée, entourée d'anciennes écuries, d'une laiterie et d'une chambre froide, qui ne servaient plus, et d'une remise que d'autres auraient transformée en garage avec appartement au-dessus, mais que la famille de Charmian avait laissée telle quelle. Le jardin, derrière, était clos de murs. Il y avait des arbres fruitiers cultivés en espaliers et les dahlias, simples et doubles. Il y avait aussi des hélianthèmes, jaune moutarde, des chrysanthèmes roses et des amarantes. Stella s'était engagée dans l'allée à la recherche de Charmian, l'avait appelée. Elle s'attendait à voir surgir la sorcière au milieu des fleurs, le bras dressé en guise de salut. En revenant le long des cyprès centenaires, elle avait jeté un coup d'œil dans les écuries, dans la laiterie. Puis elle s'était dirigée vers la remise. Elle avait cherché partout parce qu'elle avait commencé à s'inquiéter. Charmian s'était peut-être coupée ou blessée en jardinant et s'était évanouie.

Elle ne s'était pas trompée pour ce qui était de la blessure et de l'évanouissement. Stella l'avait trouvée sur le sol de la remise. Bien qu'âgée de quarante-sept ans, elle n'avait jamais vu un mort. Malheureusement, le premier qu'elle vit avait le crâne en bouillie. Le sang, a dit Stella, oh, le sang, je n'oublierai jamais, je ne serai jamais débarrassée de cette vision.

Plus tard, pendant qu'elle répondait aux enquêteurs, on lui avait raconté comment cela s'était passé. Charmian avait pris un fusil de chasse, calibre 12, et, debout, avait mis le canon, non dans sa bouche, ce qui aurait été impossible, mais sous son menton, l'avait maintenu de sa main gauche et appuyé sur la détente avec le pouce droit. Le résultat était tellement affreux que Stella avait hurlé. Il n'y avait personne pour l'entendre, mais elle avait hurlé un long moment.

Personne n'avait de téléphone de voiture à l'époque, a dit Stella. De toute façon, elle aurait été incapable de tenir un combiné, car elle tremblait de manière irrépressible. Elle avait couru vers la route en appelant, en hurlant que Charmian était morte, que Charmian s'était suicidée. Elle avait perdu tout contrôle d'elle-même, mais il était trop tard pour Charmian et elle n'appelait à l'aide que pour elle-même.

La police, quand elle arriva, lui demanda qui on pouvait prévenir pour qu'elle ne reste pas seule. Elle avait répondu : « Alan Tyzark. » Elle l'avait dit sans réfléchir. C'était presque un réflexe, il était constamment présent dans ses pensées, il l'avait toujours été. Dans son état de choc, elle avait complètement oublié Gilda et, par chance, il était seul à la maison. Gilda était sortie. Il vint immédiatement.

« Il avait pris la voiture de Gilda, a dit Stella. J'étais au poste de police, en train de boire une tasse de thé. Ils ont été très gentils avec moi, très attentionnés. Je le guettais par la fenêtre et, quand j'ai vu arriver cette Anglia rouge, j'ai pensé que ce n'était pas lui, mais Gilda. C'était sa voiture, l'Anglia, pas celle d'Alan. Elle l'avait achetée d'occasion quelques mois plus tôt.

— Une Ford Anglia rouge ?

— Il avait une Rover grise. C'étaient deux voitures assez vieilles, ils n'avaient pas les moyens d'en avoir de plus récentes. Alan m'a prise dans ses bras, il se fichait pas mal qu'on nous voie, et il a dit : "Je vais t'emmener chez toi." Je pensais qu'il voulait dire *notre* maison, celle de Bury, mais il m'a ramenée dans ma maison, celle où nous nous retrouvions, à Moluques. Nous y sommes restés toute la journée. Nous nous étions couchés sur le lit — pas pour faire l'amour, non —, il m'a tenue dans ses bras et nous sommes restés côte à côte jusqu'au soir. Il s'était même arrangé pour que Priscilla s'occupe de Richard. Je ne sais comment il avait expliqué les choses à Gilda, pourquoi il avait sa voiture à elle et elle la sienne, je ne sais ce qu'il lui avait raconté. Plusieurs semaines s'écoulèrent avant que je ne parle de nouveau à Gilda.

— Stella, cette voiture rouge, c'est celle qui est dans le garage de votre maison ? »

Elle m'a regardée du coin de l'œil. Avec l'air d'un enfant accusé de faire une bêtise pas bien grave, qui refuse de l'admettre totalement. Coupable mais facétieuse, légèrement ennuyée.

« Et si c'était le cas ?

— Ne m'aviez-vous pas dit que Gilda était morte dans un accident de voiture ?

— Je vous parlais de Charmian. Elle m'avait écrit, vous savez. Enfin, elle avait envoyé une lettre à la maison, à mes soins, mais en fait adressée à Rex. Elle avait écrit à Rex qui était mort. C'était sa version à elle d'une lettre d'adieu, avant de se suicider. »

Charmian avait dû aller la poster ce matin-là ou peut-être la veille. L'enveloppe était datée du jour même de sa mort et elle était arrivée le lendemain. Son écriture était impossible à déchiffrer et elle tapait son courrier sur une vieille machine à écrire. Elle avait écrit : *Je ne peux pas vivre sans toi. J'ai essayé, mais les jours sont trop longs*. Elle avait signé en bas à droite, de cette sorte de rature qui devait signifier *Charmian* mais qui aurait pu vouloir dire tout autre chose.

Stella savait qu'elle devait la transmettre au commissaire de police. Mais elle voulait avant cela la montrer à Alan. Il regarda la lettre, puis elle, et dit : « Exactement ce que j'éprouve. Ils nous ont volé notre chanson.

— Tu ne te tuerais pas cependant ?

— Comment sais-tu ce que je ferais si tu devais mourir ? »

Elle a dit qu'elle avait frissonné en l'entendant parler ainsi. « Que dois-je faire de cette lettre ?

— Rien. Laisse-moi m'en occuper. » Et il lui avait demandé si elle souhaitait voir cette révélation de la liaison de Charmian et de Rex en première page du journal.

Elle ne le voulait pas. Elle avait cru sur le moment que c'était la raison pour laquelle il avait détruit la lettre de Charmian.

« Je ne veux pas enfreindre la loi », avait-elle protesté.

Il avait ri. « Pourquoi pas ? Allez, sois un monstre. Elle n'est plus entre tes mains de toute façon. Elle est à moi. Je vais la mettre aux archives.

— Tu n'as pas d'archives.

— Maintenant si. »

Tout ce récit m'a retenue bien plus de cinq minutes. La voix de Stella était devenue rauque et elle avait le visage très pâle.

« Il faut vous reposer », lui ai-je intimé en la débarrassant du plateau. Puis j'ai remonté la couverture sur ses genoux.

« Cela a été le commencement de tout. C'est avec ce mot que Charmian m'avait envoyé que tout a commencé.

— Le commencement de quoi ? » ai-je demandé. Mais je n'ai obtenu aucune réponse.

Quand vous avez une liaison comme la nôtre, vous n'avez pas, à la différence de celle de Stella, souvent l'occasion de parler avec la personne que vous aimez. D'abord, parce que les rendez-vous ne durent pas assez longtemps. Ce sont toujours des moments volés. Ensuite, parce que tout le temps est pris à faire l'amour. Je me dis que j'aurai bien des occasions de parler avec Ned quand je vivrai avec lui. Chaque jour, j'ai fait un pas de plus pour parvenir à cette décision. Même si je ne lui ai rien dit à ce moment-là, à la fin du mois de novembre, tout comme je n'ai rien dit à Mike, même si je n'ai pris aucune disposition, même si c'était seulement dans ma tête.

Mais nous avons une sorte de routine pour nos rendez-vous dans la maison de Stella, qui ne laisse pas beaucoup de place pour la conversation. Le mois de novembre a été le plus doux depuis qu'il existe des bulletins météorologiques. On aurait pu dire que c'était un mois de septembre un peu froid. Et cela suffisait. J'essayais de réchauffer la maison au mieux avant son arrivée, j'apportais du vin que j'ouvrais pour le laisser s'aérer, j'allumais les bougies, je faisais le lit. Et après avoir fait l'amour, forcément sous les épaisses couvertures — c'est à ce moment-là que j'ai commencé à regretter la liberté procurée par la lumière, les corps exposés, la liberté de mouvement des mains et des bouches —, nous restions couchés l'un contre l'autre à bavarder un peu. Je n'ai jamais grand-chose à lui dire, en dehors des quelques anecdotes de ma vie quotidienne. Et ma vie n'est pas très excitante, ou plutôt, c'est lui qui représente la partie excitante de ma vie. À lui, il arrive plein de choses, il rencontre des gens intelligents et célèbres, il a toujours des histoires sur ce qu'il a fait et sur ses projets.

Quand je l'ai vu après que Stella m'a raconté l'histoire de la lettre cachée, je crois qu'il aurait été heureux si nous n'avions pas parlé du tout. À la fin, il y a ce moment tellement intense, ce moment merveilleux partagé quand mon esprit tout entier s'ouvre et je crie dans sa bouche plaquée sur la mienne. Et il me tient longtemps dans ses bras une fois que nous sommes détachés l'un de l'autre. Il caresse mes cheveux, embrasse mes épaules, pose ma tête contre sa poitrine. Il ne s'éloigne jamais, ne me tourne jamais le dos. Parfois, nous nous murmurons des choses pendant quelques instants, et puis il se lève et va chercher la bouteille de vin. C'est le seul moment où nous parlons, parce que souvent nous recommençons à faire l'amour puisque nous ne sommes pas des amants ordinaires. Nous n'avons pas toute la nuit à nous.

Mais cette fois, c'est moi qui me suis levée pour aller prendre le vin pour nous en servir à tous les deux dans les verres en cristal dont Stella et Alan Tyzark se sont autrefois servis. Et quand j'ai fait le tour du lit mon verre à la main, j'ai remarqué qu'il s'était endormi. J'adore le voir dormir, parce qu'il a un visage adorable pendant son sommeil. Il a l'air très jeune et très doux. Mais je lui en veux de dormir parce que c'est comme s'il me quittait. Aussi ai-je bu mon vin en le regardant et quand il a bougé, j'ai prononcé son nom et touché son visage. Il s'est réveillé rapidement, s'est assis et m'a souri.

Je voulais qu'il me parle de son travail, et il a commencé à me raconter ses recherches pour une émission sur quelques vieilles familles du Norfolk. J'imagine que c'est par hasard que je lui ai demandé comment trouver des dates de naissance et de décès, comment s'y prendre et si c'était facile. Je n'avais jamais pensé qu'il pût y avoir une administration centralisant ces informations. Pour moi, on les trouvait dans les registres des églises. Mais Ned m'a détrompée, c'était centralisé quelque part à Londres, là où il irait poursuivre ses recherches sur ces gens.

Et j'ai pensé alors à lui demander de faire quelque chose pour moi. Je ne lui avais jamais rien demandé auparavant. Mais n'est-ce pas ce que sont censés faire les gens quand ils sont ensemble ? Vous pouvez appeler ça de la confiance ou un soutien mutuel. C'était pour moi la marque de notre intimité, de notre complicité absolue que de pouvoir lui demander :

« Pendant que tu y seras, peux-tu chercher quelque chose pour moi, la date de décès de quelqu'un ?

— Bien sûr, si c'est possible. »

Il a eu l'air tellement heureux d'avoir l'opportunité de m'aider que je ne comprends pas pourquoi je ne lui ai rien demandé plus tôt. « Il s'agit de Gilda Brent.

— L'actrice ? Tu ne m'avais pas dit qu'une de tes petites

vieilles la connaissait ? » Il a une bonne mémoire. « Je ferai ce que je pourrai. Quand est-elle morte ?

— En 1970. Pendant l'été. C'est suffisamment précis ? C'est tout ce que je sais.

— Brent était son nom véritable ? »

Je me suis souvenue de la collection des cartes de cigarettes. Je lui ai dit qu'elle s'était appelée Brant et avait épousé un dénommé Tyzark, et qu'elle avait tout juste cinquante ans quand elle est morte, si ça pouvait lui être utile. Maintenant que nous avions commencé, j'avais envie d'en dire plus, de lui raconter les confidences de Stella à propos de Charmian et de son amour pour Rex Newland. Les amants veulent toujours parler d'amour, non ? Et la foi de Charmian, sa souffrance désespérée, a éveillé quelque chose en moi, bien que je n'aie jamais vécu rien de comparable et ne souhaite pas que cela m'arrive. Mais ce n'est pas ce que Ned voulait entendre.

« Ne parlons plus de ces vieux, de la mort et de ces tristes histoires du passé, a-t-il dit, et il m'a prise dans ses bras en murmurant : Dis-moi que tu m'aimes, Jenny, dis-moi que tu m'aimes. »

15

LE JOUR DE L'ANNIVERSAIRE DE STELLA, qui était un samedi, je sortais du *Legion* où j'avais apporté les courses de maman quand j'ai vu le camion de déménagement qu'ils avaient loué devant Rowans. Il n'était pas gros, de la taille d'une Land Rover à peu près. La maison était louée meublée et je ne crois pas qu'ils aient eu beaucoup de choses à eux.

J'étais un peu bouleversée de voir Ned. C'est toujours ce qui se produit quand je le rencontre inopinément et la surprise n'est pas agréable quand je le vois faire quelque chose qui le lie si définitivement à Jane et Hannah. Le voir transporter un carton rempli de livres jusqu'à la camionnette était la révélation de mon exclusion absolue. Les livres n'étaient pas à moi ou en partie à moi, je n'en connaissais même pas les titres. Et il a mis un certain temps à s'apercevoir que je l'observais. Jane est sortie de la maison et l'a interpellé, il a répondu et j'ai tout à coup ressenti une telle envie de lui parler et d'être vue que j'ai failli crier. Je ne l'ai pas fait. Je me suis contentée de les saluer et ils se sont tous les deux tournés vers moi.

Il a dit : « Bonjour, Jenny, comment vas-tu ? », comme si j'avais été maman ou la voisine. Il n'y pouvait rien. Qu'aurait-il pu faire d'autre ? Mais ça m'a interloquée et j'ai cru voir son visage sur l'oreiller, les yeux clos, souriant à demi dans son sommeil.

J'ai pensé que je serais incapable de parler, mais j'y suis parvenue. Ma voix avait même une tonalité normale. J'ai demandé quand ils rendaient la maison et Jane a répondu que c'était leur dernier jour.

« Nous en avons trouvé une autre à Southwold. Hannah adore être au bord de la mer. »

Ça n'avait aucune importance pour moi. Ça ne changeait rien. Je n'étais entrée dans cette maison que deux fois et quoi qu'il ait pu se passer, je n'y étais jamais retournée. Et ils ne seraient pas tous les trois à Southwold, pas ensemble. Jane et Hannah sans doute, mais Ned, lui, serait avec moi. Marmonnant qu'elle avait quelque chose à faire, Jane était repartie dans la maison et Ned s'était tourné vers moi pour me décocher un de ses regards brillant de l'amour le plus pur. Rassérénée, j'ai murmuré : « Appelle-moi », et il a hoché la tête.

Je ne travaille jamais le samedi, mais ce jour-là je suis allée voir Stella. Au lieu de descendre High Street, j'ai fait le tour pour ne pas repasser devant cette maison en cours de déménagement. Je ne voulais pas revoir Ned. Ça peut paraître dingue, mais c'est parfaitement explicable. Quand ils sont ensemble, Jane et lui, j'ai toujours peur de les voir échanger un témoignage d'amour, de complicité ou de simple affection, ou encore de voir leurs regards se croiser, leurs sourires trahir un secret intime. Ça n'est jamais arrivé, ça ne pourrait pas arriver, je connais trop bien Ned, mais je le redoute quand même. J'avais peur d'être le témoin d'une scène impossible qui aurait gâché ma journée, ma semaine, ma vie.

L'amour est une chose effrayante. Je me rends compte que je suis effrayée la plupart du temps, à l'idée de le perdre, de découvrir quelque chose, et plus que tout, à l'idée de ne pas être son égal, de ne pas être à la hauteur de ses désirs, de le voir changer parce que je l'aurais déçu. Et Stella m'a dit qu'elle éprouvait tous les jours, avant et après ses rendez-vous avec Alan, de la jalousie et de la peur à cause de Gilda. Comme moi, elle redoutait de découvrir le moindre signe d'amour entre Alan et Gilda. Un été, elle était allée dans l'après-midi les voir chez eux et, entendant leurs voix, elle avait poussé la porte d'entrée et était entrée sans frapper. Gilda jouait un air au piano. Il était assis sur le tabouret près d'elle, et il chantait. Ils essayaient de se souvenir d'une vieille chanson. Ce n'était rien et cela l'avait bouleversée. Et comment aurait-elle pu penser que ce n'était rien, quand elle était désormais seule et qu'il était toujours avec Gilda ?

Stella redoutait aussi ce tableau, ce nu. Parfois, elle appréciait ce demi-sourire sur le visage qui avait l'air de se moquer d'elle, cette Gilda peinte qui avait l'air de lui dire : « Regarde-moi, vois comme je suis belle. Es-tu de taille à lutter contre moi ? » Et quand ils étaient dans cette pièce, Gilda se tenait toujours devant le portrait. Elle avait placé un canapé de telle sorte que le tableau semblait en surgir, et elle s'arrangeait toujours pour s'y asseoir et placer Stella en face d'elle dans un fauteuil. Et chaque fois qu'elle levait les yeux, Stella devait contempler Gilda nue, avec ses chaussures à talons hauts, en train de tortiller le collier de perles entre ses seins.

Elle avait imaginé qu'Alan demanderait le divorce à Gilda. Ils n'avaient pas d'enfants. Il n'y avait pas de problèmes d'argent, Gilda était bien mieux lotie que lui. Elle trouverait quelqu'un d'autre — elle ne cessait de parler à Stella des hommes qui tombaient amoureux d'elle. Pour ce qui était de l'argent, Stella n'avait pas non plus de soucis à se faire. La maison de Bury lui appartenait, ainsi que les parts de Rex dans l'étude, l'assurance-vie qu'il avait souscrite et divers placements. Elle se moquait éperdument du fait qu'Alan ne disposait que de ses droits d'auteur de *Figaro et Velvet* et des revenus procurés par la vente de ses tableaux dans les pubs.

« Je ne vous l'avais pas dit, Genevieve ? Il en était réduit à cela. Il avait commencé par faire des paysages et avait convaincu les propriétaires de les exposer. Enfin, pas seulement des paysages. » Elle a eu l'air gêné. « Des portraits de chats, de chiens, des visages de filles et des femmes en crinoline. Et il dessinait aussi les villages du Norfolk pour les cartes de Noël.

« Je l'avais assuré que l'argent ne comptait pas, que j'en avais assez pour nous deux, mais il avait en horreur l'idée que j'aurais pu l'entretenir. Et il disait que Gilda ne divorcerait jamais, dans l'état actuel de la loi. Elle aurait fait mention de notre liaison et c'était insupportable pour lui. »

Ils avaient entendu, ou plutôt Stella avait entendu Jeremy Newland dire que la loi sur le divorce allait être profondément modifiée ; tout le monde en parlait déjà. Les désaccords irréparables deviendraient des motifs de divorce, après une séparation de deux ans, en cas de consentement mutuel, et de cinq ans, sans consentement. Et la loi a fini par passer. C'est comme ça que maman et papa ont divorcé, il n'y avait aucun problème de consentement. Et maman a divorcé du deuxième comme ça aussi. C'est une loi de 1973 qui a pour nom le « Matrimonial Causes Act ». À mon sens, elle aurait dû s'appeler le « Divorce Causes Act ». Mais c'était encore un avenir lointain pour Alan Tyzark en 1969. Stella avait dit qu'elle se moquait bien d'être mariée, qu'elle voulait simplement vivre avec lui.

Alan n'arrivait pas à se décider. Il disait qu'elle ne comprenait pas comment Gilda allait réagir; elle transformerait leur vie en enfer. Saint Michael's Farm lui appartenait, et s'il venait vivre avec Stella, Gilda entamerait une procédure de divorce, ferait citer Stella à comparaître, et lui prendrait tout ce qu'il possédait. Gilda avait déjà des soupçons. Une fois ou deux, quand il était allé dans un hôtel à Ipswich avec des tableaux qu'il avait terminés, elle l'avait suivi. Il était sur Crown Street un soir vers neuf heures et il l'avait vue dans sa voiture garée de l'autre côté de la rue. Elle s'était attribué le rôle du détective privé.

La voiture de Richard était garée dans le parking, ainsi que celle de Marianne. Je me suis dit qu'il aurait mieux valu ne pas venir, quand ses propres enfants sont là. Mais j'avais un cadeau et une carte pour elle, et je n'avais pas besoin de rester longtemps.

Sharon était dans l'entrée, tripotant quelque chose derrière le comptoir de la réception. Elle est toujours là le samedi. Elle m'a fait signe de m'approcher et a murmuré sur un ton théâtral : « Maud a laissé cinquante mille à Lena. Pas mal, non ? »

Je n'ai pas su quoi dire.

« Trois fois plus jetés par les fenêtres, mais cinquante mille, je trouve ça pas mal, si tu veux mon avis. Stella est la prochaine sur sa liste, tu verras si je me trompe. Elle est avec toute la famille, à faire un numéro de charme à vomir. »

Lena est sortie de la chambre de Stella au moment où je tournais dans le couloir. Elle avait les joues rouges, l'air un peu hébété. Je suppose qu'elle n'avait eu la bonne nouvelle que le matin même et au lieu de me reprocher de venir voir un résidant un samedi, elle m'a gratifiée d'un grand sourire et m'a même ouvert la porte de la chambre de Stella.

J'aurais préféré pouvoir frapper, mais personne n'a paru se formaliser de mon entrée. Il y avait six cartes d'anniversaire sur le bureau de Stella et deux autres sur la table de nuit. Une magnifique robe de chambre était étalée sur le lit, par-dessus le papier d'emballage rose, en patchwork de différentes sortes de guingan, avec des motifs variés de boutons de roses. Richard lui avait apporté les douze volumes de l'œuvre d'Anthony Powell. J'ai regardé Stella, puis les livres, et j'ai pensé : Ce seront les derniers que vous lirez. Je pouvais en déduire en même temps, d'après l'expression de son visage, de son sourire et de ses yeux tristes, que Richard pensait la même chose.

J'ai donné ma carte et les deux cassettes que j'avais achetées à Diss. Je ne connais pas grand-chose en musique, mais je me suis souvenue que Richard avait parlé de son goût pour la musique de chambre. J'ai donc demandé à Ned qui m'a conseillé une sérénade de Dvorak et une autre pièce de Boccherini. Stella a pris ses cadeaux, puis mon visage entre ses mains étonnamment fermes et m'a embrassée. Son visage à elle est ridé comme de la vieille soie et poudré comme un gâteau couvert de sucre glace.

Ma carte est allée rejoindre les autres sur le bureau, les cassettes ont été posées près du magnétophone.

« Ils veulent m'emmener déjeuner, Genevieve. Je leur ai dit que je ne mange presque plus rien, mais Marianne dit que nous pouvons essayer un endroit *nouvelle cuisine.* »

Marianne a froncé les sourcils : « Elle est en état de sortir, non, Genevieve ?

— Si elle le désire.

— Tu sais que je n'aime pas les voitures, Marianne.

— Mais si, quand ce n'est pas moi qui conduis, a dit Richard. Marianne pourrait rouler à quarante à l'heure et je serais derrière avec toi pour maintenir un sac noir sur ta tête. »

Ils ont continué à argumenter encore un peu, mais je voyais bien, et eux aussi sans doute, que Stella avait vraiment envie de sortir. La voiture cessa d'être un obstacle insurmontable quand Marianne promit que le restaurant n'était qu'à quatre kilomètres, qu'il était nouveau et n'avait ouvert qu'au printemps précédent. Stella a mis son manteau de couleur crème et enlevé un cheveu sur son col d'un air dégoûté. Un gant enfilé, l'autre à la main, elle a pris le bras de Richard, non dans un geste possessif mais affectueux.

Je les ai suivis pendant un ou deux kilomètres et puis j'ai tourné sur la route de Tharby. Mon lacet s'est cassé au moment où je suis sortie de la voiture. Nous portons des chaussures de sport blanches au travail et les lacets ne durent pas longtemps. J'avais remarqué que le gauche s'effilochait pendant la semaine, mais je n'avais rien fait parce qu'il faut aller jusqu'à Diss pour en trouver. C'est mauvais signe de casser un lacet, quelque chose qui a à voir avec saint Marc cassant les siens sur la route d'Alexandrie. Sans que je sache très bien pourquoi, c'est néfaste. Mais j'ai eu l'impression que c'était un présage.

Mike était en train d'installer les vitres de la serre. Il écoutait la radio à très haut volume. Quand il m'a vue, il a dit : « Désolé, je vais baisser. Je ne vais pas déjeuner. Il faut que toutes les vitres soient posées avant que le mauvais temps ne s'installe. »

Le mauvais temps ne s'installe jamais vraiment ici, non? Pas par ici. Il peut très bien faire beau ou mauvais en juin comme en décembre. Nous n'avions pas eu de pluie pendant une semaine et il faisait exceptionnellement doux. J'imagine que c'était ce qu'il avait voulu dire. Il fait ce jardin d'hiver pour moi. Ou en tout cas c'est ce qu'il raconte à tout le monde.

« Venez voir le jardin d'hiver que je suis en train de construire pour Jenny. »

Ce qui veut dire que je lui sers de prétexte et d'excuse pour ce travail. Ça marche avec la plupart des gens et ça marche avec moi.

« Pas le temps, il faut que je termine le jardin d'hiver de Jenny. » Ou à moi : « Je fais ça pour toi, alors sois patiente, tu veux bien ? »

Je n'ai jamais demandé un jardin d'hiver. En fait, je n'en veux pas. Ça va me créer du travail supplémentaire et je trouve que j'en fais assez comme ça. Je ne peux pas avoir de plantes en pots, le jardin est déjà rempli des cadavres de toutes celles que j'ai laissées mourir. Je n'y serai jamais, je ne le nettoierai pas, je ne ferai pas les carreaux. Alors qu'est-ce que j'attends ?

Quel mot faut-il prononcer, quel bouton enfoncer ? C'est comme si j'attendais que le jardin d'hiver soit terminé pour qu'il me remplace dans la vie de Mike.

Le jardin d'hiver serait là et moi, je serais partie.

Stella était rentrée très fatiguée de son trajet en voiture et de son déjeuner. Elle était revenue vers trois heures et demie et s'était endormie dans son fauteuil avant même le départ de Marianne et de Richard. Carolyn avait dit qu'elle dormait encore quand elle lui avait apporté son dîner et qu'elle n'avait rien voulu manger, bien entendu. Le dimanche, elle aurait voulu rester au lit toute la journée, mais Lena s'y oppose par principe.

« C'est une résidence, pas un hospice, m'a-t-elle dit. S'ils sont cloués au lit et ont besoin d'une infirmière en permanence, ils se sont trompés d'endroit. »

La petite fortune dont elle a hérité n'a radouci Lena que deux jours. J'ai trouvé Stella debout, mais déjà dans sa nouvelle robe de chambre. Elle n'avait pas touché aux céréales, au pain et au beurre. Elle était en train de boire son thé de Chine.

« Marianne appelle cela une robe de chambre. Je pense que "déshabillé" est un mot un peu désuet. Elle est belle, non ? J'aimerais qu'elle soit à vous, quand je serai partie. »

Les vêtements des morts ne font pas long feu. L'inquiétude pour ceux qui les ont possédés les consument... Marianne voudra peut-être la reprendre, de toute façon, elle a bien dû coûter cent livres.

« Bien sûr, si c'est ce que vous souhaitez.

— Je n'irai plus au salon.

— Vous voulez dire, aujourd'hui ?

— Je veux dire, plus jamais. Je resterai ici. Je me sens mieux ici. » Et elle a ajouté sur un ton mystérieux : « J'ai beaucoup à faire ici. »

Je lui ai demandé si elle voulait que je l'aide à s'habiller. Voudrait-elle que je lui fasse prendre son bain ? J'ai toujours fait prendre son bain à Gracie, et Dieu sait ce que dirait Lena si elle l'apprenait. Stella a secoué la tête et puis elle a ri. C'était bon de l'entendre rire.

« Je n'en suis pas encore là. Je suis simplement fatiguée. Je vais dormir et je me sentirai mieux après. »

Et elle l'était. Les facultés de l'esprit sont extraordinaires. C'est merveilleux de voir les gens reprendre des forces quand ils se battent. J'ai compris ce jour-là que Stella avait commencé à se battre.

Quelqu'un avait déplacé son fauteuil, de sorte qu'il était près de la porte-fenêtre. De là, elle pouvait voir à tout moment le monde extérieur, les pelouses, les arbres sans feuilles à présent, la ligne bleue de l'horizon. Elle s'est retournée quand je suis entrée à quatre heures, m'a fait signe d'approcher et, bien qu'elle m'eût déjà saluée le matin, elle m'a pris le visage dans ses deux mains et embrassée sur les deux joues. J'ai senti par bouffées White Linen, dont elle avait aspergé son corps squelettique. Elle avait l'air fébrile et elle dégageait une énergie presque électrique.

Je me suis souvenue avoir pensé, il y a trois mois, combien elle était réservée, et gardait cachée sa vie passée. Et à présent, elle parle sans cesse. C'est comme si elle avait enlevé quelques pierres qui barraient un cours d'eau et que le flot s'engouffrait dans cette brèche. Quand elle a reculé et détaché ses mains électrisées de mon visage, elle s'est mise à parler immédiatement, comme si elle avait des choses à dire avant que le temps d'un sablier ne s'écoule et que la sphère supérieure ne se soit vidée de son dernier grain.

J'ai pris sa main gauche dans la mienne. Sa voix et son élocution semblaient plus assurées, à mesure que son corps faiblissait.

« J'ai dit que cela avait été le commencement, vous vous souvenez, Genevieve ? La lettre de Charmian a été le commencement. Et puis l'étape suivante, c'est quand nous sommes allés ensemble au cinéma voir *The End of Edith Thompson*, Gilda, Alan et moi. »

Dès qu'un de ses films passait dans un cinéma local, Gilda devait à tout prix aller le voir. Elle avait vu celui-là de nombreuses fois, Alan l'avait vu trois fois et Stella elle-même une fois. Mais il fallait y retourner. Il passait à Ipswich. Pendant tout le parcours dans la voiture d'Alan, il leur avait fallu écouter Gilda raconter le tournage du film, ce que le metteur en scène lui avait fait subir, ses critiques incessantes de son jeu, son acharnement à lui choisir une garde-robe sinistre, la méchanceté de la star à son égard.

« Vous connaissez l'histoire. Ils passent leur temps à s'appeler "chériii" au lieu de "chéri", je ne sais pourquoi. Elle avait mis du verre pilé dans les aliments de son mari, ou en tout cas avait prétendu l'avoir fait. Elle l'avait écrit dans ses lettres à Bywaters et elles ont été produites contre elle au procès. C'était Bywaters qui avait poignardé Thompson, près de l'endroit où ils vivaient tous deux. Mais Edith a été pendue elle aussi.

— Je n'ai vu que la fin du film.

— Peu importe le film. Il n'est pas très bon. J'en parle parce que, le lendemain, Alan a commencé ce qu'il... ce que nous avons appelé le "Devine qui a tué Gilda ?". »

Le mardi 16 août 1969, à cinq heures et quart, Alan a dit pour la première fois : « Devine qui a tué Gilda ? » Stella a souligné qu'elle avait mémorisé cette date mieux que celle de son mariage, que celles de la naissance de ses enfants, ou que celle de sa première rencontre avec Alan. Il n'y avait qu'une autre date dans toute sa vie qui fût mieux mémorisée et elle n'y était pas encore parvenue.

« Je ne comprends pas.

— Non, j'imagine bien que non. Je ne comprends pas moi-même aujourd'hui pourquoi c'était si drôle alors. Et ça l'était. Il l'avait dit de son ton détaché, dans une de ces phrases lapidaires dont il avait le secret. Il avait dit : "Allons-y, débarrassons-nous de Gilda."

— C'était une plaisanterie, non ? » Je ne comprenais vraiment pas. « Il n'était pas sérieux. C'était un jeu.

— Bien sûr que c'était un jeu. » Tout à coup, elle a eu l'air irrité. Presque en colère. « Nous avions l'habitude de ces jeux, lui et moi. Je vous ai dit, il y avait le jeu de la maison, le jeu des mariés. Nous nous étions même habillés une fois pour ressembler aux parents dans *Figaro et Velvet.* Et nous nous étions aussi déguisés en M. et Mme Chéri dans *Peter Pan.* »

J'étais perdue. J'ai essayé de ne pas la dévisager.

« M. et Mme Chériii, a-t-elle ajouté avant un rire un peu rocailleux. "Devine qui a tué Gilda ?" n'était qu'un jeu de plus pour nous.

— Et vous y avez joué ?

— Je l'ai fait parce qu'il avait commencé. » Il y avait une grande inquiétude dans sa voix à présent. « J'en ai honte aujourd'hui. C'était méchant et puéril.

— *Puéril ?*

— Évidemment, bien pis que cela. Sans doute même des enfants n'y auraient pas joué. Vous savez ce que les Français veulent dire par "folie à deux" ? »

J'ai secoué la tête. Le français n'était pas une langue enseignée avec beaucoup de succès au collège à Newall. D'ailleurs, j'ai à peine compris que c'était du français.

« C'est quand deux personnes qui sont proches s'encouragent mutuellement à accomplir une chose horrible, quand une personne en pousse une autre à... accomplir un meurtre, par exemple.

— Bonnie Parker et Clyde Barrow. Les tueurs du Brabant. »

Elle a eu un petit rire sec qui s'est achevé en toussotements. Une fois rétablie, elle a opéré un de ces changements de sujet dont elle a le secret. Elle ferme un tiroir et en ouvre un autre. Et elle accompagne le tout d'un large sourire.

« Il voulait faire mon portrait.

— Voulait ? Il l'a fait. Il est accroché au mur à Moluques.

— Il l'a dit devant Gilda. Nous étions allés voir *Seven for a Secret* et, devinez quoi, le personnage joué par Gilda appelait une autre femme "petite chose". Même cela, elle le tenait d'un scénario. Alan était assis entre nous deux et je me suis tournée pour le regarder, il a fait de même, et nous avons éclaté de rire. Nous n'aurions pas dû, n'est-ce pas ? Ce n'était pas très gentil et Gilda n'a pas été très contente.

« Quand nous sommes arrivés chez moi, ils sont entrés un moment et Alan a dit tout à coup qu'il voulait peindre mon portrait. Gilda s'est retournée contre moi, avec toute sa perversité. Marianne était là, tout ouïe, naturellement. Gilda a dit des choses horribles. Peut-être les avais-je méritées... Qu'en pensez-vous, Genevieve ?

— Peut-être que toutes les femmes dans notre situation méritent ce genre de choses. »

Elle ne s'attendait pas à une telle réponse. Croyait-elle que j'allais nous trouver des excuses à toutes les deux ? Ses lèvres se sont pincées et elle est restée silencieuse pendant un moment. Puis elle a dit : « Gilda a demandé à Alan : "Est-ce qu'elle n'est pas trop vieille ?", comme si je n'avais pas été présente. Et puis : "Tu ne m'avais pas dit que tu ne voulais peindre que des beautés ?" Elle s'était vengée de nos rires dans le cinéma. Elle avait continué en disant qu'il n'était pas un vrai peintre, qu'il s'en tirait avec les petits chiens et les chats, et les femmes avec des visages magnifiques, mais qu'il n'avait aucun talent pour rendre les traits ordinaires d'une femme entre deux âges. Marianne, bénie soit-elle, l'a interrompu pour dire : "Je trouve que ma mère est belle", et Alan a dit qu'il pourrait la peindre car, à en croire Gilda, rendre sa beauté n'exigeait aucun talent. Marianne a adoré, mais Gilda pas du tout. Peu importait qui il voulait peindre, avait-elle déclaré, il ne le ferait pas dans sa maison, il ne devait pas oublier qu'il vivait dans *sa* maison.

« Ils sont rentrés chez eux, c'était la règle. Cela se passait toujours ainsi. C'était naturel, elle était sa femme. Quand il a fait mon portrait finalement, au mois de juin suivant, à Moluques, les rosiers étaient en fleur. C'est la raison pour laquelle j'ai une rose à la main. Les peintres aujourd'hui n'exigent pas qu'on pose pour eux plus d'une ou deux fois. Ils utilisent des photographies. Mais Alan recherchait la ressemblance parfaite. De plus, il ne travaillait jamais sans ma présence. » Stella a levé la main et l'a regardée avec un air pensif, comme si elle avait tenu une fleur.

« C'est pendant que j'étais en train de poser pour lui que la photographie que vous avez vue a été prise. Un couple avait sonné à la porte pour demander son chemin. Il s'était perdu. Cela ne s'était jamais produit auparavant. Pas une seule fois auparavant, je crois, nous n'avions été dérangés. Alan leur a expliqué comment se rendre à Breckenhall et puis il leur a demandé s'ils accepteraient de prendre une photo. Je crois qu'ils nous ont pris pour des fous. L'homme m'a regardée, dans ma robe de soie rose, avec mes perles, mais il a fini par nous prendre dans le jardin, les yeux dans les yeux. »

Elle a soupiré. Quand elle ferme les yeux pendant un instant, c'est souvent parce qu'elle va changer de sujet de conversation. « Quel âge aviez-vous quand vos parents se sont séparés, Genevieve ? »

J'ai été surprise. « J'avais huit ans.

— C'est lui qui est parti ?

— Elle l'a mis dehors. Il était avec quelqu'un d'autre, une certaine Kath. Il avait promis à ma mère de la laisser tomber. Mais un soir, il est rentré tard de nouveau, il venait de la voir, et maman a dit qu'elle n'en pouvait plus, qu'il fallait qu'il parte pour de bon.

— Elle lui a donné la clé des champs. » Et quand je l'ai regardée, sidérée, Stella a ajouté : « C'est ce qu'on disait autrefois. Nous disions aussi : "Indiquer le chemin de la porte" ou "Donner les ordres de route". C'était à la fin du mois d'août ? Au début du mois de septembre ?

— Je crois. »

L'assistante de Ned n'a trouvé aucune trace de la mort de Gilda Brent. Je dois être bien stupide, je pensais que Ned ferait les recherches lui-même. Mais naturellement, il ne l'a pas fait ; il y a des gens pour faire ce genre de travail.

« Tu ne m'avais pas donné le mois, alors elle a dû parcourir l'ensemble de l'année 1970.

— C'était en août.

— Ça ne change rien. Elle n'y était pas. J'ai pensé que nous devions faire une recherche systématique pour toi et elle a cherché aussi dans les nécrologies du *Times*.

— Elle aurait eu une nécrologie dans le journal ?

— Oui, pourquoi pas ? Elle a été une actrice assez connue, de son temps. Ne serait-ce que sur la réputation de *The Fiancée*, ils auraient écrit quelque chose. Sauf qu'ils ne l'ont pas fait et donc qu'elle ne l'est pas.

— Pas quoi ?

— Pas morte. Pas en 1970. Et je ne crois du tout pas qu'elle soit morte. Je crois que je le saurais. J'aurais lu quelque chose quelque part et ce n'est pas une chose que j'aurais oubliée. Ça vaut peut-être le coup de faire une enquête. On pourrait en faire un de ces mystères jamais élucidés. Tu vois le genre... Mais où est donc passée Gilda Brent ? *Une femme disparaît*, quelque chose comme ça. »

L'air dans la chambre était une sorte de brume glacée. Nos bouches étaient à peu près réchauffées, mais pas nos mains. Nos doigts faisaient l'effet de glaçons sur la peau. Faire l'amour n'avait plus rien à voir avec ce que cela avait pu être pendant l'été, long, langoureux, d'une lenteur absolue, un peu distant pour ne pas trop transpirer. En quelques minutes, c'était fini à présent, il le fallait, afin de nous serrer l'un contre l'autre et nous réchauffer, et pour voir notre respiration s'élever en colonnes blanches au-dessus de nos épaules.

Décembre. Nous n'étions qu'en décembre. J'ai pensé qu'il me fallait prendre une décision avant Noël et avant la mort de Stella. Avant que le froid ne devienne insupportable. Avant que je perde cette maison. Personne n'allait la prendre pour moi. Lui poser la question aurait été inutile, il me répondrait qu'il ne faut pas réfléchir, que réfléchir est fatal. Il me répondrait que je dois partir et venir à lui.

16

STELLA A EFFACÉ LES CASSETTES qu'elle avait enregistrées. Elle s'était dit qu'elles n'avaient aucun intérêt pour son propos : elles ne reflétaient que sa complaisance à l'égard d'elle-même, elles n'étaient qu'une excuse pour se dire des choses qu'elle n'aurait jamais le courage de prononcer devant quelqu'un. Tant de choses avaient été effacées, cadenassées, des années durant. Pouvoir en parler enfin était une thérapeutique. L'effet était comparable à celui obtenu avec Genevieve, avec simplement plus de liberté et donc un plus grand soulagement.

« Du moins, a-t-elle dit au magnétophone, cela m'a aidée à me débarrasser l'esprit de toutes ces choses. Mais les bandes sont effacées à présent et tous mes mots sont perdus.

Sont-ils jamais vraiment perdus ? Si on écrit quelque chose et que ce texte est détruit, découpé en morceaux ou brûlé, qu'il n'existe pas de double, alors les mots seront perdus pour toujours. Mais il n'en est pas de même pour les mots prononcés. C'est en tout cas ce que j'ai lu. Le son n'est jamais perdu, il n'est pas absorbé par les oreilles qui l'ont entendu, il continue de voler dans l'espace, peut-être même au-delà de l'atmosphère terrestre, vers d'autres planètes. Un mot, une fois prononcé, devient indestructible et éternel. Mes mots sont là, dehors, voletant çà et là, peut-être déjà entendus par de mystérieuses créatures extraterrestres.

Mais tout cela n'est qu'un rêve, sur lequel je ne peux m'attarder à présent. Je vais faire trois autres cassettes. Je vais m'enfermer dans la chambre, faire croire que je suis beaucoup plus faible que je ne le suis, pour me donner la possibilité de parler tranquillement. La première, je la réécouterai pour contrôler ma voix et tout le reste, parce qu'il va me falloir par la suite toute la force dont je dispose encore. Il faut que ma voix sonne juste, et pas comme celle d'une vieille femme sombrant dans la sénilité et la folie. Je veux convaincre mon auditrice de la véracité de mes propos, quoi qu'elle puisse décider de leur usage ultérieur.

C'est Lady Macbeth invoquant le pouvoir des esprits — Genevieve en saurait sûrement long à ce sujet — invoquant les "exécuteurs des hautes œuvres" pour qu'ils viennent la délivrer de son sexe, pour qu'ils viennent boire à ses seins son lait d'amertume. Cela nous faisait glousser à l'école, ce qui explique probablement que je m'en souvienne encore. Mais ce que je veux maintenant que j'approche de la mort, c'est me dépouiller de la douce et vulnérable féminité dont j'ai été parée toute ma vie. Alan disait que j'étais la créature la plus féminine qu'il eût jamais rencontrée. Pourtant ce que j'ai fait ou ce que j'ai aidé à faire n'était pas l'apanage de la féminité, de la douceur féminine. Si je ne puis être un homme, je dois être Lady Macbeth.

Ici commence la première cassette.

Ce n'était qu'une plaisanterie, non ? C'est ce qu'a dit Genevieve. C'est ce qu'elle a voulu croire et ce n'est pas à moi de la priver de ses illusions, tant que je suis en vie. Ce qui se passera ensuite est une autre affaire. C'est le risque que je dois courir. Elle a voulu croire que "Devine qui a tué Gilda ?" était un jeu, comme j'avais voulu le croire moi-même. Je voulais y croire à tout prix et j'y étais parvenue. Quand nous plaisantions sur son empoisonnement, sur le savonnage de l'escalier ou un petit coup d'épaule au bord de la falaise, j'émettais mentalement une sorte de réserve : ce que nous nous disons, lui et moi, n'a aucune importance, pour autant que je me répète que c'est un jeu, que cela ne veut rien dire, que ce sont des bêtises.

Pourtant, en dépit de notre liaison, nous avions réussi à maintenir une sorte d'innocence que la "folie à deux" détruisait progressivement. Je m'en rendais compte mais j'étais incapable de lui en parler. Gilda et moi étions allées au bord de la mer un jour, à Dunwich, où les falaises ne sont pas très élevées, mais assez hautes tout de même. Nous avions marché sur un chemin au bord de la falaise, c'était une journée magnifique, et il m'est venu à l'esprit que j'aurais pu la pousser. Il est difficile de croire ce que j'avais véritablement pensé, que je m'étais imaginée rentrant à la maison et capable de lui dire que j'avais tué sa femme. Et il aurait été tellement *content* qu'il m'aurait aimée davantage.

Je ne l'avais pas effleurée, bien entendu, mais j'avais dit à Alan que j'y avais pensé. Je voulais plaisanter avec lui, l'amuser. Il avait répliqué : "Pourquoi ne l'as-tu pas fait ?"

Il m'avait parlé d'un poison dont il avait entendu parler et qui était très efficace. Je lui avais dit : "Je pourrais te demander la même chose. Pourquoi ne l'as-tu pas fait ?

— L'ombre d'un doute. Tu sais, ce truc qui vient s'interposer entre la décision et toi."

Si on se met à parler d'une chose, si on s'y habitue, elle finit par devenir réelle. Et pour lui, elle était bien réelle, il l'envisageait sérieusement. Ce n'était plus une plaisanterie pour lui. Quand nous avons cessé d'en plaisanter ouvertement, la possibilité de le faire réellement a commencé à lui trotter dans l'esprit. Je pouvais le comprendre, c'était bien ce qui m'effrayait. Mais j'ai été choquée quand il m'a montré la lettre de Charmian. J'avais oublié jusqu'à son existence. Un psychologue dirait que j'avais refoulé le souvenir. J'étais paniquée en la revoyant, en comprenant qu'il l'avait gardée, comme il avait dit qu'il le ferait. Dans ses archives, avait-il dit.

J'en avais oublié le contenu et il m'a fallu la relire. La première fois, elle n'avait pas signifié grand-chose pour moi. Mais en la relisant, j'ai senti à quel point elle était triste et désespérée. Je n'ai jamais pu l'effacer de ma mémoire depuis. *Je ne peux pas vivre sans toi. J'ai essayé, mais les journées sont trop longues.*

Alan avait dit : "Pourquoi ne pas simuler le suicide de Gilda et faire de cette lettre son mot d'adieu ?"

C'était absurde, évidemment. Cela n'aurait jamais marché. La lettre était tapée à la machine. J'imagine que Charmian l'avait tapée à cause de son écriture illisible. La signature l'était, sorte de rature qui aurait pu signifier Gilda aussi bien que Charmian. Sauf que l'écriture de Gilda était différente, sa signature était lisible et elle n'avait pas de machine à écrire. Alan ne l'avait pas quittée, elle ne vivait pas sans lui. Oh, il y avait encore toute une série d'objections que je n'ai pas besoin d'évoquer. Car ce n'était pas le problème pour moi, rien de tout cela. Ce qui me préoccupait, c'était le sérieux qu'il mettait dans ce qui n'avait été qu'un jeu. Le jeu était terminé et remplacé par la réalité.

Toutefois, j'étais tentée de faire durer la plaisanterie, de rire de tout cela. Qu'un homme voulût tuer sa femme à cause de moi, cela me dépassait complètement. C'était trop éloigné de tout ce que je pouvais connaître. J'avais vu des films, lu des livres qui pouvaient m'y faire penser. Mais ma vie était celle d'une veuve entre deux âges, installée dans les environs d'une bourgade de campagne.

Je ne voulais pas en parler. Je ne voulais plus continuer ainsi. Je ne savais plus ce que je voulais... Que Gilda meure, j'imagine, rapidement, d'une mort naturelle, et sans souffrir. Peut-on mourir ainsi ?

Je ne voulais pas en parler, mais il le fallait. J'ai fait parler Alan et puis j'ai déclaré qu'il n'en serait plus jamais question. Les plaisanteries à ce sujet devaient cesser. Et il n'était pas question de l'envisager sérieusement. Je pensais l'avoir convaincu. Je pensais savoir comment m'y prendre. En lui disant que le jeu de "Devine qui a tué Gilda ?" l'avait corrompu et transformé, en avait fait un homme différent de celui que j'aimais.

C'était l'été, l'époque du portrait. L'époque où ces gens à qui nous avions demandé de nous prendre en photo étaient venus demander leur chemin. Une fois qu'ils furent partis, j'étais retournée m'asseoir pour poser, la rose à la main. Alan s'était mis à rire.

"Il était plutôt sinistre, tu ne trouves pas ? Le photographe de l'enfer. Tu as vu ses canines pointues ? Il va emmener sa femme dans le marais pour l'étrangler.

— Arrête !

— Oh, je t'en prie, chérie. Je parle d'une inconnue, pas de Gilda. Heureusement, il a laissé ses empreintes sur ton appareil, afin que la justice et la loi triomphent."

J'ai laissé tomber la rose. Je me suis levée et approchée de lui.

"Tu veux que ces plaisanteries mettent fin, non pas à Gilda, mais à mon amour pour toi ? Parce que c'est très exactement ce qui va arriver." Ce n'était pas vrai, j'avais l'impression que rien ne pourrait y mettre fin, mais je l'avais dit quand même. Et redit. "Tu vas changer. Tu vas te transformer en quelqu'un d'autre, en quelqu'un qui pourrait tuer sa femme, qui pourrait vraiment le faire. Et si cela arrive, je ne pourrai plus t'aimer."

Je n'oublierai jamais l'expression de son visage. Je ferais mieux de dire, à l'âge que j'ai, que je n'ai jamais oublié. Il a pâli. Il avait l'air d'un enfant qui a perdu une chose à laquelle il est profondément attaché et qui n'arrive pas à comprendre l'explication qu'on lui donne de cette perte. Richard avait la même expression quand son petit chat a été écrasé dans la rue devant chez nous. Une expression de sidération et de douleur inconsolable qui vous brise le cœur. »

« Après avoir réécouté la cassette, j'ai placé celle de Genevieve, le Boccherini — cette musique délicieuse et tellement civilisée, tout ce dont j'avais besoin. La musique a remplacé, en parfait contraste, ce qui avait précédé.

À ma grande surprise, ma voix est très ferme. Il y a des moments où elle devient rauque, mais je n'y peux rien. Comme je l'ai dit, cet enregistrement ne constitue qu'une répétition. Je vais effacer ce que j'ai dit dans une minute, mais j'ai encore à dire des choses à propos de cet été-là — et plus j'en parle et plus c'est facile pour moi, psychologiquement, s'entend, pas physiquement.

À propos de la façon dont les paysans arrachaient les haies à l'époque, en les déracinant et en les brûlant. Sous prétexte que je ne suis pas une bonne marcheuse, que je n'aime pas les promenades au grand air ou les pique-niques, bien des gens croient que la nature ne m'intéresse pas. En fait, j'ai toujours été une passionnée d'histoire naturelle. C'était un des nombreux intérêts que je partageais avec Alan. Nous avions les mêmes goûts en matière de livres, de tableaux, de musique, d'attitude devant la vie. Nous adorions les fleurs sauvages du marais et celles de la côte du Suffolk. Nous avions toujours espéré voir un jour un machaon. Nous détestions l'automne et l'hiver, et nous aimions l'été. Jamais nous n'aurions marché quand nous avions la possibilité de faire le trajet en voiture. Nous aimions manger les mêmes choses. Et nous avions découvert, peu de temps après notre rencontre, que le gin-angustura, qui n'était plus du tout à la mode, était notre cocktail favori. En boit-on encore aujourd'hui ? Peut-on demander un gin-angustura au bar d'un hôtel, par exemple ? Est-ce qu'ils sauraient de quoi vous voulez parler ?

Nos jeux — ceux que nous aimions tous les deux — étaient innocents. Même M. et Mme Chériii avait une sorte de simplicité et de candeur. S'habiller était vraiment une sorte de répétition, la conquête d'un idéal plutôt que la stimulation d'un désir assoupi. Nous n'étions pas lassés l'un de l'autre, notre amour avait encore toute sa fraîcheur et chacune de nos étreintes ramenait le frisson de la première fois.

Mais je me suis éloignée de mon propos et je ne sais plus ce que je voulais dire. Peut-être rien de particulier, simplement le besoin de m'entraîner. Me voilà fatiguée à présent et, de toute façon, j'ai assez répété.

Les cassettes, c'est mieux que la vie. Vous effacez les mots, vous en mettez de nouveaux et ensuite, c'est comme si vous ne les aviez pas encore prononcés. Vous n'avez pas à vivre pendant vingt-quatre ans avec certains mots et certains actes, parce que vous les avez effacés. Ils se sont envolés vers d'autres planètes sur des ondes invisibles. »

17

GILDA AVAIT REÇU une carte postale anonyme, sur laquelle était écrit : *Et maintenant, tu as cinquante ans*. L'illustration de la carte était une femme un peu vieillissante, à la chevelure ondulée et argentée, un bouquet de fleurs à la main. Stella avait évidemment envoyé une carte qui ne faisait nullement référence à son âge et elle avait été surprise que Gilda lui montre la carte anonyme. Elle s'attendait plutôt que celle-ci la dissimulât et que Gilda mentît en prétendant durant les dix années à venir qu'elle n'avait que quarante-neuf ans. Et pourtant, elle avait montré cette carte ainsi que deux autres lettres anonymes.

Les mots imprimés avaient été découpés dans un livre et non dans un journal, puis collés sur une feuille de papier ordinaire. L'une disait : *Votre mari est avec une autre femme*, et l'autre : *Alan aime une femme que vous connaissez très bien*. Stella s'était demandé pourquoi elle les lui avait montrées, pourquoi, le jour de son anniversaire, Gilda avait tenu à montrer cette carte et ces deux lettres anonymes à Jeremy et à Priscilla, à elle et même à Marianne, pourquoi ces lettres grossières avaient été exhibées.

Stella avait commencé à soupçonner tous ceux en qui elle pensait avoir confiance, ses voisins et Aagot, la nouvelle jeune fille au pair. Puis, quand l'intérêt pour ces lettres s'était dissipé, Gilda avait confessé à Alan qu'elle les avait envoyées elle-même. Elle avait acheté la carte, la plus laide et la plus vulgaire qu'elle ait pu trouver, et elle avait composé les lettres, en découpant les mots dans un *Figaro et Velvet* qu'Alan avait illustré. Elle avait pris le livre sur l'étagère et lui avait montré les pages mutilées.

Comme il s'agissait d'un livre pour enfants, Gilda n'avait disposé que d'un nombre de mots limité. Alan avait dit à Stella comment elle s'était vantée de son ingéniosité, combien elle était fière d'avoir trouvé *mari* et *femme*, mots plutôt rares dans les livres pour enfants. Pourquoi avait-elle choisi ce livre en particulier ? Parce que le mot « Alan » se trouvait sur une des premières pages où était imprimé le nom de l'illustrateur. Et sans doute aussi parce qu'il y tenait et qu'elle savait que le mutiler le blesserait.

Bien entendu, il lui avait demandé pourquoi elle avait fait cela. Dans quel but s'était-elle adressé des lettres à elle-même ?

« C'était une façon pour moi de regarder la vérité en face », avait-elle répondu.

Alan avait dit à Stella : « Je m'en souviens à présent. Cela provenait d'un de ses films. C'était le parfait drame conjugal. La femme qu'elle jouait recevait, elle aussi, des lettres anonymes, à la différence près qu'elles étaient écrites par une main ennemie. » Il avait ri. « J'avais toujours dit à Gilda qu'elle était son pire ennemi. »

Stella n'avait pas pu rire. La moindre allusion à la folie provoquait chez elle, comme chez la plupart des gens, un réflexe de peur. Comme d'habitude, Alan en plaisantait.

« Ce livre était un tirage de tête. Je lui ai conseillé d'utiliser *Demeures et châteaux* la prochaine fois. »

Mais la réponse énigmatique de Gilda s'était gravée dans l'esprit de Stella. C'était une façon pour elle de regarder la vérité en face. Et Stella avait commencé à comprendre. Gilda vivait dans un monde d'incarnations successives de personnages, de comédie et de faux-semblant, qui ne lui permettait pas d'appréhender la vérité, la réalité. Et c'est pourquoi il lui avait fallu l'écrire. Mais l'écriture, l'inscription noir sur blanc, avait dû elle-même être fausse, provenir d'une mauvaise scène de cinéma. Était-ce la seule forme de vérité qu'elle connaissait ?

Gilda était toujours spectaculaire dans ses vêtements d'autrefois, ses robes de star de cinéma. Ses cheveux blonds étaient teints désormais, mais toujours longs et épais. Sa silhouette était élancée, plus maigre que mince à présent. Quand elle avait dit à Stella qu'Alan était devenu indifférent à son égard, qu'ils ne faisaient plus l'amour, elle était allée prendre sa pose sous le tableau, penchée en arrière, la tête renversée, ses longs cheveux pendant dans le vide, les seins dressés et les bras en croix.

« Il ne me quittera jamais. Il ne peut pas. La maison m'appartient et c'est de moi que provient la plus grande partie de nos revenus. Il n'a vraiment pas un radis. »

Elle avait dit cela sur un ton dramatique et puis, se précipitant en avant, elle avait tendu les mains vers Stella. Elle s'était penchée vers elle, l'air de vouloir faire une confidence, la tête penchée, le cou distendu. Ses grands yeux bleus semblaient vouloir transpercer le visage de Stella.

« La folle qui voudrait bien de lui aura intérêt à être riche. Mais qui pourrait s'intéresser à lui, à votre avis ? »

Stella aurait voulu prendre sa défense, dire que n'importe quelle femme serait attirée par lui, mais elle n'avait pas osé. Quand Gilda lui demandait son opinion ou lui posait une question directe, Stella avait toujours l'impression qu'elle connaissait déjà la réponse, la testait, qu'elle la soumettait à un interrogatoire, et lui tendait des pièges. La « femme que vous connaissez très bien » de la lettre, c'était elle et Gilda attendait qu'elle en fît l'aveu. Parfois, avec force détails, elle décrivait à Stella les moyens qu'elle voulait employer pour « reconquérir » Alan. Qu'en pensait Stella ? Et à ce moment-là, elle se jetait dans un fauteuil défoncé en face de Stella et demandait à un interlocuteur invisible quel pouvait être l'intérêt de poser une pareille question à quelqu'un d'aussi innocent et inexpérimenté.

Pourtant Stella s'attendait constamment à une confrontation directe et essayait de s'y préparer.

« C'est vous, n'est-ce pas ? »

Ce fut une surprise absolue quand Gilda révéla que ses soupçons se portaient non pas sur Stella, mais sur Priscilla.

« Quand il venait me voir chez moi ou à Moluques, elle pensait qu'il rendait visite à Priscilla. Jeremy et elle habitaient près d'Ixworth. Ce ne pouvait pas être moi, car elle me jugeait trop vieille. Priscilla, elle, approchait de la trentaine. »

C'était ainsi que Gilda jugeait les gens. Les hommes désiraient les femmes parce qu'elles étaient jeunes ou belles, ou les deux. Les femmes étaient à la recherche de maris riches ou d'amants « bons au lit ». Elle n'était plus toute jeune, bien qu'elle n'eût pas admis être moins belle, et elle avait dit à

Stella qu'elle ne doutait pas qu'Alan resterait avec elle, dans la mesure où elle tenait les cordons de la bourse.

Un jour, au printemps, Gilda s'était invitée à déjeuner. Elle savait que Priscilla et Jeremy seraient là avec leurs enfants, ainsi que John et Madge Browning. Stella était heureuse parce que Alan devait venir lui aussi. Elle n'arrivait pas à se souvenir du prétexte de ce déjeuner, peut-être le dimanche de Pâques ou l'anniversaire de Richard — mais dans ce cas, elle aurait organisé un goûter pour les enfants. Aagot, excellente cuisinière, avait préparé le repas. Plus tard, au moment où ils avaient pris le thé, Gilda avait fait une scène effroyable.

Elle n'avait pas quitté des yeux Priscilla pendant tout le déjeuner et même après. Dans son innocence, Stella avait placé Priscilla à côté d'Alan et Gilda en face d'eux. Ne touchant pas à son assiette, Gilda n'avait cessé de fixer Priscilla. Gilda était un peu anorexique, si on peut l'être à cinquante ans. Personne n'en parlait à l'époque, on pensait à une simple perte d'appétit causée par l'inquiétude ou la fatigue. Stella pensait que Gilda se forçait à ne rien manger pour rester mince. Et elle était devenue de plus en plus mince, au point qu'on voyait ses côtes se dessiner sous ses vêtements. Elle portait toujours des robes très étroites et ce jour-là, elle avait une robe de soie verte, très courte, serrée par une large ceinture noire. Son beau visage fatigué était très maquillé et ses cheveux blond-roux tombaient sur ses épaules.

Elle avait à peine parlé. Le plus terrible, a dit Stella, c'était qu'on ne l'avait pas même remarqué. Elle était seule à l'avoir noté, sans doute parce qu'elle était sensible à ce que Gilda pouvait dire ou faire à ce moment-là. Mais les autres convives étaient heureux de parler entre eux et peut-être même contents que Gilda se fût tue. Elle était en effet devenue très ennuyeuse, elle ne parlait que du monde du cinéma dans les années quarante et cinquante, de ce que tel acteur avait dit à tel autre, des gens célèbres — et depuis oubliés, pour la plupart — qu'elle avait connus, de ses triomphes et, pis que tout, de l'incompréhension et de l'ostracisme dont elle avait été victime. Sans doute avait-elle toujours été ainsi et les gens ne l'avaient supportée et même appréciée que parce qu'elle était jeune.

Il était environ quatre heures de l'après-midi quand Gilda avait mis fin à la fois à son observation et à son silence.

Marianne et Sarah, la fille de Priscilla, avaient préparé le thé et le servaient en même temps qu'un gâteau. Gilda avait fait non de la tête au morceau qui lui était offert, comme s'il avait contenu le poison qu'Alan disait en plaisantant vouloir lui administrer. Elle a attendu que Priscilla eût un petit morceau de massepain dans la bouche pour ordonner : « Dites-moi où mon mari et vous avez vos rendez-vous. »

Stella a dit que le plus extraordinaire, c'était qu'elle avait reconnu immédiatement la réplique. Quelques jours avant, Gilda et elle étaient allées à Sudbury pour voir *The Skies Above Us*. Gilda jouait le rôle de la femme d'un pilote de bombardier qui suspectait — avec raison — sa jeune belle-sœur d'être amoureuse de son mari. Et au moment de la confrontation, c'était exactement les mots qu'elle avait employés. C'était la raison pour laquelle Stella avait cru, l'espace d'un instant, qu'il s'agissait d'une plaisanterie. Elle avait pensé que Gilda citait le film avant d'en parler.

Priscilla ignorait tout de ce film. Elle n'allait jamais au cinéma. « Quoi ? » avait-elle hoqueté.

Gilda avait répété la phrase, tout comme dans le film. Patricia Roc, qui est la belle-sœur, s'effondre et confesse tout, promet de ne plus jamais revoir le pilote et, à la fin, tout le monde est content parce que l'épouse, le personnage de Gilda, est tuée au cours d'un raid aérien.

Mais Priscilla n'avait aucune intention de se conformer à ce scénario. Elle avait répondu calmement qu'elle ne comprenait pas. Gilda avait répliqué grâce à une série d'autres citations du film, développant son acte d'accusation. Puis elle était revenue à la réalité, ou plutôt à ce qu'elle croyait réel. Elle savait que Priscilla et Alan étaient amants depuis des années, et elle voulait que cela cessât. Jeremy devait connaître la vérité et les enfants de Priscilla savoir qui leur mère était vraiment. Il était temps aussi que Stella ouvrît les yeux et sût quel genre d'individus elle invitait chez elle. Priscilla et Jeremy pouvaient faire ce qu'ils voulaient, mais elle était prête, pour sa part, à pardonner Alan et à le reprendre, si cette liaison prenait fin.

Priscilla avait réagi avec beaucoup de dignité. Elle avait présenté ses excuses à Stella, elle était désolée de ce qui venait de se passer, de cette merveilleuse journée gâchée, et elle l'appellerait le lendemain. Elle avait dit à Jeremy : « Allons-nous-en », et aux enfants : « Allez chercher vos manteaux sans discuter, s'il vous plaît. Nous partons. »

Alan était resté muet tout ce temps-là. Stella aussi. Quand ils en avaient reparlé entre eux, par la suite, ils avaient été d'accord pour penser que rien n'aurait pu être dit. Certes, Alan aurait pu nier. Il n'y avait pas la moindre vérité dans cette accusation. Mais il n'aurait pu nier qu'il était infidèle, de façon constante et suivie. Gilda s'était tout simplement trompée de femme. Et pour cette même raison, Stella, elle non plus, n'avait pu prendre la défense de quiconque.

Quand Priscilla et Jeremy furent partis, Gilda s'était mise à hurler. C'était de nouveau la même scène qu'à Saint Michael's Farm, à propos du bébé qu'elle n'aurait jamais. Elle s'était emparée d'un ou deux objets qu'elle avait brisés, elle s'était roulée par terre. On est censé gifler la personne dans ce genre de circonstances. Mais il n'y avait pas eu la moindre gifle. Marianne avait regardé, sidérée, puis elle était montée dans sa chambre. Seul Richard avait paru indifférent. Il avait continué à lire le livre que Madge Browning lui avait apporté, assis par terre dans un coin de la pièce.

Mais tout cela n'est survenu que plus tard, après bien des mois durant lesquels Gilda soulevait constamment devant Stella l'éventualité de l'infidélité d'Alan. Stella essayait — avait essayé depuis des années — de la voir moins. D'une part, parce qu'elle se sentait coupable de jouer le rôle de l'amie quand elle était la maîtresse du mari. D'autre part, parce que Gilda avait commencé à lui déplaire profondément.

« Tu pourrais la quitter, avait-elle dit à Alan. Nous pourrions vendre cette maison et aller vivre avec Richard dans *ma* maison. J'ai assez d'argent pour nous tous. Ce serait notre argent, le tien et le mien. »

Oh, elle détestait parler d'argent, mais elle l'avait fait avec Alan. Il le fallait. Elle avait évoqué Richard parce qu'elle savait qu'Alan l'adorait. Il adorait les enfants. Ne dessinait-il pas des livres pour eux ? Richard serait comme son propre fils.

« Tu aurais dû me laisser la tuer », avait-il dit.

« Il l'a dit comme cela, avec ce laconisme, Genevieve, a dit Stella. Tout comme on dirait : Tu aurais dû me laisser... oh, je ne sais pas... fermer la porte ou téléphoner. Je n'arrivais pas à me mettre en colère. Je ne pouvais pas m'empêcher de rire.

— Vous n'avez jamais pensé à ne plus voir Gilda ? À couper toute relation avec elle ?

— J'ai essayé. Même si j'avais cessé d'être amie avec elle, j'aurais continué à voir Alan. Notre relation ne dépendait plus du hasard des rencontres qui étaient devenues une sorte de bonus. Mais Genevieve, on est la personne qu'on est, non, on ne peut pas changer radicalement, quel que soit le désir qu'on en ait. Je n'arrivais pas à dire à cette personne qui avait été mon amie que je ne voulais plus la voir, à lui dire de s'en aller, à me séparer d'elle. Je ne peux pas être impolie... Parfois j'aurais aimé pouvoir l'être. Et puis j'étais le... eh bien, la coupable, n'est-ce pas ? Être impolie, rompre avec elle, m'aurait donné l'impression de l'insulter après l'avoir blessée. Pouvez-vous le comprendre ? »

Elles vivaient à une quarantaine de kilomètres l'une de l'autre, mais Gilda « passait » tout le temps. Il semblait qu'elle arrivait souvent au moment où Richard rentrait de l'école. Stella se demandait si elle le faisait exprès. Parfois, cela la terrifiait. Elle s'imaginait avoir vu Gilda dévorer Richard des yeux. Gilda avait cessé de parler depuis longtemps d'avoir un enfant. Elle disait désormais qu'elle n'aimait pas les enfants. Elle avait toujours été d'humeur changeante et son humeur ou sa pose du moment lui faisait prétendre qu'elle n'aimait pas les enfants, qu'ils étaient un fléau. « Une corvée », répétait-elle. Elle se sentait proche d'Hérode qui avait fait tuer tous les enfants mâles de Bethléem. Et puis elle souriait, comme si un sourire et une tape sur l'épaule de Richard avaient suffi à tout réparer.

Prendre le thé dans un hôtel à la campagne ou trouver un cinéma où l'on jouerait un de ses films était devenu sa distraction favorite. Elle faisait une véritable « entrée » dans le cinéma, souriant et hochant la tête en direction de la caissière et des ouvreuses. On aurait dit une célébrité traversant un aéroport, convaincue que tout le monde la reconnaissait, ce qui ne faisait qu'embarrasser Stella, convaincue du contraire.

Sans raison, Richard devait rester à la maison. « Vous pouvez le laisser avec la jeune fille au pair », disait Gilda comme s'il n'avait même pas été présent. Elle prétendait aussi ne jamais pouvoir prononcer le nom d'Aagot. « Vous avez besoin de prendre un peu l'air, loin de cet enfant. »

Et puis elle regardait Richard, comme un enfant regarde un autre enfant avant de lui faire une grimace, en fronçant le nez et en tirant la langue. Gilda ne faisait pas la grimace, elle avait simplement l'air de l'esquisser. Stella prenait toujours Richard dans ses bras quand Gilda lui parlait méchamment. Elle demandait à Aagot de l'emmener, puis elle priait Gilda de ne plus parler ainsi. Elle avait besoin de tout son courage pour le lui dire et pour surmonter son sentiment de culpabilité. Car de quel droit pouvait-elle reprocher quoi que ce soit à Gilda ? Elle lui avait pris son mari, avait dit les choses les plus effroyables dans son dos et conforté l'absence de loyauté d'Alan.

Richard était un enfant tellement gâté, disait Gilda. Il avait besoin d'un père, de quelqu'un qui l'emmènerait voir des parties de cricket et lui apprendrait à taper dans un ballon. Gilda ressassait ces clichés sur la paternité. Les mères consolaient, embrassaient, les pères faisaient faire du sport. Elle adressait à Stella son sourire particulier. Comme si elle l'avait appris dans un cours d'art dramatique : quand vous voulez avoir l'air triste et compatissant, inclinez la tête sur le côté, haussez les épaules, écarquillez les sourcils et souriez. Elle l'avait mis au point dans *Lora Cartwright*. Il était dommage, disait-elle, que Stella n'ait vraisemblablement plus l'occasion de se remarier. Dommage pour elle et pour Richard.

Stella avait été incapable de supporter l'affront et avait demandé à Gilda de s'expliquer.

« Oh, vous savez bien ce que je veux dire, petite chose. Il a peut-être besoin d'un père, mais un homme n'épouserait une jeune femme et son petit garçon que s'il était follement amoureux. Et ce n'est pas vraiment le cas, non ?

— Vous voulez dire, à mon âge ?

— Entre autres. Je sais que vous vous fichez de votre apparence, sinon je n'en parlerais pas, mais vous n'avez jamais prétendu à la beauté, n'est-ce pas ? »

Incapable de lui dire qu'elles n'étaient plus amies, qu'elle ne voulait plus la voir, Stella restait interdite. J'aurais pu parler, maman en aurait dit sûrement plus, mais Stella était muette. Elle s'en tirait lâchement, en prétendant qu'elle était malade, qu'elle avait pris d'autres engagements qui n'existaient pas le moins du monde. Elle avait même prétendu une fois être sortie quand Gilda était passée. Elle avait eu tellement honte, parce qu'elle avait dû rendre Richard complice de son mensonge, en se cachant avec lui dans une chambre. Elle s'était couchée, les mains sur les oreilles, pour ne pas entendre Aagot mentir à Gilda.

« Vous jouiez encore à votre jeu ?

— Quel jeu ?

— Celui de "Devine qui a tué Gilda ?" », ai-je dit. En parlaient-ils encore, faisaient-ils encore semblant ?

« Oh, ce jeu », a-t-elle répondu. Je suis sidérée que la police et les avocats aient besoin d'une machine pour savoir si quelqu'un ment ou non. Le visage et la voix sont de parfaits détecteurs de mensonges. « C'était terminé depuis longtemps. Cela n'avait été qu'une plaisanterie, Genevieve, et pas de très bon goût. »

Elle ne m'avait jamais parlé aussi longtemps. Elle voulait continuer, mais je l'ai interrompue. J'ai remonté et bordé sa couverture. Ses mains étaient glacées et je les ai frictionnées un peu avant de les glisser sous les draps.

Philippa et Steve étaient sortis pour leur dîner d'anniversaire de mariage et elle avait dû choisir quelle émission elle enregistrerait, *Seaforth* ou *Postcards from the Edge*. J'avais donc enregistré l'une des deux, ce qui explique pourquoi j'ai apporté le troisième épisode de *Seaforth* chez elle vers huit heures.

Steve était au pub. Elle regardait la télévision, allumée en permanence chez elle. Elle était en train d'écrire ses cartes de Noël en regardant Peter O'Toole dans *Le Diable en boîte*. Je n'avais même pas pensé aux cartes de vœux et je n'avais pas non plus commencé à faire mes courses de Noël. Mike partait travailler dans le Yorkshire la semaine prochaine, il serait absent pendant cinq jours, et il avait dit qu'il ne participerait pas aux fêtes et réunions de famille de Noël, afin de pouvoir travailler dans le jardin d'hiver pendant toutes les vacances.

« Ne te plains pas, a dit Philippa, il a de quoi s'occuper.

— Tu veux dire que ça l'empêchera de faire des bêtises ?

— C'est toi qui le dis, pas moi. Tu ne crois pas qu'il fasse de bêtises, non ?

— Je ne sais pas et je m'en fiche. Je vais le quitter. »

Là, elle a éteint la télévision. Je lui ai tout dit au sujet de Ned. Je lui ai dit qu'il voulait que je parte avec lui depuis le début et que pendant longtemps j'avais refusé. Elle a écouté, elle a hoché la tête, mais je pouvais lire dans son regard, dans ses yeux : un type comme ça qui voudrait d'une fille comme toi. Enfin, elle pouvait bien comprendre qu'il me veuille mais pas pour *toujours*. Je le savais, je me posais la question moi aussi, mais j'avais fini par l'accepter comme une des merveilles du monde, favorisée par le philtre d'amour et la fougère dans la chaussure.

« Quand vas-tu en parler à Mike ?

— La semaine prochaine. Quand il reviendra du Yorkshire. Tu peux le garder pour toi jusque-là.

— Tu parles. Il y a un film de ta Gilda Brent, demain, en début d'après-midi. Tu seras au travail. Tu veux que je l'enregistre pour toi ? *The Skies Above Us*, 1945, noir et blanc, et à mourir d'ennui, franchement. »

Mike était en train de poser les vitres quand je suis rentrée. Il s'est arrêté quelques minutes pour me donner une leçon sur la pression thermostatique. Les glissières des fenêtres sont remplies d'huile, de telle sorte que celles-ci s'ouvrent automatiquement quand le soleil brille et chauffe l'huile dont le volume augmente. Le carrelage pour le sol devait arriver la semaine prochaine, une céramique spéciale en provenance d'Italie, en écru, ivoire et noir. Il ne serait pas ici et il voulait que je m'arrange pour réceptionner la livraison. J'ai accepté plutôt que de me lancer dans une discussion : je ne voulais plus l'entendre me dire qu'il faisait tout ça pour moi et que la moindre des choses, c'était que je fusse là pour la livraison du carrelage.

Les coccinelles portent bonheur et, cet hiver, il y en a beaucoup qui ont trouvé refuge dans les maisons. Est-ce qu'elles trouvent des endroits où dormir jusqu'au printemps ? Je ne sais pas, mais je fais attention de ne pas les écraser. Maman m'a dit qu'elle avait eu Nick parce qu'elle en avait écrasé une. Bien sûr, elle ne pourrait pas se passer de lui aujourd'hui et elle avait été très contente d'avoir un fils après deux filles, mais ça avait été un sacré coup pour elle à l'époque. Elle avait marché dessus sans faire attention et, au lieu de l'enterrer, de taper trois fois du pied sur la tombe en récitant « Coccinelle,

coccinelle, rentre chez toi », elle avait passé l'aspirateur. Cette nuit-là, elle était tombée enceinte de Nick.

J'ai trouvé douze coccinelles dans ma salle de bains ce matin et cinq autres dans celle de Stella. Le problème, c'est que vous ne savez pas quoi en faire l'hiver. Il n'y avait pas de givre dehors et j'ai donc pris délicatement les cinq coccinelles dans ma main et je les ai déposées dans un coin bien au sec sur la fenêtre de Stella, sous le scimmia. Il y a un poème, dont ma grand-mère disait que je m'en étais toujours souvenu, ce qui n'est pas le cas de ceux que j'ai appris à l'école.

Cette coccinelle dans l'herbe ramassée,
Son dos à taches a tous les rouges surpassés.
Vole, coccinelle, du nord au sud, du levant au ponant,
Vole vers l'homme dont je veux faire mon amant.
Elle a laissé ma main et vers l'ouest s'en est allée,
Et, dans la ville infidèle, mon seul amour a appelé.

Stella a beaucoup ri. Un rire de joie et non de moquerie. « Comme vous êtes intelligente, Genevieve ! D'où cela vous vient-il ? »

De ma grand-mère, ai-je répondu. Je n'en savais pas beaucoup plus. J'étais en train de penser à l'homme que j'aimais, à mon seul amour appelé dans la ville infidèle, quoi que cela veuille dire. Peut-être qu'une coccinelle que j'ai sauvée ira jusqu'à Norwich le trouver.

Stella était encore au lit et voulait y rester, mais Lena avait insisté pour qu'elle se levât. Elle pouvait s'allonger dans la chambre, mais rester au lit ne lui vaudrait rien et, de toute façon, Marianne avait téléphoné pour dire qu'elle allait passer dans l'après-midi.

« Ce n'est pas une raison pour vous empêcher de rester au lit jusqu'à l'heure du déjeuner.

— C'est le démarrage qui est douloureux. Vous savez, je n'avais pas souffert jusqu'à présent. »

Que pourrais-je dire ? Je me suis assise au bord du lit et j'ai pris sa main. Il y avait encore une certaine fermeté dans sa poigne. Ses ongles, autrefois longs, étaient coupés court et limés. Elle m'a regardée de cette façon qu'elle a adoptée, très attentive, comme si elle m'éprouvait, comme pour savoir si elle peut me faire confiance.

« Genevieve, avez-vous toujours la clé de ma maison ? »

C'est drôle de se sentir rougir. Quand j'étais petite, nous faisions des feux de charbon et j'avais l'habitude d'approcher mon visage près des flammes pour sentir la chaleur envahir mes joues. Rougir procure la même sensation, c'est comme une flamme sur la peau. Elle m'a regardée, a observé mon visage qui rougissait, j'imagine. J'ai acquiescé d'un signe de tête. J'ai cru qu'elle allait me demander de lui rendre la clé.

« Très bien. Gardez-la. Du moment que je sais où elle est. »

J'ai su à cet instant qu'il fallait que je lui parle. Quelque chose en moi, le sentiment de culpabilité qui enflait et allait exploser. L'espace d'un instant, j'étais redevenue une petite fille à l'école, confessant les bêtises qu'elle a faites. Madame, je suis désolée, c'est moi, c'est moi qui l'ai fait. J'ai pris une longue aspiration.

« Stella, je suis allée dans votre maison. À Moluques. Je veux dire, Ned et moi y sommes allés. Nous nous y sommes retrouvés. J'aurais dû vous demander, je sais, je ne sais vraiment pas pourquoi je ne l'ai pas fait. Si, je sais. Je croyais que vous diriez non.

— Vous êtes allée dans ma maison ?

— Nous avions besoin d'un endroit où nous retrouver. Je suis désolée, Stella, j'aurais dû vous le dire. »

Elle a souri. Sa main a pressé la mienne. « Je suis contente.

— Vous êtes *contente* ?

— J'aime l'idée qu'il y ait des amants heureux là-bas. Nous étions très heureux là-bas, Alan et moi. Une fois seulement, quand nous y étions, nous n'avons... oh, formidablement heureux. »

J'ai frissonné. C'est toujours comme ça que je réagis à un présage. « Mais vous ne l'avez pas été, une fois ?

— Oui, une fois. La dernière fois. Vous avez dû avoir terriblement froid. »

Je lui ai tout raconté : les radiateurs à pétrole, le nettoyage de la maison et les fleurs partout.

« J'allais faire installer le chauffage central. Mais cela aurait signifié la venue d'une entreprise et de tas de gens qui auraient su que la maison m'appartenait. Vous savez, c'était encore un endroit secret. Mais je crois que je m'y serais résolue cet automne-là. » Elle a baissé la tête.

Elle le fait de plus en plus souvent. « L'automne qui a suivi l'été dont je vous ai parlé. Seulement le temps s'est arrêté et nous ne l'avons jamais vu arriver.

— Vous ne seriez pas ici, si ça avait été le cas. »

Stella a ri, l'air un peu absente. « À peine. Mais je dois tenir encore un peu. » Elle a posé la tête sur l'oreiller. Elle a repris d'une voix douce. « Croyez-vous que l'on puisse combattre la mort ?

— Pendant un certain temps, je suppose. Mais pas toujours.

— Non, certainement pas toujours. Mais vous, avec vos croyances bizarres, je me demandais si vous aviez des idées pour tenir la mort à distance. » Elle m'a souri. « Peu importe. Vous vous souvenez du jour où nous avons vu le dalmatien et vous m'avez dit de faire un vœu ? »

Je m'en souvenais bien évidemment. « Le mien est en train de se réaliser, ai-je dit. Et le vôtre ?

— Genevieve, vous avez dit que nous avions certainement dû voir l'automne... Eh bien, oui, mais pas ensemble. Après Priscilla, Gilda a commencé à soupçonner une femme après l'autre, les amies, les voisines. Il n'y en avait pas tant que cela. Elle me parlait sans cesse des preuves qu'elle avait contre Alan, toutes ces choses absurdes, depuis le rouge à lèvres sur les chemises aux cheveux blonds sur les vestes. C'était de la pure invention ou plutôt cela ne se passait que dans sa tête.

— Et pourquoi étiez-vous épargnée ?

— J'étais trop vieille, tout comme j'avais été trop vieille pour poser. C'est ce qu'elle a dit. Oh, beaucoup plus tard, quand elle a eu cette confrontation avec nous. “Pourquoi elle ? a-t-elle dit. Pourquoi pas une fille jeune ?” Les hommes n'aimaient que les filles jeunes, les beautés. C'était le monde dans lequel elle vivait, voyez-vous, le monde...

— ... de la série B ? »

Elle a souri. « Si vous voulez. Cela a duré tout l'été, ce délire de Gilda à propos des femmes d'Alan. Elle l'a transformé en monstre, tout comme je l'avais fait avec Rex. Mais je n'ai jamais su à quel point elle y avait cru, si ce n'était pas simplement une autre scène du scénario qu'elle s'était inventé. Pour remplacer la vie, Genevieve. Pour remplacer la vie. J'ai pensé quelquefois qu'elle a divisé sa vie en plusieurs phases, celle de la jeunesse qui avait été brillante et excitante, celle du mariage avec un homme qui était follement amoureux d'elle, celle de sa maturité où elle se débattait et luttait pour le reconquérir. C'était comme si elle s'était dit : voilà le lot de la femme et il me faut le vivre jusqu'au bout.

« Le rôle de la femme trompée, elle l'avait joué dans tant de films que les répliques lui venaient naturellement. Je ne pense pas qu'elle ait su d'où venait la tirade où elle lui disait qu'elle lui avait donné les meilleures années de sa vie et qu'il l'avait jetée comme une vieille chaussette. Elle le disait tout simplement parce que les femmes trompées le disaient dans les mauvais films. C'était devenu ce qu'elle *devait* dire.

« Quand elle le suivait dans sa voiture, c'était uniquement parce que la femme dans *The Wife's Story* l'avait fait. Elle lui en avait même parlé, elle se vantait de l'avoir suivi jusqu'à Norwich, de s'être postée dans un café pour l'attendre. Elle s'était assise à une table, seule, et tout le monde l'avait regardée. Quelqu'un s'était approché pour lui demander un autographe. Elle était éperdue de chagrin, elle ne savait plus ce qu'elle faisait et elle avait dit à l'admirateur qu'elle allait mettre fin à ses jours. Alan lui avait demandé si elle s'était rendu compte qu'elle venait de décrire le dénouement de *The Wife's Story*, mais cela avait déclenché ses hurlements et sa furie contre le mobilier. Être confrontée à sa propre comédie était une chose qu'elle était incapable de supporter. Pauvre femme, pauvre Gilda. »

Je crois que j'ai dû regarder Stella d'un air sidéré ou en tout cas hébété. J'ai fini par dire : « Je ne comprends pas pourquoi il ne l'a jamais quittée. Qu'est-ce qui l'empêchait de le faire ?

— Mais il l'a quittée. À la fin.

— Il l'a quittée pour vous rejoindre ?

— Oh, oui.

— Pourquoi ne me l'avez-vous pas dit plus tôt ?

— Je ne sais pas. J'en avais l'intention. Il l'a quittée pour moi. Mais c'est la fin de l'histoire, Genevieve. Je veux dire que... si vous voulez, c'est la fin.

— Tout est bien qui finit bien, ai-je dit, tout en sachant que ça ne devait pas correspondre à la réalité.

— Pourquoi pas ? Vous savez ce que j'ai souhaité quand nous avons vu ce dalmatien ? J'ai souhaité que tout finisse bien. »

C'est toujours clair quand elle entend ne pas en dire plus. Je sais, mieux que quiconque, qu'elle est capable de s'interrompre brutalement, de mettre un terme à une conversation. Elle a pris son magnétophone et elle y a glissé une cassette. Elle a souri, en me prenant le bras pour me retenir.

Peut-être vais-je finir par aimer la musique classique comme elle. Je suis bien capable de parfaire mon éducation avec un dictionnaire et d'essayer d'apprendre des choses nouvelles pour épater Ned. J'essaie aussi de lire de bons livres, de m'intéresser à l'art. Alors pourquoi pas aux symphonies et aux opéras ? Un petit air léger a retenti dans la pièce, quelque chose d'un peu difficile pour une oreille habituée à la musique folk. J'ai dégagé ma main de celle de Stella, je l'ai embrassée et je suis allée voir Gracie.

Quand je suis repassée devant la chambre de Stella, des heures s'étaient écoulées et il faisait presque nuit. Il n'y avait pas de lumière sous la porte. Peut-être était-elle endormie. Puis j'ai entendu sa voix résonner faiblement. Elle parlait sur le ton de la conversation, mais c'était un monologue. À la différence de bien des gens ici, je n'écoute pas aux portes. Je ne me suis arrêtée qu'un instant. Quelque chose m'a empêchée d'ouvrir la porte et même de frapper.

Quand j'ai demandé à Stanley, qui s'apprêtait à sortir les chiens, si Stella avait de la visite, il m'a répondu que non. Une certaine Mme Browning était venue la voir, mais elle était repartie vers midi.

Stella parlait toute seule.

Philippa avait déposé l'enregistrement de *The Skies Above Us* dans ma boîte aux lettres.

La baignoire était remplie de coccinelles. Je me suis demandé ce que ça pouvait bien vouloir dire et j'ai téléphoné à maman. Mais c'est Len qui m'a répondu et m'a dit qu'elle était allée voir ma grand-mère. J'ai ramassé toutes les coccinelles dans un foulard de soie et je les ai déposées dans une jardinière que j'ai remplie de feuilles mortes.

Ensuite, je me suis préparé une tasse de thé et j'ai regardé *The Skies Above Us*, drame mettant en scène des pilotes de la RAF pendant la bataille d'Angleterre et leurs femmes attendant dans l'angoisse leur retour de missions. Gilda Brent, une des femmes en question, ressemblant plus que jamais à Joan Crawford, était habillée dans le plus pur style Hollywood, tailleurs, cols de renard, chapeaux à voilette et talons hauts, ce qui était parfait pour des femmes censées s'habiller avec des tickets de rationnement.

C'était étrange de l'entendre dire les choses que Stella avait rapportées comme les propos de la femme réelle : « Je lui ai donné les meilleures années de ma vie », « Pourquoi elle ? Pourquoi pas une fille jeune ? » Dix minutes avant la fin, elle demandait à Glynis Johns, qui jouait la femme du commandant : « Vous croyez que vous pouvez me le prendre comme ça, petite chose ? »

Mais la petite chose l'avait fait. Finalement. Et Gilda s'était enfuie et avait disparu de leur existence. Et toutes ces idées de meurtre s'étaient envolées. Elles n'avaient jamais eu de réel fondement, de toute façon. Ils n'y avaient jamais songé sérieusement.

Stella et Alan s'étaient installés à Moluques et Richard, qui vivait avec eux, avait appris à considérer Alan comme son père. Il y avait une chambre pour Marianne quand elle venait pour les week-ends ou en vacances. Gilda avait laissé sa voiture à Alan quand elle s'était enfuie et Stella l'avait gardée. Ils n'avaient pas besoin de tant de voitures, aussi avaient-ils vendu les leurs et gardé celle de Gilda. Ils étaient heureux.

Je suppose que vous avez déjà entendu parler de la théorie des univers parallèles. Ned m'en a parlé un jour. C'est ce qui se serait passé ou la personne que vous auriez été, si vous aviez pris, à un moment donné, un chemin différent de celui que vous avez pris. Cette voie alternative se développe dans le même temps mais dans un espace différent de celui dans lequel se déroule votre vie. Par exemple, il y a l'univers dans lequel je suis avec Mike pendant toute notre vie et l'autre, le vrai, celui dans lequel Ned et moi sommes ensemble. C'est sans doute ce qui s'est passé pour Stella et Alan, et leur univers réel n'a pas été celui que j'ai imaginé, mais un autre, horrible, de chaos, de destruction et de malheur partagé.

18

« TOUT CE QUE JE SAIS des dépositions faites à la police provient de ce que j'ai lu dans les romans policiers, mais je doute d'être capable d'en faire une sans personne pour m'interroger et me guider. C'est pourquoi je vais parler jusqu'à ce que j'aie tout dit ou jusqu'à ce que je sois fatiguée. Le plus tôt sera le mieux, comme disait Alan.

Il y a un but à tout cela. Le but, c'est de dire ce qui est arrivé à Gilda Brent, qui s'est aussi appelée Gwendoline Brant et ensuite Gwendoline Tyzark. Je vais bientôt mourir, mais je ne veux pas mourir en la laissant en vie, du moins officiellement en vie, ce qui revient au même pour les autres. Car personne n'est vraiment mort tant que la mort n'est pas enregistrée, inscrite sur registre et tamponnée, comme nous avions l'habitude de dire — informatisée, doit-on sans doute préciser aujourd'hui. Gilda n'est donc pas morte et vivra éternellement, à moins qu'Alan ou moi ne parlions. Et Alan est mort.

J'avais répété ces phrases. En fait, je les avais même écrites et je les ai lues à haute voix. Je ne le ferai plus dorénavant et je vais dire les choses comme elles me viennent.

L'été qui a suivi la mort de leur père, mes enfants sont partis en vacances pendant quinze jours avec mes voisins, Madge et John Browning et leurs deux fils, dans une maison louée dans le sud de la Cornouaille. C'était la première fois que Richard partait quelque part sans moi, mais il s'entendait à merveille avec ses amis qui étaient à la fois ses voisins et ses camarades de classe. Il avait voulu y retourner quand les Browning avaient loué de nouveau la maison en 1970 et il fut très heureux d'être invité. Je le fus aussi... Non, ce n'est pas tout à fait ce que je veux dire. Je n'étais pas très heureuse d'être séparée de lui, je n'aurais rien fait pour l'encourager à partir s'il n'avait pas voulu y aller. Je n'y aurais même pas pensé. Mais il le désirait vraiment, il était impatient de partir. Et cela signifiait que je passerais deux semaines avec Alan — chose à la fois inédite et merveilleuse —, dans la mesure où Gilda partait aussi, à peu près au même moment. Elle allait voir une amie dans le sud de la France, comme elle le faisait presque chaque année, même si ce n'était pas, comme cette fois-là, au milieu de l'été. Marianne, qui avait dix-sept ans, ne voulait plus passer ses vacances avec moi, ce qui était normal. Bien qu'elle eût été invitée, elle ne souhaitait guère partir avec deux adultes et trois petits garçons en Cornouaille.

Nous étions en août. Le 20, Marianne était partie avec trois amies sur la Costa Brava et Majorque. Elles devaient y passer trois semaines. J'étais un peu inquiète, mais je savais que je pouvais faire confiance à Marianne : elle était raisonnable et, à bien des égards, très mûre pour son âge. Et naturellement, elle revint sans dommage, après un séjour merveilleux. C'est sa mère qui subit quelques dommages. Le 25, les Browning étaient passés prendre Richard. Notez que je me souviens de ces dates comme si je les avais écrites, puis mémorisées. Mais jamais elles n'ont été écrites.

Gilda est partie, ou plutôt elle a dit qu'elle partait... Peut-être n'aurais-je pas dû le dire, mais après tout, pourquoi pas ? Je ne cherche pas à faire durer le suspense, je veux raconter une histoire qui est suffisamment sinistre sans qu'on y ajoute cette tension. Elle était partie le 28 août. Elle a quitté Saint Michael's Farm dans sa Ford Anglia rouge, un modèle du début des années soixante, je crois, avec un grand capot délimité par une sorte de bouche renversée, pleine de dents, un peu comme une bouche de piranha. C'est ainsi que je la voyais. Peut-être parce que c'était sa voiture, je ne sais pas.

Le lendemain, Alan et moi sommes allés à Moluques. Pour y passer le reste de notre vie, même si je ne le savais pas à ce moment-là.

Nous nous y étions préparés depuis des semaines. C'était devenu notre seul sujet de conversation, la meilleure façon de ne plus parler de tuer Gilda. C'était notre nouveau jeu : ce que nous allions faire, les vêtements que nous allions porter, les jours que nous passerions au bord de la mer, les nuits où nous ne dormirions pas et les journées que nous passerions au lit. "Devine qui a tué Gilda?" était du passé, tous les procédés compliqués et délirants auxquels nous avions pensé, pour lesquels nous avions rivalisé d'ingéniosité, tout cela était terminé et remplacé par notre nouveau jeu. Je suppose qu'on aurait pu l'appeler le jeu de la lune de miel.

La plupart des amants, dans de telles circonstances, partiraient en vacances dans un hôtel au bord de la mer ou à Paris. Je n'en avais pas les moyens pour nous deux — il me fallait penser à l'éducation de mes enfants —, et il n'aurait pas pu payer sa part. Il en était au point où sa seule source de revenus était la vente des paysages à dix livres pièce dans les pubs et les illustrations de chats pour les cartes d'anniversaire. Cela mis à part, nous voulions tous les deux aller à Moluques. C'était l'endroit où nous nous étions toujours retrouvés, notre seul endroit depuis six ans, la scène permanente de notre jeu des jeunes mariés. Tout ce que nous avions collectionné ensemble s'y trouvait, nos livres, nos disques, nos tableaux. Nous y avions des vêtements. Des assiettes et des couverts, des draps, achetés ensemble, pour la maison. Nous y faisions la cuisine et nous avions tous les ustensiles nécessaires. Il y avait toujours de quoi préparer notre cocktail favori, le gin-angustura, dans le buffet et le casier à bouteilles était toujours garni de bourgogne blanc. Voyez-vous, quand nous étions ensemble, nous ne supportions pas la médiocrité. Nous buvions et mangions les meilleures choses, nous faisions les meilleures choses, en parfaits hédonistes.

La seule chose que nous n'eussions jamais faite, c'était d'avoir passé toute une nuit ensemble. Ridicule, n'est-ce pas? Nous étions amants depuis dix ans et nous n'avions jamais dormi côte à côte pendant toute une nuit. J'en mourais d'envie et lui aussi. L'année précédente, quand mes enfants étaient partis, nous nous étions beaucoup vus à Moluques, mais Gilda était là, suspicieuse, contrôlant ses allées et venues. Il n'aurait pas été question de passer la nuit entière ensemble.

Quand vous êtes amoureux, vous désirez voir la personne aimée dans toutes les circonstances possibles, accomplissant toutes les actions qu'il est possible à un être humain d'accomplir, la voir quand elle vous voit et ne vous voit pas. J'avais vu Alan endormi mais jamais au milieu de la nuit, jamais en train de sourire pendant un rêve ou de cligner les paupières pendant un cauchemar. Je ne l'avais jamais vu se réveiller le matin. Je ne savais pas si c'était facile ou pénible pour lui, s'il traînait au lit ou s'il en sortait d'un bond, s'il était aussi alerte le matin qu'à midi.

Nous avions l'intention de passer toutes ces nuits ensemble, dix en tout, si nous avions de la chance. Une partie du jeu consistait à parler de ces nuits, de ces débuts de soirée agrémentés des boissons et des mets les plus délicieux. Nous décidions de ce que j'allais porter et même de ce que nous allions dire. Nous savions que ni Gilda ni Marianne ne reviendraient avant la fin de la deuxième semaine de septembre. Et Richard ne serait pas rentré avant le 8, deux jours avant la rentrée des classes. Comme je me souviens bien de ces dates ! J'aurais pu faire une déposition à la police, après tout. Même Aagot était partie. Pas chez elle au Danemark, mais avec son petit ami qui était à l'université de Durham et avait trouvé un job de vacances à Newcastle. Je lui avais prêté ma voiture pour y aller. Non par pur altruisme. Elle n'aurait pas pu le rejoindre sans un moyen de transport gratuit.

Alan et moi n'avons jamais passé nos dix nuits ensemble, pas même une seule. Jamais. Nous n'avons jamais pu dormir côte à côte, dans le même lit, toute une nuit. Ce qui ne veut pas dire que nous n'ayons pas passé une nuit ensemble, nous l'avons fait, deux longues nuits en fait, les plus longues que j'aie jamais connues. Bon, c'est ce dont je vais parler.

C'est ma voix qui décide que le plus tôt sera le mieux. Vous entendez combien elle est devenue rauque. J'en dirai plus demain. »

« Alan est venu me chercher dans la Rover grise depuis Tivetshall Saint Michael. Nous étions le 29 août, il était onze heures du matin et il faisait très chaud. Nous avions prévu d'aller directement à Moluques et d'y déjeuner, puis de nous promener peut-être jusqu'à la côte. Nous dînerions dehors, dans un joli hôtel, un dîner romantique dans un bel endroit. Puisque après nous allions passer notre première nuit ensemble. Je crois qu'il avait fait des efforts qui lui coûtaient pour pouvoir payer ce dîner.

Vous allez trouver absurde la façon dont je m'étais habillée. Mais les gens étaient plus formels à l'époque et... enfin, disons que j'étais plus formelle que d'autres. Je m'habille encore à peu près comme je le faisais dans les années cinquante. C'est un style qui me convient, les robes à buste étroit, taille serrée, les larges ceintures, les jupes amples, les bas, les chaussures à talons hauts. Je n'avais pas un pantalon. Je ne portais jamais de pulls ou de cardigans. Quand Alan est passé me prendre, il m'a trouvée dans une robe de coton crème à fleurs roses et bleues, talons hauts de couleur crème, montre en diamant et perles aux oreilles. La robe était très décolletée et je portais un collier de perles. Mes cheveux étaient coiffés à la page, ramenés en arrière et laqués. Jamais une femme ne s'habillerait ainsi pour aller à un dîner de nos jours, n'est-ce pas ? Quand je pense que Marianne va à des dîners en jeans et chemise indienne.

Je ne sais pas pourquoi j'ai parlé des vêtements que je portais, cela paraît totalement inutile. Mais non, pas vraiment. S'il avait été possible que les choses fussent pires, je crois que la façon dont j'étais habillée y aurait contribué. Je n'avais pas de vêtements plus... adaptés, disons, à Moluques, sinon d'autres robes, d'autres chaussures habillées, un imperméable plus pour la galerie que pour la pluie, en soie, bleu et argent, qui est encore dans la penderie. Le fait que je me souvienne de chaque détail, de tout, vous surprend-il ?

Il faisait très chaud. Toutes les vitres de la voiture étaient baissées, mais il n'y avait pas la moindre brise. Les fermiers profitaient de ce temps pour brûler leurs champs. Sauf extrême prudence, c'était toujours très risqué de mettre le feu aux haies, surtout si le vent soufflait. Une journée pareille était bénie des dieux. Un écran de fumée masquait l'horizon, une masse gris pâle qui altérait le bleu du ciel. Et sur ce nuage se détachaient des colonnes de fumée plus noire qui faisaient penser à des cheminées pendant les nuits d'hiver.

Il fallait, je crois, brûler les mauvaises herbes plutôt que d'avoir à les arracher. Après le feu, on labourait. Je suppose qu'il devait y avoir dans les champs des fermiers ou des ouvriers agricoles pour surveiller les progrès du feu, mais je n'en ai jamais vu. Je n'ai vu que les flammes courant dans les chemins au milieu du chaume, le champ entier en feu et les épaisses volutes noires s'élevant dans le ciel, le remplissant d'une fumée irrespirable. Des morceaux de paille brûlée dansaient dans l'air comme des essaims de mouches. Nous avions remonté les vitres. J'avais déjà de la suie sur les mains, à la fois poudreuse et grasse, avec cette odeur d'allumettes consumées.

Nous nous étions arrêtés pour faire des courses et Alan avait acheté une bouteille de champagne. Je ne crois pas que nous ayons vu âme qui vive entre Waveney et Curton, à l'exception de l'épicier. Nous avions suivi une voiture pendant un moment et en avions croisé deux autres. La campagne, par ici, était encore très protégée il y a vingt-cinq ans. Préservée, comme on dit. Le Suffolk était un des deux comtés les plus préservés d'Angleterre, et cela devait valoir jusqu'à la frontière avec le Norfolk. Vous pouviez rouler pendant quarante kilomètres et ne voir, à travers les champs et les forêts, que trois fermes et une demi-douzaine de maisons au loin. La région du Breckland était encore sauvage et étrange, et les marais déserts et silencieux.

La fumée était derrière nous quand nous sommes arrivés à Moluques. Le ciel était bleu au-delà du marais, derrière la maison. Nous pouvions enfin respirer sans inhaler des brindilles d'orge calcinées. Tout était absolument calme. Les oiseaux ne chantent qu'à l'aube et au moment où ils vont se percher pour la nuit, mais pas au milieu de la journée. Nous pouvions rester des heures dans cette maison sans voir passer une voiture sur la route, au-delà de la prairie.

Une fois à l'intérieur, croiriez-vous que nous sommes allés nous coucher ? Nous n'en étions plus là, mais nous aurions pu le faire si, comme l'été précédent, nous n'avions disposé que de la journée. Mais nous pensions avoir la nuit. Non, à ce moment-là, nous pensions avoir toute la vie devant nous, parce que, au moment où nous étions entrés, Alan m'avait dit : "Nous ne sommes pas en vacances, mon amour. C'est pour toujours. Je ne repartirai pas. Je l'ai quittée."

Il m'a prise dans ses bras et m'a donné un long baiser. Je le lui ai rendu en le serrant dans mes bras, moi aussi, et nous avons dansé.

Les années qui me séparent de ce moment ont commencé le 1er septembre.

Il y a eu le 29 août, le jour suivant et la nuit qui a suivi, et un autre jour encore, et puis vingt-quatre années. J'imagine que ce n'est pas comme cela que j'ai vu les choses à l'époque. Mais c'est ainsi que je les vois aujourd'hui. Au bout de toutes ces années.

Aujourd'hui, ils diraient que j'ai souffert d'une dépression nerveuse, terme que j'ai entendu prononcer pour la première fois par Richard. J'aurais suivi une thérapie, pris des médicaments, bénéficié d'un traitement de soutien. À l'époque, on ne m'a rien donné. J'ai traversé un nombre interminable de jours gris, soudain sans lumière.

Je n'implore pas la pitié. Celle de qui ? Personne n'entendra jamais ces mots. Et je ne mérite aucune pitié. Mais Alan, oui. J'ai eu mes enfants. Il n'a eu personne. Son sort a été horrible, mais je ne pouvais rien pour lui. Penser à lui, à son nom, me souvenir de lui me paralysait. Même si j'avais voulu — et bien sûr que je voulais — je n'aurais pas pu saisir le téléphone et l'appeler. Je lui ai écrit pourtant. Mais je n'ai jamais envoyé les lettres. Comment puis-je savoir qu'il en a été de même pour lui ? Qu'il a voulu lui aussi m'appeler, qu'il a essayé de m'écrire ? Je le sais, un point c'est tout.

Parce qu'il ne s'agissait pas d'un de ces films de Gilda, nous n'avions pas rompu de façon dramatique et immédiate. Gilda disait que je ne connaissais rien de la vie, mais je sais bien que cela ne se passe pas comme ça. Nous nous sommes rencontrés la veille du retour de Richard, pas à Moluques mais dans un hôtel où nous étions déjà allés déjeuner. Nous nous sommes assis au bar et nous n'avons pas bu notre cocktail préféré, mais un whisky pour lui et une mixture au vermouth pour moi. C'était comme si chacun de nous avait décidé de rompre avec le passé.

Les événements étaient là, entre nous deux, mais il était impossible d'en parler et nos silences respectifs en étaient le témoignage. Comme il était étrange qu'il n'y eût rien à dire. Nous qui avions eu tant de choses à nous dire, tant de choses en commun que nous ne pouvions cesser de parler quand nous étions ensemble, nous étions réduits au silence. Certains couples peuvent vivre dans un silence complice, mais nous n'étions pas de ceux-là. Le silence qui s'était abattu sur nous n'était pas complice. C'était un vide qui, en se prolongeant, suscitait un sentiment de panique. Et comme nous nous étions moqués de toute conversation banale, ou plutôt comme nous l'avions réservée aux autres, nous ne pouvions à présent que l'exclure entre nous.

Il ne s'agissait pas de refuser de parler d'elle ou de ce qui s'était passé. Tout avait été emporté par ce qui s'était passé. Certains prétendent pouvoir vivre au présent, mais il suffit d'essayer pour s'apercevoir que ce n'est pas possible. Nous avons essayé de vivre dans l'immédiat, chassant le passé qui était insupportable, incapables d'imaginer un avenir. Et nous avons découvert qu'il n'y avait pas de présent, seulement le vide qui vous aurait rendu fou, si vous y étiez tombé après avoir trébuché.

Je ne voulais pas qu'il me touche, pas même la main. Et s'il ressentait autre chose, il ne l'a pas manifesté. Nous avons bu nos verres et sommes convenus que nous ferions mieux de rentrer. Mais où ? Dans nos maisons vides. Avant que nous nous séparions, il a dit sur un ton qu'il s'efforçait de rendre léger : "Je passerai samedi, non ? J'aimerais bien voir mon fils."

Le ton qu'il avait adopté pour parler à Richard, quand il était venu à la maison, m'avait fait comprendre qu'il faisait ses adieux. Ses mots, qui manifestaient à l'enfant son intérêt et son affection, étaient pour moi chargés de toute la tristesse de la dernière rencontre. Et quand Richard est sorti dans le jardin, Alan m'avait dit : "Ça ne va pas marcher, n'est-ce pas ?

— Non.

— Cela a été merveilleux de te connaître. La meilleure chose qui me soit arrivée. Je ne pense pas que tu veuilles m'embrasser et le plus drôle, c'est que je n'en ai pas très envie non plus. Ainsi va la vie, j'imagine. Je ne vais pas m'attarder. Dis adieu à Richard pour moi, tu veux bien ?"

Une fois Richard de retour à l'école, j'étais allée à Moluques. J'étais très nerveuse à l'idée d'avoir à conduire, j'étais terrifiée. La maison était un véritable chaos. J'ai tout rangé, vidé les cendriers, lavé les verres. Il y avait des fleurs dans un vase, mais elles étaient encore belles et je n'ai pas pu me résoudre à les jeter. Comble de l'ironie, c'était des cheveux de Vénus. Sans raison — ai-je pensé que je reviendrais ? — j'ai enlevé tous les dessins d'Alan qui étaient sur les murs et je les ai rangés dans le buffet. J'ai retiré de son cadre la photo prise par l'homme qui était venu demander son chemin et je l'ai mise avec les dessins.

J'ai débranché le réfrigérateur et j'ai ouvert sa porte mais sans regarder ce qu'il contenait. Il y avait du jambon et du fromage, ainsi que du champagne. Je ne pensais plus en boire pour le restant de mes jours. Je suis montée, à la recherche de la robe que j'avais portée ce jour-là et la nuit suivante, avec l'intention de la prendre et de l'emporter chez le teinturier. Mais l'odeur de soufre, qui s'est échappée de la penderie quand j'ai ouvert la porte, m'a donné la nausée. J'ai fait glisser le cintre au bout de la tringle et j'ai refermé la porte.

Avant de partir, je suis allée jusqu'au garage pour voir la voiture de Gilda. Personne ne viendrait la chercher. Je le savais aussi bien que je savais que cette maison m'appartenait et que je m'appelais Stella Newland. Personne n'en aurait besoin. Naturellement, si j'avais voulu la faire déplacer ou si j'avais voulu m'en débarrasser, il en aurait été autrement. Si j'avais essayé, par exemple, de vendre la maison. Mais je n'allais pas la vendre.

Je suis rentrée à la maison. Cette nuit-là, j'ai été malade. Ce fut le début d'une grippe prolongée. Quand j'ai été rétablie, j'ai annoncé à Aagot que je ne conduirais plus jamais.

Les gens auraient dû faciliter les choses. Ils n'ont fait que les empirer. J'ai l'impression que toutes les personnes que je connaissais me demandaient si je voyais toujours Alan et Gilda. Qu'étaient-ils devenus ? Pourquoi ne venaient-ils plus jamais ? Pourquoi n'allais-je pas les voir ? Quand je dis "les personnes", je pense surtout à Marianne... Oui, essentiellement Marianne. Depuis la scène de Gilda à Pâques, Priscilla avait ignoré Gilda, comme si elle n'avait jamais existé. Jeremy avait adopté une attitude légèrement différente : il m'avait félicitée de m'être "débarrassée" d'Alan et de Gilda, de ces "gens bruyants".

Madge Browning m'avait un jour raconté qu'elle avait rencontré Alan à Diss. Il attendait à l'arrêt du bus. Elle ne lui avait pas demandé pourquoi il était sans voiture, rien au sujet de Gilda, mais il avait parlé d'elle spontanément. Gilda l'avait quitté et elle était partie vivre en France. J'avais été bouleversée quand elle me l'avait raconté. Non pas à cause de Gilda partie en France, il était obligé d'avoir dit cela, mais simplement parce qu'elle l'avait vu, lui avait parlé et... oh, je ne sais pas. C'était à ce moment-là que Marianne s'en était mêlée. Elle l'avait appelé, lui avait demandé pourquoi il m'avait laissé tomber, quel genre d'ami il était ? J'étais malade et j'avais besoin de lui. Il devait venir le plus tôt possible. Quelle ironie, vraiment. Je crois, je crois sincèrement qu'elle aurait voulu nous marier, qu'elle aurait tout fait pour cela.

Je ne me suis jamais vraiment mise en colère avec mes enfants ; elle en a été stupéfaite. Pauvre petite, elle ne pensait pas à mal, elle n'avait que dix-huit ans. Bien entendu, il n'est pas venu, il savait à quoi s'en tenir, il n'avait pas plus envie de venir que moi de le voir.

Je ne l'ai plus jamais revu. En septembre dernier, je ne l'avais pas vu depuis vingt-quatre ans. J'aimerais pouvoir dire que j'ai pensé à lui tous les jours de ma vie et que je n'ai jamais cessé de l'aimer. Mais c'est impossible parce que chaque fois que j'ai repensé à lui et essayé de ressentir mon amour pour lui, je n'ai pu me souvenir que des champs en flammes, d'un foulard vert et du sang sur l'herbe. Et ces souvenirs-là occultent les bons, tout comme la fumée voile le soleil.

Les deux prochaines cassettes, je les ferai — comment dit Marianne ? — pour de bon. Je vais les étiqueter et veiller à ce que Richard les fasse parvenir à Genevieve après ma mort. Peut-être seront-elles égarées, peut-être ne les écoutera-t-elle jamais, peut-être s'en servira-t-elle pour enregistrer autre chose, sans avoir entendu les mots qu'elles contiennent. Ainsi soit-il. Je n'ai aucune envie d'écrire un message codé sur les boîtes. Elle les écoutera ou non.

Je sens que, pour des raisons qui ne vont pas tarder à devenir évidentes, elle est la seule personne sur cette terre à qui parler de tout cela. Je sais que c'est une vision dramatique et fataliste des choses. C'est ma façon de donner un peu de sens à la vie, selon un schéma décidé par le destin, c'est tout.

Et qu'est-elle censée faire ensuite ? »

« J'ai fait une pause, j'ai arrêté. J'ai entendu un piétinement devant ma porte, mais le bruit s'est éloigné.

Je me demandais ce qu'elle était censée faire. Ce qu'elle voudra. Ce qui lui plaira. »

19

J'AVANÇAIS dans le pays des derniers temps. C'est une région étrange et le simple fait de s'y trouver donne à tout ce que l'on fait une certaine gravité. Mike était parti pour Leeds et je l'avais embrassé pour la dernière fois de ma vie. Pour la dernière fois je lui avais dit : « À vendredi », pour la dernière fois je l'avais accompagné au bout du jardin et jeté les dernières fleurs mortes de la jardinière. Quant à Stella, elle a pris son dernier dîner dans la salle à manger, fait peut-être ses derniers mots croisés et fumé sa dernière cigarette.

Mais je n'éprouvais pas la moindre nostalgie pour le foyer que je m'apprêtais à quitter, j'avais perdu tout intérêt pour lui, je n'avais jamais désiré y vivre. Ce n'était qu'une maison hypothéquée que Mike et moi avions achetée, non parce que nous l'aimions mais parce qu'elle était dans nos prix, et parce que nous n'en connaissions pas d'autre. La plupart des gens que je connais vivent comme ça, non comme ils auraient voulu vivre mais aussi bien et aussi prudemment qu'ils le peuvent. Je me demandais si cette vie d'expédients, d'obligations et d'économies allait changer à présent. Changer pour de bon.

Ma maison, celle que je partage avec Mike, allait bientôt devenir une petite prison bien agréable, avec ses deux prisonniers et ses deux gardiens. J'allais partir avant que ça ne se produise, tant que j'en étais encore capable et parce que j'avais une bonne raison de le faire. J'avais envie d'aller travailler, pas de rester dans cette maison, aussi ai-je prévenu Lena que je ne prendrais pas ma journée de repos ; je permuterais avec Carolyn.

De nouveau, en approchant de la chambre de Stella, j'ai entendu le murmure de sa voix, de l'autre côté de la porte. Il n'y avait personne avec elle. Elle parlait toute seule. C'était plutôt étrange, un peu comme une des femmes de ma famille faisant une incantation. Si ce n'est que Stella ne faisait pas de pause pour allumer une bougie ou jeter du soufre dans l'anneau. Le frottement de mes ongles sur la porte, avant de frapper, a suffi à l'alerter. Son silence a été aussi soudain qu'une explosion. Je l'ai presque entendue sursauter. Elle devait s'attendre à voir Lena ou Pauline — quand avais-je frappé à sa porte pour la dernière fois ? — car je l'ai trouvée assise dans son fauteuil, tiraillant un pan de sa nouvelle robe de chambre, avec une expression coupable sur le visage.

Le visage ridé s'est illuminé de son adorable sourire. Elle a tendu les bras. Je l'ai embrassée et elle a pu me serrer faiblement contre elle. Ça aussi, pour la dernière fois. Elle détestait se plaindre, a-t-elle dit, mais la douleur commençait à se faire sentir. Lena avait accepté d'appeler le médecin. Elle pensait que c'était lui qui avait frappé. Voulait-elle que je reste bavarder avec elle ? Elle a fait non de la tête, les yeux mi-clos. Je l'ai laissée. Je ne sais pourquoi j'ai transgressé ma règle de conduite, mais, une heure plus tard, en passant devant sa chambre avec le plateau de Gracie, j'ai collé l'oreille à la porte. Stella ne dormait pas, elle parlait encore. Même si je ne suis pas arrivée à comprendre distinctement ce qu'elle disait, je suis convaincue qu'elle n'était pas en train de décrire ses symptômes à un médecin.

Le lendemain matin, quand je suis arrivée dans sa chambre, elle était au lit et quelque chose dans son teint et la façon dont elle m'a menti m'ont fait sentir qu'elle ne pourrait pas se lever de toute la journée.

Son visage avait commencé à changer. Les mourants changent de physionomie quelques jours avant leur décès. Le regard devient fixe, les chairs s'affaissent. J'ai passé une serviette humide sur son visage et ses mains et je l'ai coiffée. Elle voulait que je m'asseye près d'elle et pour une fois, Lena ne ferait pas d'objections. Elle a dégagé sa main droite des draps et a saisi la mienne. Sa poigne n'est plus du tout ferme désormais. Ses doigts sont faibles et tremblent un peu. Mais au bout d'un moment elle a pu se redresser contre ses oreillers et parler. Elle m'a posé des questions concernant sa maison, si je l'aimais, si j'y avais senti, grâce à ma superstition, a-t-elle dit, des forces ou des présences maléfiques. J'ai pu lui dire que je n'avais ressenti que des choses positives, du bonheur, du confort, de la paix.

« Pas une impression de désolation, Genevieve ? »

Ça m'a fait penser au poème de la coccinelle et à mon véritable amour. Une fois qu'elle sera partie, y aura-t-il encore quelqu'un pour m'appeler Genevieve ? J'ai pris sa main, mais elle n'a plus parlé. C'était la dernière fois que Stella tenait des propos cohérents devant moi. La douleur était devenue pénible et dans l'après-midi, le docteur lui a donné de la morphine. Sa voix s'est transformée, elle est devenue ténue et rocailleuse à la fois. Elle a dit en comptant que je comprendrais : « Il l'a quittée pour venir à moi. Mes enfants ne le savent pas.

— Je ne le leur dirai pas.

— J'aurais aimé pouvoir dépasser… » Elle a essayé de nouveau. « J'aurais aimé... me réconcilier... oui, me réconcilier... avec moi-même… » J'ai vu des larmes couler sur ses paupières, à moins que ce ne fût une simple irritation.

Le lendemain matin, il n'était plus question de petit déjeuner. Sharon s'estimait heureuse d'avoir pu lui faire avaler une gorgée de thé.

« Elle commence à lâcher prise, m'a-t-elle dit. Ça ne va plus traîner maintenant. »

Richard était dans le salon avec l'autre médecin. J'ai ressenti ce que je n'avais jamais éprouvé auparavant, une sorte de crainte respectueuse à l'égard de Stella, une réticence à entrer dans sa chambre comme je l'avais toujours fait. Bêtement, j'ai pensé que je devais demander la permission. La proximité de la mort modifie votre perception de bien des choses. J'ai écouté à travers la porte, respirant sans bruit, j'ai frappé et, n'obtenant pas de réponse, pas même à voix basse, je suis entrée.

Elle était assise dans le lit, les yeux ouverts fixant la porte. « Marianne, a-t-elle dit, ton père va-t-il venir ? »

J'ai été interloquée, même si je n'aurais pas dû. Je devrais être habituée à ce genre de divagations à Middleton Hall, pour ne pas parler des mémoires défaillantes. Mais avec Stella, c'est différent. Elle a toujours été tellement lucide et précise dans ses propos.

Sa peau parcheminée laissait deviner son crâne. Elle a continué : « Merci, ma chérie, c'était très gentil. » Et puis :

« Tu pars demain, n'est-ce pas ? J'espère que tu feras un séjour merveilleux. »

Ce n'est pas la peine de discuter avec eux quand ils sont dans cet état et ce n'est pas la peine non plus d'être gêné. Il faut faire avec. J'ai dit que j'étais sûre de passer un moment merveilleux et, en effet, c'était vrai. Chaque moment passé avec Ned était une sorte de béatitude.

« Ton père et moi étions allés à Iona pour notre lune de miel. »

Elle ne m'en a jamais parlé quand elle a évoqué son mariage avec Rex et peut-être n'était-ce pas vrai. La morphine fait surgir de l'esprit toutes sortes de rêves et de souvenirs erronés. Je me suis demandé comment elle appellerait la véritable Marianne, l'actrice, la femme aux longs cheveux roux. La porte s'est ouverte et Richard a fait son entrée. Dès que je l'ai vu, j'ai pensé qu'elle allait le prendre pour Alan. Mais si c'était le cas, elle n'en a rien laissé paraître. Elle lui a adressé un sourire magnifique, comme elle en est encore capable. Je me suis apprêtée à sortir et elle a dit : « Vous ne pourrez pas déplacer votre voiture, Gilda. Il faudra appeler le garagiste pour le faire. »

Richard m'a regardée. « Très bien, ai-je répondu. Je n'essaierai même pas. »

J'ai croisé Marianne dans le couloir. Elle m'a agrippé le bras et demandé : « Je n'arrive pas trop tard, n'est-ce pas ? »

Maman a le don de double vue, naturellement. Elle est vraiment capable de prédire l'avenir, ce qui n'est guère surprenant quand vous savez qu'elle a été le septième enfant de ma grand-mère qui, elle-même, était le septième enfant — le septième à avoir survécu, en tout cas. Les gens n'ont plus sept enfants de nos jours et c'est peut-être la raison pour laquelle Janis ou moi ne possédons pas le don de maman. Aussi ai-je trouvé étrange qu'au moment où Marianne m'a dit ça, j'ai su exactement quand Stella mourrait.

« Vendredi. Ce ne sera pas avant vendredi.

— Comment le savez-vous, Jenny ?

— Je le sais, c'est tout. »

Marianne était en vert, un manteau vert sombre sur un pull et un pantalon noirs. J'ai frissonné en la voyant. Bien sûr je ne crois pas ce qu'on avait l'habitude de dire, à savoir que le vert porte malheur parce que les fées étaient habillées en vert et qu'elles n'aimaient pas voir de simples mortels vêtus comme elles. Mais j'ai trop souvent vu le malheur surgir après avoir vu quelqu'un en vert pour en douter. Qui n'a pas acheté une robe verte, dit ma grand-mère, pour en acheter une noire ensuite ? Quand maman a épousé Dennis, elle a refusé qu'il y ait des légumes verts, pas même une laitue, pour le déjeuner qui a suivi la cérémonie. Comme on dit par ici, l'amour ne s'habille pas en vert.

Marianne m'a obligée à revenir dans la chambre avec elle. Elle a passé son bras sous le mien. Nous sommes restées debout à regarder les mains de Stella froisser les draps. C'était quelque chose que j'avais déjà observé, mais personne ne m'en avait donné l'explication. Pourquoi les mains des mourants se déplacent et se referment comme des crabes, sur le bord d'une couverture ou d'un drap ? Elle avait les yeux fermés, mais ses mains s'activaient, telles les mains d'un pianiste sur un clavier de toile. Marianne m'a demandé ce qui se passait et j'ai dû murmurer que je ne savais pas, que seuls les morts savaient. Richard et elle sont restés toute la journée avec Stella et ils y étaient encore quand je suis rentrée chez moi.

Le téléphone sonnait au moment où je suis entrée dans la maison. Je me suis demandé s'il viendrait un temps où la voix de Ned ne provoquerait plus ce frémissement et la chair de poule sur ma nuque. Je veux que ce moment advienne, que les choses deviennent ordinaires, soient acceptées, je veux l'avoir pour de bon, parce que cela voudra dire que j'ai eu une vie entière pour m'habituer à lui.

Il a dit : « Demain soir, Jenny ?

— J'ai quelque chose à te dire. Nous pourrons en parler demain. »

J'aurais juré qu'il pensait au froid. « Tu as trouvé un endroit plus chaud.

— En quelque sorte. Ce qui est sûr, c'est que nous n'irons plus chez Stella après jeudi.

— Tu fais bien des mystères.

— Non, pas du tout. Il n'y a pas de mystère. Tout peut se passer au grand jour maintenant. Écoute, Ned, je vais faire ce que tu m'as demandé, je vais quitter Mike pour toi et nous pourrons vivre ensemble. Je suis désolée de ne pas l'avoir fait plus tôt, c'était idiot de ma part, je n'aurais pas dû te faire attendre ainsi. Tu me l'as demandé si souvent. J'étais tellement stupide. »

Quel son adorable que celui de son soupir de soulagement. « Tu lui as parlé ?

— Non, pas encore. Pas avant d'être avec toi. »

Il a commencé à dire quelque chose, sa voix était très douce et très tendre, mais on a sonné à la porte. Je distinguais la silhouette de Janis à travers le verre dépoli, ses cheveux crêpés et ses immenses boucles d'oreilles.

« Je t'aime. Il faut que j'y aille. À demain. »

Janis était à court de sachets de thé. Il ne lui en restait plus qu'un et l'épicerie ferme à quatre heures et demie. Je lui en ai donné une vingtaine pendant qu'elle se lançait dans l'histoire de sa copine Verna qui s'était démêlé les cheveux près d'une fenêtre ouverte, avait fait une boule de ses cheveux morts et l'avait posée sur le rebord de la fenêtre, et une pie l'avait emportée dans son bec.

« Quoi, en décembre ?

— C'est pire. Il a fait tellement doux. Je veux dire, on ne s'y attend pas. À ce qu'elles soient en train de faire leur nid. Elle a eu immédiatement très mal à la tête. Qu'en dis-tu ? Maman a dit qu'elle allait mourir avant la fin de l'année et qu'il ne faut pas lui en parler parce qu'il n'y a rien à faire. »

Elle voulait voir le jardin d'hiver et je l'ai donc emmenée dans la salle à manger pour lui montrer le travail de Mike.

« Tu as de la chance. Peter ne peut pas ouvrir une boîte de conserve sans attraper le tétanos. »

J'ai traîné dans la maison en attendant la livraison du carrelage, débattant de ce que je devrais laisser ou emporter. Pas un seul de nos cadeaux de mariage, je n'en veux pas. Mike peut tout garder. Je prendrai mes livres et mon dictionnaire, mais ni la chaîne, ni le lecteur de compacts. Et la télévision est trop grosse pour être trimbalée. Treize ans. Maman dit que c'est parce que treize ans se sont écoulés, parce que nous venons de passer le pire anniversaire possible, celui pour lequel elle a un nom spécial. Le premier ce sont les noces de coton, le deuxième les noces de papier, cinq ans les noces de carton, douze ans les noces de soie. Tout le monde a entendu parler des noces d'argent pour le vingt-cinquième et d'or pour le cinquantième... eh bien, treize ans, ce sont les noces de soufre.

Peut-être parce que c'est explosif, ou parce c'est dur et sombre comme la pierre du même nom. Je n'ai jamais demandé à maman et j'allais l'appeler pour le faire, quand le livreur du carrelage est arrivé. Dès qu'il est parti, c'est Middleton Hall que j'ai appelé, bien que je n'en fusse partie qu'une demi-heure plus tôt. C'est Pauline qui a répondu. Non, Stella était toujours dans le même état, très faible, fragile, dormant sans arrêt, à cause de la morphine probablement. Marianne était partie, mais Richard était encore là. Tous les deux allaient rester à l'hôtel à Thelmarsh.

Mike a appelé au moment où je reposais le combiné. Il voulait savoir si le carrelage était bien arrivé. J'étais contente qu'il ne me dise pas ce qu'il m'aurait déclaré autrefois, que je lui manquais et qu'il était heureux de rentrer le lendemain. Je me serais sentie coupable. Je venais de me résoudre à lui parler vendredi soir et je me demandais comment il allait réagir. En me demandant si c'était pour le remercier d'avoir construit « mon » jardin d'hiver, j'imagine. Lorsqu'il m'a dit au revoir et non à vendredi, je me suis mise à penser aux différentes femmes du village qui lui courraient après, une fois que je serais partie, et laquelle il choisirait. Ça ne traînerait pas, j'en étais convaincue.

La première chose que j'ai entendue en arrivant le jeudi matin, c'était que Lena avait hérité de la grippe de Stanley. Elle avait eu le bon sens de rester au lit et de ne pas répandre ses microbes dans toute la résidence. Stella était seule. Au moment où je l'ai embrassée, j'ai senti sa joue tourner vers moi. Mais c'est sa seule manifestation consciente depuis longtemps. Pour la première fois depuis que je venais dans cette chambre, sans doute parce que c'était aussi la première fois que régnait le silence, j'ai pensé à tous les secrets enfermés dans cette tête, circulant dans un murmure inaudible.

J'étais dans la chambre depuis une demi-heure, en train de me dire que je ne pouvais rester plus longtemps, que je devais aller voir Gracie et Arthur, quand elle a ouvert les yeux et dit : « Chéri ?

— Oui, Stella ?

— Que lui as-tu fait ? »

Elle l'a dit sans élever la voix, mais si distinctement que j'en ai été surprise. Croyait-elle parler à Alan Tyzark ? Et attendait-elle une sorte de dénégation de sa part afin de continuer à se reposer ?

« Rien. Je n'ai rien fait. »

Elle a détourné la tête. Elle a eu, non pas un ronflement, mais une respiration profonde et étranglée à la fois. Elle était entrée dans un sommeil profond. Mais elle aurait pu aussi se réveiller instantanément. Je suis restée assise à l'observer, espérant qu'elle se réveillerait, sans être assez cruelle pour le vouloir vraiment, contente de ne pas avoir hérité des pouvoirs de ma mère qui m'auraient rendue capable de la faire parler.

Richard est arrivé en fin de matinée et puis, une heure plus tard, Marianne est venue avec ses enfants. L'aîné doit avoir dix-sept ans parce que, après cinq minutes passés avec leur grand-mère, il est reparti avec son frère en conduisant la Volvo. Quand je suis entrée dans la chambre, Stella était consciente. En tout cas, ses yeux fatigués étaient ouverts et des larmes avaient coulé sur ses joues. Marianne les essuyait délicatement à l'aide d'un mouchoir en papier. J'ai cru que je ne reverrais plus Stella, ce qui était faux, et en lui disant au revoir, en prononçant les mots que j'avais toujours employés en partant, j'ai essayé d'adopter un ton plus solennel et péremptoire.

« Au revoir, Stella. »

Je l'ai embrassée et j'ai senti ses joues trembler. Marianne a posé sa main sur mon bras un instant, sa manche verte sur ma manche bleue. La pièce devenait de plus en plus sombre et avant que Richard ne se levât pour allumer la lampe de chevet, j'ai cru voir la silhouette d'une femme silencieuse, se tenant entre la fenêtre et le mur. Ma grand-mère l'aurait sans doute appelée la Mort, venue pour son rendez-vous avec Stella. Mais une fois la lumière allumée, j'ai compris qu'il ne s'agissait que du rideau mal tiré, accroché au coin d'un cadre.

Peut-être n'aurais-je pas dû partir. Quelqu'un que j'aimais, à qui je m'étais attachée, était sur le point de quitter cette vie, sur son lit de mort, et je partais m'amuser. Est-ce une façon bizarre de présenter les choses ? Pas vraiment, quand vous comprenez que la présence de Ned a été la plus grande joie que j'aie jamais connue.

De toute façon, je pourrais dire que Stella avait son fils et sa fille avec elle, qu'elle n'était plus consciente. Il n'y avait pas de place pour moi dans cette chambre, tant qu'ils y étaient. Toutefois, j'aurais pu rester à la résidence, m'asseoir dans le salon et attendre qu'on ait besoin de moi. J'aurais même pu prendre la place de quelqu'un dans l'équipe de nuit. Je l'aurais fait autrefois, ne serait-ce qu'il y a un an de ça, avant de rencontrer Ned, avant de l'aimer.

Car c'était l'amour qui était en cause, l'amour qui avait raison de vos sentiments, l'amour qui effaçait l'amitié, la responsabilité et la tendresse. Il y avait une telle urgence, une telle nécessité : c'était une force comparable à celle du vent qui vous emporte, de la vague qui vous jette sur le rivage, à laquelle il est impossible de résister, à laquelle vous ne voulez pas résister. Je n'aurais pas résisté à cette force d'attraction de l'amour pour le bien de Stella, pour celui de ma grand-mère ou même de ma mère, ou encore de mon enfant, si j'en avais eu un.

Ce qui ne veut pas dire que je ne me sentais pas coupable de partir. J'avais honte ; j'ai imaginé que Lena me regarderait de travers et que Carolyn me jetterait un regard de reproche. Mais je suis partie, j'ai fermé la porte d'entrée et j'ai descendu les marches à la nuit tombante. L'abandon de Stella pesait sur ma conscience, mais renoncer à un rendez-vous avec Ned était impensable. Je n'envisageais même pas un avenir au-delà de ce moment.

Le givre avait transformé mon pare-brise en vitre de salle de bains, décorée de feuilles de fougères. Ce qui m'a fait penser à la fougère dans la chaussure de Ned qui m'avait assurée de sa conquête. Notre rendez-vous serait aussi le dernier, la dernière fois que nous nous retrouverions dans une maison empruntée et glacée et que nous ferions l'amour dans un lit qui n'était pas à nous.

Ned devait arriver à sept heures. J'avais déjà allumé vingt bougies et les deux radiateurs à pétrole. La maison respirait cette odeur familière mais encore dérangeante de cire et de paraffine. Il y a des gens qui associent leurs histoires d'amour à des parfums particuliers ou à l'odeur d'un feu de cheminée, ou encore au bouquet d'un vin. Peut-être parce que ce n'est pas mon cas, parce que je suis quelqu'un d'ordinaire et que j'appartiens à la classe ouvrière, mon amour sera toujours associé à l'odeur du pétrole, le plus pauvre, le moins cher des combustibles.

Voilà à quoi je pensais en attendant l'arrivée de Ned. Je ne redoutais rien. Ils appellent ça une mauvaise image de soi, le problème que j'avais et dont Stella, d'une façon différente, avait aussi souffert. Mais dans mon cas, il a fait des miracles. Son amour m'a permis de m'aimer moi-même. Il m'a donné l'estime de soi, m'a fait comprendre que j'étais belle et que j'étais plus intelligente que ne le croient la plupart des gens, que j'étais une personne à part entière.

Je l'ai attendu près d'un des radiateurs, les mains posées au-dessus de la grille. Seuls mon visage et mes mains étaient réchauffés. Le reste de mon corps tremblait de froid. Mais ça n'avait pas beaucoup d'importance, dans la mesure où c'était la dernière fois; cette maison glaciale et mes efforts pour la réchauffer seraient bientôt des souvenirs dont je pourrais rire.

Je ne tire jamais les rideaux avant son arrivée. Quand il est là, je les referme pour mieux nous couper du monde. Je m'étais enveloppée de bleu, jeans, pull-over, châle, pour contrecarrer, j'imagine, les effets du vert de Marianne. Sans très bien savoir de quoi je me protégeais. Il était trop tard pour sauver Stella. Le protéger lui, je suppose, des dangers de la route, du verglas, du brouillard givrant et des vingt camions qu'il allait croiser sur la route. De ses propres erreurs, comme lorsqu'il avait sifflé dans l'obscurité. Quant à moi, j'ai pensé que, pour une fois, je n'avais besoin d'aucune protection. J'étais en sécurité, enfin chez moi.

Je me suis levée une ou deux fois pour le guetter à la fenêtre. Il faisait très sombre dehors, mais l'obscurité était claire et brillante. Et quand une voiture passait, ses phares illuminaient le givre sur la haie et sur les branches des arbres. Je crois que j'ai vu passer dix voitures. Je le sais parce que j'ai compté. J'ai regardé les phares danser aveuglément dans ma direction, jusqu'à ce que sa voiture quitte la route et prenne le chemin jusqu'à la maison.

Ça n'a pas eu lieu. Il n'est pas venu. Il lui était déjà arrivé d'être en retard, il avait un chemin bien plus long que le mien à parcourir pour venir et il ne lui était pas toujours facile de s'échapper. Je crois qu'il n'avait jamais dépassé vingt-cinq minutes. Non, je suis encore en train de me raconter des histoires, parce que j'avais compté. C'était vingt-sept minutes, pas vingt-cinq. Au bout de vingt-huit minutes, j'ai commencé à avoir peur.

Le temps ne passe pas vite quand on attend. Et il passe tellement vite quand vous êtes avec l'homme que vous aimez qu'il est difficile de croire qu'on parle de la même chose. Comme s'il y avait deux sortes de temps, un temps pour le bonheur et un temps pour la peur. Le temps s'est écoulé plus lentement que jamais pendant que je le guettais à la fenêtre. Chaque seconde me faisait l'effet d'une goutte d'eau que l'on regarde se détacher d'un robinet.

Et dehors il n'y avait rien. Pas le moindre mouvement, seulement la route déserte et les champs s'enfonçant dans l'obscurité. Tout était si calme que j'avais l'impression de voir le givre se déposer sur l'herbe et sur la haie, humide d'abord et brillant ensuite. Le cri d'une chouette a rompu le silence et m'a fait frissonner de la tête aux pieds. C'est le présage d'une terrible calamité. Les mots de ma grand-mère résonnaient encore à mes oreilles, tandis que j'attendais, ces mots qu'elle avait prononcés devant Janis et moi quand nous étions enfants.

Il aurait pu lui arriver tant de choses, il a pu lui arriver tant de choses, car je ne sais toujours rien. Maintenant qu'il fait jour et que je n'ai pas dormi, je ne sais absolument plus quoi faire. Un accident de voiture, un accident de tournage, une réaction de Jane, quelque chose qu'elle aurait dit ou fait, ou que lui a fait et que j'ignore. Mais c'est pour sa sécurité, sa vie que je crains le plus. Rien ne l'empêcherait de me rejoindre, rien ne l'en a jamais empêché. Et qu'est-ce qui le retiendrait de venir à cette soirée si particulière où nous devions parler de notre avenir, si ce n'est quelque chose de terrible ?

Quand vous êtes dans une situation pareille, vous vous mettez à penser aux choses horribles qui sont arrivées aux gens que vous connaissez ou dont vous avez entendu parler. J'ai pensé à Charmian Fry disant au revoir à Rex Newland et puis attendant sans fin son coup de téléphone. Il n'avait jamais appelé, il n'était jamais revenu la voir parce qu'il était mort. Imaginons que Ned soit mort au volant de sa voiture ? J'ai repensé à la journée qui venait de s'écouler et j'ai essayé de comprendre ce que j'avais pu faire pour modifier le destin. Gracie avait renversé du sel et j'en avais pris une pincée pour la jeter par-dessus mon épaule gauche. J'avais laissé tomber un gant et je l'avais ramassé moi-même.

Je suis restée à Moluques jusqu'à neuf heures. C'était ridicule d'être restée aussi longtemps, car elles étaient longues ces heures, les deux heures les plus longues de ma vie. J'ai marché de long en large, j'ai monté et descendu l'escalier un nombre incalculable de fois, je suis sortie dans le froid et l'obscurité, comme si ma seule volonté et le fait de scruter la pénombre avaient pu le faire venir. Je me suis tordu les mains. Je ne l'avais jamais fait auparavant ou vu quelqu'un le faire, mais c'est ce que vous êtes censé faire quand vous êtes malade d'inquiétude, c'est ce que vous faites quand, désespéré, vous dites : « Mon Dieu, mon Dieu, aidez-moi ! »

Après avoir soufflé toutes les bougies et éteint les radiateurs, quand l'odeur a été plus forte que jamais, je me suis retrouvée dans l'obscurité, les mains couvertes de suie. J'avais envie de hurler, mais j'avais trop honte, même si j'étais seule dans une maison isolée. La chouette a hurlé pour moi, depuis un arbre à la lisière du marais. Quand j'ai ouvert la porte d'entrée, l'air froid s'est engouffré comme pour se moquer de moi. J'en ai eu des picotements dans les yeux ou peut-être me suis-je mise à pleurer. J'ai titubé jusqu'à la voiture.

Le givre avait tout recouvert d'une mince pellicule craquante. J'ai frotté le pare-brise avec du papier journal jusqu'à ce que mes mains soient paralysées par le froid. Je n'aurais pas dû conduire, vu l'état dans lequel j'étais. Je voulais simplement aller quelque part, n'importe où, le plus vite possible. J'ai eu de la chance qu'il n'y ait pas eu de pluie depuis longtemps : il n'y avait pas de verglas sur la route, juste la fine couche blanche de givre. Au moment où j'ai mis la clé dans la porte d'entrée, le téléphone s'est mis à sonner. Je me suis mise à trembler, j'ai tourné la clé sans pouvoir ouvrir et j'étais terrifiée à l'idée de ne pas décrocher à temps. Je savais que c'était Ned.

Ce n'était pas lui. La voix était celle de Richard.

« Je suis désolé, Genevieve, de cette intrusion à une heure pareille. Mais ma mère vous a réclamée. Elle nous a un peu parlé, elle a les idées parfaitement claires, mais elle est très affaiblie. » Je me suis souvenue d'une chose que j'oublie souvent, à savoir qu'il est médecin. « Il va falloir lui redonner de la morphine très bientôt. C'est comme si elle avait rassemblé toutes les forces qui lui restent pour vous réclamer.

— J'arrive tout de suite. »

C'était étrange la façon dont ce coup de téléphone m'avait ramenée à la réalité et m'avait fait sentir combien j'avais été folle d'arpenter une maison glacée, en attendant une personne qui ne venait pas parce qu'elle était à l'évidence dans l'incapacité de venir. C'est fou d'en arriver au point où on est prêt à hurler. J'ai fait ce que j'aurais dû faire des heures auparavant, j'ai composé son numéro à Norwich. L'appeler chez lui est maintenant le dernier de mes soucis. N'est-il pas plus à moi qu'à elle désormais ?

J'ai entendu sa voix sur le message du répondeur. C'était la première fois que j'entendais sa voix enregistrée et je n'ai pas aimé ça. J'ai raccroché avant même d'entendre le signal sonore, je suis remontée dans ma voiture et j'ai pris la direction de Middleton Hall.

L'homme un peu corpulent assis dans le salon en train de fumer un cigare est le petit ami de Marianne. Lena l'aurait tué si elle avait su. J'ai lu suffisamment d'articles de psychologie dans les magazines pour me demander si Marianne se choisit des substituts du père.

La chambre de Stella était une étuve, provoquant un contraste maximum avec la température de la maison d'où je venais. On aurait dit qu'une bouteille de White Linen s'était brisée et que son contenu s'était répandu dans l'atmosphère. Ils étaient assis de part et d'autre du lit. Stella n'était pas consciente. Elle respirait avec difficulté, la bouche ouverte. Elle avait atteint le stade où l'on compte chacune des respirations parce que la dernière comptée peut être la dernière tout court.

Marianne m'a tendu la main, a pris la mienne et l'a serrée. Elle s'est levée et m'a emmenée dans un coin de la chambre. « Oh, chérie, je ne crois pas qu'elle puisse parler de nouveau. Elle m'a demandé de vous dire ceci. Je l'ai écrit. Je ne sais pas ce que cela veut dire. »

Moi non plus. Marianne avait écrit sur une page arrachée à un bloc : *Il n'y a rien dans la maison ou dans le jardin.*

« Avez-vous essayé de me joindre plus tôt ?

— Richard a essayé à sept heures, puis à huit heures. Mais, chérie, vous avez parfaitement le droit de sortir, vous n'aviez pas à rester pour elle. Je vous en prie, n'ayez pas l'impression...

— Non, je sais. »

Il n'y a rien dans la maison ou dans le jardin. Pourquoi le dire à moi ? Pourquoi pas à un de ses enfants ?

« Je ne devrais pas rester. Vous voulez sûrement rester seuls avec elle. »

Je suais à grosses gouttes. Marianne a repris ma main. En dépit du fait qu'elle est à moitié sorcière, ma grand-mère lit beaucoup la Bible. Quand vous avez soixante-dix ans et des poussières, dit-elle, vous pouvez vous estimer heureux si vous obtenez une rémission. Stella a atteint les soixante-douze ans. Ça ne paraît pas si vieux de nos jours. Je prononçais ces mots à haute voix. Mais au moment où je parlais, j'ai entendu, provenant du lit, un son qui ne trompe pas, si jamais vous avez déjà été au chevet d'un mourant. Ce râle du corps expulsant son dernier souffle. C'est atroce, ce son. Peu importe combien de fois vous l'aurez entendu, vous tremblerez à chaque fois. Le râle a traversé la bouche affaissée de Stella et elle est morte.

Richard a soupiré. Il a regardé sa mère, il m'a fait un petit signe de la tête auquel j'ai répondu de la même façon. Marianne a baissé la sienne et elle a commencé à pleurer. Je me suis approchée de Stella et je l'ai touchée, j'ai pris son pouls sans vie et senti sa peau à l'aspect cireux. Entre mes lèvres, j'ai dit adieu. Plus que jamais j'aurais voulu l'embrasser, mais c'était à la famille de le faire en premier.

Puis je suis sortie de la chambre pour aller chercher quelqu'un. Stanley était derrière le bureau de la réception. Je lui ai annoncé le décès et me suis éloignée, sans répondre à ses questions. Une terreur bien à moi m'avait de nouveau envahie, apportant son lot d'images effrayantes, parvenant à me glacer le sang dans cette atmosphère surchauffée. J'ai croisé Pauline qui partait et je lui ai dit que Stella était morte. Et puis je suis entrée dans le bureau de Lena pour essayer d'appeler Ned.

IV

20

ÊTRE ICI EST ENCORE ÉTRANGE et pourtant je m'y sens beaucoup plus chez moi que n'importe où ailleurs. Il y aussi le fait que je suis plus seule que jamais. Mais il le faut, c'est la seule façon pour moi de supporter ce qui s'est passé et ce que j'ai subi. C'est seulement en étant seule qu'on peut se permettre de pleurer au milieu de la nuit sans que qui que ce soit demande pourquoi.

Le trajet jusqu'à Middleton Hall est d'environ quinze minutes au lieu de cinq et les boutiques sont plus loin. Je me demande parfois comment j'aurais fait sans cet endroit, comment j'aurais pu supporter. En louant une chambre, j'imagine, quelque part à Diss, avec petit déjeuner compris. Et je me serais débrouillée pour les dîners. Parce qu'une fois que ça a été fini et que j'ai su qu'il n'y avait plus d'espoir, je ne pouvais pas continuer à vivre avec Mike. Rien n'aurait été pire. Philippa n'a pas vu les choses de cette manière.

« C'est comme si tu n'avais jamais rien dit à Mike. Tu peux continuer à présent comme si de rien n'était. »

Elle avait les meilleures intentions du monde.

Pendant qu'elle parlait, je me demandais ce que ce serait de vivre avec un homme pour qui je n'éprouvais plus rien et à qui je dissimulerais les sentiments que j'avais encore pour un autre. J'ai commencé par aller voir maman. C'est ce qu'on fait, non, quand un mariage prend fin ? On retourne chez sa mère. Elle ne voulait pas de moi, c'est ce qu'elle a dit, mais elle a ajouté autre chose : j'étais venue la voir, elle le comprenait, parce qu'une fille se sentait chez elle chez sa mère, même quand la fille en question a la trentaine.

Je ne savais plus où aller. Je ne pouvais penser à rien, j'étais incapable d'envisager le moindre projet, j'effectuais mon travail comme un automate. J'étais détruite, vous savez, décomposée. Mon corps de jeune femme était devenu vieux et douloureux. Mon esprit était à la dérive, mais rempli de lui, et de lui seulement.

Le lendemain de la mort de Stella était un vendredi. Je m'étais trompée à ce sujet aussi, avec ma clairvoyance et mes trucs de bonne femme. Sans doute l'avais-je prédit parce que, comme chacun sait, les vendredis portent malheur. Il y a beaucoup plus d'accidents le vendredi et ce n'est pas un bon jour pour se lancer dans une entreprise nouvelle. Le vieux M. Thorn pour qui mon grand-père avait travaillé ne commençait jamais une moisson un vendredi et tous ses ouvriers l'approuvaient. J'étais comme ça moi aussi, même si j'ai changé à présent. Mais ce vendredi-là quand je me suis réveillée, j'avais un pressentiment effroyable.

Avant d'aller travailler, j'ai téléphoné chez Ned et le répondeur était toujours branché. Je ne l'ai jamais appelé au travail et la seule idée de l'oser me terrifiait. Je suppose que j'ai lu trop de livres ou d'articles, dans lesquels il est question des conséquences désastreuses d'un coup de téléphone à son amant marié sur son lieu de travail. De plus, la façon de parler de ces gens m'exaspère. Mais les craintes de ce genre importent de moins en moins au bout d'un moment, tout est submergé par une terrible angoisse et le besoin de savoir. Je crois donc que, ce matin-là, j'aurais même pu forcer l'entrée d'un hôpital privé, passer les gens de la sécurité et écarter sa famille pour approcher de son chevet. Parce que j'étais persuadée que c'était ce qui lui était arrivé. Je pensais qu'il était quelque part, blessé, dans un hôpital.

J'ai appelé les studios depuis le bureau de Lena dès que je suis arrivée. Il était encore trop tôt et leur répondeur était branché, là aussi. Il n'était pas question de laisser un message. Qu'aurais-je pu dire et qui se serait préoccupé de me rappeler ? En traversant le hall en direction de l'escalier, j'ai vu les gens des pompes funèbres qui sortaient du couloir, suivis par Stanley trottinant. Ils portaient un corps sur un brancard couvert d'un voile noir, le corps de Stella. Je me suis arrêtée pour les voir l'emporter. Si elle avait été vivante, je crois que je lui aurais demandé conseil, que je l'aurais implorée de m'aider.

Il était dix heures quand j'en ai eu terminé avec le lever de Gracie, la descente de Loïs en chaise roulante — elle en a une à présent — dans le salon et la lecture des pages économiques du journal à Arthur. Les chiens erraient dans le hall, mais Lena restait invisible. Sharon était dans le bureau. Elle est sortie docilement quand je lui ai dit que j'avais besoin de téléphoner. J'avais perdu le numéro et j'étais en train de le chercher dans l'annuaire, quand j'ai vu passer par la fenêtre Richard qui se dirigeait vers la chambre de sa mère. J'ai composé le numéro des studios et j'ai demandé à parler à Ned.

Ils voulaient savoir qui j'étais. Je n'y avais pas pensé, sans quoi je me serais inventée un nom important. J'aurais pu dire « Charmian Fry » et ç'aurait été parfaitement approprié dans la mesure où j'étais à sa place, ne sachant rien et redoutant de savoir, tout en éprouvant le besoin irrésistible de savoir.

J'ai attendu des heures, en écoutant un air que nous avions l'habitude de chanter à l'école. *Oh, mon amour, tu me fais mal, tu me repousses d'un geste machinal, Quand je t'ai aimé si longtemps de toute mon âme, depuis si longtemps de toute ma flamme...* C'était drôle de se souvenir des paroles, quinze ans après. Une autre voix se fit entendre pour annoncer que Ned Saraman ne serait pas là de la journée. Cette voix de femme était tellement froide et dure que j'étais paralysée, incapable de m'imposer. Pouvait-on prendre un message, disait la voix, pourriez-vous laisser votre nom ? J'ai laissé mon nom sans rien demander de plus. Je ne pouvais pas. Au moins savais-je qu'il n'était pas blessé quelque part. Le savais-je vraiment ?

J'ai essayé chez lui de nouveau et je suis tombée sur le répondeur. Je me suis dit d'être forte, aussi pénible cela fût-il. Il fallait que je trouve un moyen de savoir où il était. Tu dois rester, n'ai-je cessé de me répéter, assieds-toi, respire profondément et *réfléchis*. Réfléchis bien. Trouve un endroit où tu seras tranquille cinq minutes. Je suis allée dans le couloir qui conduit à la chambre de Stella. Richard y était. Il était debout près de la fenêtre avec le *Times* à la main. Je me suis excusée, j'ai dit que je m'en allais.

« Non, je vous en prie. Restez, s'il vous plaît. Je suis venu prendre les affaires de ma mère. »

Les draps et les couvertures avaient été emportés. Il y avait une grande valise ouverte sur le matelas.

« Regardez, c'est celui de samedi dernier. Elle n'a pas fini les mots croisés.

— C'était un signe. Elle les terminait toujours. Voulez-vous que je range ses vêtements ?

— Ce serait d'un grand secours. »

La robe bleue avec les impressions en forme de pièces de monnaie, la robe à fleurs et la veste, le manteau crème... J'ai tout plié comme ma grand-mère a l'habitude de le faire, le devant dessous, le côté gauche d'abord, puis le droit, les manches parallèles et bien à plat. J'ai pris une longue inspiration et j'ai dit : « Puis-je vous demander quelque chose ? »

Dès que j'ai parlé, j'ai su qu'il allait croire que je demanderais un de ses vêtements. Comme si je pouvais faire une chose pareille. Les vêtements des morts ne font pas long feu, ils pourrissent aussi vite que leurs propriétaires...

« Oui, bien sûr. Ce que vous voulez. Après tout ce que vous avez fait pour ma mère.

— Il ne s'agit pas de ça. Si vous vouliez retrouver la trace de quelqu'un, je veux dire, si vous vouliez prendre contact avec lui… » Je me suis expliquée. Tout en restant discrète. J'ai parlé de Ned, je crois, comme de quelqu'un que je connaissais à peine, qui avait loué une maison dans notre village. Il était important que je puisse lui parler. J'ai fait croire que c'était pour affaires.

« Je vais m'en occuper. » Il ne m'a pas demandé si je le souhaitais ou si ça ne posait pas de problèmes. Il a dit qu'il le ferait et il a décroché le téléphone sur la table de chevet de Stella.

Je ne voulais pas être présente. Je voulais me cacher pour ne rien entendre, et puis revenir et apprendre que tout allait bien, que Ned était au bout du fil et désirait me parler. Je ne pouvais pas me cacher, il fallait que je sois là. Mais je pouvais toujours toucher du bois. Je suis restée debout, les mains sur le rebord du bureau de Stella, apaisée par le contact du riche bois veiné, pendant qu'il composait le numéro.

Richard a une voix semblable à celle de Ned. Celle dont

on hérite dans les écoles privées et à Oxbridge[1]. Et que vous le vouliez ou non, ça impressionne les gens, ça leur donne une idée de l'autorité, du savoir-faire, du contrôle. L'entendre prononcer le nom de Ned m'a fait un effet curieux, comme dans un rêve où les gens font des choses qu'ils ne font jamais dans la vie et parlent avec assurance à des gens qu'ils n'ont jamais rencontrés auparavant.

Il a demandé à parler à Ned et j'ai entendu la musique d'attente, un air différent de celui que j'avais eu. Ils ne connaissent pas grand-chose à la musique, les gens qui s'occupent de ça, si je suis capable de reconnaître tous les airs qu'ils ont choisis. J'ai commencé à retenir ma respiration, en attendant que la voix de Ned vienne remplacer la musique. Mais je ne pouvais plus entendre que la voix de Richard.

« Richard Newland. Oui, docteur Richard Newland... »

Silence. Murmures.

« Personne ne répond chez lui. » Murmures. « Eh bien, allez chercher quelqu'un qui soit au courant, s'il vous plaît. »

Comme j'avais l'esprit vide à ce moment-là. C'était étrange. J'étais suspendue dans le vide, accrochée au bureau comme s'il m'avait aidé à me soutenir dans l'espace. Je ne voyais rien, à part les murs blancs, la valise ouverte et le dos de Richard, les omoplates saillant sous la veste, mince comme un garçon, La robe bleue dépassait de la valise et les pièces de monnaie se sont mises à danser, à onduler et à sauter devant mes yeux.

Richard a dit : « Oui », « Je vois », et : « Quand sera-t-il de retour ? »

Les pièces de monnaie ont déferlé sur moi. Je me suis éloignée du bureau et je me suis penchée sur le lit, en observant les motifs de spirales rouges sur la housse du matelas. Les spirales se distendaient et se tordaient, comme si c'étaient elles qui me trituraient le cerveau. Richard a raccroché et s'est retourné. Je me suis efforcée de me lever.

« Vous allez bien ?

— Oui, bien sûr.

— Il est parti en vacances. Skier quelque part, ont-ils dit. À Innsbruck. Non, à Interlaken. De retour le 3 janvier. C'était important pour vous de lui parler ? »

1. Contraction un peu péjorative d'Oxford et Cambridge.

Impossible de prononcer un mot. Je ne pouvais même pas faire bouger ma tête d'un centimètre dans une direction ou une autre. J'ai avancé autour du lit — j'avais une démarche de robot — et je suis allée décrocher une autre robe dans la penderie. J'avais l'impression que mon cœur ne battait plus, que je ne respirais tout simplement plus.

« Tout est paralysé dans ce pays pendant la période de Noël. Deux semaines, alors que dans d'autres pays, cela ne dure que deux jours. Les gens ici considèrent qu'il est normal que toute la machine soit arrêtée à Noël et que personne n'ait besoin de personne pendant ce temps-là.

— Merci. Merci d'avoir appelé. »

J'ai enveloppé les chaussures de Stella dans des pages du *Times* et je les ai posées sur le dessus dans la valise. J'ai enfoncé la boîte à bijoux dans un des coins.

« Elle voulait que vous preniez la robe de chambre que Marianne lui avait offerte pour son anniversaire. Prenez-la, s'il vous plaît.

— Elle ne l'a portée qu'une fois. »

Il n'a pas compris. « Elle est comme neuve. »

J'ai dû faire une drôle de tête. À moins que mes yeux n'aient jeté des éclairs. Toujours est-il qu'il a fait un pas en arrière.

« Vous êtes sûre d'aller bien, Jenny ?

— Ça va », ai-je dit en fermant la valise.

Il a ramassé le magnétophone et la demi-douzaine de cassettes dans la petite boîte jaune où Stella les rangeait, et il a tout mis dans mes bras. « Elle a voulu que ce soit à vous. C'était son souhait. Vous ne devez pas dire non. Vous avez tant fait pour elle, vous étiez bien plus qu'une garde-malade, vous étiez son amie. Elle vous aimait.

— Je sais », ai-je répondu en partant, serrant contre moi le magnétophone et la robe de chambre parce que je ne pouvais plus parler.

L'entendre comme ça a été un choc. J'étais sidérée. Mais on ne le reste jamais longtemps, on recommence à penser, et très vite je me suis mise à chercher des raisons. Dans l'après-midi, je suis parvenue à me faire une idée de ce qui s'était passé. Il avait dit à Jane ce qu'il comptait faire, qu'il allait la quitter pour moi, et Jane avait fait une scène effroyable. Elle avait insisté pour qu'il vienne avec Hannah et elle pour ces vacances, qui devaient sans doute être prévues depuis des mois, et elle avait proféré de telles menaces qu'il n'avait pas eu le choix. Par exemple, s'il ne venait pas, elle ferait tout pour qu'il ne revoie plus jamais Hannah.

Il y avait pas mal de défauts dans cette trame, mais je ne m'en suis pas rendu compte sur le moment. Je ne le voulais pas, afin de ne pas me demander comment tout ça l'aurait empêché de m'appeler. Ma théorie reposait sur le fait que Jane était un monstre, dans le genre de Gilda Brent, et je n'en avais pas la moindre preuve.

Mike était rentré ce soir-là et il était immédiatement parti travailler dans le jardin d'hiver. J'ai téléphoné chez Ned de nouveau, mais j'aurais été surprise d'entendre autre chose que sa voix enregistrée sur le répondeur. Je n'ai pas été surprise. Boire n'a jamais été une solution pour moi ou, en tout cas, j'avais toujours pensé que non. Mais je n'avais jamais été dans un pareil état auparavant, et tant pressée de trouver une solution. Autrefois, j'aurais demandé à Mike de s'arrêter de travailler et de m'accompagner au *Legion*. Mais c'était il y a bien longtemps ou ça en avait tout l'air. J'y suis allée seule.

Il faisait un froid de canard et de petits flocons de neige tombaient. Elle avait dû tomber toute la journée, parce qu'il y en avait une bonne couche. Mais je n'avais rien remarqué. Si la neige est glacée et qu'il y a du vent, les flocons peuvent piquer le visage comme le feraient des aiguilles. Le *Legion* a toujours une allure accueillante pendant les nuits d'hiver, avec ses lumières orange découpées par les vitres en forme de diamants et sa grande lanterne éclairant le soldat romain qui se balance.

Maman était derrière le bar, aidée par Janis. Maman expliquait à un type que je n'avais jamais vu comment se débarrasser des souris. « Vous avez un bout de papier ? Oui, alors notez : *J'adjure toutes les souris qui sont ici de quitter l'endroit sans dire merci…* »

Il a commencé à écrire au dos de son chéquier.

« *Allez au-delà du ruisseau pour donner au moulin l'assaut. Mangez là-bas de bel appétit, maintenant que de ma maison vous êtes parties*. C'est noté ? Recopiez-le et puis allez l'épingler sur un mur. Vous ne verrez jamais plus une souris. »

J'avais déjà fait des rimes à souris. Maman l'avait toujours conseillé. Pour les rats aussi. Ça ne marchait pas. Je ne sais pas pourquoi, je ne m'en étais jamais rendu compte plus tôt. J'avais dû, mais sans vraiment l'enregistrer. Je crois que c'est ce soir-là que j'ai commencé à laisser tomber ces histoires de charmes et de présages, à mettre fin à ma superstition. C'était peut-être le vrai commencement, le fait que j'aie pu appeler ça de la superstition, comme disent les gens.

Le type qui voulait se débarrasser de ses souris semblait satisfait. Il a commencé à circuler dans le pub, sans doute pour répandre la bonne nouvelle de cette extraordinaire mort-aux-souris. Je suis allée au bar et j'ai demandé un gin tonic.

« Quel bon vent t'amène ? » a dit ma mère.

Bien des mères pourraient dire ça, mais la mienne non. Je l'ai regardée droit dans les yeux.

« Le désespoir.

— Tiens donc ? Et où est ton très aimant mari ?

— Il termine ce superbe agrandissement de leur maison, a dit Janis. J'aimerais avoir cette chance. »

Maman ne parlerait jamais de Ned devant elle, mais j'ai bien vu qu'elle avait compris. Elle a « pigé », comme elle dit. Len est arrivé et elle s'en est pris à lui. « Je t'ai dit de ne pas mettre ces trucs rouges sur le bar — comment tu les appelles ? Poinsettias — je te l'ai dit, pas de fleurs rouges par ici. Parce que c'est Noël ? C'est ça ? La Terre entière sait que les fleurs rouges sont un mauvais présage, et toi non. »

C'est peut-être pour ça que j'avais demandé uniquement du blanc et du rose quand j'avais appelé le fleuriste le matin. J'ai commandé une couronne pour les obsèques de Stella et je ne savais pas quoi mettre sur la carte. Je me suis contentée de : *Avec tout mon amour, Genevieve*. Mike posait le carrelage en écoutant la radio à fond, des vieux tubes de Patsy Cline, *I Fall to Pieces* et *After Midnight*. Ce qui m'a paru tout à fait approprié. Je continuais à me dire : Ned va m'écrire, il va m'écrire d'Interlaken, où que cela puisse être, ou peut-être va-t-il m'appeler dès qu'il pourra s'isoler. Et puis je me suis dit : imagine que non, imagine que tu vas devoir attendre jusqu'au 3 janvier. Je ne pourrai pas, je deviendrai folle.

À six heures, je suis retournée au *Legion*. Les décorations de Noël ont été installées une semaine à l'avance. Des guirlandes de papier et des guirlandes dorées que maman, je le jure, porte en collier jusqu'à la fin de l'année. Pas de fleurs rouges, bien sûr, mais beaucoup de houx, sans épines. Si le houx de Noël a des feuilles sans épines, la femme de la maison commandera pendant toute l'année. Maman n'était pas là. Len était seul. Je lui ai demandé où elle était et il m'a répondu qu'elle viendrait plus tard, ce qui m'a rassurée dans la mesure où je voulais lui demander son avis. Si je pouvais la voir seule, je lui demanderais ce qu'elle ferait à ma place.

J'ai emporté mon gin tonic à ma table. Tôt ou tard, allait entrer quelqu'un que je connaîtrais. Il n'y avait que quatre autres personnes dans le pub, en dehors de Len et moi. Je ne savais même pas si j'avais envie de parler ou non. Ce que je désirais, c'était ressentir l'effet du gin qui me ferait oublier l'épreuve que j'étais en train de traverser. Je voulais oublier, rentrer chez moi en titubant et m'écrouler de sommeil.

C'est à ce moment-là qu'*elle* est entrée. La blonde dont j'avais vu la voiture deux fois sur la route de Curton, lors de mes rendez-vous avec Ned, que j'avais vue au *Legion* un soir où nous y étions tous, avec Ned et Jane aussi. Elle était seule et s'est arrêtée un instant pour regarder alentour.

Elle s'appelait Linda, mais je ne l'ai pas su tout de suite, Linda Owen. Je ne m'étais pas encore complètement débarrassée de ma superstition, même si j'étais incapable de l'appeler ainsi, et j'ai remarqué, un peu désemparée, qu'elle portait un costume d'un vert éclatant sous un manteau de fausse fourrure. Elle avait un foulard vert et brun sur la tête, sur lequel quelques flocons brillaient. La neige s'était mise à tomber depuis que j'étais arrivée.

Elle m'a regardée et m'a dit « Bonjour », bien que nous n'ayons jamais été présentées. Len lui a servi un verre de vin blanc et elle est allée s'asseoir dans le coin opposé au mien. Je n'arrivais pas à détacher mon regard d'elle et à ce besoin de la dévisager était attaché un terrible pressentiment. Le fait qu'elle ait porté du vert était une agression contre moi. Bien entendu, ça ne l'était pas, c'était impossible, mais c'était ce que je ressentais. La couleur était aussi violente que celle des feux de signalisation ou des cirés des cantonniers. Len a allumé la télévision derrière le bar et j'ai failli crier. Il y avait à l'écran des silhouettes en train de skier, rouges, bleues, orange, se détachant sur le blanc immaculé de la neige. Linda Owen a pris son verre et elle est venue vers moi.

Je l'ai observée pendant qu'elle approchait. Nos regards se sont croisés. Elle avait enlevé son foulard, mais elle ne s'était pas recoiffée. Ses cheveux étaient un peu hirsutes et une mèche tombait sur un de ses sourcils. Elle a posé la main sur le dossier de la chaise en face de la mienne et a dit : « Vous ne me connaissez pas, bien que nous nous soyons vues plusieurs fois.

— Oui.

— Je m'appelle Linda Owen.

— Jenny. Jenny Warner.

— Vous devez croire que je vous aborde sans raison, mais j'ai en fait quelque chose à vous dire. Puis-je m'asseoir ? »

J'ai hoché la tête.

« Est-ce que vous voyez toujours Ned Saraman ? »

Une fraction de seconde avant qu'elle n'ouvre la bouche, j'ai senti que c'était ce qu'elle dirait. Je ne sais pas pourquoi. Peut-être que le don de maman est en train de s'infiltrer en moi. Drôle de façon de parler, non ? « Voir » quelqu'un. Plus drôle que « sortir avec », c'est sûr. Ça veut dire coucher avec, faire l'amour avec, aimer, être amoureuse de, adorer mais certainement pas « voir ». C'est même le dernier sens possible, si « voir » signifie sonder le cœur de quelqu'un, connaître ses pensées.

Le plus drôle, c'était que tout à coup je ne savais plus quoi répondre. Mais j'ai tout de même approuvé de la tête, et demandé pourquoi elle me posait la question. Je n'étais ni en colère contre elle ni offensée, pas le moins du monde.

« Je vous ai vue le rencontrer. Je vous ai vue deux fois. Et puis je vous ai vue avec lui ici même. Écoutez, ne prenez pas ça mal, mais j'ai pu sentir ce que vous éprouviez pour lui rien qu'en vous regardant. J'aurais dû vous parler à ce moment-là, mais je n'en ai pas eu le courage. Je ne l'ai trouvé que maintenant parce que... eh bien, vous êtes toute seule et je suis arrivée avec une heure d'avance à mon rendez-vous.

— Me parler de quoi ? ai-je dit, les lèvres pincées.

— Vous savez, l'endroit où vous le retrouviez, Thelmarsh Cross ? C'est là que j'avais l'habitude de le retrouver.

— Que voulez-vous dire ?

— Il y avait une certaine Rosie Ferrell avant moi et ils ne pouvaient pas se rencontrer à Thelmarsh Cross, parce qu'elle habitait à Sheringham. Quant à l'autre encore avant, je ne sais qui elle était ni où ils se rencontraient.

— Ce n'est pas vrai », ai-je protesté. Il n'avait jamais été infidèle à Jane avant moi, il n'avait cessé de me le répéter. « Et si c'est vrai... (Comme j'étais ridicule !) si c'est vrai, c'est moi maintenant et pour toujours. Il m'aime. »

Le regard qu'elle m'a jeté n'était pas vraiment de la pitié. De la sympathie peut-être. En tout cas, c'était un regard plein de gentillesse et non de mépris. « Vous feriez bien de reprendre un verre. Allez, je vais en chercher pour nous deux. »

Maman venait juste d'arriver. Elle était remontée à fond, comme elle peut l'être un samedi soir, particulièrement le samedi qui précède Noël : minijupe noire, serrée comme un bandage, un T-shirt bleu vif, sans manches, avec *The Thundering Legion* imprimé en doré, et un Wonderbra qui est la dernière chose dont elle ait besoin. Elle m'a regardée en haussant les sourcils. Je ne sais pas ce qu'elle avait en tête, mais elle a servi Linda en disant : « C'est ma tournée, ma chérie.

— Vraiment ? Merci beaucoup.

— C'est ma mère. Écoutez, vous vous trompez au sujet de Ned. Je ne devrais pas en parler, pas encore, mais nous allons vivre ensemble. Il va quitter sa femme. Après leur retour de je-ne-sais-où. C'est encore un secret, mais puisque vous m'avez demandé...

— Jenny, il ne quittera pas Jane, il ne la quittera jamais. Il ne quittera jamais sa fille. Oh, cette histoire d'asthme n'est pas aussi terrible qu'il veut bien le dire. Mais il ne la quittera pas. Il ne veut pas les quitter. Et Jane lui convient parfaitement. »

J'étais fatiguée de lui répéter qu'elle avait tort. « Je vous dis que c'est un secret, je ne devrais pas en parler. » Je l'avais déjà dit. J'ai trouvé quelque chose de nouveau. « Je sais que vous avez les meilleures intentions du monde. » Elle n'a rien répliqué. « Ned m'a dit qu'il quitterait Jane dès que je le lui demanderais. Je n'arrive toujours pas à croire que je pourrais dire ça à quelqu'un, mais c'est la vérité. Pendant longtemps, je n'ai rien dit, j'ai cru que c'était mal. Mais à la fin... disons que j'ai accepté. » Il m'est venu une pensée agréable — la première depuis un bon moment. Elle était jalouse. Il l'avait quittée pour moi. Je ne pouvais pas le dire comme ça. « C'est peut-être dur à encaisser pour vous, mais il m'aime vraiment. Avec moi, c'est pour de bon. C'est différent. »

Elle n'a pas ri. Je crois que c'est dû à sa patience infinie. C'est une femme bien, cette Linda Owen. Croyez-le ou non, nous sommes devenues amies et nous nous voyons souvent. Après tout, nous avons pas mal de choses en commun. Elle n'a pas ri. Au contraire, elle a pris un air de commisération.

« Écoutez-moi, Jenny. Il fait ça tout le temps, c'est son truc. Elle le sait et elle l'accepte parce qu'il revient toujours vers elle. Ils louent une maison quelque part, d'habitude pour un an environ. Il y a deux ans, ils en avaient loué une à Breckenhall. Je travaille à la poste, c'est mon boulot, le guichet au fond de l'épicerie. Avant ça, ils avaient loué quelque chose à Weybourne, sur la côte. Je ne dis pas qu'elle aime ce qu'il fait, mais au moins elle sait toujours à peu près où il est.

— Je ne vois pas le rapport avec moi.

— Il m'a demandé de partir avec lui, Jenny. Il le demande toujours à celles qui ne le feront pas. Il le sait avant même de le leur demander. Ce sont celles qui ont le sens du devoir, celles qui ne veulent pas briser un mariage ou rendre les enfants malheureux. J'ai une fille dont ma mère s'occupe pendant la journée. Il savait que je n'allais pas arracher ma fille à ma mère et la retirer de l'école maternelle. Il était tranquille avec moi, jusqu'à ce que je change d'avis.

— Que voulez-vous dire par là ?

— Ma fille a eu cinq ans. Je lui ai dit que je pourrais l'emmener maintenant qu'elle allait changer d'école. Je partirais avec lui. Il a répondu qu'il prendrait un appartement à Dereham, figurez-vous, il en avait déjà parlé bien avant. Par curiosité, quand vous a-t-il demandé de partir avec lui pour la dernière fois ? »

Je n'arrivais pas à m'en souvenir. C'était il y a longtemps et c'est ce qui m'a glacée d'un coup. J'ai bu un peu de gin, mais ça avait un goût de désinfectant. Quand Ned me l'avait-il demandé pour la dernière fois ? Il y a des mois, quand nous avions commencé à nous retrouver chez Stella. Je n'avais pas remarqué, j'étais tellement amoureuse que je n'avais pas remarqué.

« Il vous l'a proposé aussi? ai-je demandé au lieu de répondre.

— Je suis désolée, Jenny. J'ai surmonté tout ça, mais je vois bien que ça va prendre du temps pour vous. »

Quelque chose de fou s'était mis en branle dans ma tête. Comme lorsque vous dites ne pas croire quelque chose que vous savez croire. Cela ne pouvait pas se passer, c'était trop outrageant. Plus tard, beaucoup plus tard, j'ai cherché le mot « outrage » dans le dictionnaire et j'ai trouvé : offense ou injure extrêmement grave ; délit par lequel on met en cause l'honneur d'une personne. Il y avait encore d'autres définitions, mais ces deux-là étaient déjà suffisantes. Une injure extrêmement grave tournait dans ma tête et hurlait pour en sortir.

« Mais il me l'a demandé, ai-je rétorqué comme un enfant. C'est lui qui me l'a demandé. Imaginez que j'aie accepté ?

— Vous l'avez fait. Vous l'avez fait finalement. »

Et voyez ce qu'il en est résulté.

Elle n'a pas prononcé ces mots. C'est moi qui les ai formulés, dans ma tête, tout en la dévisageant pour essayer de la détester et sans y parvenir. J'ai pensé à quelque chose que je n'avais pas regardé en face sur le moment, cette conversation téléphonique la semaine dernière, quand je lui avais annoncé que j'allais faire ce qu'il m'avait demandé, que nous allions être ensemble. Il n'avait pas répondu. Pas vraiment. Il avait soupiré et j'avais pris ce soupir pour du soulagement. J'avais ajouté que nous en reparlerions chez Stella. Et il n'était pas venu, il n'avait pas téléphoné. Il avait branché son répondeur et était parti skier avec sa femme et sa fille. Parce que c'était ce qu'il faisait toujours, ou à peu près, quand « elles » acceptaient de partir avec lui.

Elle a parlé d'une voix douce. « Pour être honnête avec lui, si je puis dire, il faut remarquer qu'il est comme certaines femmes qui ne peuvent faire l'amour que si elles pensent qu'elles sont aimées. Et si elles pensent qu'elles sont amoureuses. Il n'y arrive pas sans dire en même temps : je t'aime, je t'aime. C'est dingue. Il est dingue, le pauvre. C'est un pervers qui a pour fétiche l'amour. Mais ça n'arrange pas vos affaires, non ?

« Et il choisit celles dont il pense qu'elles ne feront pas de scènes. Et si c'est le cas, Jane peut s'en occuper. Elle est parfaitement entraînée. Je suis allée à Norwich lui raconter pour lui et moi, et ce que j'avais subi. Elle le savait déjà. Tout bien réfléchi, c'est un énorme avantage pour un homme quand sa femme est au courant et l'aime assez pour tout avaler. Qu'a-t-il à perdre ? »

J'ai bondi.

« Je ne le crois pas. Ce n'est pas vrai.

— C'est vrai. »

Ce n'est pas croyable. Ce n'était pas réel, comme le jardin d'hiver ou la mort de Stella, ou encore comme le magnétophone que m'avait donné Richard. C'était un de ces rêves dont on ne sait pas si c'est un rêve : quand on se réveille, il faut un certain temps pour comprendre qu'il ne s'est rien passé.

Dire qu'il m'aimait était à la fois stupide et humiliant. Mais je l'ai dit quand même, plusieurs fois. L'orgueil est ce qui cède en dernier, mais il cède tout de même. « Il n'avait de cesse de me faire dire que je l'aimais, ai-je répété tout en sachant que j'étais en train de décrire le genre d'homme dont elle avait parlé.

— A-t-il trouvé un endroit pour vos rencontres ? Je veux dire un hôtel ou quelque chose ? Ou bien ça se passait sous une haie ? Je suis désolée, mais c'était le cas pour moi.

— J'ai emprunté la maison de quelqu'un.

— Vous, bien sûr. Ça me rappelle quelque chose. Vous a-t-il jamais emmenée dîner dehors ? Vous a-t-il jamais fait un cadeau ? Je parie qu'il vous a proposé de partir à l'étranger avec lui, tu parles, tous frais payés et la chambre d'hôtel réservée de toute façon. Vous a-t-il rapporté des choses du *duty free* ? »

Je me suis levée. J'aurais voulu renverser la table, comme on le voit faire dans les films. Maman a lu dans mes pensées. Elle a soulevé la partie mobile du bout du bar et elle s'est approchée. J'avais l'impression que ma tête basculait en avant et que j'avais quelque chose en travers de la gorge.

« Je vais vous chercher à boire. Je n'ai même pas payé le dernier verre.

— Non. Ça ne sert à rien.

— Oh, si. »

J'ai senti mes genoux se dérober sous moi et je me suis rassise. « Je ne veux plus boire.

— Je ne pensais pas que vous alliez le prendre si mal. »

Elle s'est retournée et elle a fait signe au type qui venait d'entrer. C'était un homme assez jeune, blond, costaud, son rendez-vous, le genre à foncer vers le bar où qu'il aille.

« Je ne veux pas vous laisser comme ça. Ça va aller ? Je peux lui dire que c'est raté pour ce soir. Il ne me plaît pas tant que ça. Je pourrais vous ramener chez vous.

— Ça va. J'aimerais bien rester seule. Il faut que je sois seule pour encaisser tout ça.

— Je suis désolée, Jenny. Je suis vraiment désolée. »

21

SI J'AVAIS ÉTÉ CAPABLE de m'attribuer des rôles comme le faisait Gilda, j'aurais sûrement joué celui de la jeune fille innocente trompée par le séducteur. Mais les rôles ne donnent jamais la mesure de la souffrance véritable, n'ont jamais vraiment la dimension d'humanité réelle. J'étais à la fois stupéfaite et meurtrie. J'étais silencieuse. La douleur me rendait maladroite, j'avais cassé une tasse, je m'étais pris les pieds dans le tapis. Quand je m'étais relevée, la vue de mon tibia écorché m'avait arraché au silence et fait éclater en larmes.

Mike n'a rien remarqué. Il était encore en train de poser le carrelage. J'ai préparé le déjeuner parce que je fais toujours un rôti le dimanche et, assis l'un en face de l'autre, nous l'avons mangé. Ou plutôt il l'a mangé. J'ai grignoté et puis j'ai repoussé mon assiette, mais il n'a rien remarqué. Il n'était même pas en train de lire le journal ou les instructions sur une boîte de carreaux, il était simplement silencieux et préoccupé, accaparé par le jardin d'hiver. Il le voyait comme un lieu de rêve, un palais de cristal, et s'il avait été capable de me parler en ces termes, comme une création ou le résultat d'une vision, peut-être alors n'aurait-il pas été trop tard.

Avant d'y retourner, il a tout de même parlé. J'avais le visage baigné de larmes et il m'a demandé si je m'étais enrhumée. Vers trois heures et demie, je suis allée chez Philippa.

Les gens parlent de la campagne comme d'un endroit enchanté. Les gens qui n'y vivent pas bien sûr. Il y a quelque chose d'atroce, de sinistre, dans un village de l'est de l'Angleterre, un dimanche après-midi d'hiver. Le paysage est gris et enveloppé de brume. La rue du village est longue et droite, les maisons sont trapues, les arbres sont bas sous un ciel qui n'est qu'un immense couvercle, creusé et triste comme une coupe en étain. Vers quatre heures, les réverbères s'allument. Mais pendant cette demi-heure, les maisons basses sont plongées dans la pénombre, les fenêtres sont aveugles à l'exception de la lueur dansante des postes de télévision. Il n'y a personne dehors, mais toutes les voitures sont là. Elles sont garées l'une touchant l'autre des deux côtés de la rue, rares étant celles qui sont encore brillantes et neuves. Il est impossible de vivre à Tharby sans voiture, mais ça ne signifie pas qu'on puisse se payer autre chose qu'une vieille guimbarde.

Quand quelqu'un vous parle du monde de l'automobile, vous pensez à Los Angeles, à un enchevêtrement d'autoroutes, à un entrelacs d'échangeurs et à des limousines impeccables traversant des ponts suspendus. Mais le véritable monde de l'automobile c'est ici, la campagne anglaise, où il est impossible de se déplacer sans voiture, où le car ne passe qu'une fois par semaine, où le train a disparu. Mon père savait ce qu'il faisait en collectionnant les voitures et a perdu son âme pour le moteur à explosion. Il n'y a pas longtemps, j'ai lu une lettre de lecteur reproduite dans le journal, selon laquelle nous devrions abandonner définitivement le transport automobile. Pour sauver le monde, l'environnement, la couche d'ozone. Mais le type vivait en ville, il pouvait se rendre à son travail à pied ou en bus, et ça ne lui coûtait pas grand-chose de tenir ces propos. À Tharby, vous êtes prisonnier sans voiture, c'est la première chose à laquelle vous pensez dès que vous avez dix-sept ans : apprendre à conduire et avoir les moyens d'en acheter une.

Il y avait un arbre de Noël dans l'encadrement de la fenêtre chez Philippa, mais il n'était pas allumé. Elle a écarté le rideau de la fenêtre quand j'ai sonné et je crois qu'un seul regard a suffi à l'édifier. La télévision était allumée. Elle regardait un vieux film intitulé *New York-Miami.* Elle a cependant éteint sans rien dire. Nous ne nous embrassons jamais, mais elle a ouvert les bras et je suis allée me serrer contre elle. Nous sommes restées enlacées un moment, sans bouger, et elle ne m'a pas tapé dans le dos comme le font la plupart des gens dans ce cas-là.

Katie et Nicola sont entrées et m'ont dévisagée. J'ai tout raconté à Philippa à propos de Ned, combien je l'aimais, ce qu'il avait fait, comment je ne croyais cette histoire qu'à moitié. Ou comment je ne voulais pas la croire. La confrontation était tellement douloureuse que je pleurais à chaudes larmes, chaque fois que j'essayais. Mais j'ai tout raconté du mieux que je pouvais. En voyant mes larmes, Nicola s'est mise à pleurer. Ce qui m'a fait penser à Janis et moi, quand nous étions petites.

Philippa l'a prise sous un bras, en me gardant serrée sous l'autre. C'est à ce moment-là qu'elle a dit que c'était aussi bien de ne pas avoir parlé à Mike, que je pouvais retourner vers lui comme si de rien n'était. Elle n'a pas compris. Comment le pourrait-elle ? Il ne faut pas s'attendre que les gens vous comprennent, je le sais désormais. Le mieux que vous puissiez attendre, c'est qu'ils vous écoutent et qu'ils soient gentils. Ce qui est déjà beaucoup.

« Je vais rentrer pour le lui dire.

— Mais où iras-tu ? Pourquoi le dire maintenant ?

— Pour pouvoir pleurer tranquillement la nuit. Et je ne peux pas le faire quand il est à côté de moi. »

En le disant, j'ai trouvé ça drôle et je me suis mise à rire. Philippa m'a regardée, effondrée. Elle ne savait pas quoi faire de moi et qui pourrait l'en blâmer ? Je ne le savais pas moi-même. Il faisait nuit noire dehors mais les réverbères étaient allumés. Le *Legion* formait un joli décor, avec le vieux sapin illuminé et la grosse couronne de houx sur la porte. Fort heureusement, la phobie du rouge de maman ne s'applique pas aux lampes et un néon rouge *Joyeux Noël à tous nos saints* était accroché à mi-hauteur de la charpente.

Je suis rentrée à la maison et j'ai déclaré à Mike que je le quittais.

Il n'y croyait pas. D'abord, parce qu'il ne s'est pas arrêté de travailler. J'ai essayé de l'interrompre en lui annonçant que j'avais à lui parler de quelque chose de très important. Cela a été parfaitement inutile. Il a dit qu'il était décidé à finir le jardin d'hiver pour Noël et que c'était sa dernière chance d'y parvenir avant vendredi.

Il a continué à étaler le ciment entre les carreaux, tout en m'affirmant qu'il y avait quelque chose qui n'allait pas chez moi, à vouloir lui parler tout le temps, l'interrompre dans son travail, le détourner de ce qu'il s'efforçait de terminer.

Pourquoi avais-je dit vouloir ce jardin d'hiver, si je ne le laissais pas finir ?

C'en était trop. Je lui ai répondu que je n'avais jamais rien demandé, que c'était une idée à lui. Il a rétorqué que le mariage était fait de compromis, l'avais-je oublié ? Est-ce que j'étais dépressive parce que j'allais avoir mes règles ? Ses copains de chantier lui avaient expliqué que leurs petites amies souffraient de ça et que c'était vraiment coton. Évidemment, ça m'a fait rire. Pas surprenant qu'il ait cru que je devenais folle.

Je ne pensais pas pouvoir partir sans avoir une explication, aussi suis-je montée prendre mes affaires. Trois valises que j'ai descendues et mises dans la voiture. Il était toujours en train de travailler, sifflant joyeusement. J'ai annoncé : « Mike, je te quitte. Je m'en vais maintenant. J'ai essayé de te parler mais tu ne m'écoutes pas.

— Ne sois pas stupide.

— Je vais au *Legion*. Pour le moment. Je ne veux rien de toi. Tu peux garder la maison. Je ne veux pas d'argent non plus. »

Il a cru que c'était une plaisanterie, même si elle était plutôt sinistre.

« Prends la machine à laver, mais laisse-moi la voiture.

— C'est ma voiture. »

Ça l'était. Et dans le monde de l'automobile, j'en avais plus besoin que d'une maison. Maman allait ouvrir, disposant sur le bar les cacahuètes et les *mince pies*, parce qu'on approchait de Noël. Elle n'était pas contente de me voir et elle ne m'a pas vraiment bien accueillie. Mais il n'était pas question qu'elle refuse. Je n'avais jamais habité là puisque je m'étais mariée avant qu'elle ait pris le *Legion*. J'ai posé mes valises dans une des chambres vides, celle qui donne sur l'arrière avec la vue sur les champs. Assise sur le lit, j'ai pensé à tout ce que j'aurais à raconter à Stella. Je pourrais lui parler de Ned et je savais qu'elle comprendrait ce que n'avait pas compris Philippa. Et puis je me suis souvenue que Stella était morte. J'ai commencé à pleurer et je ne pouvais plus m'arrêter, même si cette fois je ne pleurais plus pour moi mais pour Stella.

Ses obsèques ont eu lieu mercredi. Nous y sommes tous allés, Lena et Stanley, Sharon, Pauline et moi. La fleuriste s'était trompée deux fois sur ma commande. Elle avait composé une couronne avec des fleurs rouges et roses et elle avait inscrit *Affectueux souvenir* sur la bande. J'étais ennuyée que les mots aient été changés, mais indifférente aux œillets rouges au milieu des chrysanthèmes roses. Qu'aurait-il pu m'arriver de pire que ce qui s'était déjà produit ?

C'était le premier enterrement auquel j'assistais. Presque tout le monde choisit la crémation, non? Stella avait fait la demande spécifique d'être enterrée et ses enfants, à la différence de la plupart, avaient respecté sa volonté. Nous avons chanté *When the day of toil is done / When the race of life is run*[1] et nous avons marché sous la pluie à travers le cimetière. Marianne s'est séparée de son petit ami et elle est venue prendre mon bras, ce qui m'a fait plaisir, je ne sais pourquoi, parce que j'ai eu l'impression qu'elle le faisait plus pour elle-même que pour moi.

La tombe était un trou profond délimité par l'herbe synthétique sur laquelle la pluie tambourinait. Au loin, j'entendais les grondements du tonnerre hivernal. Le prêtre a parlé de la poussière retournant à la poussière et de toutes ces choses, et une femme qui devait être Priscilla Newland a jeté une poignée de terre sur le cercueil. Ni Marianne ni Richard ne l'ont fait. Ils nous ont demandé de venir jusqu'à l'hôtel pour un verre de sherry. Mais Lena, avec un grand sourire, a décliné l'invitation, le travail nous appelait et cela valait pour nous toutes.

Carolyn avait la garde du château, comme a dit Lena, une fois de retour à Middleton Hall, et elle avait accueilli notre nouveau résidant. C'était pire que les obsèques, aussi effroyable que de la voir mourir, cette nouvelle personne dans sa chambre. C'était un homme, ce qui allait faire plaisir à Sharon. Il avait quatre-vingt-un ans, général à la retraite, ex-chasseur à courre, et grand spécialiste de la Seconde Guerre mondiale. Je crois qu'il a apporté toute sa bibliothèque avec lui. Quel genre de famille peut-il bien avoir pour emménager dans une résidence de vieux, la veille de Noël? Une seule chose est sûre, il se fiche pas mal que Lena l'appelle Tommy.

Je suis partie tard et je ne suis arrivée au *Legion* qu'à six heures. Mike était au bar en train de siroter une bière. Dès

1 « Quand le travail du jour est accompli / Quand de la vie la course est enfin finie. » *(N.d.T.)*

qu'il m'a vue, il s'est lancé dans une harangue. Quand allais-je rentrer à la maison ? Bon, il avait compris, mais la plaisanterie avait des limites et il était temps que je revienne. Il avait voulu terminer le jardin d'hiver avant Noël, mais comment aurait-il pu quand je l'avais entraîné dans des disputes interminables tous les soirs au *Legion* ?

Si j'avais jamais pensé autrefois à ce que ce serait de quitter mon mari, la dernière chose qui me serait venue à l'esprit, c'était qu'il ne prît pas mon départ au sérieux. Encore maintenant, je ne sais pas si c'était par ruse qu'il avait adopté cette tactique ou parce qu'il n'avait rien compris. S'il ne comprenait rien, c'était parce qu'il lui semblait incroyable que je veuille le quitter.

Ce genre de situation est très difficile à gérer. Je ne savais pas quoi faire. Je suis allée dans ma chambre, mais il m'a poursuivie et s'est mis à frapper sur la porte en me disant d'arrêter de délirer, d'enfiler mon manteau et de lui donner les clés de ma voiture pour qu'il me ramène à la maison. La même scène avait eu lieu la nuit précédente, et la nuit d'avant encore. Avec des variantes : le lundi, il avait expliqué qu'il en avait eu marre d'attendre que son thé soit prêt, et le mardi, m'avait demandé si je n'étais pas curieuse de voir le carrelage posé.

Il est impossible de se cacher dans un pub. J'avais essayé d'aller chez Janis la veille, mais il m'avait suivie et s'était mis à taper sur sa porte. Aussi ai-je pris ma voiture. C'était la seule chose que je puisse faire sans être suivie. J'ai roulé pendant une demi-heure, sans savoir où aller, m'arrêtant sur un bas-côté pendant un moment, jusqu'à ce qu'un type dans un camion me klaxonne et me fasse des appels de phares. On peut faire quatre-vingts kilomètres dans la région, consommer beaucoup d'essence, sans que ça prenne plus d'une heure. Il n'y avait qu'un endroit où aller et j'y suis allée. J'ai pris le chemin humide et boueux et j'ai garé la voiture, dans laquelle je suis restée dix minutes avant d'entrer.

Stella était morte et je n'avais plus aucune raison d'être dans sa maison. Une fois à l'intérieur, j'ai compris que ce que je ressentais était de la surprise — surprise que les lumières ne soient pas allumées et que Richard et Marianne ne soient pas ici, en train de découvrir la maison, émerveillés, épatés que leur mère ait pu dissimuler ce secret si longtemps. Non, pas le jour même des obsèques. Non, je pouvais comprendre ça. Ils viendraient demain.

J'ai allumé les bougies et j'en ai pris une pour m'éclairer à l'étage, pendant que j'allumais le radiateur. Ce serait ma dernière visite à Moluques. Dans le salon, je n'avais pas le sentiment d'attendre l'arrivée de Ned. Je ne l'avais attendu qu'une fois en bas, j'avais toujours été en haut, dans la chambre, à le guetter par la fenêtre. Nous n'avions pratiquement jamais mis les pieds dans le salon. Il faisait toujours aussi froid. C'était l'élément le plus mémorable de ces derniers jours de ma liaison et il pouvait servir de symbole. Je me suis assise par terre, contre le radiateur, les mains à un centimètre du cylindre noir. Pourquoi suis-je incapable d'être en colère contre lui, ai-je pensé, pourquoi suis-je incapable de le haïr ? Pourquoi ne puis-je que répéter pourquoi, pourquoi, pourquoi ?

L'odeur du pétrole a commencé à se répandre dans la maison. La paraffine rose n'est pas censée sentir, mais le fait est qu'elle sent à peine moins que la bleue. Voilà autre chose pour me souvenir de mon amour. Un jour, ai-je pensé, quand j'aurai une maison à moi, j'aurai tout ce qu'on peut vouloir, sauf un radiateur à pétrole. Il n'y aura même pas un bidon de pétrole dans le jardin.

« Il n'y a rien dans la maison ou dans le jardin », avait dit Stella. Elle l'avait fait écrire pour moi. Assise par terre, me réchauffant les mains contre le radiateur, j'ai essayé de comprendre ce que ça voulait dire, sans y parvenir. Je ne pouvais penser à rien, si ce n'est à Ned, l'imaginant dans cette station de ski, riant avec Jane et Hannah, les cheveux couverts de gros flocons. J'éprouvais une douleur intense. Je pensais à lui malgré ma volonté, je ne pouvais m'en empêcher.

Vers dix heures, j'ai baissé la mèche du radiateur et j'ai soufflé les bougies. Il me fallait reprendre la route que j'avais toujours parcourue le cœur léger, après avoir fait l'amour, la bouche encore vibrante des baisers de Ned, la peau douce. Le *Legion* était bondé et l'air, saturé de fumée, irrespirable. Maman m'a dit que Mike avait abandonné à neuf heures et quart et qu'il était retourné à Chandler Gardens.

« Dennis était pareil, a-t-elle dit, parlant de son deuxième mari. Ici, tous les soirs. Il ne pouvait pas s'y faire. Je le trouvais au bar, toujours ponctuel, et j'étais déjà remariée quand ça a pris fin.

— Ce n'était pas pour toi qu'il venait, Diane, a dit Len, c'était pour la bière. »

Je n'ai pas revu Mike avant la veille de Noël. Il est entré, à dix heures et demie, à l'instant même où maman a ouvert. Il a dit qu'il irait passer Noël chez ses parents, sauf si j'avais changé d'avis, si je devenais raisonnable, et qu'il y avait cette lettre pour moi. Il la tenait du bout des doigts comme si elle avait senti mauvais.

Vous n'allez pas croire quelle folle j'étais : j'ai cru que c'était une lettre de Ned. Je ne reçois pas souvent de lettres. Qui pourrait bien m'écrire ? Tous mes amis, toutes mes relations vivent dans le coin. Je reçois des prospectus et des factures mais pas de lettres, et rarement des cartes postales. Aussi ai-je pensé qu'elle était de Ned. Mon sang n'a fait qu'un tour, mon cœur battait à tout rompre et je me suis dit qu'il n'avait pas pu me faire la même chose qu'à Linda Owen. Il m'aime, comment ai-je pu douter de lui, il va tout m'expliquer, oh, pardonne-moi, Ned...

Comment peut-on penser à toutes ces choses dans la seconde qu'il a fallu pour que l'enveloppe passe d'une main à une autre ? C'est possible. On peut aussi rêver que tout va bien de nouveau, l'amour s'est renforcé, les erreurs ont été corrigées, les malentendus ont été effacés, tout ça dans l'espace d'un instant.

Le cachet était celui de Diss. L'adresse était tapée à la machine, ainsi que le nom : Mme G. Warner. J'ai senti le soleil se cacher. C'était exactement ça, la lumière brusquement voilée laissant place à un ciel gris et plombé.

« Joyeux Noël, Mike. Dis à tes parents que nous sommes séparés.

— Je vais aussi leur dire que tu vas voir un psychiatre. »

Je suis montée. Je me suis approchée de la fenêtre pour ouvrir la lettre et profiter de la faible lumière. Cela venait d'une étude de notaire à Diss et commençait par : *Chère madame Warner*. Je n'ai pas bien saisi au début, ça ne rimait à rien. Que venait faire cette phrase ici, ces mots désuets que j'avais lus à haute voix pour Stella en août dernier ? *La propriété, libre de toute hypothèque, dénommée Moluques et située à Thelmarsh dans le comté de Norfolk.* J'avais répété cette phrase pendant que nous montions l'escalier de Middleton Hall pour aller voir les champs, verts comme le maïs, blancs comme les oies, blonds comme les blés. Je l'ai relue et tout est devenu parfaitement clair.

Stella m'avait légué sa maison.

22

ON AURAIT PU S'ATTENDRE que Marianne et Richard se soient formalisés. Mais ce fut Lena. Je ne sais pas comment elle avait été mise au courant. Je ne lui avais rien dit. J'allais dire qu'il est impossible de garder un secret dans un endroit pareil, mais je me suis souvenue que Stella avait réussi à garder les siens.

Nous étions le 2 janvier, c'était un lundi, jour férié pour tout le monde, à l'exception des gardes-malades dans les maisons de retraite. Dès mon arrivée, Lena a envoyé Carolyn pour me ramener dans son bureau.

Elle portait un nouveau survêtement en velours violet, cadeau de Noël de Stanley je suppose, avec un cardigan jaune par-dessus. Il y avait un chien assis de chaque côté de son fauteuil, avec cet air passablement abruti qu'ont les labradors et qui leur permet sans doute d'être aussi courageux. Des dobermans ou des bas-rouges lui auraient probablement mieux convenu. Au grand dam de Lena, celui qui s'appelle Ben s'est mis à remuer la queue quand je suis entrée.

« Félicitations. Même si cela n'a pas été de tout repos, n'est-ce pas ? Autant essayer de subtiliser une barre de chocolat à un débile mental. Et un baiser par-ci, et main dans la main par-là, et au bout du compte, vous voilà propriétaire. »

Je n'ai rien dit. Je n'ai pas fait allusion à Edith et à Maud, aux saints des derniers jours et aux lectures de la Bible. Il est difficile de trouver du travail par ici et j'ai besoin du mien.

« C'est sa fille et son fils qui me font pitié, a poursuivi Lena. Le magot sur lequel ils devaient compter subtilisé par... par... »

Une pie, ai-je failli dire.

« Un prédateur », a conclu Lena. Je ne crois même pas qu'elle sache ce que ça veut dire. « Ce charmant docteur Newland. J'imagine que sa sœur et lui vont dénoncer le testament. » Elle trouve ses formules dans les feuilletons américains à la télévision. « C'est ce que tout le monde ferait à leur place. Je serais heureuse de témoigner que cette vieille lady Newland perdait la boule ces derniers temps.

— Faites ce que vous jugerez bon. »

Une des premières choses que j'ai faites, après avoir reçu cette lettre, a été d'appeler Richard pour lui dire que je ne pouvais pas accepter cette maison. J'ai appelé Marianne pour lui répéter la même chose. Ils ont tous les deux insisté et m'ont assurée que personne n'y vivrait si je ne le faisais pas. Ils n'en voulaient pas. Quelle signification aurait-elle pour eux qui n'avaient jamais su qu'elle appartenait à leur mère ?

« Je ne crois pas que j'irai jamais la voir, a dit Richard, à moins que vous ne m'invitiez à prendre le thé. »

C'était chez le notaire que Stella et lui étaient allés, le jour où elle s'était mise sur son trente et un et s'était forcée à monter dans sa voiture. Elle lui avait dit qu'elle voulait me coucher sur son testament, sans préciser quelles dispositions précises elle voulait prendre. Ils avaient été surpris de découvrir l'existence de cette maison, beaucoup plus qu'ils ne l'avaient laissé paraître, à mon avis. Les gens honnêtes, qui mènent des vies au-dessus de tout soupçon, ne laissent pas derrière eux des maisons secrètes. Ils avaient dû se poser des questions et redouter de trouver les réponses.

J'étais debout devant Lena, attendant le moment où elle m'annoncerait que j'étais renvoyée. Un des chiens s'est levé, est venu vers moi et m'a léché la main.

« Sam, arrête immédiatement ! » Elle m'a fusillée du regard. Puis, les yeux levés vers le plafond, elle a ajouté : « Bon, ne restez pas plantée là. Tommy attend son petit déjeuner. Appelez-le “Mon général” et vous vous retrouverez peut-être dans son testament ou ses Mémoires de guerre. »

C'était tout. Pas un mot de plus. J'étais de congé le mercredi et j'en ai profité pour déménager. Marianne et Richard savaient que je n'avais pas où aller, vous savez, et si la famille est d'accord, les notaires ne font aucune obstruction. Maman a promis de ne pas dire à Mike où j'étais. Naturellement, il y a peu de chances que ma nouvelle adresse puisse rester longtemps secrète. Len est au courant, Janis aussi, et ni l'un ni l'autre ne sont d'une discrétion exemplaire. Philippa a dit qu'elle préférerait être torturée comme Dustin Hoffman dans *Marathon Man* plutôt que de parler.

Le plus étrange a été le rétablissement de l'électricité. J'ai allumé le chauffe-eau et il y a eu de l'eau chaude au robinet. J'ai commandé du charbon et j'ai allumé des feux dans les cheminées. Mais je n'ai pas pu dormir dans cette chambre, même si j'ai essayé. J'ai rêvé de Ned couché près de moi, me tenant dans ses bras et disant qu'il faisait enfin bon, et demandant pourquoi. Je me suis réveillée seule dans le lit et, dans la matinée, j'ai tout déménagé dans une des chambres du fond.

Le 3 janvier, ce jour magique, jour de son retour d'Interlaken, était passé et loin désormais. Je ne m'étais pas raconté qu'il avait essayé de m'appeler à la maison et qu'il avait renoncé parce que je n'y étais plus. Si vous désirez quelqu'un, vous pouvez toujours le trouver. Vous téléphonez à son travail, vous allez dans la maison où vous aviez l'habitude de vous retrouver, vous demandez au pub où sa mère travaille. Vous n'abandonnez pas comme ça. Vous n'êtes pas indifférent. À moins que ce ne soit ce que vous vouliez, vous en débarrasser, aussi facilement et brutalement qu'il s'était débarrassé de moi.

Conformément au testament de Stella, j'avais hérité non seulement de la maison mais de tout ce qu'elle contenait. Tout ce qui s'y trouvait m'appartenait. Est-ce que cela valait aussi pour l'Anglia rouge qui était dans le garage ? L'idée de consulter le notaire m'effrayait. J'avais entendu dire que leurs honoraires étaient astronomiques, mais l'avis de Richard, lui, était gratuit. Je lui ai expliqué que, selon sa mère, la voiture avait autrefois appartenu à Gilda Brent. Il a fait des recherches auprès du service des mines et trouvé qu'elle était immatriculée au nom de Gwendoline Tyzark.

« Je me souviens à peine d'elle, a-t-il dit. Marianne l'aimait bien, mais moi non. Elle me faisait peur. Je ne sais pourquoi, je la confondais avec Cruella Deville dans *Les Cent Un Dalmatiens*. Je redoutais même qu'elle se serve de moi pour faire un manteau de fourrure.

— À qui appartient la voiture désormais ?

— À elle, je suppose.

— Votre mère a dit qu'elle était morte. Sans doute vaut-il mieux qu'elle reste là où elle est pour le moment. »

Il a suggéré que je place un avis de recherche dans les journaux et j'ai téléphoné pour savoir combien cela coûterait. De quarante à cinquante livres, m'ont-ils dit. Je n'avais pas assez d'argent pour cela, j'étais très juste sur le plan financier et, de toute façon, il y avait peu de chances d'obtenir une réponse. Mais j'ai beaucoup pensé à Gilda. C'était une sorte de jeu pour moi aussi, pas « Devine qui a tué Gilda ? » mais plutôt « Je parie que Gilda vit », pour essayer de me distraire.

Ce qui, bien entendu, était impossible. Quand vous avez aimé et perdu quelqu'un comme j'avais aimé et perdu Ned, vous n'êtes pas seulement envahie par des sentiments d'amour et de tristesse, mais aussi d'amertume et de rancune. Un sentiment d'indignation, d'outrage plus exactement, devant le fait que vous ayez pu être à ce point trompée, déçue, abusée, dépréciée. Si j'avais pu dire que Ned m'avait redonné une bonne image de moi-même en m'aimant, qu'en était-il maintenant que je savais qu'il ne m'avait jamais aimée ? Il s'était simplement servi de moi pour apaiser une sorte de maladie dont il était atteint : il désirait que les femmes l'aiment, n'importe quelle femme, pour autant qu'elles aient été jolies à regarder et jeunes, pour autant qu'elles aient répété qu'elles l'aimaient et l'aient écouté leur dire la même chose. Tout ce que maman avait dit et Philippa suggéré, concernant le fait qu'il me voulait pour mon allure et mon corps, était vrai. Et si elles étaient restées muettes sur le fait qu'il était un fétichiste de l'amour, c'était simplement parce qu'elles ne savaient pas que ça existait.

Aussi pour ne pas devenir folle ou déprimer, il fallait que j'occupe mon esprit à quelque chose. C'était comme si j'avais rallumé un circuit dans mon cerveau qui s'était éteint quand toutes mes pensées étaient pour Ned. J'ai éteint Ned et allumé Gilda. C'était l'idée en tout cas. Ça ne marchait pas toujours, ça ne marchait pas souvent, ou alors ça marchait un moment, et puis Ned et ce que nous avions fait ensemble court-circuitaient Gilda et chassaient tout de nouveau.

Mais quand j'étais branchée sur Gilda, comme diraient les

gens qui s'y connaissent, je pensais à elle quittant Alan pour aller vivre avec un autre homme en France, ce que certains croyaient qu'elle avait fait. Et plus j'y pensais, plus je trouvais ça curieux. Dans la mesure où Stella n'avait jamais fait allusion à un autre homme dans la vie de Gilda, si ce n'est des admirateurs anonymes. Un homme serait soudain apparu et l'aurait enlevée ? Des choses plus incroyables se produisent tous les jours, mais j'ai eu du mal à le croire. Et si elle était partie rejoindre un amant en France, Stella et Alan en auraient été ravis. Dans ce cas, le divorce n'aurait posé aucun problème et ils auraient pu vivre ensemble sans que Gilda les menace. Ils auraient même fini par se marier.

Cela ne s'était pas produit et, de plus, Stella et Alan avaient cessé de se voir. Marianne avait précisé que la dépression de sa mère, son refus de conduire une voiture, son abandon des tâches domestiques à Aagot, tout cela avait commencé avant octobre 1970. Comme si elle avait rompu avec Alan au cours de l'été et même au cours du mois d'août, date à laquelle Gilda était morte, m'avait-elle dit au tout début. Il était clair que sa dépression ne datait pas de la mort de Rex mais de sa rupture avec Alan.

Mais où était Gilda ? Morte, avait dit Stella. Il n'y avait pas de trace de sa mort. Quelqu'un peut-il mourir sans laisser de traces ? J'ai pensé à la façon dont ça avait pu se passer. Au cours d'une nuit, alors que j'étais endormie dans la plus grande des deux chambres du fond, je me suis brusquement réveillée sans raison apparente. Ma première pensée consciente a été pour Ned, comme c'est toujours le cas, même si je prie pour que cela cesse. Je me suis branchée sur Gilda et, immédiatement, les derniers mots de Stella me sont revenus en mémoire : « Il n'y a rien dans la maison ou dans le jardin. » Ces mots, jusque-là vides de sens, ne l'étaient plus tout à coup. Leur sens, limpide, s'était insinué en moi.

C'était le printemps et il faisait jour tôt. Je me suis levée et j'ai regardé par la fenêtre en direction du marais. Les arbres et les sous-bois n'étaient pas encore verts mais les bourgeons avaient cette couleur brun doré, les tiges du cornouiller étaient pourpres, les saules jaune pâle. La lumière irréelle qui précède l'aube, l'heure bleue, éclairait le marais. Les premiers oiseaux avaient entamé ce qui ressemblait plus à une conversation qu'à un chant. J'ai baissé les yeux jusqu'à ce que mon regard soit fixé sur le jardin. Car c'était désormais un jardin et non plus l'étendue sauvage et indistincte que le marais, depuis des années, avait envahie et presque absorbée. Dès le premier week-end de ma nouvelle existence, j'y avais travaillé, débroussaillant, creusant, plantant. Ce qui avait été aussi une manière de ne pas penser à Ned.

En mars, ce fut de nouveau un vrai jardin, avec une pelouse, des parterres de fleurs, un sentier. J'avais compris ce que voulait dire Stella : Gilda était morte, mais son corps n'était pas enterré dans le jardin ou dissimulé quelque part dans la maison, sous un plancher ou derrière une armoire. Le cas échéant, ça n'aurait pu vouloir dire qu'une chose. Pourquoi Stella avait-elle pensé que je soupçonnerais une chose aussi monstrueuse ? Parce que j'aurais pu croire que « Devine qui a tué Gilda ? » avait été plus qu'un jeu ? Au moment de mourir, elle s'était souvenue qu'elle m'avait légué Moluques et elle avait eu besoin de me rassurer et de me faire savoir que je pouvais y vivre sans crainte. Sinon, j'aurais pu facilement avoir des soupçons, imaginer des ossements enterrés que j'aurais dégagés avec mes mains ou un paquet de chair décomposé, emballé et fourré dans un trou quelconque à la cave.

Connaissant ma superstition, Stella aurait redouté un effet d'horreur décuplé sur moi, imaginant la maison hantée et le fantôme de Gilda rôdant alentour. Elle ne pouvait prédire l'avenir et savoir que toutes mes superstitions allaient m'abandonner, et avec elles ma croyance au surnaturel, aux fantômes et aux sorts, aux présages et à la magie. Car tout s'en est allé ou j'ai tout perdu, comme certains pratiquants perdent la foi. Au lieu de me protéger comme promis, mes superstitions m'ont laissé tomber et je n'ai même pas le recours du chrétien qui peut dire que son Dieu sait tout, que ses voies sont impénétrables, car mon dieu à moi n'a jamais été qu'un vêtement bleu, une coccinelle ou un trèfle à quatre feuilles.

Mais plus tard, ce jour-là ou peut-être cette semaine-là, j'ai fouillé toute la maison, à la recherche de signes, d'indices, relatifs au sort de Gilda. Il restait des vêtements dans la penderie. C'était le seul meuble qui n'ait pas bougé de la pièce que Ned et moi avions utilisée. D'une part, parce qu'il était trop lourd et d'autre part, parce que je ne savais pas quoi faire des vêtements de Stella, les deux peignoirs, les robes d'été, la magnifique robe de mariée souillée et brûlée sur un bord, l'imperméable de poupée de couleur argent. J'ai fouillé les poches mais Stella n'était pas le genre de femme à mettre des choses dans ses poches. Elle n'était pas non plus du genre à écrire. S'ils avaient échangé des lettres d'amour, ces deux-là, elles avaient été brûlées une fois lues.

J'ai cherché dans tous les livres, mais je n'ai trouvé qu'une feuille de papier insérée entre deux pages. Entre la page de garde et la page de titre de *La Grande Aventure de Figaro*. C'était une liste pour les courses, écrite de la main de Stella ou de celle d'Alan. Impossible à deviner. *Enveloppes, allumettes, gin, tomates, laitue, côtes d'agneau, bouillon cube*. Ça n'était pas très intéressant, mais le livre pour enfants l'était. J'avais oublié à quel point les dessins d'Alan Tyzark étaient attachants. Je ne connais rien à l'art et je suis incapable de faire une description d'un point de vue technique, mais ils m'ont paru aussi bons que les meilleures photos, avec cette petite chose en plus, cette grâce ou cet esprit, que l'appareil est incapable de donner, avec une couleur et une texture plus jolies que la réalité. Et je me suis dit que l'homme qui était capable de faire ces dessins, si délicats et tendres, et ma Stella, qui était la gentillesse même, n'auraient jamais pu faire quoi que ce fût d'horrible.

J'ai commencé à penser que je ne maintenais en vie la mémoire de Gilda que pour ma seule distraction et qu'il était peut-être temps de l'enterrer, comme jamais sans doute elle n'avait été enterrée. Et puis, quelque temps après mon trente-troisième anniversaire en avril et celui de Richard, douze jours plus tôt — il m'avait invitée à dîner pour célébrer ce double événement —, j'ai vu le nom de Ned et celui de Gilda accolés dans les programmes de télévision du journal.

Cette conjonction m'a fait froid dans le dos. Il y avait là quelque chose de diabolique, quand bien même j'avais renoncé à tout occultisme. Et je n'arrivais pas à comprendre ce que pouvait bien être cette émission, présentée comme une enquête menée sur la disparition d'une star de cinéma. Que pouvait-il savoir ? Si c'était, selon toute évidence, une idée qui avait germé dans le cerveau de Ned, d'où lui était-elle venue, comment avait-elle croisé son chemin ? C'est alors que je me suis souvenue. C'était de moi que l'idée était venue. Ici même, pendant une soirée d'amour tremblant, de mains glacées et de chair de poule, il m'avait parlé des recherches qu'il avait faites pour moi et utilisé la phrase, titre d'un film ou d'un livre, je ne sais, qui était maintenant le titre de son émission : « Une femme disparaît ».

Je l'ai regardée. Comme je l'ai dit, j'avais laissé notre télévision à Mike. Quand je voulais voir quelque chose, il fallait que j'aille chez Philippa ou chez Janis. Ce soir-là, le fait de ne plus avoir de télévision m'est apparu comme une bonne excuse pour ne pas voir l'émission de Ned. Mais je n'ai pas tenu le coup, j'y ai pensé toute la journée, pendant que je donnais son bain à Arthur, que je faisais la manucure de Tommy et la lecture à Gracie. Pas à cause de Gilda, ou seulement en partie à cause d'elle. La raison en était assez lamentable. Je pensais que j'aurais peut-être une chance de voir Ned. Je pensais qu'il aurait fait certaines interviews lui-même ou qu'il serait devant la caméra pour la présentation ou le commentaire. Même Ned en voix off serait déjà quelque chose, entendre ne serait-ce que sa voix de nouveau.

Idiot, non ? Idiot, lamentable de vouloir le voir et l'entendre, après ce qu'il m'a fait. C'était ce que je m'étais dit et j'ai tenu toute la journée, en me répétant que je ne regarderais pas, que je le chasserais de mon esprit, que je me brancherais sur Gilda. Le problème, c'est qu'en évoquant Gilda, j'ai immédiatement repensé à l'émission qui les associait. J'ai donc fini par abandonner, j'ai téléphoné à Philippa pour lui demander si je pouvais venir voir l'émission avec elle. J'ai préféré l'appeler elle plutôt que Janis, pas seulement parce qu'elle est mon amie mais aussi parce qu'en allant chez Janis, ce serait revenu aux oreilles de maman, ce que je ne souhaitais pas. Maman est d'une animosité effroyable à l'égard de Ned, comme une lionne défendant son lionceau blessé. Et elle a été très dure avec moi aussi, qui me suis comportée comme une idiote et n'ai pas écouté ses avertissements répétés. Elle voulait jeter un sort à sa famille et à lui, avec une étoile à cinq branches dans un cercle dessinés à la craie. C'est mon rire et non ma colère qui l'a arrêtée, mon rire qui s'est brusquement transformé en un torrent de larmes.

J'aurais préféré regarder l'émission seule plutôt qu'en compagnie de Philippa. Mais il est difficile de dire à quelqu'un chez qui vous êtes de vous laisser seule. Et finalement, Ned n'était pas à l'écran. Seul son nom est apparu au générique, ce nom qui avait un pouvoir magique autrefois et qui n'était plus que synonyme de tristesse et de gêne pénible. Mais au début, je ne savais pas si j'allais le voir et j'ai souffert, nerveuse, agitée, me demandant ce que Philippa devait penser de moi, espérant que je me retiendrais de soupirer ou de crier quand son visage apparaîtrait à l'écran.

Plus tard, bien après la fin de l'émission, de retour à Moluques, j'ai pu commencer à réfléchir à ce que j'avais vu. Ned, ou son équipe, était parti du point de vue selon lequel les stars de cinéma, qui sont des icônes, peuvent s'effacer de la mémoire consciente du public plus facilement que n'importe quel autre personnage célèbre. Seules des stars comme Garbo et Hepburn, dont les films étaient devenus de véritables symboles, étaient préservées de l'oubli. Oubli qui avait frappé Gilda Brent, née Gwendoline Brant.

Le nom de Brant avait une sonorité étrangère, peut-être allemande, et sa transformation en Brent avait sans doute été une initiative opportune à l'époque. Elle s'était donné le prénom de Gilda, non pas à cause du film de Rita Hayworth, comme beaucoup auraient pu le croire, mais par référence à un personnage d'opéra.

Je le savais déjà. Ma première surprise a été d'entendre le commentateur parler de la mort du mari de Gilda, Alan Tyzark. Il était mort l'été précédent dans sa maison de Tivetshall Saint Michael, dans le Norfolk. J'ai frissonné à l'idée qu'il ait encore vécu là après toutes ces années et que Stella et lui ne se soient plus jamais rencontrés. Avait-elle su qu'il était mort ? Je me suis demandé si elle n'avait pas commencé à me raconter toute cette histoire précisément parce qu'elle avait appris la nouvelle de sa mort par quelqu'un ou par les journaux. L'autre découverte, l'autre surprise si vous voulez, a été d'apprendre que Saint Michael's Farm était vide, ne pouvait être léguée, à supposer qu'il y eût un héritier, dans la mesure où Gilda Brent était selon toute probabilité vivante. En tout cas, il n'y avait aucune trace officielle de sa mort dans le pays ou en France, où la rumeur voulait qu'elle se soit installée.

Son agent avait essayé en vain de prendre contact avec elle en 1972 et de nouveau en 1976. Un cousin en Inde et l'amie en France lui avaient écrit pendant des années sans jamais recevoir de réponses à leurs lettres. Saint Michael's Farm était un endroit isolé, le premier voisin se trouvant à plus d'un kilomètre sur la même route. Un journaliste avait interrogé ces voisins, un couple qui vivait là depuis trente ans. Ils avaient l'habitude de voir Gilda passer dans sa Ford rouge, la femme lui avait parlé à une occasion, quand elle était allée à Saint Michael's Farm pour une collecte de la Croix-Rouge. Mais ils ne l'avaient pas revue depuis, et ce depuis vingt ans, peut-être plus. Les gens du village disaient qu'elle était partie avec un autre homme, et la postière prétendait tenir l'information du principal intéressé, à savoir le mari lui-même. Gilda avait bel et bien disparu, comme absorbée par la campagne déserte où elle vivait.

Ils avaient fait des recherches systématiques, avaient même pu retrouver le portrait peint par Alan pour *Lora Cartwright*, le film qui lui avait permis de rencontrer Gilda. Il était encore accroché dans les studios de cinéma à Soho, même si ceux-ci avaient depuis longtemps cédé la place à une société qui réalisait des films publicitaires pour la télévision. Le portrait était apparu sur l'écran, Gilda dans une robe du soir verte, l'air très juvénile. Rien n'a été dit à propos du nu, il n'a même pas été mentionné.

« Je n'ai pas trouvé ça terrible, avait dit Philippa à la fin de l'émission. Je crois que j'aurais fait du meilleur boulot si j'avais eu la formation de ce salaud. »

C'est drôle de voir que les gens croient vous aider en traitant ceux que vous avez aimés de tous les noms d'oiseaux, simplement parce qu'ils vous ont fait du mal. Enfin, c'est normal. Ce n'est pas malintentionné. J'apprécie mes amis beaucoup plus, maintenant que je n'ai plus d'amant.

C'était certainement stupide, mais je l'ai fait quand même : j'ai profité de mon jour de congé pour aller à Tivetshall Saint Michael. Pour jeter un coup d'œil à la maison vide. En chemin, j'ai pensé que pas mal de gens avaient peut-être eu la même idée que moi en voyant « Une femme disparaît » et j'allais trouver une douzaine de voitures garées, une foule de badauds caméra au poing, essayant d'apercevoir quelque chose à travers les fenêtres. Mais il n'y avait personne.

Si vous regardez une carte, vous remarquerez qu'il y a de grands espaces vides dans cette partie du Norfolk. Les routes sont encaissées par ici et celle entre la maison et la ferme est bordée d'épaisses haies. Une longue allée, sablonneuse et droite, ombragée de part et d'autre par des tilleuls, monte vers la maison. J'ai passé le portail qui était ouvert, prête à présenter mes excuses à quiconque m'arrêterait. Mais personne ne l'a fait. La maison était comme dans le film de Ned, si ce n'est qu'elle avait l'air plus délabrée, plus abîmée, plus misérable. Je me suis souvenue de ce qu'il m'avait dit un jour : tout a l'air beaucoup mieux à la télévision qu'en réalité, à l'exception des gens peut-être.

Le jardin n'était plus entretenu depuis des années. La pelouse avait été tondue par quelqu'un qui s'en fichait, c'était facile à voir, quelqu'un qui s'était assis sur le motoculteur et avait commencé à tourner en fumant une cigarette, un Walkman sur les oreilles. La maison n'avait pas été repeinte depuis des lustres. La toiture avait besoin d'être refaite. Une gouttière, à moitié arrachée, pendait contre un mur. J'ai regardé par une fenêtre, mais ce que j'ai vu à l'intérieur m'a remplie de tristesse et obligée à m'éloigner. C'était sordide, un peu comme dans ces brocantes qu'on trouve partout dans les villages des environs, remplies de meubles sombres, la plupart cassés ou abîmés, de tapis élimés, de tableaux et de miroirs entassés contre les murs, d'appliques hideuses, couverts d'une couche de poussière telle que toute couleur a disparu.

C'était très déprimant, bien que la journée fût belle, ensoleillée, le ciel d'un bleu éclatant, les haies couvertes du vert tendre des feuilles nouvelles. Les dommages infligés à Saint Michael's Farm par le temps et la négligence n'avaient pu détruire les narcisses penchés dans l'herbe haute, ni empêcher les cerisiers de fleurir. Des bois provenait la percussion régulière d'un pic-vert attaquant de son bec l'écorce d'un pin, à la recherche d'insectes. J'ai repensé à la théorie un peu fantastique d'une campagne qui aurait absorbé Gilda et l'aurait dissimulée à jamais.

C'est peu de temps après l'émission et ma visite à Saint Michael's Farm que j'ai reçu une lettre de Mike demandant le divorce. J'étais soulagée. Je n'avais jamais cru qu'il le ferait, puisqu'il avait répété bien des fois et avec beaucoup de conviction que pour rien au monde il ne voudrait divorcer, et j'avais craint d'être obligée d'attendre cinq ans avant d'être libre. À présent, il veut divorcer pour incompatibilité d'humeur, dès que nous aurons été séparés plus de deux ans. Il a rencontré une femme dont il sait qu'elle pourra le rendre plus heureux que je n'ai jamais pu le faire. Maman m'avait tout raconté, mais j'avais du mal à la croire dans la mesure où la femme en question n'est pas quelqu'un de nouveau, ni de très excitant. Il s'agit de l'unique nièce de Jill Baleham, Angie Green, celle qui est tombée enceinte malgré la pilule. Elle est venue s'installer chez lui, m'a dit Janis, avec son bébé, et ils prennent tous leurs repas dans le jardin d'hiver sur une table Ikea. J'espère qu'ils seront heureux, je ne lui veux aucun mal.

L'aspect le plus douloureux de la rupture avec Ned commence à s'effacer. Je suis encore triste et seule, mais la pointe de la lame qui me faisait hoqueter de douleur s'est émoussée et n'effleure plus que la surface. Je pense encore à lui tout le temps, mais je ne pleure plus la nuit, comme à l'époque où j'avais dit à Philippa qu'il me fallait être seule pour le faire.

Certaines choses que m'a dites Linda Owen m'ont aidée. Si je sais qu'il a ce besoin d'être aimé et un désir de prétendre qu'il aime, mon humiliation devient plus supportable. Il m'a trompée, mais il se trompe lui-même aussi. Il n'est pas du genre à mentir pour prendre une femme au piège. Peut-être ne ment-il même pas du tout, dans la mesure où il a cru ces choses au moment où il les disait. J'essaie de le considérer comme un malade, atteint d'une maladie invisible que j'avais pu soigner pendant quelque temps. Et bien qu'il vive en moi, que son visage soit gravé, ses mots enregistrés, je sais qu'il n'en sera pas toujours ainsi. Je peux déjà imaginer un temps où des minutes et puis des heures s'écouleront sans que je pense à lui, où ses promesses de désir éternel et d'amour protecteur ne résonneront plus à mes oreilles. Peut-être ce temps viendra-t-il quand je serai capable de dire : je n'ai plus du tout pensé à lui depuis hier.

En attendant, il faut que je m'organise. Middleton Hall est une impasse, il n'y a pas d'avenir pour moi tant que je serai garde-malade. D'autant que je suis plus mal payée qu'un ouvrier agricole. Ça n'avait pas beaucoup d'importance à l'époque où je pensais que j'abandonnerais ce travail pour avoir des enfants. Mais ce n'est plus le cas à présent. Pour autant que je puisse imaginer l'avenir. Fini les demi-mesures, j'ai décidé de suivre une formation pour devenir une véritable infirmière diplômée. J'ai déposé ma candidature, qui a été acceptée. Je commence en septembre.

Stella a fait une chose extraordinaire en me léguant sa maison. Le logement n'est plus un problème pour moi, alors qu'il l'est pour tant de gens. Et c'est aussi grâce à elle que j'ai connu Richard, qui a été et reste un véritable ami pour moi. Philippa me rend visite, bien qu'elle trouve difficile de vivre sans télévision. C'est donc moi qui vais le plus souvent chez elle. Maman a été gentille avec moi. Janis et ma grand-mère aussi. Pour elles, je suis une pauvre petite chose blessée qu'il faut remettre d'aplomb avec de la gentillesse et de la magie blanche.

Linda Owen passe de temps en temps pour m'emmener au pub, le *Swan*, à Breckenhall, pas le *Legion*, pour aller boire quelques verres comme deux vieux copains. Nous parlons voitures, comme des hommes, achats et dépenses quand on est propriétaire de sa maison. Nous ne parlons jamais de Ned, sujet tabou. L'année que j'ai passée avec lui m'a toutefois appris quelque chose de précieux : inutile d'essayer de transformer sa personnalité pour l'amour de quelqu'un d'autre. Si on le fait, il faut le faire pour soi-même. J'ai honte quand je me revois étudiant dans l'encyclopédie, cherchant des mots dans le dictionnaire, voulant connaître la musique classique, simplement pour impressionner Ned. C'est sans doute la raison pour laquelle je n'ai pas écouté une seule des cassettes que Stella avait enregistrées et m'a données.

Elle avait insisté pour que je prenne le magnétophone, comme si elle n'avait pas déjà fait assez de choses pour moi. Si j'avais su, je lui aurais expliqué que je n'en avais pas besoin, que j'avais un Walkman depuis des années et ne m'en servais guère. Mais quand on est souvent seule, comme je le suis, on a besoin d'entendre des voix ou de la musique, on a besoin de briser le silence, sans quoi on finit par se demander si on n'est pas devenu sourd.

Au cours des soirées d'été, je marche beaucoup dans le marais, en prenant le chemin qui part de la porte de mon jardin et s'enfonce au milieu des saules, des aulnes et des reines-des-prés, traverse des clairières inondées et envahies de roseaux, puis continue dans les bois paisibles. Je ne croise pas une âme, personne ne vient par ici. Tout est tellement silencieux, tranquille, qu'on peut entendre une libellule à la surface de l'eau. C'était au même endroit que j'ai vu, la semaine dernière, un machaon.

Parmi les choses que m'a laissées Stella se trouvait son livre sur les papillons. J'ai cherché cette espèce et j'ai vu qu'il était le seul du genre en Grande-Bretagne à avoir une queue prolongeant ses magnifiques ailes postérieures, jaune, noir et rouge alternés. Il s'est posé sur une fleur de fumeterre et il est resté là, à se réchauffer au soleil couchant, les ailes déployées, puis battant un peu pour se déployer de nouveau.

Je suis stupide, je sais, mais j'ai pensé à Stella qui voulait tant en voir un et n'a jamais pu. Et je me suis mise à pleurer. C'est à ce moment-là que le silence dans le marais a commencé à m'inquiéter. En revenant vers la maison, je me suis souvenue des gens que j'avais vus se promener autour de Bury et de Diss avec leur Walkman sur les oreilles et j'ai décidé d'essayer.

Le lendemain, qui était donc avant-hier, j'ai acheté des piles en rentrant du travail, en ai placé deux dans le Walkman et, pour la première fois depuis qu'elle est morte, je me suis intéressée aux cassettes de Stella. Je croyais qu'elle en avait enregistré beaucoup. Mais ce n'était pas le cas. Huit des dix cassettes sont vierges. Les deux qui sont enregistrées ne portent aucun titre. Mais ce ne serait guère utile dans la mesure où les seuls morceaux que je puisse identifier sont *Nessun Dorma* et *Water Music*. Stella a tout simplement écrit *Cassette 1* et *Cassette 2* sur les étiquettes, sans aucune indication de contenu.

Autant commencer par le début, ai-je pensé, en glissant la cassette 1 dans le Walkman, tout en regrettant de ne pas avoir fait une entorse au budget et acheté *Luxury Liner* d'Emmylou Harris, vu dans le magasin où j'avais acheté les piles. Mais la musique de Stella allait rompre le silence du marais pendant ma promenade.

C'était une soirée très douce, sans le moindre vent, et tout sentait, autour de moi, la fin de l'été, le grain ayant remplacé la fleur, les feuilles fatiguées pendant aux branches immobiles, les orties hautes de près de deux mètres mais encore capables de brûler. J'étais un peu nerveuse, j'imagine, à l'idée de mettre la cassette en marche et d'entendre brusquement quelque chose que je ne pourrais peut-être ni comprendre ni apprécier. J'ai posé le doigt sur le bouton mais sans appuyer. En arrivant au marais, dans une clairière où la sécheresse avait fait évaporer les dernières flaques, mais où l'herbe était encore verte, tondue par endroits par les lapins, je me suis assise sur une souche et j'ai appuyé.

Il y a eu un ronflement et puis comme un bruit de vagues, et enfin la voix de Stella, douce et claire. Le choc a été tel que je me suis sentie frigorifiée et j'en ai eu la chair de poule sur tout le corps. La voix de Stella a retenti : « Ceci est la première cassette. Une seconde suit. Elles sont toutes les deux étiquetées. »

J'ai arrêté. J'ai éteint. Après une longue inspiration, puis une autre encore, j'ai compté jusqu'à dix, je me suis raisonnée, et j'ai appuyé de nouveau.

23

« CECI EST LA PREMIÈRE CASSETTE. Une seconde suit. Elles sont toutes les deux étiquetées.

Chère Genevieve, je suis tentée de commencer comme je le ferais pour une lettre, même si c'est en parlant. Je me suis très bien entraînée à parler devant cette machine. Cela vous surprend ? Je crois vous avoir surprise de bien des façons. Vous avez cru autrefois qu'il ne m'était jamais rien arrivé dans la vie, je pouvais le lire sur votre visage. Mais j'ai l'impression à présent que vous allez penser qu'il s'est passé trop de choses.

Quand nous avons parlé la dernière fois, vous m'avez dit que votre vœu était sur le point de se réaliser. Naturellement, vous vouliez dire que vous seriez bientôt avec l'homme que vous aimez. Vous vouliez dire qu'il allait quitter sa famille pour vous. Je suis contente pour vous et j'espère que vous êtes heureuse à présent. Je vous ai dit qu'Alan avait fini par quitter Gilda pour vivre avec moi. Ce que je n'ai pas dit — parmi beaucoup d'autres choses —, c'est qu'il ne me l'a annoncé que lorsque nous avons été ensemble à Moluques. Nous étions venus pour y passer dix jours de vacances pendant que mes enfants étaient partis et que Gilda était en France ou, plus exactement, était censée l'être. C'est sur le chemin de la maison qu'il a pris sa décision. Nous en avions parlé maintes et maintes fois, pendant des mois, pendant des années en fait. Il avait pris sa décision spontanément, avait-il dit. Dans son esprit, il était parti en vacances avec moi et l'instant d'après, il était engagé avec moi pour la vie. Jamais nous ne serions plus séparés.

Il me l'a annoncé au moment où nous refermions la porte d'entrée derrière nous.

“C’est pour toujours désormais. Je ne retournerai pas là-bas. Je l’ai quittée.”

J’étais allée préparer le déjeuner pour nous deux, quelque chose de léger, des sandwiches probablement. Mais, tout à coup, ni lui ni moi n’avions plus faim. Il a mis le champagne au frais. C’était la bouteille que vous avez trouvée, puisque nous ne l’avons jamais ouverte. Nous aurions dû la boire tiède, telle qu’elle était quand nous sommes descendus de la voiture.

Nous nous enlacions inlassablement, ivres de nos propres respirations. Puis, il a préparé des gin-angustura pour fêter cela, pendant que le champagne refroidissait. Nous avons dansé — comme dans une salle de bal, Genevieve, pouvez-vous l’imaginer ? —, nous avons dansé, nos verres à la main. Nous avons valsé sans musique.

Il a déclaré : “Juste avant que nous entrions dans cette épicerie, je me suis demandé à quoi je jouais. Ce ne sont pas des vacances, c’est la vie. Je ne retournerai pas là-bas. Alors j’ai acheté le champagne. Pas très gentil de ma part, n’est-ce pas ? De ne pas en avoir discuté avec toi, de ne pas t’avoir demandé, d’avoir décidé seul. Tu m’en veux ?

— Tu savais ce que tu faisais. Tu me connais bien. Comment pourrais-je t’en vouloir ? C’est ce que j’ai toujours voulu.”

Nous avons valsé encore un peu. Nous avons dansé le tango d’un bout à l’autre de la pièce et Alan a chanté *Que sera, sera.* Il m’avait servi un autre verre, du vin cette fois, et c’est à ce moment-là que j’ai entendu la voiture.

C’était un événement rare, le passage d’une voiture. Et une voiture remontant l’allée était un phénomène pratiquement inconnu. Nous étions assis, enlacés, sur le sofa. Je me suis levée pour voir. J’ai vu la bouche du piranha avant d’apercevoir la tête de Gilda. J’ai cru que le piranha m’attaquait, cette forme rouge, cette bouche tordue, ces dents barrant une tête écarlate. Mais il ne m’a pas attaquée. Il s’est garé à côté de la Rover grise d’Alan. Nous sommes un couple, avait-il l’air de me dire, nous sommes faits l’un pour l’autre, nous resterons toujours ensemble. J’ai émis un faible gémissement et j’ai tendu la main derrière moi, fouillant l’espace comme un aveugle pour toucher Alan.

La première idée qui vienne à l’esprit, c’est de se cacher. Bien évidemment, il n’y avait pas d’endroit où se cacher. Si nous avions pu penser à cela, l'anticiper, nous n'aurions pas laissé la voiture là où elle était, nous n'aurions pas ouvert les fenêtres, nous n'aurions pas été assis dans cette pièce, exposés à la vue du premier venu. N'avions-nous pas choisi une maison avec un garage pour pouvoir cacher la voiture en cas de besoin ? Mais nous avons voulu nous cacher. Je lui ai même dit : “Cachons-nous !”

Alan ne s'est pas affolé. J'aurais dû savoir que cela ne lui arriverait jamais. Il a dit : “Tu veux dire, te cacher toi et cacher la voiture. Je commence par quoi ?” Et il a ri. Il a vraiment ri. Il a dit plus tard qu'il n'y avait rien d'autre à faire.

Gilda est sortie de la voiture et a claqué la portière aussi fort qu'elle a pu. C'est drôle, les choses que vous remarquez. Par exemple, j'ai remarqué pour la première fois sa minceur exagérée. On aurait dit des os surmontés d'une immense chevelure. Elle portait un pantalon vert et un chemisier noir sans manches, un foulard de mousseline vert autour du cou, des lunettes de soleil qui dissimulaient l'expression de son visage, des sandales vertes à gros talons. Elle est restée un moment sans bouger, à regarder la maison. Je ne crois pas qu'elle pouvait nous voir.

Alan a dit : “Nous ferions mieux d'aller ouvrir la porte. Sinon, elle va l'enfoncer.”

Nous y sommes allés tous les deux, mais il me précédait. Il a ouvert. Elle est entrée, sans dire un mot. Elle a poursuivi sa course et elle est montée à l'étage. Nous pouvions l'entendre dans la chambre à coucher, examinant nos valises, j'imagine, contemplant nos affaires pour la nuit. Alan m'a pris la main, l'a serrée et relâchée. Nous n'avons pas parlé.

Gilda est redescendue et est entrée dans le salon. Nous l'avons suivie. Elle a fait le tour de la pièce, comme quelqu'un qui serait venu acheter la maison. Elle s'est adressée à moi : “Je suppose que la maison vous appartient ?”

J'ai hoché la tête.

“Je me doute bien qu'elle n'est pas à lui, n'est-ce pas ? Il n'a jamais eu deux sous devant lui.”

J'ai retrouvé ma voix. “C'est ma maison. Je l'ai achetée il y a six ans.

— Vous voulez dire que feu votre diable de mari l'a achetée. Qu'avez-vous fait ? Des économies sur l'argent des courses ?”

C'était une réplique tirée de *Lora Cartwright*. Entendre Gilda la répéter, mot pour mot, m'a fait froid dans le dos.

"Tu n'étais pas en France ? a demandé Alan.

— Bonne question. Je n'ai jamais eu l'intention d'aller en France. Je l'ai suivie jusqu'ici, la semaine dernière. Je ne savais pas que c'était vous. Je veux dire, pour l'amour de Dieu, pourquoi vous ? J'aurais pensé qu'il trouverait quelqu'un de présentable. Le coup de grâce était prévu pour aujourd'hui." Elle s'est assise et a regardé nos verres. "Peux-tu me servir un verre, s'il te plaît ?"

Alan est allé dans la salle à manger et a rapporté du gin et du sherry, du bourgogne blanc et du tonic, et d'autres verres sur un plateau. Elle n'a rien dit de plus, jusqu'à ce qu'elle ait bu son verre. Un sacré verre. Alan m'a servi un gin bien tassé et s'en est servi un aussi.

Gilda m'a dit : "Je croyais que vous étiez mon amie."

Celle-ci provenait de *The Wife's Story*, mais elle n'en était pas moins vraie. Que pouvais-je répondre ? Sûrement pas que j'étais désolée, car je ne l'étais pas. Mais cette déclaration, cette remarque, ce *reproche*, comme vous voudrez, m'a blessée profondément, en dépit du fait qu'il ait été écrit par un scénariste il y a bien longtemps. J'ai haussé les épaules et hoché la tête. Gilda s'est tournée vers Alan.

"Pourquoi elle ? Pourquoi pas une fille jeune ? Elle a presque mon âge et Dieu sait qu'elle paraît plus."

Il n'était pas nécessaire de répondre. Cela ne visait qu'à faire mal. C'était probablement encore tiré d'un film, mais celui-là, je ne l'avais pas vu. Elle a commencé à parler à ce moment-là. Je m'en souviens en grande partie, sinon en totalité. Mais je ne le répéterai pas. Dans quel but ? Elle a tendu son verre pour une autre rasade de gin et Alan l'a servie, ainsi que nous deux. Nous avons bu tandis que nous parlions, bu comme je n'avais encore jamais bu auparavant.

Mais, vous savez, le plus absurde, c'est qu'elle n'avait pas grand-chose dont elle ait pu nous menacer. Elle a essayé. Elle a dit à Alan qu'elle n'accepterait jamais de divorcer, que c'était trop facile pour nous. Elle révélerait à Marianne et à Richard quel genre de femme j'étais et ce que nous avions fait, et elle en informerait nos amis, nos voisins, Priscilla et Jeremy, d'autres parents. Elle me poursuivrait devant les tribunaux pour séduction. Je me suis toujours demandé comment elle pouvait bien croire qu'une telle chose était possible ou l'avait été autrefois.

"J'aimerais que tu enlèves ces lunettes", a dit Alan.

Elle les a enlevées. Ses yeux étaient rouges et pas seulement les paupières : le blanc, tout autour des iris, était complètement injecté de sang. On aurait dit ces photos sur lesquelles le flash a fait virer les yeux au rouge. Alan avait aligné trois verres et versé du bourgogne blanc. J'aurais été incapable de boire plus de gin, mais je pouvais encore boire du vin.

Et pourtant le pire était passé. Cela avait été choquant, troublant, dégoûtant au début. Et puis elle s'est mise à parler, proférant des menaces qui me semblaient vaines. N'était-il pas même préférable qu'elle eût tout découvert ? Je n'en ai rien dit, je ne l'ai même pas vraiment pensé. C'était simplement une impression. Je ressentais un certain espoir. Oui, vraiment. Naturellement, c'était dû en partie à ce que j'avais bu, à l'euphorie. Mais quand Gilda a commencé à m'insulter, à me traiter d'idiote, d'ignorante, de naïve, de petite fille manipulatrice, ridicule et sournoise, quand elle demandé à Alan ce qu'il pouvait bien voir en moi, je ne m'en suis pas formalisée, je savais que cela la rendrait encore plus méprisable à ses yeux et qu'il m'en aimerait davantage. J'avais une foi absolue en sa loyauté et en son amour. Et j'avais raison. Je ne me trompais pas.

Alan a dit : "C'était une petite fille. Nous étions à l'école ensemble."

Elle a posé sa main sur son visage. "Je ne comprends pas", a-t-elle dit en prenant une couleur rouge brique.

Ce fut l'explosion. Elle ne l'avait jamais su et cela l'a rendue furieuse. Les choses les plus évidentes ne sont pas les pires trahisons. Peut-être a-t-elle vu les choses ainsi, le fait qu'il m'ait connue avant elle, le fait que j'aie su de lui ce qu'elle ne saurait jamais. La colère aidant, elle s'est mise à crier, puis à hurler, et pendant qu'elle hurlait, à s'emparer de tout ce qui lui tombait sous la main. Elle a cassé deux verres contre le mur. Elle a jeté la bouteille par la fenêtre sur le capot de la voiture d'Alan. Alan l'a regardée, évitant de se mettre dans sa ligne de mire, mais sans rien faire pour l'arrêter. Il connaissait ses accès de rage, il savait qu'ils s'épuisaient vite et s'achevaient dans les larmes.

Un bon nombre de nos objets furent cassés cet après-midi-là. Il y a probablement encore un renfoncement dans le mur, là où Gilda a lancé un bol en argent. C'est le dernier objet qu'elle ait lancé avant de se mettre à pleurer et à sangloter. Je ne sais pas ce que ressentait Alan. Je me trouvais terriblement coupable. Pour la première fois de ma vie, j'avais envie de prendre Gilda dans mes bras et de la consoler. C'eût été le comble de l'hypocrisie. Mais mes sentiments pour lui étaient inchangés. Je le voulais pour moi, pour toujours, pour mari, pour père de Richard, pour tout.

Je dois m'interrompre à présent et me reposer avant la suite. Il est possible que je ne puisse en faire plus avant demain. »

« Nous sommes tous restés assis où nous étions. La bouteille de gin était vide. Au bout d'un moment, Alan s'est levé et rendu dans la salle à manger. Il est revenu avec du whisky. Il n'y avait plus de gin. Je ne lui avais jamais ordonné quoi que ce soit, je ne lui avais jamais dit, fais ceci, fais cela, ne bois plus. Et je ne l'ai pas fait à ce moment-là non plus. J'avais confiance en lui. Je pensais qu'il savait ce qu'il faisait en toute circonstance. S'il avait besoin d'un autre verre, c'était qu'il en avait besoin. Il le savait mieux que quiconque. J'ai couvert le mien. Il a rempli le sien à moitié. Nous avions fumé sans arrêt. Les deux cendriers étaient pleins.

Gilda a cessé de pleurer. Il en était toujours ainsi, comme si elle avait pleuré toutes les larmes de son corps. Alan n'avait pas dit qu'il était désolé ou qu'il ferait de son mieux pour arranger les choses, et j'ai compris qu'il ne lui offrait plus à boire parce qu'il faudrait qu'elle conduise jusque chez elle. J'ai dit que j'avais ressenti de l'espoir et, à cet instant, je me sentais presque heureuse. J'étais satisfaite de la tournure prise par les événements. Je ne demanderai pas à Dieu de me pardonner pour m'être conduite ainsi parce que j'ai été punie pour cela, pour quelque chose, pour tout. J'ai été punie pendant vingt-quatre ans.

J'ai ressenti tout de même un immense soulagement quand Gilda s'est levée et a annoncé qu'elle partait. Puis elle a dit à Alan : “Je veux que tu viennes avec moi, s'il te plaît.”

C'était comme si elle avait oublié toutes les menaces, la séparation, la séduction. Elle repartait avec lui pour oublier, pour tout effacer.

"Je ne vous adresserai plus jamais la parole, m'a-t-elle dit, cela va sans dire."

J'ai hoché la tête. J'ai accepté.

"Je ne viens pas avec toi, Gilda, a dit Alan. Je t'ai quittée. Je vais être avec Stella désormais. Et un jour je l'épouserai."

Elle l'a ignoré. "Tu t'es soûlé copieusement, non ? Pour ne pas avoir à conduire."

Peut-être était-ce vrai. Il l'a persuadée de partir. Après un orage comme celui qu'elle venait de traverser, elle était généralement assez docile. Nous avions, à nous deux, quatre-vingts cigarettes en arrivant à la maison et il n'en restait plus que huit ou neuf dans un paquet. Il en a allumé une pour elle et lui a donné le reste. Je sentais qu'il avait trop bu, rien qu'à son phrasé légèrement ralenti. Il a dit : "Je ne viens pas maintenant, Gilda. Mais je viendrai, je viendrai te voir plus tard et Stella doit venir avec moi. Je ne serai plus séparé d'elle dorénavant. Tu comprends ?"

Elle n'a pas répondu. Cela paraît absurde, mais nous sommes sortis avec elle tous les deux. Nous étions comme un couple marié dans sa maison raccompagnant un invité. Devant l'entrée, là où vous dites qu'un sorbier a poussé, là où s'étaient accumulés la vaisselle et les verres brisés, elle s'est tournée vers moi et m'a craché à la figure. Le crachat s'est écrasé sur ma joue et s'est mis à dégouliner.

Qui suis-je pour faire un esclandre ? Qui suis-je pour dire que je ne l'avais pas mérité ? Sur le coup, j'ai été horrifiée. J'ai hurlé. Je me suis recroquevillée devant elle, haletante. Idiot, n'est-ce pas ? J'avais été trop protégée dans ma vie. Que m'était-il arrivé, à part la découverte du corps de Charmian Fry ? Gilda avait eu raison de me traiter d'innocente, de "petite chose". Alan a sorti son mouchoir de sa poche et m'a essuyé le visage. Il a fait une chose étrange, ce que faisait ma mère quand j'étais petite : il a léché son mouchoir et a essuyé ma joue. J'y ai vu un symbole. Pour combien de personnes feriez-vous un geste pareil ?

Gilda est allée à sa voiture. Je suis restée où j'étais, comme si j'avais été éclaboussée par du poison et comme si le geste d'Alan n'avait pas été un antidote. Il s'est avancé de quelques pas en direction de la voiture de Gilda. Elle s'est assise et elle a mis le contact. Et puis, oh, et puis, c'est arrivé, le début de l'horreur, ce qui a ouvert la porte à tous les épisodes suivants. Ou plutôt ce n'est pas arrivé. Parce que la voiture de Gilda n'a pas voulu démarrer. Elle a tourné la clé, appuyé sur l'accélérateur, une fois, deux fois, dix fois, sans succès.

Je ne sais pas pourquoi. La chaleur? L'âge de la voiture? La batterie était à plat, mais je ne le savais pas à l'époque. La voiture avait pu rouler jusqu'à Moluques et pendant le temps que Gilda était restée, la batterie s'était déchargée.

Alan a essayé de la faire démarrer, sans plus de succès. J'étais toujours devant la porte d'entrée, à les observer. Il était quatre heures et demie. Nous avions passé tout ce temps dans la maison à boire et à écouter Gilda, sans nous défendre. Les heures avaient passé et le ciel bleu était recouvert d'un épais voile de fumée. Au-delà des champs, de l'autre côté de la route, on pouvait voir une colonne de fumée noire qui s'élevait droite comme un i. Il faisait plus chaud que jamais. Alan est sorti de la voiture.

"Elle ne démarrera pas. Je vais te ramener à la maison et nous appellerons quelqu'un pour dépanner ta voiture." Il s'est tourné pour me regarder. "Stella vient aussi.

— Non.

— Stella vient aussi. Tu peux marcher, si tu préfères. Il n'y a pas plus de douze kilomètres à faire.

— Qu'elle monte derrière. Je suis ta femme. Je monte devant."

J'ai dit que je monterais à l'arrière, que ce n'était pas un problème. Ce n'était pas vrai. C'était un problème pour moi que d'être toujours à l'arrière, avec Gilda à côté d'Alan, quand nous allions quelque part tous les trois ensemble. Mais je me suis dit que c'était la dernière fois. À l'avenir, je serais toujours assise à côté de lui.

J'avais la bouche sèche. Je suis allée dans la cuisine et j'ai bu de l'eau au robinet. La vanité demeure presque jusqu'au bout et je me suis observée dans le miroir, j'ai arrangé mes cheveux et mis un peu de rouge à lèvres. Le mot qu'elle avait utilisé, "présentable", m'irritait. Nous rendrions service à nos filles si nous les élevions dans l'indifférence à leur apparence, si nous brisions tous les miroirs, même si j'ai fait de ma fille quelqu'un d'aussi vain que moi.

Nous avons fermé la maison. Je suis montée à l'arrière et Gilda à l'avant, comme à l'accoutumée. Il n'y avait pas de ceintures de sécurité à l'époque, enfin certaines voitures en avaient, mais le port n'en était pas obligatoire. Il a fallu attendre encore dix ans avant que la loi ne l'impose.

La conduite en état d'ivresse n'était pas non plus considérée comme elle l'est aujourd'hui. Je me souviens de Jeremy revenant d'un voyage d'affaires en Suède et nous racontant que les gens redoutaient de boire un verre de vin avant de conduire, de quelqu'un dont le beau-frère avait été mis dans un camp de travail parce qu'il avait dépassé la limitation de vitesse. Nous autres, nous pensions pouvoir boire autant que nous le voulions, aussi longtemps que nous n'avions pas d'accident. John Browning s'était vanté d'avoir conduit jusqu'à Peterborough un œil fermé, parce qu'il était tellement ivre qu'il voyait double. Je n'étais pas inquiète de voir Alan conduire après avoir bu une demi-bouteille de gin, du whisky et du vin. Je n'y pensais même pas.

J'aurais dit, je suppose, que j'avais d'autres soucis en tête.

Presque immédiatement, au bout d'un kilomètre à peine, nous avions pénétré dans le genre d'atmosphère qui avait dû être celle des cités industrielles du siècle dernier, en plein été. Et nous étions pourtant à la campagne en 1970. C'était le chaume qui se consumait. Pendant un moment, toutefois, nous n'avions pas vu la moindre fumée. Nous ne pouvions pas voir le ciel non plus, qui était complètement caché. Un épais brouillard chaud, statique et menaçant, planait au-dessus des champs et des bois. L'air avait une odeur de pièce enfumée.

Il n'y avait pas la moindre circulation sur la route. Ce n'est pas tout à fait vrai. Il y en avait bien sûr, mais je ne crois pas que nous ayons croisé plus d'une voiture avant l'accident. Alan conduisait très vite. Il ne roulait probablement pas à plus de quatre-vingts kilomètres à l'heure. C'était vite cependant pour les routes étroites, droites pendant cinq cents mètres et tournant brusquement à angle droit, sans raison. Il voulait ramener Gilda rapidement, pour se débarrasser d'elle. En passant dans Curton, il a dû ralentir un peu. Les habitants paraissaient s'être endormis sous l'effet de la chaleur et de la fumée irrespirable. Je n'ai pas remarqué le garage à la fin de la rue principale du village, Curton Cars Ltd., le tout dernier bâtiment. Je n'ai rien vu, si ce n'est Alan et Gilda l'un à côté de l'autre et la campagne qui défilait, brumeuse, plate, tranquille.

Dès que nous avons dépassé Curton, Alan a accéléré de nouveau. Personne ne parlait — l'ai-je dit ? Nous étions tous silencieux. Personne n'avait plus parlé depuis que Gilda avait dit qu'elle était la femme d'Alan, que je devais m'asseoir à l'arrière et que j'avais accepté. Je me souviens de sa longue chevelure rousse parsemée de cheveux blancs, flottant sur le siège du passager, et du foulard vert émeraude qu'elle portait. Je me souviens d'avoir observé les mains d'Alan sur le volant. J'aurais voulu qu'il puisse me toucher et c'était une envie presque douloureuse. Cela faisait des heures, depuis l'arrivée de Gilda, que je n'avais pas senti ses mains sur moi, sa bouche sur ma peau. Nous n'étions jamais ensemble sans nous toucher et je me sentais à la fois rejetée et avide d'un contact.

Il roulait très vite dans les virages et encore plus dans les lignes droites. La voiture a décollé sur un petit pont qui enjambait un ruisseau et Gilda a laissé échapper un petit cri. Il devait être à plus de quatre-vingts kilomètres à l'heure quand la fumée a envahi la route devant nous. Un nuage noir et dense, presque horizontal, a brusquement traversé la haie et absorbé la voiture.

Avez-vous déjà fait cette expérience ? Savez-vous ce que c'est ? En voiture, vous êtes entièrement dépendant de ce que vous voyez, du monde extérieur. Quand vous en êtes privé parce que le pare-brise a éclaté ou qu'un carton s'est collé dessus, vous êtes complètement aveugle.

Ce nuage nous a tous aveuglés. J'ai senti qu'Alan avait peur, le siège devant moi a vibré, au moment où il a écrasé le frein par réflexe, faisant ainsi se déporter la voiture. Mais je ne me souviens pas de la collision, seulement du bruit, de l'énorme explosion qui n'était pas une explosion mais le bruit provoqué par la force de l'impact. C'était le bruit le plus violent que j'aie jamais entendu.

Les portières de la voiture se sont ouvertes. Est-ce que je m'en souviens ou me l'a-t-il raconté ? Je ne sais pas. Toujours est-il que, une fraction de seconde avant l'impact, l'instinct de conservation, aussi bien pour moi-même que pour ce qui m'appartenait, et aussi le désir que j'avais de le toucher, m'ont poussée à l'entourer de mes bras et à m'accrocher à lui. Le siège nous séparait, sorte de pare-chocs entre nous, mais je me suis accrochée à lui aussi fort que j'ai pu. Il a dit que je l'avais sauvé d'être projeté dans le pare-brise ou d'avoir la poitrine défoncée par le volant. J'avais été sa ceinture de sécurité. Je ne sais pas. Comment savoir ?

Peut-être l'ai-je sauvé d'être projeté hors de la voiture quand les portières se sont ouvertes. Il n'y avait personne pour s'accrocher à Gilda. C'est la première chose que j'ai remarquée quand j'ai ouvert les yeux : Gilda avait disparu, le siège du passager était vide. Mais je n'ai rien fait, je n'ai rien demandé. J'étais toujours accrochée à lui. J'ai fourré mon visage dans son cou comme un petit animal. Quelque chose me disait de rester là pour toujours, de rester là enchaînés l'un à l'autre, de fermer les yeux, de dormir même. Je pouvais sentir son pouls battre dans son cou et l'entendre respirer avec difficulté.

Il a prononcé mon nom d'une voix qui n'était plus qu'une vibration sans timbre.

"Stella."

J'ai écarté mon visage de lui. Ma bouche était humide de sa sueur. Quand j'ai enlevé mes mains de sa poitrine, j'ai vu qu'elles étaient couvertes de sang et j'ai été paniquée. C'est ce qui se passe quand vous avez un accident de voiture, vous vous mettez à trembler et à émettre des sons de bête effrayée. Vous ne pouvez plus contrôler vos lèvres, elles sont prises d'un frémissement, d'une sorte d'hésitation. Tout votre corps tremble. Mes mains étaient couvertes de minuscules coupures et mes doigts avaient la même couleur que mes ongles vernis. Le bruit de la collision résonnait encore dans ma tête, se répétant, se réverbérant comme le bruit d'une canonnade.

Il est sorti de la voiture, il a titubé puis s'est redressé. Il est venu à l'arrière, m'a aidée à sortir et m'a prise dans ses bras. Je pleurais et poussais des petits cris, mais il fallait que je cesse, je me suis efforcée de le faire. Alan a essuyé mes mains avec le mouchoir qui lui avait servi à essuyer le crachat de Gilda. Ses mains saignaient aussi et du sang coulait sur son visage d'une coupure sur le front.

J'ai dit : "Où est Gilda ?" Je claquais des dents.

"Je ne sais pas."

La fumée s'était éloignée. L'air chaud était encore chargé d'une sorte de brouillard. Devant nous se dessinait la vague silhouette d'une énorme machine agricole, une moissonneuse sans doute. Elle était garée en partie sur la route et en partie sur le bas-côté herbu. Alan avait percuté l'arrière. La voiture était encastrée dans une grande plaque de métal jaune comme si elle avait été soudée là, les roues soulevées du sol et le capot défoncé comme une boîte de conserve.

Depuis l'unique voiture que nous avions croisée, nous n'en avions pas vu passer d'autres. Mais il a fini par en arriver une. Si le conducteur nous a vus, il ne s'est pas pour autant arrêté, bien qu'Alan lui ait fait des signes. Il s'est tourné vers moi les poings serrés et il a juré. Je crois que je ne l'avais jamais entendu jurer auparavant. Quand la camionnette du garage de Curton est arrivée, cela nous a paru une coïncidence, un incroyable signe du destin. Alors qu'il n'en était rien. Le type du garage rentrait chez lui, il passait par là tous les jours à cinq heures.

Mais il n'était pas encore tout à fait cinq heures au moment où Alan s'était mis à jurer, les poings serrés. J'ai dit : "Il faut chercher Gilda, il faut que nous la trouvions."

Le bord de la route était large, six mètres environ, avec des arbres, puis un fossé et une haie. Nous l'avons trouvée au pied d'un arbre dans l'herbe haute. J'emploie "nous", mais c'est Alan qui l'a trouvée. Je grinçais des dents et je me tordais les mains. Il s'est agenouillé près d'elle, penché sur son visage. Elle a ouvert les yeux et murmuré quelque chose. Elle n'avait aucune blessure visible. Nous nous en étions tous sortis miraculeusement.

Du moins c'est ce que j'ai pensé. Ce que j'ai dit était parfaitement absurde : "Gilda, ça va aller ?"

Elle avait les yeux fixés sur Alan. Elle a murmuré quelque chose mais je n'ai pas saisi.

"Ça va aller, a-t-il assuré. Ça va aller. Laissons-la se reposer et ça ira."

C'était absolument grotesque, mais je ne m'en suis pas aperçue à ce moment-là. Il la connaissait, il savait exactement ce qui se passait, et il savait très bien ce qu'il faisait.

Elle avait été projetée à quelques mètres de la voiture seulement. Le foulard vert était toujours autour de son cou. Et puis j'ai vu le sang sur ses cheveux, coulant derrière la tête, brun et humide sur les brins d'herbe.

"Alan, je crois que sa tête a heurté l'arbre."

Il n'a pas regardé Gilda, mais l'arbre. C'était un arbre comme un autre, je crois, même si je ne me souviens pas de l'espèce. Le tronc était brun sombre et rugueux. Il n'y avait pas de traces particulières, mais des traces partout. C'était la texture de ce bois, il était couvert de cicatrices, comme si au moins cent personnes l'avaient percuté.

Pendant tout ce temps, j'avais tremblé, même si cela commençait à se calmer. Je revenais à la réalité, aux questions pratiques. Mes mains avaient cessé de saigner. Je me suis assise dans l'herbe. Je portais des bas et des chaussures à talons hauts. J'avais filé un de mes bas. C'est bizarre de remarquer des choses pareilles. Je pensais à Charmian et à quel point je m'étais comportée de façon ridicule, comme une enfant stupide, courant dans la rue, hurlant. J'ai dit à Alan : "L'un de nous deux devrait aller à Curton et appeler une ambulance."

Et c'est à ce moment-là que la camionnette est arrivée. Elle était rouge avec une inscription *Curton Cars Ltd.* imprimée en blanc sur les côtés. Il n'était pas question que le conducteur ne s'arrête pas. Sa vitre était baissée et il nous a fait signe, le pouce levé. Il s'est garé sur le bas-côté de l'autre côté de la moissonneuse, il est sorti de la camionnette et venu vers nous.

Il était en salopette, un grand type assez beau, bien plus jeune que nous, trente ans environ. Il a regardé l'épave qu'était la voiture d'Alan, le capot défoncé, soudé à l'arrière de la moissonneuse, les portières avant grandes ouvertes. Puis il s'est tourné vers Alan. Il a posé la question qui a tout fait basculer. Bien après, j'ai repensé à lui comme à un messager du destin, une créature surhumaine comme dans les tragédies grecques, quelqu'un venu nous offrir une alternative ou une réponse. Mais c'était un homme tout à fait normal, souriant et sympathique. J'étais soulagée de le voir arriver.

Il a posé la question.

"Il n'y avait que vous deux ?"

Une question banale. J'ai failli dire non. J'ai failli crier non, non, nous étions trois, il y a quelqu'un d'autre, il y a quelqu'un qui est blessé. Je ne l'ai pas fait. Il ne s'adressait pas à moi mais à Alan, à l'homme. J'étais la femme, nécessairement la passagère, pas celle qui conduisait, pas celle qui pourrait savoir quoi que ce soit. De plus, j'avais l'habitude de laisser les hommes décider. Que pouvais-je bien savoir? Je savais conduire mais je n'avais pas la moindre idée de ce qu'était un moteur à explosion. Il a répété ce qu'il venait de dire, plus gentiment cette fois. Il avait dû comprendre que nous étions en état de choc.

"Il n'y avait que vous deux ?"

Alan a fermé les yeux, les a ouverts et il a répondu très vite : "Oui. Juste nous deux."

Je ne sais pas pourquoi je suis restée silencieuse. J'ai mis ma main sur la bouche. Mes doigts étaient tout écorchés et j'ai senti le goût du sang sur mes lèvres. Le garagiste était retourné près de l'épave, tournait autour, l'examinait.

"Je demande parce que la personne qui avait droit au flirt avec la mort (il m'a regardée) a dû être éjectée. Elle a dû piquer une tête."

Alan a dit : "Ma femme."

Un instant, j'ai cru qu'il allait lui parler de Gilda, lui montrer Gilda. Mais c'était de moi qu'il avait parlé. J'étais sa femme.

"Vous avez eu de la chance." Il a regardé le sang sur le visage d'Alan. "Coupé en vous rasant, non ?" Et il a fait un clin d'œil.

Alan a souri. J'étais sidérée qu'il ait pu sourire. Il a dit : "J'ai encore beaucoup de poils sur les mains."

Ils ont ri tous les deux. De ce rire complice qu'ont les hommes, les garçons entre eux. La grande conspiration des hommes, comme dit Marianne.

"Pas la peine de faire de salades, alors ? Si personne n'a été blessé.

— Non.

— Il ne vaut mieux pas quand ce n'est pas nécessaire."

Alan a dit non de nouveau, avec application. Comme s'il apprenait quelque chose, prenait conseil, s'informait. Il m'a fait penser à un homme qui connaît assez bien une langue étrangère mais qui a besoin d'écouter attentivement pour comprendre le sens caché des mots. Il réfléchissait, suivant des yeux le moindre geste du garagiste. Et puis il s'est déplacé, de telle sorte que son corps dissimule Gilda. Personne n'aurait pu, depuis la route, distinguer le corps de Gilda, là où il était, dans l'herbe haute. Mais deux précautions valaient mieux qu'une et Alan s'était placé dans l'axe du corps caché.

J'ai remarqué alors à quel point elle était silencieuse. Pourquoi n'avait-elle pas crié, gémi, murmuré ? Une légère brise, la première de la journée, a fait frissonner les feuilles de l'arbre au-dessus d'elle. J'ai détourné les yeux.

Le garagiste a dit qu'il allait retourner à Curton chercher ses "trucs", la dépanneuse et la barre de remorquage. Ça prendrait dix minutes au plus. Alan n'a pas bougé jusqu'à ce que la camionnette ait disparu. Il y avait sur son visage une expression que je n'avais jamais vue auparavant, un air calculateur, un air de peser ses chances, je ne sais. Il a dit : "Je vais déplacer Gilda. Il ne faut pas qu'elle soit au soleil."

J'étais adulte, j'avais quarante-huit ans. Pourquoi n'ai-je pas insisté pour qu'on aille chercher une ambulance ? Pourquoi n'ai-je pas dit qu'il fallait obligatoirement prévenir la police ? Je ne sais pas pourquoi. Je n'ai pas su à ce moment-là. On peut l'imputer au choc peut-être, à ce qui s'était passé avant l'accident, à l'accident lui-même, à la quantité d'alcool que j'avais ingurgitée. J'avais l'impression d'être sans force, sans volonté. J'ai senti que la fumée recommençait à tournoyer autour de nous, je toussais, je contemplais mes mains souillées de sang séché se noircir de la fumée de l'orge qui brûlait, une autre voiture passait sans s'arrêter, Alan se penchait et soulevait Gilda dans ses bras.

Il l'a mise à l'ombre. Mais il n'y avait pas beaucoup de soleil de toute façon, si je me souviens bien ? Y avait-il une grande différence entre l'atmosphère enfumée sous l'arbre et l'ombre de la haie ? À présent, là où il l'avait déposée, personne n'aurait pu la trouver sans la chercher vraiment. Il m'a demandé si je ne serais pas mieux assise dans la voiture. Ce serait en tout cas plus confortable. J'ai hoché la tête. Je lui ai demandé : "Tu as dit que nous n'étions que tous les deux ?"

Sa réponse a été étrange : "Pour autant que je sache, nous n'étions que tous les deux." Et puis il a ajouté : "Tu sais, je n'y aurais jamais pensé, s'il ne l'avait pas suggéré.

— Que veux-tu dire ?

— J'allais bêtement dire que Gilda était blessée, qu'il fallait appeler une ambulance et prévenir la police, et Dieu sait quoi encore. Et puis il est arrivé et il m'a donné cette idée splendide que nous n'étions que tous les deux."

Il m'a donné une cigarette et en a allumé une pour lui. Il s'est assis dans l'herbe et a saisi mes genoux. J'étais là dans ma robe prétentieuse, avec mes talons hauts, la tête sur les genoux, les yeux fermés. J'avais une soif terrible, à cause de l'alcool, je suppose.

Alan s'était éloigné de moi. J'ai levé la tête à un moment et j'ai regardé alentour pour le voir, mais je ne l'ai trouvé nulle part. Il n'y avait que la route, l'herbe haute, l'arbre au tronc couvert de cicatrices. J'ai refermé les yeux et j'ai vu la lumière rouge à travers mes paupières. Et le garagiste n'était toujours pas revenu. De l'eau, voilà ce que je voulais, un grand verre d'eau, et puis dormir. Un battement régulier résonnait dans ma tête.

Un temps infini s'est écoulé. J'imagine que c'était à peu près dix minutes. J'ai ouvert les yeux et je me suis levée. J'ai regardé vers l'arbre et j'ai vu les lunettes de soleil de Gilda accrochées à une branche. Il y avait du sang sur ma robe à présent, mais cela ne se voyait pas au milieu des motifs fleuris, à moins de le savoir. J'ai attrapé les lunettes. Alan était agenouillé auprès de Gilda. Je ne pouvais pas voir Gilda, l'herbe était trop haute, presque du blé, avec de grandes plantes çà et là, de l'absinthe, des chardons, de la tanaisie et de l'épilobe. Il s'est levé et il est venu vers moi. Il a dit : "Ne crie pas. Mets ta main sur la bouche. Elle est morte." »

24

« JE ME SUIS ARRÊTÉE pendant un moment. Il le fallait. Quelqu'un est venu m'apporter mon café pendant que je parlais. L'ennui, c'est que je n'ai plus la force de placer une chaise sous la poignée de la porte. Ce n'était que Sharon et elle pense que je suis une vieille folle de toute façon. Quoi de plus naturel que je me sois mise à radoter ?

Elle est partie et je peux reprendre.

Nous étions sur le bord de la route, attendant le retour du garagiste. Alan s'est agenouillé dans l'herbe à côté de moi. Il a pris mes mains dans les siennes.

"Elle est morte, a-t-il répété, et il ajouté brusquement : Veux-tu la voir ?"

J'ai fait non de la tête. Je ne pouvais pas parler.

Il était très pâle. Ses yeux étaient tellement brillants que j'ai cru y voir des larmes. Ce qu'il venait de me dire était énorme, intolérable pour moi. Je ne pouvais que le regarder fixement.

"J'entends ton cœur battre.

— Oh, elle ne peut pas être morte. C'est impossible.

— Chérie, tu dois rester calme." Lui-même était tout à fait calme. "Écoute. Voilà notre *garagiste* [1]. Tu peux faire confiance aux Français : eux, ils ont toujours un mot pour chaque chose." De nouveau, il a pris mes mains ensanglantées et noircies dans ses mains ensanglantées et noircies. "Ne parle pas, mon cœur. Tu es abrutie par le choc, d'accord ? Laisse-moi faire. Cela vaut mieux."

1 En français dans le texte. *(N.d.T.)*

Le garagiste était de bonne humeur et rassurant. Il ne cessait de dire à quel point nous avions eu de la chance. Je ne crois pas qu'il ait pu comprendre mon attitude. Comme si j'avais souffert de quelque chose de plus que le choc de l'accident, ou mes égratignures sur les mains. Il m'a regardée comme les hommes regardent les femmes qu'ils imaginent "faire un cinéma", avec indulgence, en faisant la part des choses. Mais avec une certaine condescendance aussi.

Il a dit à Alan, qui, j'en suis sûre, n'y avait pas pensé, qu'il connaissait le propriétaire de la moissonneuse, qu'il pourrait lui donner le nom. Puis il a attaché... Mais il est inutile que je décrive ce qu'il a fait parce que je ne connais rien à ces choses, à ces outils, à la technique. Toujours est-il qu'il a réussi à dégager la voiture de la moissonneuse et à l'accrocher à son camion. Pendant tout le temps qu'il travaillait, il ne m'a pas adressé la parole. Je ne veux pas dire qu'il était mal élevé. Tout simplement, j'étais une femme qui ne saurait rien de ces choses d'hommes.

Nous sommes montés dans le camion avec lui. Devant, au milieu du pare-brise, un fer à cheval, suspendu à deux ficelles, se balançait. Il m'a vue le regarder et il m'a fait un clin d'œil.

"Je l'ai mis là pour empêcher la chance de s'éloigner."

Il ne donnait pas du "monsieur" à Alan, mais il m'a appelée "madame" et faisait allusion à moi en disant "votre femme". Je n'ai pas relevé. Je n'ai pas dit que je n'étais pas sa femme. Et Alan n'a rien dit non plus.

"Haut les cœurs, madame. Ce n'est pas la fin du monde. Laissez-moi voir votre sourire."

Il ne m'a pas vue sourire. J'ai commencé à frissonner. Une fois à Curton, nous avons laissé l'épave devant le garage et nous sommes entrés dans le bureau. L'homme m'a demandé si je voulais du thé.

Je l'appelle "l'homme" parce que je n'ai jamais su son nom. Je ne crois pas qu'Alan l'ait su non plus. Quelle différence cela aurait fait de toute façon ? Il y avait une photo sur le bureau. Je me suis assise et je l'ai regardée pendant qu'il préparait le thé. C'était la photo de deux petites filles et d'un nouveau-né et quand il est revenu, je lui ai demandé si c'était ses enfants. Il a semblé heureux que je lui demande et il m'a donné leurs noms. Je lui ai dit que sa fille aînée devait avoir le même âge que mon fils. C'était une conversation banale pour éviter de parler de l'accident.

Alan lui a demandé s'il avait des câbles pour faire démarrer une voiture. Je ne savais pas ce qu'étaient des câbles à l'époque. Mais l'homme a répondu qu'il en avait, bien évidemment. Quand nous avons eu fini notre thé, il nous a ramenés à Moluques. Il se mettrait en contact avec le fermier, propriétaire de la moissonneuse, si nous le souhaitions, a-t-il dit, mais Alan l'a remercié et a dit qu'il le ferait lui-même.

La voiture de Gilda était devant la maison. Mais ce que j'avais oublié, c'est qu'elle ne démarrerait pas. Le garagiste a soulevé le capot, sorti les fameux câbles et les a branchés sur la batterie de l'Anglia. Je suis rentrée dans la maison et j'ai commencé à mettre de l'ordre, en commençant par les bouteilles et les verres vides, les cendriers. J'avais besoin de faire quelque chose de manuel, de mécanique, qui m'empêcherait de réfléchir. Quand je suis ressortie, la voiture de Gilda avait démarré et Alan, au volant, faisait ronfler le moteur.

L'homme a dit : "J'ai la même. Ça devrait aller." Il a levé les mains et ajouté : "On croise les doigts."

Je le revois encore maintenant, au cours de cette soirée chaude, dans l'air saturé de poussière, les doigts croisés. Il était notre messager du destin, mais nous étions aussi les siens. Il est remonté dans son camion et il est reparti vers sa maison et ses enfants, me suis-je imaginé jusqu'à ce qu'Alan me rappelle à la réalité.

Je suis montée dans la voiture de Gilda à ses côtés. Je m'y étais assise des centaines de fois dans le passé, pour aller prendre le thé avec elle, pour aller au cinéma. C'était la première fois que j'y montais avec lui. Alan s'est mis à parler comme si de rien n'était. Le garagiste lui avait dit que grâce à nous il serait de nouveau en retard à la maison. Il avait fait un clin d'œil et ri, mais il ne plaisantait pas. Sa femme lui avait dit que c'était sa dernière chance. S'il était de nouveau en retard, il pouvait "reprendre ses billes", elle le mettait dehors. Et comme il allait être en retard de toute façon, il allait se rendre au rendez-vous qu'il avait avec une dénommée Kath et rentrer chez lui vraiment tard. Et il fallait avaler les pilules sans les mâcher, avait-il conclu.

"Pourquoi me racontes-tu tout cela ?

— Je croyais que ça pourrait t'amuser."

Je lui ai demandé s'il comptait appeler la police ou s'il voulait que je m'en charge, d'une voix dure et froide. Il m'a regardée dans les yeux et il a secoué lentement la tête, comme si ce mouvement devait me faire comprendre beaucoup de choses. Il a allumé deux cigarettes dans sa bouche et m'en a donné une.

"Personne ne va appeler la police.

— Il *faut*.

— Nous ne pouvons pas. Réfléchis, mon amour. Nous avons dit au type du garage que personne n'avait été blessé. Nous lui avons laissé croire que tu étais ma femme et que nous n'étions que deux dans la voiture."

J'ai répliqué de façon stupide, en déplaçant le blâme : "Il l'a *suggéré*.

— Alors ? Nous n'avions pas à le faire, pas plus qu'il n'avait à s'arrêter pour nous. Tu sais, j'ai même pensé lui dire 'Ce n'est pas ma femme', mais je n'ai pas pu. Ça m'a fait penser à cette plaisanterie du type qui ne peut pas faire l'amour sans répéter : 'Ce n'est pas ma femme, ce n'est pas ma femme.' Je me suis dit que si je le disais, j'allais me mettre à rire." J'avais toujours aimé sa légèreté. Mais à ce moment précis je l'ai détestée. "Nous ne lui avons pas dit que Gilda était blessée. Nous ne lui avons même pas dit qu'elle était *là*.

— Mais Gilda n'est pas simplement blessée. Elle est *morte*.

— Raison de plus. Que pourrions-nous dire ? Nous avons eu un accident et Gilda a été éjectée de la voiture, mais nous n'en avons pas parlé au type du garage qui est venu nous dépanner, parce qu'elle était déjà morte et, de toute façon, cette dame n'est pas ma femme et j'étais ivre. C'est ce que nous déclarerions ? Et sinon, quoi d'autre ?"

J'ai dit que nous aurions dû appeler la police immédiatement, et une ambulance, avant de faire dépanner la voiture. Pourquoi ne l'avions-nous pas fait ? Parce que le garagiste était arrivé avec cette idée, a-t-il dit. Envoyé de Dieu. L'ami providentiel. Le bon samaritain, un de ceux qui ne passent pas là par hasard.

"J'ai intérêt à faire tourner le delco", a-t-il dit. Je ne savais pas ce qu'il voulait dire. "Au cas où la batterie serait encore à plat. Dès que tu seras prête, nous partons.

— Nous partons où ?

— Chercher Gilda."

J'ai failli hurler. Je l'aurais fait, si je n'avais pas plaqué mes deux mains sur la bouche.

"C'est la raison pour laquelle j'ai demandé à ce type de la faire démarrer."

Nous y sommes retournés. Je commençais à très bien connaître le trajet. La moissonneuse était toujours là. La seule trace qu'y avait laissée la voiture d'Alan était une rayure sur la peinture jaune d'une dizaine de centimètres à l'arrière. Tout était pareil, le bas-côté en herbe, le blé, les mauvaises herbes hautes de deux mètres, la haie, les arbres. M'étais-je attendue que quelque chose ait changé ? Seuls le ciel et l'air étaient différents, la fumée avait presque complètement disparu, un rayon de soleil traversait même l'atmosphère légèrement voilée. »

« Voici le début de la deuxième cassette.

Alan a garé la voiture sur le bas-côté. Le sol était dur et sec. Il a tourné la voiture de telle sorte que le coffre soit près de la haie. Un camion est passé, puis une moto. Et une voiture encore, de l'autre côté de la route. Par pure coïncidence, nous sommes arrivés aux environs de Curton à l'heure de pointe. Alan a ouvert le coffre, sorti nos deux seules chaises de jardin qu'il avait dû prendre dans le garage. Il les a installées avec la table de pique-nique sur le bas-côté. Il a posé une bouteille et un paquet de cigarettes sur la table.

Il est curieux que, lorsque vous vous trouvez dans ce genre de situations, vous agissez facilement selon les grandes lignes du — *scénario* est le mot qu'emploie Marianne —, d'un scénario de roman policier. Vous devenez conscient de choses qui jusqu'alors n'appartenaient qu'à l'univers des livres. Je lui ai dit : "Si tu fais cela, on va nous voir et on se souviendra de nous. Ils se souviendront avoir vu des gens pique-niquer.

— Personne ne leur demandera quoi que ce soit. C'est maintenant que je ne veux pas attirer l'attention, pas pour l'avenir." Il a désigné une chaise de la main. "Tu veux t'asseoir ?" J'ai fait ce qu'il demandait. "Cigarette ?"

Nous avons fumé tous les deux notre cigarette. Nous étions assis côte à côte pour admirer le panorama, les champs jaunes où le maïs avait été coupé et les champs noirs où le chaume avait été brûlé. Une voiture de police est passée et le conducteur nous a adressé un salut de la main.

J'ai toujours été sidérée de voir ces gens qui vont à la campagne pour s'asseoir au bord d'une route. Nous étions ces gens à présent. Des amants ne feraient jamais une chose pareille, mais les couples mariés oui. Qui aurait pu croire que nous étions des amants coupables ? Nous fumions et buvions du vin autour d'une table de pique-nique par une chaude soirée d'été, et dans le fossé derrière nous se trouvait le cadavre de l'épouse légitime.

Quand le trafic routier a pris fin et que la dernière voiture a rejoint le foyer, nous avons remis une des chaises dans la voiture et la table sur le siège arrière. L'autre chaise a été transformée en brancard.

Alan a pris la tête et j'ai pris les pieds. Il y avait des brins d'herbe dans ses cheveux. Nous l'avons étendue sur le brancard de fortune et fait doucement glisser dans le coffre. Elle était très légère, je suppose qu'elle ne pesait pas plus de quarante-cinq kilos. Je n'ai regardé son visage mort qu'une fois. Le foulard vert n'était plus noué autour du cou. Il était étalé sur sa poitrine. Même à ce moment-là, j'avais la certitude qu'elle était montée dans la voiture le foulard noué autour du cou.

Nous avons posé l'autre chaise sur le corps et nous avons refermé le coffre. J'ai décrit tout cela de façon très objective, mais ce n'est pas du tout ce que je ressentais. Pendant que j'ai aidé Alan à déplacer le corps de Gilda, je me suis sentie plongée dans l'irréel, dans une sorte de rêve. J'allais me réveiller sur le sofa, ma tête posée sur son épaule, nous aurions été épuisés tous deux par la danse, sonnés par le vin. Mais j'imagine que c'est l'état dans lequel se sentent tous les gens qui commettent un acte sans rapport avec leur existence normale : un état cauchemardesque.

Pas une voiture n'était passée pendant que nous avions fait cela. Tout était calme et silencieux. Nous sommes rentrés à Moluques. Alan a ouvert les portes du garage et rentré la voiture de Gilda et le corps de Gilda à l'intérieur de la voiture de Gilda. Au moment où nous sommes entrés dans la maison, j'ai remarqué que c'était l'heure exacte de notre réservation pour notre dîner romantique. Il a dit : “Je vais prendre un bain et puis le coup de l'étrier. Et toi ?

— Je ne sais pas. Je ne sais pas ce que je vais faire.”

Il a expliqué sur le ton de la conversation, comme si rien ne s'était passé : “Tu sais que le coup de l'étrier, c'est le verre qu'on boit pour se remettre en selle, au sens propre. Tu savais ça, mon étoile adorée ?”

La dernière personne à laquelle j'aurais dû penser à ce moment-là était bien Richard. Mais j'ai vraiment pensé à lui, là-bas en Cornouaille, s'amusant à longueur de journée sur la plage, en train de dîner à présent, bientôt au lit. Je me suis dit qu'il était horrible qu'il eût une mère capable de faire ce que je venais de faire. Quand Alan est redescendu, les cheveux propres, dans des vêtements propres, j'étais encore là où il m'avait laissée en train de fumer ma troisième cigarette.

Il ne m'avait pas vue dans l'état dans lequel je devais être à cet instant, sale, les cheveux défaits et remplis de suie, les mains en sang, les jambes égratignées, la robe maculée de taches de maïs brûlé, de terre et de sang.

“Oh, mon Dieu, mon amour, tu devrais te voir ! La petite fille aux allumettes. Mlle Guy Fawkes.”

Il avait l'air parfaitement rétabli, joyeux, comme toujours. Je lui ai demandé : “Quand j'étais assise là-bas, avant l'arrivée du garagiste et que tu t'es agenouillé près d'elle, que lui as-tu fait ? Tu lui as fait quelque chose, Alan ?”

Il a ri de nouveau. “Que veux-tu dire ?

— Elle a été projetée sur quelques mètres. Peut-être que sa tête a heurté un arbre, peut-être que non. Peut-on en mourir ?

— Elle en est morte.

— Alan, as-tu… ?” Mais je n'ai pas pu continuer.

Les mots que je n'ai pas prononcés sont ceux qu'on lit dans les livres ou qu'on entend à la télévision. Ils n'ont rien à voir avec la vie réelle. On accepte de les entendre, et même on les attend dans une pièce de théâtre ou dans un film, mais pas au cours de l'existence quotidienne. Dans la vie ordinaire, ils sont grotesques. On en rit, du rire méprisant qu'on réserve aux clichés.

Je ne les avais pas dits, mais il a su ce que j'avais essayé de dire. Il devinait souvent mes pensées. Mais il a souri, il était joyeux, et il m'a répondu sur un ton enjoué.

“Bien sûr que non. Bien sûr que non.

— Tu étais seul avec elle. Oh, pendant un long moment.

— J'ai souvent été seul avec elle un long moment. Trop souvent. C'était bien là le problème.”

Il a pris le téléphone et composé le numéro que le garagiste lui avait donné. Je l'ai entendu commencer une conversation avec le propriétaire de la moissonneuse. Il était poli, présentait ses excuses, tentait une petite plaisanterie à propos de la force irrésistible d'un objet fixe sur un objet en mouvement. Je suis montée prendre un bain. Quoi qu'il arrive, me suis-je dit, demain j'irai m'acheter des sandales plates. J'ai pendu ma magnifique robe sale dans la garde-robe et j'en ai enfilé une autre. Je me suis coiffée et j'ai pensé me maquiller. Et puis je me suis dit que j'étais folle. Mais je me suis maquillée comme je l'aurais fait si j'avais dû me rendre à ma propre exécution capitale. Quand le bourreau aurait soulevé ma tête du panier, il aurait vu du blush sur mes joues et du rouge sur mes lèvres.

Je suis donc redescendue, vêtue comme certaines femmes s'habillent pour un mariage ou un cocktail. Alan était assis, sirotant un jus de tomate ou, plus probablement, un Bloody Mary.

“La vitamine C est recommandée en toutes circonstances, a-t-il dit. Chic type, ce fermier. Il nous a invités à boire un verre chez lui. Je lui ai dit que je te demanderais et que je le rappellerais.

— Tu as dit quoi ?

— Je plaisante. Il a dit de laisser tomber, qu'une simple retouche de peinture, je cite, suffirait à tout effacer.

— Quelle heure est-il ?

— Huit heures et deux minutes. Nous avons manqué notre dîner. Le problème aurait été de nous y rendre. Nous avons bien une voiture, mais en fait nous n'avons pas vraiment de voiture. Tu te souviens des gens dont la grand-mère était morte en Espagne.

— Quels gens ?”

Je devais être la seule personne dans toute l'Angleterre qui n'ait jamais entendu parler de ce couple faisant passer la frontière entre la France et l'Espagne à leur grand-mère. La vieille femme meurt et ils mettent le corps dans le coffre pour la ramener en France. Ils laissent la voiture dix minutes sur la place d'un village pour aller boire un verre et quand ils reviennent, le corps a disparu, pour toujours. Mais vous la connaissez, comme vous connaissez toutes ces histoires apocryphes, ces mythes urbains, celui du chat qui a mangé le chihuahua et de la dent humaine dans le hamburger.

Je n'ai pas trouvé ça drôle. J'ai dit à Alan : "Comment peux-tu ?"

Il a haussé les épaules. "Je suis dans un état hystérique. Oublie-moi. Il y a quelque chose à manger ?

— Ce que nous comptions manger pour le déjeuner."

Je me souviens de chaque mot de cette conversation, aussi triviale fût-elle. Pendant tout ce temps, j'ai voulu poser cette question de nouveau, mais j'avais peur. Au bout d'un moment, il a quitté la pièce et bien qu'il n'ait rien dit, j'ai su où il était allé. Je l'ai regardé sortir la voiture de Gilda du garage. Il est revenu et il a annoncé que nous allions au *White Hart*, l'hôtel de Thelmarsh. Ils servaient tard. J'ai regardé la voiture, le coffre de la voiture, et il m'a dit de ne pas m'inquiéter, qu'il s'en était occupé, même si, tout compte fait, ce qui était arrivé à la grand-mère dans l'histoire eût été providentiel pour nous.

Une fois au restaurant, j'ai essayé de lui parler comme si de rien n'était. J'ai parlé de Richard. J'ai parlé de ma maison à Bury, de l'endroit où nous allions vivre, là-bas ou à Moluques. Mais ma voix a commencé à dérailler. Lui n'avait pas dit grand-chose. Nous sommes restés silencieux. Je ne pouvais pas manger, mais lui oui. Il a avalé les trois plats du menu et il a beaucoup bu. C'était une nuit chaude, suffocante. Le ciel s'était éclairci et à travers la fenêtre du *White Hart*, on pouvait voir quantité d'étoiles. J'ai dit — et cela ne me ressemblait pas : "J'aimerais pouvoir faire le chemin du retour à pied."

Il a encore plaisanté. Il a tapé le rebord de son verre. "Il se peut que nous ayons à le faire." Après avoir payé l'addition, il m'a dit : "Pourquoi as-tu dit ça ?

— Dit quoi ?

— ... 'le chemin du retour' plutôt que 'rentrer à la maison'.

— Je ne sais pas", ai-je répondu, sachant fort bien pourquoi.

J'ai conduit au retour, à très petite vitesse. J'ai rentré la voiture dans le garage. Elle était enveloppée dans un plaid, à gauche contre le mur. C'est à ce moment-là que j'ai pensé qu'une fois tout cela terminé, je ne conduirais plus jamais. Il était environ minuit quand nous sommes entrés dans la maison. Nous sommes montés et nous nous sommes allongés sur le lit. Je lui ai dit : “Tu lui as fait quelque chose ?”

Son débit était laborieux. “Tu veux dire, est-ce que je l'ai tuée ?

— Oui, c'est ce que je veux dire.

— Bien sûr que non.

— Alan, s'il te plaît, dis-moi la vérité.

— Je ne l'ai pas tuée.”

Je me suis déshabillée, j'ai passé une chemise de nuit et une robe de chambre, lavé mon visage et brossé mes cheveux. Sans le regarder, j'ai dit : “Si tu ne lui as rien fait (je n'arrivais pas à dire ‘tuée’), pourquoi ne pouvons-nous pas prévenir la police ? Pourquoi ne pouvons-nous pas la faire emmener ?”

Il s'était endormi. Je me suis étendue près de lui un moment. J'ai eu l'impression que nous étions des réfugiés, des étrangers ayant fui un désastre et comme aucun de nous deux n'avait d'autre endroit où dormir, nous étions obligés de partager le même lit. J'ai pensé à ce qui s'était passé et j'ai compris les réponses à mes questions. Si nous avions dû parler à quelqu'un, il aurait fallu le faire immédiatement, dès le début, et nous l'aurions fait si le garagiste ne nous avait pas fourni une échappatoire, ne nous avait pas indiqué comment faire.

Ce n'était pas sa faute, nous n'étions pas obligés de suivre son conseil. Mais il avait été donné et nous l'avions suivi. À partir de là, nous avons laissé le garagiste me prendre pour la femme d'Alan — et le fermier aussi, si j'ai bien compris. Nous nous étions assis pour un pique-nique sur le bas-côté, à l'heure de pointe sur la route de Curton, pour être vus. Nous avions déplacé le corps de Gilda. Nous étions à Thelmarsh pour dîner, dans sa voiture. Son corps se trouvait à présent à une dizaine de mètres de nous, sur le sol du garage. Il était trop tard pour en parler à qui que ce soit à présent, trop tard pour quoi que ce soit. Je me suis levée, suis descendue et me suis étendue sur le sofa, où j'ai fini par m'endormir. J'ai dormi jusqu'au moment où la maison a été envahie par le chant des oiseaux, en provenance du marais.

C'était étrange. Nous nous sommes croisés, mais nous étions muets. Nous avons circulé dans la maison, pour ranger, pour faire du café, pour manger, et il s'est écoulé beaucoup de temps avant que nous parlions pour la première fois. Il a fini par dire : "Tu veux vraiment savoir pourquoi ?

— Non, je sais pourquoi."

Il a esquissé un sourire. "Je suis content pour toi." Il avait une redoutable gueule de bois. "Je crois que j'ai besoin de dormir encore un peu."

Il faisait chaud et il y avait de nouveau de la fumée dans l'air, moins que la veille toutefois. Je me suis couchée sur la pelouse derrière la maison, sans dormir, les yeux fixés au ciel, me demandant comment les gens normaux passent le temps, ce qu'ils font de leur journée, ce qu'il peut bien y avoir à faire ? Vers le milieu de la journée, Alan est venu me chercher.

"Tu sais ce que nous allons devoir faire, n'est-ce pas ?

— Je crois.

— Viens à l'intérieur."

Nous nous sommes assis l'un en face de l'autre dans le salon.

"Je crois savoir comment procéder. Nous avons beaucoup de combustible ?"

Je l'ai regardé fixement, comme s'il s'était exprimé dans une obscure langue étrangère.

"De la paraffine, je veux dire. Nous en avons beaucoup ?

— Vingt-cinq litres. Dans le garage."

Il a dit qu'il allait sortir en acheter encore. Puis il m'a raconté ce qu'il avait planifié, ce que *nous* devions faire. Je n'ai rien dit, je suis restée assise, à secouer la tête, d'horreur et d'étonnement, non pour refuser.

"De l'essence, aussi. Ou bien est-ce trop dangereux ?"

Nous n'avions pas le téléphone dans la maison. Le besoin ne s'en était jamais fait sentir. Pendant qu'Alan est sorti, j'ai marché sur mes talons hauts jusqu'à la première cabine, à près de deux kilomètres, et j'ai utilisé toute la monnaie que j'avais pour appeler Madge Browning et savoir comment allait Richard. Je ne sais pourquoi, j'avais eu une sorte de pressentiment : pendant que j'étais à la maison en train d'organiser ces choses atroces, quelque chose de plus atroce encore lui était arrivé, il s'était noyé ou blessé gravement dans une chute. Mais il allait bien, il était ravi. Il était rentré à la maison pour déjeuner. Il est venu au téléphone et m'a parlé de la ferme, des animaux et de la plage.

La veille, je m'étais promis de m'acheter une paire de sandales, mais je ne l'ai pas fait. Cela m'était égal désormais d'avoir des ampoules aux pieds et des talons cassés. Alan était déjà là à mon retour. Son visage s'est éclairé quand il m'a vue et il m'a prise dans ses bras. Il s'était inquiété, il avait eu peur qu'il me soit arrivé quelque chose, peur de voir son univers s'effondrer. Où étais-je allée ? Je lui ai dit. Je l'ai laissé me serrer dans ses bras. Puis nous nous sommes assis pour manger ce qu'il avait acheté. Nous avons bu une bouteille de vin rouge et nous avons dormi — mais pas ensemble.

C'était étrange, cette façon d'imposer plutôt que de discuter le fait que je dormirais en haut et qu'il prendrait le sofa. Quand je me suis réveillée, le soleil se couchait. Je suis allée dans une des pièces vides à l'arrière de la maison et j'ai regardé les derniers rayons s'enfoncer dans le marais, dans un embrasement rouge orangé sur fond de ciel poudreux. Alan n'était pas en bas. Je suis allée dans le garage. Il avait ouvert le coffre et replacé le corps de Gilda.

Le foulard avait disparu. Je me suis souvenue de la façon dont il était noué quand elle était arrivée à la maison — hier, était-ce seulement hier ? — et du fait qu'il était étalé sur sa poitrine, quand Alan l'avait soulevée dans ses bras. Je l'ai choqué. Il ne s'attendait pas à ce que je me penche sur le corps, à ce que je le touche et examine le cou. Elle était froide et raide. Il n'y avait pas de marque sur le cou, pas la ligne sombre dont on parle dans les romans policiers.

Il savait ce que je cherchais. Je l'ai vu dans ses yeux. Mais il n'a rien dit. Nous qui avions tant de choses à nous dire, qui ne parlions jamais assez longtemps, nous n'avions plus rien à nous dire. Il a mis la paraffine dans le coffre, avec les deux bidons de pétrole qu'il avait achetés et une pile de journaux entassés depuis des années.

"Mets ta robe sale.

— Quoi ?

— Tu vas la salir encore plus."

Il a fermé le coffre, puis il est monté dans la voiture et a fait marche arrière pour sortir. »

« C'était la fin de la cassette et il a fallu que je mette l'autre face.

Je ne me souviens que d'une chose qu'il a dite avant que nous montions dans la voiture et c'était : "J'ai fait une petite reconnaissance tout à l'heure. Je crois que j'ai trouvé l'endroit."

C'était à des kilomètres de tout, au bout du monde. Peut-être qu'aujourd'hui quelques maisons ont poussé dans le coin et sans doute d'autres haies ont été arrachées. À l'époque, c'était à l'écart, loin, inhabité. Les champs s'étendaient à perte de vue, avec çà et là un peu d'arbres pour les séparer ou un alignement de foreuses. Certains champs étaient noirs, là où le chaume avait brûlé, et d'autres bruns, ondulés, parsemés de pierres blanches et grises, avaient déjà été labourés.

C'était le crépuscule et les lumières dans les maisons et les rares réverbères n'étaient pas allumés. Il n'y avait pas de lune, ou du moins ne s'était-elle pas encore levée. La campagne commençait à perdre ses couleurs, le vert et le brun avaient disparu, remplacés par différents teintes de gris et le noir des champs brûlés. Mais pourquoi me suis-je lancée dans cette description à présent ? À quoi bon ?

Alan savait où aller, de jour ou de nuit, en pleine lumière ou au crépuscule. Il avait trouvé l'endroit quelques heures auparavant. Il a tourné dans un chemin qui était une allée de tilleuls et il a reculé dans le champ qu'il avait choisi. Les tilleuls étaient alignés par paires jusqu'en haut de la petite colline et ils bordaient une route de terre calcinée. Il n'y avait pas de portail, simplement une entrée et des planches couvrant le fossé. Récemment, la veille probablement, le champ avait été brûlé. Et le fermier, sans doute parce que le moment semblait bon, avait arraché une haie pour agrandir son champ, pendant que le feu faisait son travail. C'était une très vieille haie, faite de chênes et d'aubépines, d'érables et de rosiers, de sureaux et de cornouillers. Un tas de bûches à moitié brûlées continuaient de se consumer au bord du chaume noirci, morceaux d'arbres et racines tordues. De la fumée sortait en fines colonnes de leurs excroissances noueuses. Le feu, avait dit Alan, faisait rage quand il était venu dans l'après-midi.

Vous m'avez dit un jour que les fermiers étaient censés laisser deux mètres entre le feu et la haie, mais cela n'avait pas été le cas. Il avait voulu brûler la haie. Il y avait encore un arbre debout, les branches comme des bras calcinés, portant encore quelques feuilles, ratatinées et noires. Une feuille est tombée devant moi, en spirale, sèche comme du papier.

Nous avons commencé par le papier journal. J'ai installé mon feu au milieu des cendres, comme j'avais l'habitude de le faire chez tante Sylvia : papier froissé, petit bois et une bûche ou deux. Il y avait du petit bois et des bûches partout, dans l'herbe, dans les trous laissés par les racines de cette haie vieille de cinq cents ans. Certaines étaient brûlées, mais la plupart étaient intactes, encore marquées par les coups de hache. Alan a versé la paraffine et ensuite nous avons installé le corps de Gilda sur le bûcher.

Pas très loin d'ici, dans le sud du Suffolk, il y a un endroit où, au XVIe siècle, un homme a été brûlé vif. Il y a un monument érigé à sa mémoire à présent. C'était un des martyrs condamnés à mort par Mary Tudor pour avoir refusé d'être catholique romain. Je me demande combien de temps il a fallu pour qu'il brûle. Naturellement, ces gens-là n'avaient pas le souci d'avoir à *détruire* le corps. Mais qu'est-il devenu ? Personne ne l'a jamais dit. Personne n'en parle jamais. Sans doute, comme nous, l'ont-ils laissé brûler pendant des heures. Cela nous a pris des heures, cela nous a pris toute la nuit. Brûler un corps est une chose facile à faire. Détruire un corps par le feu est une entreprise longue, laborieuse et terrible.

J'ai essayé de ne pas regarder jusqu'à ce qu'il n'ait plus forme humaine. Et c'est vite arrivé. Je ne parvenais pas à m'empêcher de respirer l'odeur. J'ai essayé. Je me suis pincé le nez, je me suis détournée, j'ai essayé de vomir dans le fossé. Quand je suis revenue, j'ai regardé. Je me suis persuadée que ce n'était qu'une bûche de plus, une simple bûche autrefois branche d'un chêne, juste un peu plus encombrante. L'odeur avait changé, elle était maintenant plus sulfureuse. C'était la puanteur irrespirable du soufre, de la pierre à feu.

Alan avait apporté une bouteille de gin. Nous l'avons bue, au goulot. J'ai été malade, mais est-ce grâce au gin que je n'ai jamais eu peur, que je n'ai pas redouté l'apparition soudaine d'une voiture derrière nous ou de la lampe bleue de la police, ou encore d'une bande d'hommes en colère déployés dans le champ ? Nous buvions de petites gorgées de gin. La brûlure dans nos gosiers nous réconfortait et nous donnait la force d'alimenter le feu. Une fois, une fois seulement, nous nous sommes fait face et serrés l'un contre l'autre dans une étreinte démente.

Nous avons laissé les flammes s'éteindre. Avec une longue branche, nous avons ratissé les cendres et les braises. Quand tout a été refroidi, nous avons empilé du bois pour couvrir cette bûche qui n'était pas une bûche. Alan a confectionné un cocktail Molotov. Il a rempli la bouteille de gin avec de l'essence, bouché le goulot avec son mouchoir, et m'a demandé de reculer.

“J'ai toujours eu envie de faire un cocktail Molotov”, a-t-il dit.

Il a allumé la mèche et a lancé la bouteille. C'est là que l'arrière de la voiture a brûlé. L'essence ne brûle pas comme la paraffine. Elle explose. J'aurais dû le savoir. Quiconque connaît les moteurs à explosion le sait. Mais il y avait bien des choses que je n'avais pas encore comprises avant cette nuit-là. Le bûcher de Gilda a explosé dans un rugissement, avec des flammes qui se sont élevées dans le ciel, en transformant la nuit en jour l'espace d'un instant. Nous n'avons pas été blessés. Les sourcils et une mèche de cheveux d'Alan ont roussi.

Nous savions tous les deux que nous ne pourrions pas dire : C'est assez, ça va, ce n'est pas fini mais ça va. Sans la moindre discussion. Nous savions ce que l'autre pensait, puisque nous pensions tous les deux la même chose : il faut que la destruction soit absolue, il faut obtenir une réduction complète, une masse impossible à identifier. Il fallait atteindre le point où nous serions satisfaits, où ce que nous étions venus brûler ici aurait été transformé en bois calciné ou en pierre noircie.

Il faisait déjà jour avant que cela se soit produit. C'était l'aube grise qui précède le lever du soleil. L'endroit où nous avions travaillé toute la nuit ressemblait beaucoup à présent à ce qu'il avait été quand nous étions arrivés : des bûches calcinées se consumant sur dix mètres carrés de cendres. Nous étions épuisés, ivres, sales, malades et pratiquement fous. Alan a conduit au retour, la voiture tanguant de part et d'autre de la route. Le plus horrible, c'est que nous ne parlions pas, sans pour autant être silencieux. Il grognait, émettait des sons qui semblaient causés par une douleur intolérable. Je pleurais sans larmes, des sanglots secs. Mais qu'importe l'état dans lequel nous étions ! Poursuivre serait de la pure complaisance.

Une fois à la maison, nous avons dormi, lui en haut cette fois, moi sur le sofa. Je lui ai donné le lit parce qu'il avait travaillé comme un forcené. Ses cheveux étaient brûlés, ses mains couvertes d'ampoules. Je l'ai regardé s'effondrer sur le lit, la tête dans l'oreiller. Mais je ne crois pas que j'aurais pu supporter physiquement d'être allongée près de lui. Plus tard, une fois lavés et habillés de nouveau, nous sommes sortis dans le jardin pour nous asseoir dans l'herbe. Il faisait très chaud et très sec. Au loin, on pouvait entendre les machines agricoles. Un fermier profitait du temps pour moissonner ou labourer. J'avais mal à la tête et j'imagine qu'Alan aussi.

Il était nerveux, comme jamais je ne l'avais vu auparavant. Nous devrions retourner, répétait-il, nous devrions retourner pour voir. Il ne se souvenait pas de ce que nous avions laissé. L'avions-nous vraiment détruit ?

"Je veux que tu me dises ce que tu as fait à partir du moment où le garagiste est reparti et avant qu'il ne revienne.

— Tu veux dire après qu'il nous a dit quoi faire, n'est-ce pas ?"

J'ai eu un mouvement d'impatience. Je n'avais jamais réagi ainsi devant Alan. Ce geste des mains, bras tendus, comme pour l'inviter à répondre plus vite.

"Après qu'il nous a demandé s'il n'y avait que nous deux." Il m'a regardée comme s'il ne me connaissait pas. "Tu veux savoir si je l'ai tuée ?

— Oui, c'est ça.

— Je t'ai répété je ne sais combien de fois que non. Je n'ai rien fait. Ce qui compte à présent, c'est de savoir ce que nous avons laissé là-bas, la nuit dernière. Ce matin, je veux dire. Je n'arrive pas à me souvenir, j'ai tellement bu.

— Moi, je peux. Tout était détruit. Nous savions bien que nous ne pourrions pas arrêter avant la destruction complète.

— Je veux tout de même y retourner."

Je me suis approchée de lui. J'ai avancé jusqu'à lui à quatre pattes et je me suis accroupie devant lui dans l'herbe desséchée. "Dis-moi la vérité. Tu l'as tuée ?

— Pour l'amour de Dieu ! Elle allait mourir. Ce coup à la tête, c'était fatal. J'ai défait son foulard. Je l'ai collé sur son visage, contre sa bouche et son nez, juste un instant, une seconde, je ne sais pas pourquoi. Je me suis dit : tu ne peux pas faire ça, que diable es-tu en train de faire, et j'ai retiré le foulard. Ça n'avait pas duré quinze secondes, ce n'était rien, j'ai retiré le foulard et elle était morte." »

25

DANS LE JARDIN, je me suis assise, au milieu de la pelouse, sur une chaise, peut-être celle, me suis-je demandé, dont ils s'étaient servis comme d'un brancard pour transporter le corps de Gilda.

Il ne l'avait pas tuée, n'est-ce pas ? Elle serait morte de toute façon. J'ai pris le foulard vert, je l'ai étalé et plaqué sur mon visage, et ça ne m'a pas empêché de respirer. Il est fin et transparent, il pourrait même, en couvrant le visage, servir de protection contre la pollution, les gaz d'échappement. Et sans empêcher de respirer normalement.

D'un autre côté, je ne suis pas affaiblie. Je suis beaucoup plus jeune que ne l'était Gilda et je ne viens pas d'avoir un accident de voiture. À n'en pas douter, ses mains à lui étaient certainement plus fortes que les miennes. Mais je n'arrive toujours pas à croire qu'on puisse étouffer quelqu'un avec ce foulard.

Alors pourquoi l'a-t-il posé et maintenu sur le visage de Gilda ? Pourquoi donc ? Parce qu'il avait l'intention de la tuer, sans aucun doute. Il avait eu peur qu'elle s'en sorte, il a recouvert son visage avec le foulard et puis il a changé d'idée, presque immédiatement — quinze secondes, c'est immédiat, non ? —, et retiré le foulard. Et elle était morte. Il l'a tuée ou elle est simplement morte ? Et s'il avait l'intention de la tuer... Oh, c'est trop compliqué pour moi, je ne pourrai pas l'élucider. Je ne sais pas.

J'ai écouté la deuxième cassette. Il n'y a qu'une moitié de la première face enregistrée.

« Je me souviens de tout très clairement, de chaque mot et de chaque geste. Tout est précis, distinct, comme découpé au scalpel.

Quand il m'a avoué ce qu'il avait fait, je lui ai demandé de le répéter. Et il s'est exécuté, l'air maussade, comme un enfant. J'ai écouté comme une mère sévère, faisant la part des choses pour décider de la punition. Et avant même qu'il ait pu parler, je l'ai dit.

"Très bien. Je le voulais aussi. Tu n'es pas seul en cause.

— Elle serait morte de toute façon, Stella. Je ne crois même pas avoir accéléré son agonie.

— Dès l'instant où ce type nous a demandé s'il n'y avait que nous deux, nous avons espéré qu'elle mourrait, nous avons souhaité sa mort.

— Dieu sait que nous avions suffisamment joué avec cette idée. Mais ça n'avait pas grand-chose à voir avec 'Devine qui a tué Gilda ?', n'est-ce pas ?"

Sur le chemin de retour vers le bûcher, j'ai su que tout était fini entre nous. Il le savait aussi, mais il refusait de l'admettre. Il ne cessait de dire qu'il nous fallait rester ensemble, nous soutenir l'un l'autre. Au cas où on poserait des questions. Au cas où la destruction n'aurait pas été totale. Au cas où on aurait trouvé des fragments de son corps, des os, des dents. Elle avait été sa femme et il était en train de parler de ses os et de ses dents. Au cas où la police serait venue, avait-il dit. Nous devions faire front. Ne jamais nous perdre de vue.

Personne ne faisait plus brûler de chaume, l'air était cristallin. Le ciel était blanc, délimité par une couche uniforme de très hauts nuages. Pas de soleil, pas de vent. Nous étions le 1er septembre. C'était la fin de l'été, la fin de tout. Et j'ai pensé que c'était une approximation de la fin, de la limite, de l'apocalypse.

Plus nous approchions de l'endroit, plus je sentais l'angoisse monter en moi. Comme si quelque chose nous attendait là-bas. Je ne veux pas dire la police ou une sorte de battue organisée par les représentants de l'ordre, pas le bras de la justice. Je veux parler de châtiment. Je n'avais jamais cru au surnaturel, mais je craignais les anges exterminateurs, les principautés et les puissances, la justice incarnée dans des formes inimaginables nous attendant pour rendre son arrêt.

J'ai même dit : "Rentrons.

— Nous ne pouvons pas rentrer. Nous sommes venus pour en avoir le cœur net. Je veux pouvoir dormir la nuit."

Tout était tellement calme. Nous n'avons pas croisé une seule voiture tout au long du trajet. J'ai crié et serré les poings au moment où un faisan, criaillant et battant des ailes, a traversé la route devant nous.

En arrivant, nous avons entendu un tracteur, un ronflement mécanique qui fait partie intégrante de la campagne en automne, tout comme le hennissement des chevaux et le martèlement de leurs sabots devaient l'être autrefois. Le bruit a eu un effet dissuasif et Alan a ralenti. Nous avons roulé au pas le long de l'étroit chemin.

Pas d'ange exterminateur, bien entendu. Personne à l'entrée pour nous conduire devant la justice. Alan a garé la voiture sur le bas-côté. Il a tendu la main pour prendre la mienne, qui était plaquée avec l'autre sur ma poitrine. Nous avons contemplé le champ. Alan était silencieux, mais moi j'ai gémi. Je tremblais comme un chiot. Alan regardait droit devant lui.

Le champ était passé du noir au brun, les traces du feu avaient dû être effacées par le labourage qui s'étendait sur environ vingt-cinq hectares. Ce fermier n'avait pas perdu de temps. Le chaume avait été brûlé, la haie arrachée et brûlée elle aussi, et à présent la charrue retournait, broyait et enfonçait le maïs calciné, les cendres et les braises.

Il avait presque terminé. Le tracteur tournait pour la dernière fois en haut du champ, là où la haie avait été déracinée. Il est redescendu lentement vers l'allée de tilleuls, tanguant comme un gros insecte ou un tank. Il semblait venir vers nous, inexorablement, pour notre châtiment. Mais je pouvais voir le fermier dans la cabine, la cigarette au bec, le visage rouge et le crâne dégarni de cet homme d'une cinquantaine d'années. La fumée de sa cigarette s'élevait dans l'air, fantôme impalpable de ce qui avait été.

Alan a repris la voiture pour éviter d'être vu. Nous sommes allés nous garer une centaine de mètres plus haut sur le chemin. Nous avons observé dans le rétroviseur le tracteur et la charrue passer l'entrée et tourner difficilement dans le chemin. Nous étions sur le qui-vive. Il rentrait chez lui. Pour retrouver sa femme qui l'attendait, ses enfants peut-être, un bon thé, sa famille, ses amis, une vie paisible et des choses bonnes et simples. Il nous a dépassés, la main levée en guise de salut.

Alan a fait demi-tour et remonté l'allée de tilleuls, comme nous l'avions fait la veille. Il a fait marche arrière dans le champ, en passant sur les planches qui recouvraient le fossé. Nous sommes sortis. Il n'y avait plus la moindre trace noire désormais, pas la moindre branche ou racine calcinée. La terre avait pris une riche couleur marron et un aspect tendre, avec quelques rares pierres dans les sillons. Le labourage en lignes bien parallèles était impeccable et avait l'aspect de nervures, de tresses dans un tissu. C'était comme si rien n'avait brûlé, toute trace de feu avait disparu, absorbée par la terre brune et friable, engloutie pour toujours.

Alan a dit sur un ton badin : "Après avoir brûlé Carthage, ils ont labouré tout le site de manière à en faire disparaître les vestiges à jamais."

Je l'ai dévisagé, je lui ai demandé ce qu'il voulait dire.

"Gilda a été notre Carthage."

Nous avons rentré la voiture dans le garage. J'y ai laissé le foulard vert de Gilda, ne sachant quoi en faire. J'avais suffisamment brûlé de choses comme ça. Alan a essayé de me prendre dans ses bras. Ayant échoué, il a essayé de prendre mes mains. Mais cela ne servait plus à rien, pas que je ne l'aimais plus, mais nous n'étions plus faits l'un pour l'autre, voilà tout.

Je crois me souvenir que nous avons mangé quelque chose, debout dans la cuisine. Nous avons bu du gin, pas notre gin-angustura mais l'alcool pur dans des verres à eau. Je ne lui ai rien dit de ce que j'éprouvais, je n'ai pas donné d'explications. Il a dit : "Je ne serai jamais veuf à présent. Puisque Gilda n'est pas morte, n'est-ce pas ?"

Je lui ai demandé de s'expliquer.

"Comment dire à quiconque qu'elle est morte ? Comment pourrais-je même, si j'en avais l'envie, prouver qu'elle est morte ?

— Pourquoi le ferais-tu ?

— La maison dans laquelle je vis lui appartient. L'argent est à elle. Ma voiture, je peux la passer en pertes et profits. Je ne peux pas utiliser la sienne puisqu'elle est partie en France avec." Il m'a regardée. "Je ne pourrai jamais me remarier."

J'ai tout compris à ce moment-là. J'en ai frissonné.

"Elle est partie. Mais elle ne le sera jamais vraiment. Elle est plus morte que je n'ai jamais pu le souhaiter et en même temps plus vivante."

Il y a eu un long et pénible silence.

"Nous ferions mieux de rentrer à la maison, ai-je fini par dire.

— À la maison ? Où ça ?"

Moluques aurait dû l'être. Mais ce n'était plus le cas.

Gilda avait été ici, étendue dans le garage, morte. L'endroit avait pour moi une odeur de brûlé, de soufre et de cendres. Je lui ai parlé poliment comme s'il avait été John Browning ou un ami de Marianne.

"Pourrais-tu me ramener à Bury, s'il te plaît, avant de rentrer à la ferme ?"

Il a hoché la tête. Son verre était vide et il l'a rempli.

"Je te l'ai dit, je ne peux pas utiliser sa voiture. Je ne peux pas courir le risque d'être vu au volant. Elle est censée être en France." Il a vidé son verre et il est resté un moment les yeux fermés. "Il y a un bus qui va à Thelmarsh. Dieu sait quand il passe. Je vais marcher jusqu'à l'arrêt et l'attendre."

Et c'est ce qu'il a fait. En chemin, il est passé devant une cabine téléphonique et il a appelé un taxi pour moi, à la station de Thelmarsh. Il ne m'avait pas prévenue qu'il le ferait, il s'est contenté de le faire. Il avait toujours été capable d'anticiper mes désirs. C'était un homme attentionné. Le taxi est arrivé, j'ai fermé la maison, et il m'a ramenée à Bury. Il ne faisait pas encore nuit, il n'était que huit heures environ. J'ai pleuré pendant le trajet, en pensant à sa gentillesse à mon égard, à la délicatesse qu'il avait eue de m'envoyer une voiture.

Il n'y a plus grand-chose à dire. Je suis fatiguée et ma gorge me fait mal. Vous devez penser au fait que nous ne nous sommes plus revus. L'épisode dramatique s'était produit et nous nous sommes quittés pour toujours. Je crois que nous nous sommes revus trois fois ensuite, deux fois chez moi et une fois dans un restaurant. Nous avons dîné ensemble, pensant que nous pourrions nous réconcilier, trouver une solution. Mais nous n'avons pas pu. Il y avait entre nous deux le feu, le labourage, tout cela et les quinze secondes pendant lesquelles il avait plaqué le foulard sur le visage de Gilda. J'en ai rêvé de nombreuses fois et le rêve ne m'a pas lâchée pendant des années. Pas tant le foulard ou le feu, mais le labourage, le fait que tout ait été absorbé, englouti par le passage de la charrue.

Bien. C'était il y a fort longtemps. Je me suis souvent interrogée sur cette folie à deux, sur ces couples qui complotent de tuer quelqu'un, une épouse ou un mari. Ils ont l'air de pouvoir se regarder l'un l'autre par la suite, de pouvoir vivre ensemble, de pouvoir s'aimer encore. Comment font-ils ? Comment peuvent-ils oublier et s'adapter ? Comment peuvent-ils s'allonger l'un à côté de l'autre et manger l'un en face de l'autre, et rire, et parler, et avoir des amis ?

Je l'ai abandonné, mais il m'a abandonnée aussi. Il m'a regardée au moment où nous quittions le restaurant et il a dit : “Pourquoi l'avons-nous fait ? Je n'arrive pas à m'en souvenir. Tu peux, toi ?”

Devant mon silence, il a ajouté : “C'est la faute du *garagiste.*”

Je l'ai revu encore une fois et ensuite, plus jamais. »

Richard va arriver d'une minute à l'autre. Nous allons boire un verre au *White Hart* à Thelmarsh et je vais lui annoncer ma décision de devenir infirmière. Je crois qu'il sera content. Les cassettes sont dans leurs boîtes noires sur la table devant moi et la femme du portrait a l'air de les regarder, les yeux légèrement baissés. Que vais-je en faire ?

Ne pas en parler à Richard ou à Marianne. Dieu m'en garde. Ne pas les donner à Richard.

Elles m'ont été données pour une bonne raison. Du moins pour une raison. Parce que c'est mon père qui a tout provoqué, n'est-ce pas ? L'homme qui leur a demandé : « Il n'y avait que vous deux ? », c'était mon père. C'est mon père qui les a conseillés, leur a donné l'idée, leur a fait renoncer à appeler la police, leur a montré les photos de ses enfants, de sa fille au prénom peu commun. Et s'il a provoqué les événements pour eux, ils ont aussi provoqué les événements pour lui. Destins croisés (je ne lis pas le dictionnaire pour rien). S'il n'était pas passé à ce moment-là, les choses auraient pris une tournure différente. Il serait rentré à temps à la maison, maman ne l'aurait pas jeté dehors, il n'aurait pas épousé Kath, mais serait resté avec nous et j'aurais été près de lui quand il est mort. Peut-être. Peut-être pas.

Parce que je ne crois pas au destin. Je ne crois pas à la destinée ou à une logique de l'existence. Je crois à la chance et au fait qu'on crée sa propre vie. Je vais dévider les cassettes et les brûler. Je pense en avoir le droit.

Ce soir, je pensais donner à Richard les vêtements de Stella qui étaient restés dans la maison, mais j'ai changé d'avis. Il n'en fera rien, alors que moi, oui. Il pleut à torrents et quand nous sortirons, je vais mettre l'imperméable à reflets argent de Stella. Il est très joli et de nouveau très à la mode.

Les vêtements des morts sont aussi faciles à porter que les autres. Pourquoi ai-je mis tant de temps à m'en rendre compte ?

Dans la collection
« Suspense »

AMBROSE David
Cyberkiller, 1997

DEAVER Jeffery
Dix-Huit Heures pour mourir, 1996

DIBDIN Michael
Coups tordus, 1993
Spectre noir, 1996

EVANS Penelope
La Locataire, 1996

FRANCIS Dick
À couteaux tirés, 1996

HEGARTY Frances
Jeux d'enfants, 1992
Peinture au couteau, 1994

HIGHSMITH Patricia
L'Inconnu du Nord-Express, 1952
Monsieur Ripley (Plein Soleil), 1957-1980
Eaux profondes, 1958
Le Meurtrier, 1960
Jeu pour les vivants, 1963
Le Cri du hibou, 1964-1987
Ce mal étrange (Dites-lui que je l'aime), 1966
Ceux qui prennent le large, 1968
L'Empreinte du faux, 1969
Ripley et les ombres, 1970
La Rançon du chien, 1972
Ripley s'amuse (L'Ami américain), 1974-1982
L'Amateur d'escargots, 1975
Le Rat de Venise et autres histoires de criminalité animale à l'intention des amis des bêtes, 1977
Le Journal d'Édith, 1978-1991
L'Épouvantail, 1979
Sur les pas de Ripley, 1980
La Proie du chat, 1981
Les Deux Visages de Janvier, 1982
Le Jardin des disparus, 1982
Ces gens qui frappent à la porte, 1983
L'Homme qui racontait des histoires, 1983
Les Sirènes du golf, 1984
La Cellule de verre, 1984-1991
Carol (Les Eaux dérobées), 1985-1990
Une créature de rêve, 1986

L'Art du suspense. Mode d'emploi, 1987
Catastrophes, 1988
Les Cadavres exquis, 1990
Ripley entre deux eaux, 1992
Small g, 1995
On ne peut compter sur personne (nouvelles), 1996

KENNEY Charles
Le Code Hammourabi, 1996

KORELITZ Jean Hanff
Un jury sur mesure, 1996

NOLL Ingrid
Rien que pour moi, 1996

RENDELL Ruth
Un enfant pour un autre, 1986
L'Homme à la tortue, 1987
Vera va mourir, 1987
L'Été de Trapellune, 1988
La Gueule du loup, 1989
La Maison aux escaliers, 1989
L'Arbre à fièvre (nouvelles), 1991
La Demoiselle d'honneur, 1991
Volets clos (nouvelles), 1992
Fausse Route, 1993
Plumes de sang (nouvelles), 1993
Le Goût du risque, 1994
Le Journal d'Asta, 1994
L'Oiseau-crocodile, 1995
Simisola, 1995
Une mort obsédante, 1996
En toute honnêteté (nouvelles), 1996

VINE Barbara
Ravissements, 1991
Le Tapis du roi Salomon, 1992

WALKER Mary Willis
Cri rouge, 1997

Phototocomposition CMB Graphic
(Saint-Herblain)
Achevé d'imprimer en septembre 1997
sur les presses de Brodard et Taupin
à La Flèche
pour le compte des Éditions Calmann-Lévy
3, rue Auber, Paris 9e

N° d'impression : 6693S-5
Dépôt légal : octobre 1997
N° d'éditeur : 12464/01